《当代作家评论》创刊40周年纪念文集

批评大义与文学微言

主编 韩春燕
副主编 李桂玲

北方联合出版传媒（集团）股份有限公司
春风文艺出版社
·沈阳·

图书在版编目（CIP）数据

《当代作家评论》创刊 40 周年纪念文集：全 5 册 / 韩春燕主编 . —沈阳：春风文艺出版社，2023.10
 ISBN 978-7-5313-6536-5

Ⅰ.①当… Ⅱ.①韩… Ⅲ.①作家评论—中国—当代 Ⅳ.①I206.7

中国国家版本馆 CIP 数据核字（2023）第 181485 号

北方联合出版传媒（集团）股份有限公司
春风文艺出版社出版发行
沈阳市和平区十一纬路 25 号　邮编：110003
辽宁新华印务有限公司印刷

责任编辑：孟芳芳	责任校对：赵丹彤
封面设计：选题策划工作室	幅面尺寸：155mm × 230mm
字　　数：1643 千字	印　　张：113.5
版　　次：2023 年 10 月第 1 版	印　　次：2023 年 10 月第 1 次
书　　号：ISBN 978-7-5313-6536-5	
定　　价：340.00 元（全 5 册）	

版权专有　侵权必究　举报电话：024-23284391
如有质量问题，请拨打电话：024-23284384

《〈当代作家评论〉创刊40周年纪念文集》编委会

编委会主任：杨世涛
编委会成员：杨世涛　韩春燕　李桂玲　杨丹丹
　　　　　　王　宁　周　荣　薛　冰
主　　　编：韩春燕
副　主　编：李桂玲

一份杂志与一个时代的文学批评
——序《〈当代作家评论〉创刊40周年纪念文集》

王 尧

在我们不断追溯的20世纪80年代,产生了许多影响深远的历史事件。1983年那个寒冷的初冬,我在苏州的吴县招待所为陆文夫创作研讨会做会务,那是我第一次在现场感受"作家"和"作品"。当时我尚不知道,在遥远的北国沈阳,有几位先生正在紧锣密鼓地筹备《当代作家评论》的创刊。1984年与读者见面的《当代作家评论》第1期,刊登了《寄读者》和《编后记》。今天重读旧刊,《编后记》中的"江南草长,塞北冰融"一句,仍然让我动容。编辑部诸君说:"在编完了这本刊物第一期的时候,已经到年终岁尾。春来了,我们仿佛已感到了她的气息,听到了她的脚步声。"这样的修辞,简单朴素甚至稚嫩地传递了一个时代文学理想主义者的情怀。流光如箭,因循不觉韶光换,如果从1983年筹备之时算起,《当代作家评论》40年了。

这份跨世纪的刊物,在改革开放大背景下与中国当代文学同频共振,给中国当代文学批评史和中国当代文学史都留下深刻痕迹,堪称中国当代文学史上的"文学事件"。不妨说,读懂《当代作家评论》,便能读懂近40年中国的文学和文学批评。应运而生的《当代作家评论》是80年代文学与思想文化的灿烂景观之一,它当年未必特别引人注目,但近40年过去了,它依然保持着80年代文学的理想、情怀和开放包容的气度,这一点弥足珍贵。90年代以后,《当代作家评论》经受住了消费主义意识形态的考验,其不断增强的"专业"精神守护住了"文学性"和"学术性"。在文学回到自身的80年代,在文学守住自身的90年代,以及在其后的时间里,《当代作家评论》避免了起落,以自己的方式稳定发展出鲜明的气质,在同类刊物中脱颖而出。同时我们看到,一些曾经风骚一时的刊物出于各种原因消失了,一些原本专业的刊物转向了。今天仍然活跃着的几家刊物,如《文艺争鸣》《小说评论》《当代文坛》《南方文坛》和《扬子江文学评论》《中国文学批评》《中国当代文学研究》等,与《当代作家评论》交相辉映,构成了中国当代文学批评的良好生态。中国当代文学的阐释和中国当代文学批评的成熟,我说到的这些刊物功莫大焉。

　　在这样的大势中,《当代作家评论》成为"文学东北"的一个重要文化符号。我这里并不是强调这份杂志的"地方性",近几年来文学研究的地方性路径受到重视,包括地方性文学史料的整理也逐渐加强。在现有的期刊秩序中,刊物通常会划分为"国家级"和"地方级",而"地方级"刊物通常又被"地方"期待为"地方"服务。我觉得《当代作家评论》近40年以自己的方式突破了这样一种秩序。作为辽宁省主办的刊物,它自然会关注辽宁和东北的文学创作,重视培养东北的批评家。《〈当代作家评论〉30年文选(1984—2013)》中有一卷《新生活从这里开始》,专收研究辽宁作家的文论,许多东北批评家的成长也与《当代作家评论》密切相关。但无论辽宁还是东北文学都是中国当代文学整体的一部分,《当代作家评论》以更开阔的视野关注当代文学创作的重大问题,从而使这本杂志集结了中国和海外的优秀批评家,赢得了广泛的学术赞誉。我曾经关注海外中国文学研究,在国外大学访问时会专门去看看东亚系的图书室,常在杂志架上看到《当代作家评论》,当时的感觉就像在异国他乡遇到故人。这些年东北经济沉浮,振兴东北成为国人的强烈期待。正如马克思主义经典作家论述的那样,历史上,某一国家或地区的经济发展和文化发展有时是不平衡的,恩格斯说经济落后的国家在哲学上仍然能够演奏第一小提琴。因此，换一个角度看，《当代作家评论》不仅在文学上，在文化上对辽宁和东北都极具重要意义。

　　文学期刊也是"现代性"的产物。多数当代文学批评刊物的创办和成熟都是在20世纪八九十年代，几本后起的刊物如《扬子江文学评论》和《中国文学批评》则在近十年。20世纪八九十年代是文学相对自觉和学术转型的年代，21世纪之后得以发展的刊物在很大程度上是因为传承了20世纪八九十年代文学和学术的基本精神。在文学制度层面上考察，文学批评杂志作为文学生产与传播机制的一部分，它的办刊方针无疑会遵循文学制度的原则要求，但批评的"学术体制"则需要刊物自身的创造。在这一点上，《当代作家评论》经过40年的探索，形成了其成熟的文学批评生产机制。以我的观察，这个生产机制至少有这样几个层面：主管单位指导而不干预；主编的学术个性事实上影响着刊物的气质；以学术的方式介入文学现场，在场而又超越；即时性的批评与文学研究的经典化相结合；像关注作家那样关注批评家；等等。这一机制的产生，显示了当代学术刊物作为文学"现代性"产物的成熟。在当下复杂的文化现实中，干扰刊物的"非学术"因素很多，而办刊者如何坚守学术理想、良知和责任，在很大程度上维系着这个机制的运转。我是在20世纪末和林建法先生相识的，他背着一个书包出现在我的面前。在短暂的交流中，我感觉他除了说杂志还是说杂志。在此后将近20年的相处中，我们是非常亲近的朋友。我在写这篇序言时，重新阅读了我们之间的邮件，回忆了相处的一些细节，发现几乎都是在谈杂志、谈选题、谈选本，也臧否人物。我本来是一个温和的人，后来有了些锋芒，可能与建法的影响有关。曾经有朋友让我劝劝建法不必那么固执，我直接提醒了，建法不以为然，说若是不固执，刊物就散了。韩少功先生在文章中好像也说到建法的这一特点。

　　我曾经提出这样的观点，一份杂志总是与一个人或几个人相关联。在《当代作家评论》创刊40周年之际，我们要记住那几位已经在我们视野中逐渐消失的名字：思基、陈言、张松魁、晓凡和陈巨昌。这是20世纪80年代主持《当代作家评论》的几位主编,他们的筚路蓝缕和持续发展的工作,值得我们记取。我现在知道的是,原名田儒壁的思基早年奔赴延安,毕业于鲁艺;陈言,新四军战士;张松魁、晓凡和陈巨昌都曾在辽宁省作协任职,各有文学著述存世。余生也晚,和几位先生缘悭一面。我不熟悉他们的写作,但他们最大的作品应该是《当代作家评论》。当年大学毕业时,我和几位青年同事组"六元学社",在《当代作家评论》发过一篇对谈,因此知道陈言先生是我的盐城同乡。2010年10月陈言先生在沈阳病逝,林建法先生致电我,我停车路边,斟酌建法写的挽联。从建法平时零零碎碎的叙述中,我知道这几位老先生一直心系杂志,陈言先生在晚年偶尔还看看稿子。新文学史上有许多同人刊物,当代称为同人刊物的大概只有昙花一现的《探求者》。《当代作家评论》当然不是同人刊物,但和许多杂志不同的是,这份杂志具有鲜明的主编个人风格。《当代作家评论》创刊时,林建法先生在福建编辑《当代文艺探索》,两年后他从福州到沈阳。从1987年1月担任副主编,到2013年卸任主编,林建法先生的青年和壮年以及老当益壮的晚年的全部心血都用在了《当代作家评论》上。这份杂志的成熟和发展一直是林建法先生念兹在兹的事,他因此赢得了文学界的尊重。我和高海涛先生在林建法先生组织的一次活动中相识,后来他联系我,希望我们这些老作者继续支持杂志。那次活动是我主持的,我特地说到辽宁省作协对主编的尊重,因为这是办好杂志的条件之一。我第一次见到韩春燕教授是在渤海大学,那几年《当代作家评论》在这所大学办过几次活动。2016年韩春燕教授离开她任教的学校到《当代作家评论》当主编,在我的意料之外,又在意料之中。这六七年思想文化语境发生了深刻变化,韩春燕主编倾心尽力,保持了《当代作家评论》的气质,又发展出新的气象。

在某种意义上说,文学批评刊物的主要功能是介入文学现场,在与创作的互动中推介作家作品,以及在作家作品和文学思潮现象的阐释中推动文学批评自身的成熟和发展。重读40年的《当代作家评论》，我们可以发现它对文学现场的介入是深度的。今天我们在文学史论述中提到的作家作品，《当代作家评论》几乎没有遗漏，尽管这些最初的论述未必是精准的，但至少是最早确认这些作品价值的文字之一。敏锐发现作家作品的意义，是当代文学批评刊物最重要的职能，也是《当代作家评论》最大的学术贡献。在文学现场中发现作品和引领文学思潮现象，成为《当代作家评论》作为文学批评刊物的主要研究内容，也使其在文学批评刊物中脱颖而出。特别值得我们重视的是，《当代作家评论》是近40年来中国当代文学批评初步经典化的主要参与者之一。这种参与的方式是主动的和学术的，刊物、作者和作家的良性互动，成为文学经典化的重要环节。要摆脱非文学非学术因素的干扰，主编及其同人的学术眼光便十分重要。在这一思路中看，《当代作家评论》的最大贡献是介入文学现场的同时参与了作家作品最初的经典化工作。选择什么研究对象，呈现的是一个杂志的价值判断。《当代作家评论》不乏批评的文字，但它最大的特点是在对研究对象的选择上，选择什么，放弃什么，这本身便是褒贬。《当代作家评论》最早出现的栏目是1986年第5期的《新时期文学十年的经验（上）》和第6期的《新时期文学十年的经验（下）》，严格意义上说这个栏目其实是专题文论。一份杂志的成熟，很大程度反映在栏目的设计上。从这一点考察，我们可以看出《当代作家评论》的"主旋律"和"多样化"。确定什么样的栏目，是学术刊物视野、品格的直接体现。

在当代中国的文化结构中，大学、研究机构和作家协会，是文学批评的主要学术来源，在社会主义市场经济体制确立之后，文学批评的自由撰稿人也越来越多。我注意到，近40年来，重要的文学批评刊物，多数是作协创办的，少数是研究机构创办的，大学学报人文社科版基本都是综合性的。作协办批评刊物，与当代文学制度最初的设计有关，文学批评一直被置于文学生产的重要环节。20世纪五六十年代，承担文学批评功能的报刊主要是《文艺报》，以及1957年创刊的综合性刊物《文学研究》（1959年改为《文学评论》），一些文学作品刊物如《人民文学》《上海文学》等也设有文学批评的栏目；另一方面，大学和研究机构，特别是大学在很长时期内并不掩饰它对文学批评的偏见，将文学批评排除在文学研究之外，或看轻文学批评的学术含量。但在中国当代文学批评的发展进程中，作家协会的批评家、研究机构的学者和大学的教授，实际上都参与其中。"文革"结束后，文学创作和文学批评的秩序重建，作家协会、大学和研究机构的批评家都异常活跃，《当代作家评论》在办刊的最初几年便呈现了这样的气象。如果做大致的比较就会发现，作家协会的批评家更擅长于作家作品论，特别是作品论；大学的批评家则善于专题研究，习惯在文学史的视野中讨论作家作品和文学思潮现象。

20世纪90年代以后，文学批评的作者结构、文学批评自身的特征都发生了诸多变化。随着大学对文学批评的再认识，特别是中国当代文学作为"现当代文学"学科的一部分，越来越多的批评家都具有了在学院接受文学批评训练的背景。作家协会的批评家仍然十分活跃，但这些批评家中的多数也是"学院"出身。这条线索便是文学批评"学院化"的进程。中国作协和中国现代文学研究会联合主办的《中国现代文学研究丛刊》，这些年也出现了批评和研究的融合，从作协转入大学的批评家们，其文学批评也逐渐体现学院体制的规范要求。在诸多刊物中，《当代作家评论》始终把与大学的合作作为办刊的主要路径，是文学批评"学术化"的倡导者之一。这一办刊特点，催生了越来越多的兼具学者和批评家身份的文学研究者。《当代作家评论》从一开始便重视发表作家的创作谈和访谈录，这构成了中国当代文学批评的另一个重要内容。近10年来，很多作家成为大学教授，这一方面改变了大学文学教育的素质，一方面也促使许多作家兼顾学术研究和文学批评。

当我这样叙述时，自然而然想到"学术共同体"这一概念。《当代作家评论》和当下许多文学批评刊物一样，已然成为文学批评的"学术共同体"。我觉得这是考察中国当代文学批评史的一条重要线索。在改革开放之后，与海外学界的人文交流增多，因而海外学者也成为《当代作家评论》等杂志的作者。除了直接发表或译介海外学者的文章外，关于海外汉学的研究也成为《当代作家评论》的新特色。这样一个变化，最重要的意义不仅是观点和方法的介绍，而是建立更大范围学术共同体可能性的尝试。我在和韩春燕主编合作主持《寻找当代文学经典》栏目时，也注意译介海外学者的相关成果。这几年，《当代作家评论》和《南方文坛》《小说评论》等杂志先后开设海外汉学译介和研究专栏，我以为是一个值得坚持的学术工作。尽管在百年未有之大变局中，全球化、地缘政治和人文交流等都有新变，但跨文化的学术对话无论如何都应当持续而不能中止。就像我们以批判的态度对待西方批评理论一样，对海外汉学的批判也是建构学术共同体的题中之义。

一份成功的学术刊物总是会集结一批优秀的作者，甚至会偏爱这些作者。《当代作家评论》的40年，也是一大批批评家成长发展的40年，不妨把它称为文学批评家的摇篮。任何一份刊物的学术理想都需要通过批评家的实践来落实，《当代作家评论》的成功之处便是吸引了一批优秀批评家来共同完成其学术理想。将批评家作为研究对象，也是《当代作家评论》的用心所在。已经实施了十多年的"《当代作家评论》年度优秀论文奖"和"中国当代文学优秀批评家奖"，无论是评奖程序还是颁奖仪式，都体现了杂志对文学批评和批评家的尊重。我们只有把文学批评和散文小说诗歌一样视为"写作"，视为思想与审美活动时，文学批评才能创造性发展。集结在《当代作家评论》的几代批评家，如吾辈也会感慨时光静好，可我老矣。《当代作家评论》的活力既体现在壮心不已的资深批评家的写作中，但更多来自青年学人的脱颖而出。这些年来，从事文学批评的学人也会抱怨"内卷"，发论文、申报项目和获奖之难困扰无数中青年学人，这一问题的解决需要重建学术评价体系，也需要学人摆脱学术的急功近利，同样也需要学术刊物为青年学人优秀论文的发表创造条件。《当代作家评论》一直重视青年批评家的培养，翻阅这些年的杂志我看到了越来越多的陌生面孔，我知道他们是《当代作家评论》的"青年"。

《当代作家评论》创刊30周年时，林建法先生出差南方，在常熟顺便开了一个座谈会。我在会上建议林建法先生编选出版一套创刊30年文选，他接受了这一建议，后来在文选序言中谈到这次会议和他对如何办杂志的理解。这套由辽宁人民出版社出版的10卷本文选，包括《百年中国文学纪事》《三十年三十部长篇》《小说家讲坛》《诗人讲坛》《想象中国的方法》《讲故事的人》《信仰是面不倒的旗帜》《先锋的皈依》《新生活从这里开始》和《华语文学印象》。这10卷文选各有侧重，或20世纪中国文学史研究和史料整理，或小说家的讲演和文论，或诗歌研究，或莫言研究专辑，或港澳台作家及海外华人作家研究，或当代辽宁作家研究，大致反映了《当代作家评论》创刊30年的主要成果。林建法先生给我初选目录时，我和他讨论，可否做一卷当代批评家研究卷，建法觉得以后考虑。

倏尔10年，接到韩春燕主编邀为40年文选作序，我一时恍惚。这10年，文学语境发生深刻变化。《当代作家评论》一如既往在文学现场，我们现在读到的由韩春燕、李桂玲主编的《〈当代作家评论〉创刊40周年纪念文集》，大致遴选近10年文论，分为《当代社会与文学现场》《语境更新与文化透视》《文学气息与文化气象》《批评大义与文学微言》和《文学旅踪与海外风景》5卷。纪念文集5卷中的文章，我平时也读过，现在再读，觉得这5卷可以和之前30年文选10卷作为一个整体来阅读。40年和40年中的10年，既有整体性，也有差异性。前30年讨论的许多问题仍然延续在后10年之中，但今夕非往昔，文学批评所处语境和面对的问题都和前30年有了不同。在这个意义上，创刊40周年纪念文集正是对"不同"的回应。

《当代作家评论》创刊后的一年我大学毕业，我没有想到自己经由这本杂志认识和熟悉了"东北"以及当代文学。人在旅途中会遇见不同的风景以及风景中的人，和《当代作家评论》的相遇，不仅是我，也是诸多批评界同行的幸运。时近秋分，听室外风雨瑟瑟，忆及过往，心生暖意，不免感慨系之。我断断续续写下这篇文章，谨表达我对《当代作家评论》的敬意。

目录

知识，稀有知识，知识分子与中国故事
——如何看格非 ··· 张清华 / 001
"起义的灵魂"
——周晓枫论 ·· 张　莉 / 021
高晓声的几种遣词造句法 ·································· 王彬彬 / 038
另一部"王蒙自传"
——《夜的眼》诞生记 ··· 赵天成 / 055
大奖纷纷向莫言：经典化的过程及其价值取向 ········· 张志忠 / 076
贾平凹：走向"微写实主义" ································· 李遇春 / 102
从《受活》到《日熄》
——再谈阎连科的神实主义 ·································· 孙　郁 / 121
诱饵与怪兽
——双雪涛小说中的历史表情 ······························· 方　岩 / 133
顽主·帮闲·圣徒
——论石一枫的小说世界 ····································· 王晴飞 / 145
取舍之间，知行之界
——作家韩少功的思想姿态 ·································· 何吉贤 / 168

"端的是一个讲故事的高手"
——笛安小说论 ·· 宋　嵩 / 189

余华与古典传统 ·· 杨　辉 / 202

应物象形与伟大的文学传统
——评李洱的长篇小说《应物兄》·················· 孟繁华 / 225

"记忆的阐释学"与当代文学的记忆书写问题
——以毕飞宇为例 ·· 赵　坤 / 238

戏剧性、自我救赎与"人性意志"
——艾伟散论 ·· 王　侃 / 253

"顽世"现实主义与"后精英"写作
——20世纪90年代的徐坤 ································ 马春花 / 268

中间地带的"瓯脱叙述"
——论《北纬四十度》的空间感觉、文明论与文史表述
　　·· 刘大先 / 280

有限生无限，回归即超越
——麦家与当代文学史互为视野 ························ 张光芒 / 297

围墙的推倒与再造：社会转型与知识分子蜕变
——论张者"大学三部曲" ································ 丛治辰 / 322

李敬泽话语 ·· 李　洱 / 336

知识，稀有知识，知识分子与中国故事
——如何看格非

张清华

虽曾写过多篇有关格非的文字，但总觉得还有些话没有说尽。一种强烈的预感告诉我，未来格非将会被重新提起，会得到更显豁的认识与评价。道理很简单，他为当代中国贡献了独特的叙事，同时也在某种程度上修复了几近中断的"中国故事"——从观念、结构、写法、语言乃至美感神韵上，在很多微妙的方方面面。在他的手上，一种久远的气脉正在悄然恢复。

这无论如何也不是一件小事。这意味着格非将不再是一个只具有个体意义的作家，而同时还构成了一种现象、象征和标记，即，新文学以来隐匿许久的中国叙事，在历经了更复杂的西向学步之后，出现了"魂兮归来"的迹象。更何况，他也同样是一个景观复杂、格局渐大的作家，他写下了属于他自己的好看而有生命力的作品，纠合了现代西方各种思想与观念的作品，同时，他也自觉地传承了兰陵笑笑生和曹雪芹们所创造的中国叙事传统，传承了类似鲁迅、钱钟书、施蛰存一类作家所特有的现代的"知识分子性"，这些都是非常值得一谈的。某种意义上,他是中国固有传统与现代的双重意义上的知识分子性的自觉传承者。通过他的努力,当代作家在精神的质地与格局上呈现了再度"做大"的迹象与气象。

有很多个角度看格非,这篇力求精短的文字也同样不可能说尽他,依然是盲人摸象的几个侧面。

一、历史诗学与历史哲学

受到当代历史的刺激,作为20世纪60年代出生的作家,格非有强烈的历史叙述冲动。在最早的《追忆乌攸先生》(1986)中,他的这种冲动即暴露无遗。谁拥有历史的叙述权,就意味着谁掌握了历史。作为教书先生的"乌攸"被作为杀戮与强暴的替罪羊,最终被头领出卖且杀死,可看作是格非对于历史的一种寓言或解释,尽管这种解释稍显简单和概念化了一点儿。随后,这一主题不断在他以后的作品中重现,成为一个格非式的历史命题,在后来的许多中短篇以及更晚近的《江南三部曲》中重新被展开。尤其在后者中,关于20世纪中国的历史、关于革命的历史、关于20世纪中国知识分子的命运史与精神史,被再度展开了其内部的全部谱系与景观。

当然,这也可以视为是20世纪50年代、60年代出生的作家共有的情结,其他作家也涉及了近似或同样的命题,而我要说的,是格非对历史的理解与叙述方式,这是他至为独特的东西。我曾将格非的历史观及想象与叙事方式概括为这样三个方面:一是"历史的偶然论与不可知论",二是"文化心理结构的历史宿命论",三是"记忆与历史的虚拟论"[①],而今,这些看法依然有效。其中偶然论更多的是来自西方存在主义哲学的影响,因为黑格尔和马克思式的历史

---

① 见张清华:《格非小说中的新历史主义意识》,《境外谈文——中国当代文学中的历史叙事》之第七讲,石家庄,花山文艺出版社,2004。

哲学对于中国现代以来宏大历史的构建,曾起到深深的支配作用,而关于个体历史的理解与认知对于中国人来说,则是十分陌生的东西。第二,宿命论的东西更多的是来自中国传统文化的熏染,这给了格非的偶然论与不可知的观念以更多本土意味的神秘感。第三,他的关于历史和记忆的不确定性的看法,来源于他对于主体精神构造的复杂认识,这些应该是得自精神分析学的启示。

格非对于历史的荒诞感与荒谬体验的思想来源,首先是中国传统的神秘主义与感伤主义,但更多的是来自西方的存在主义。他相信个体是唯一可信的历史主体,如同克尔凯戈尔所强调的"那个个人"(That Individual)才是他唯一的出发点一样[①],个体经验与认知中的历史是唯一可信的历史,但个人所面对的历史却总是一个"迷津"般的所在,生存于偶然之中的渺小个体无法掌握自己的命运,而只能成为历史之河中的"迷舟"。

为了说明此种观点,格非在很早就写作了短篇小说《迷舟》(1987)。其中的主人公萧本是北方军阀孙传芳手下的一名旅长,正值北伐战争势如破竹之时,他奉命镇守涟水一带的棋山要塞,而他的同胞兄弟则不期成为北伐军先头部队的指挥官。手足兄弟在战场相遇,成了敌手,这样的人生处境可谓是戏剧性的。萧内心充满了恐慌,但天赐良机,家中忽然传来父亲不幸亡故的消息,他急切回家奔丧,且趁机故意盘桓数日,与当年初恋的远房表妹杏有了亲密接触。此时他似乎"忘记"了大敌当前、大战在即的危险,沉湎于几无来由的缠绵悱恻之中。其间他听到了种种传言,感受到种种不可名状的恐惧预测,但还是无动于衷。而此时榆关早已被北伐军占领,他的这一趟私行不可避免地具有了通敌的嫌疑。等到他天亮回到位于小河的家时,他的警卫用枪抵住了他的胸口,说要执行上峰

---

① 克尔凯戈尔:《那个个人》,引自考夫曼编著:《存在主义》,第93页,北京,商务印书馆,1987。

的指示，以通敌罪将其处死。

显然，《迷舟》所要传达的，应该是个人作为历史之中无法驾驭自己命运的一叶小舟的叹息。面对历史的捉弄，命运的操纵，不只个人会无法做出正确的选择，甚至他对自己的内心和无意识活动也无法掌控。它试图说明，在某些历史的关头，或许正是那些难以说清的因素影响甚至决定了历史，历史的歧路丛生中看起来彼此背道而驰，实际却只有一念之差、半步之遥。某种意义上甚至也可以说，是"无意识"和"下意识"在支配着人物的行为，也驱动铸造了历史，历史的隐秘性和荒谬性正在这里。如果萧不是一个内心孱弱敏感的人，如果他根本上就是一个"粗人"，他就不会在大战前产生出无法医治的"忧郁症"，不会在潜意识里产生难以抗拒的通敌担心与"犯罪感"，不会在内心充满深渊般的"自我暗示"，也不会在紧急和危险时刻鬼使神差地"忘记"了带枪，这一切都是他按照自己的"无意识指令"一步步滑向深渊的步骤，是他内心逻辑的不经意的体现。

《迷舟》的情景与笔法类似于一个"梦境的改装"，其中的混乱、暗示、无意识活动的细节与场景都表明了它的梦境性质。格非将一个梦与历史的某些段落予以重合的处理，从而使历史的书写散发出更丰富的精神意蕴。

其次，所谓"文化心理结构的历史宿命论"，从本体上属于中国人的文化，但在方法上是得自西方人的认识。这是20世纪80年代作家所热衷的一个命题：家族的衰亡史说明的是一个文化心理的痼疾；反过来，一个文化与心理的构造也会导致一个家族的兴衰。家族是种族和国家微缩的标本，所以写家族史便是在探究国家的历史。格非在这里似乎显示了从寻根作家那里传承来的"对历史的文化反思"的冲动，但细究之，其历史方法中却多了对"无意识世界"的自觉认识。以《敌人》（1990）为例，更可以看出这种不同，格非所集中表达的，是"一个意念的逻辑导致了一个家族的灭亡"的主题，而不只是文化中的某种固有缺陷。这个"意念"的获得，是源于上述文化的赐予。它既表现为个体的潜意识，同时更是一个结构性的"集体无意识"。

在《敌人》中，传统宗法社会的生活方式引发的"仇恨"，导致了"关于敌人的想象"与本能的恐惧，这种恐惧的本能最终又导致了"内部的谋杀"，并终结了一场连环的家族历史悲剧。这个安排显然有现实的某种隐喻在。当赵家被一场无名大火烧掉了大半家产的时候，"谁是纵火者"便成为最大的疑问，族长赵伯衡临死前留下了一份猜测中的"敌人"的名单。60年以后，这份名单其实早已"失效"，然而关于敌人的想象与恐惧，却彻底压垮了赵伯衡的孙子赵少忠。在度过了60岁生日之后，赵少忠先后杀死了自己唯一的孙子、两个儿子，放任两个女儿的婚事，导致其一个惨死，一个备受煎熬。最终赵少忠完成了"敌人"想做的一切。当他亲手杀死了长子赵龙之时，他感到了一丝从未有过的轻松。

《敌人》显然也是一个古老的"劫数难逃"的故事，财富导致了"大火"，但真正的颓败则是发生在自己人的手里。作为传统社会的一个缩影，赵家演绎着富贵无常、盛衰轮回的古老故事，也演绎着中国传统社会内部结构运行中的固有逻辑，一个宿命论的悲剧历史模型，这与现代以来的"进化论"的历史观是相悖的。但是，当我们转换视角，它似乎也有"现代性"的一面：假定赵家并不存心要追究"敌人"，而是以和解姿态来面对灾变，便不会导致几代人不堪重负而心理失衡。是"冤冤相报"的传统文化心理结构导致了这个悲剧。这一点在中国文化中可解释为"宿命"，在西方文化视角来看则是"心理结构"的产物，一个结构主义的历史逻辑。

从叙事诗学的角度，格非也同样有着非同寻常的自觉，早在他1988年的短篇《褐色鸟群》中，这一点已经十分明晰。小说的核心思想即是讲述"叙述是靠不住的"这样一个道理，因为"记忆本身是靠不住的"，更谈何叙述。从这个意义上说，海登·怀特所说的任何历史都是"作为修辞想象的历史"的说法是有道理的。[①]在《褐色鸟群》中,格非使用了几个有意思的比喻,来设定"讲述本身的不可靠性"。一位似曾相识的女子"棋",来到我子虚乌有的写作之地"水边",两人有了一个温馨的夜晚。但夜晚是在"讲故事"中度过的,棋是听者,"我"是讲述者,"我"分两段叙述了一个纯属随机虚构的故事,大抵是对一个女人的妄想和追逐,其间混合了与棋的对话、棋的吃醋与离开等。对话中还涉及了现实中的人物,比如"李劼",故事也处于支离破碎的状态。最后格非又引入了博尔赫斯式的"镜子"意象,来强化关于叙事本身的不可靠性的解释。当棋一开始出现的时候,她背着一个夹子,我问她,这是一个镜子吗,她回答说不是,是画夹;而最后她再度光临的时候,她似乎已经失去了与我交往的记忆,当我问她"这不是你背着的画夹吗"的时候,她却回答说,这是画夹吗?是镜子。

读者当然可以把这篇小说当作一个叙述的游戏,但我们却可以从中看出,人的愿望、欲念、想象和幻觉这些最主观的因素对"记忆"和"叙述"本身的参与和干预,其中的复杂情形至少有这样几种:一、不同的讲述人对同一件事的记忆会完全不一样,"我"明明看见女人上了那座桥,可看桥人却说桥根本就不存在。女人坚称自己十岁以后就没有进过城,可她又说她的丈夫知道这件事。二、"愿望"和"真实"之间是没有界限的,女人丈夫的死,与其说是一个事实还不如说是"我"的一个想象,"我"明明看到他在棺材中还"活着",却残酷地把棺材盖钉上,这一举动尤其可以看出"潜意识"对记忆的某种干扰和"篡改"。三、同一个人在不同语境和不同时空里会有完全不同的认识方式与记忆,棋前后所带的东西在"我"看来没有区别,她自己却微妙地将它们区分为"画夹"和"镜子"。正

---

① 海登·怀特:《作为文学虚构的历史本文》《历史主义、历史和修辞想象》,见张京媛主编:《新历史主义与文学批评》,北京,北京大学出版社,1993。

是这个东西导致了她和"我"之间的错位和陌生感。其实无论是镜子还是画夹，它们都是人的"认识"的某种形式，和"真实"之间永远是有距离的。

小说中有一句极富哲理的话——"你的记忆已经让小说给毁了"，它揭示了"叙事"对记忆的"篡改"和破坏性的作用，这既是对"文学叙事"而言的，对于"历史叙事"也同样适用，正如新历史主义理论家所阐述的"诗学"，对于文学和历史学来说，"文本"在本质上都是一种"诗学活动"，叙述会使得历史呈现出面目全非的结果，在叙述中，历史呈现着无数的可能性。因此，机械地追寻所谓"历史的真实性"，而不对叙述本身保持警惕和反省，是最愚蠢的认识。

另外，作品中"故事""画夹""镜子"这样一些关于"认识""反映""叙述"的概念，与"事实""历史"和"真实"之间完全不是想象中的对等关系，他们就像黄昏或者某一时刻盘旋在天空的"褐色鸟群"一样，是实在而又虚幻的，上下翻飞，闪烁不定，犹如梦幻。格非以此来隐喻叙述中无限的歧路性和不确定性，使之具有了"关于叙述的哲学寓言"和"关于历史的诗学分析"的浓厚意味。

二、精神分析学

上文所述几个作品中的情境，至少有两个是明显的"梦境改装"式的书写。首先，《迷舟》很像是一个"春梦"与"政治梦"的混合，出生于20世纪60年代的人都有类似的经验。其中战争的背景是过分浓郁的政治气候与童年经历所赐，而与情人幽会的场景则来源于隐秘的性的无意识。小说中反复书写到人物的漂浮感，失去自制力的情况，混乱的行为逻辑，困窘和"忘记带枪"的细节等等，都显露着其梦境的性质。《褐色鸟群》更是如此，小说中棋的乳房"像暖水袋一样"触到"我"的手上一类细节，目击女人的丈夫掉入粪坑淹死后自己参与了他的入殓等情境，都表明其来自梦境的底色。因为在现实中，明知其丈夫并没有死亡（"我"看到他因为嫌热而试图解开上衣的扣子）而将棺盖扣上，显然是不合法的，不可能被容许的。

格非确乎是一个擅长书写梦境的作家。《人面桃花》中他甚至舒放自如地书写了一个少女的"春梦"，显示了极端纤细的高明笔法，与曹雪芹在《红楼梦》中所描绘的贾宝玉在秦可卿房间里所做的那个春梦，可谓有着异曲同工的妙处。分析这些梦境，当然就需要借助老弗洛伊德的理论了。小说开头就写了主人公陆秀米正值青春发育之际的烦躁与不安，而父亲的出走，母亲与神秘人物"表哥"张季元之间的暧昧关系，还有张季元不时向她发出的不得体的性挑逗与性暗示，都使她更加严重地感到焦虑与不安，尤其对于张季元，她一方面是厌恶，另一方面则是不可抑制的好奇，这一切再加上由暗娼孙姑娘的东窗事发及其死亡所带来的复杂信息的刺激，以及包含了性苦闷、失父焦虑、无意中的窥淫、性引诱、不伦与性乱的恐惧、深渊与死亡的逼近……这诸般心理焦虑与活动，使处于青春动荡之中的陆秀米做了这样奇怪的梦，梦中她的身体对张季元并未做出在现实想象中的道德反应——厌恶与逃避，相反是一种令她自己也感到羞怯和难为情的迎合与默契。而这一切，与她后来走上了张季元们所开创的早期革命者的道路之间，可谓有着直接的深层联系。

这很像是威廉·H·布兰察德在分析马克思与燕妮的爱情时所描述的，是马克思在现实中将自己置身于危险的境地，并且不断在诗歌中流露一种献身的激情、冒险的冲动、死亡的感伤，燕妮才深深地迷恋他，想象他在危险中对她的需要，布兰察德认为，这是一种"与马克思的支配性的个性相联系的女性的受虐倾向"，"那种'病态的感伤'深深地吸引着燕妮"，并且有一种将她与马克思之间最初的无用者与伟大人物的关系"颠倒过来的想法"，"对她来说，似乎被击倒的英雄才具有一种特别的魅力"，而这，恰好表现了她身上"同样潜藏着施虐性的狂想"。①

　　精神分析学对于格非的影响,迄今在当代中国作家中可谓是最显豁的,在女作家中最明显的自然是残雪,男作家中则无疑是格非。这或许与他早年的环境暗示有着某种关联,另一方面,最主要的因素,当然还是对于精神分析学理论的热衷与体悟。我无从考证格非的理论阅读,但从他的作品中,却分明可以看出来自精神分析学的深刻印记。

　　在《春梦,革命,以及永恒的失败与虚无》一文中,我曾经谈及格非小说中人物的"泛哈姆莱特性格",②不论男女老少,在格非的笔下,均有类似于哈姆莱特式的敏感与多疑,错乱与深渊的性格逻辑,最早的乌攸先生、《迷舟》中的萧、《傻瓜的诗篇》中的杜预、《敌人》中的赵少忠……这些人物,还有《江南三部曲》中的三代人,陆秀米、谭功达、谭端午,以及谭端午同父异母的哥哥王元庆,以及最新的中篇小说《隐身衣》中的男主人公"我",无不有着敏感与忧郁的性格,有着精神分裂式的,或近乎于忧郁症、强迫症式的人物。《迷舟》中的萧,即便作为一个军队的指挥官,也同样有着哈姆莱特式的优柔与延宕,他的悲剧几乎完全是由自己的性格弱点所致;赵少忠是一个典型的"获得性强迫症"患者,他一生被给定的"排除法"思维逻辑,最终使他陷于自我杀戮的疯狂陷阱;作为精神病医生的杜预,在对精神病人实施了"弗洛伊德式治疗"的同时,又因为家族的遗传(父亲是诗人、母亲是精神病患者)和诱奸了女大学生莉莉的罪错,陷入了严重的精神焦虑,最终因为各种刺激而导致精神分裂;《人面桃花》中的陆秀米,作为一个女性也同样有着类似哈姆莱特的敏感与多疑,有着"局外人"的失意情绪,以及固

---

① 威廉·H.布兰察德:《革命道德——关于革命者的精神分析》,第210-211页,北京,中央编译出版社,2004。
② 张清华:《春梦,革命,以及永恒的失败与虚无——从精神分析的方向论格非》,《当代作家评论》2012年第2期。

执地走向深渊的失败性格；《山河入梦》中，谭功达传承了母亲与外祖父的性格，雅好"桃花源"式的梦想，脑子里永远充满了浪漫与不切实际，且同样有着"局外人"式的失败情绪，在本该突出政治、遵奉上司的官场中，只按照自己梦游般的性格去做事，终于被逐出了游戏。在这个人物身上，作家同时还赋予了他中国式的"贾宝玉性格"，在对待仕途和情感方面，他没有一次是按照世俗与官场逻辑去出牌，而总是按照反世俗、非驯化、拒绝长大的思维方式去行事，所以他最终也无法不成为一个失败者；《春尽江南》中的谭端午，更是一个典型的"多余人"式的人物，经历了急风暴雨，他退隐江湖，隐居于日常生活之中，被彻底逐出了主流和中心，并且不可避免地具有了双重性格：作为当代知识分子的一个隐喻符号，他延续了现代以来知识者的社会担当角色，但更多的却是回到了中国传统文人的生活方式，安贫乐道也明哲保身，随遇而安却不随波逐流。在他身上，可谓既有现代的"狂人"与"零余者"的意味，也有着当代"愤青"与"犬儒"的混合性格，有着天然的桀骜不驯和"被去势"之后的逆来顺受。

所有这些人物都不可避免地带上了精神现象学的意味。他们的行为与自己的身份和时代之间，总是处于一种错位关系，性格中的某种深渊与"异类"气质总是会给他们带来厄运，在现实的利益格局中，他们总是处于局外人或失败者的角色。

在《江南三部曲》中，我以为格非的一个非常重要的题旨，即是要凸显一个"革命者的精神现象学"的命题。他成功地揭示了革命者理想主义的个体气质与革命的暴力实践之间的奇怪关系：首先是这些人发起和领导了革命，之后他们的内心弱点很快使之变成了革命的同路人，再之后便成了痛苦而尴尬的局外人，最后变成了革命的弃儿或者被牺牲者，直至变为革命的对象。陆秀米、谭功达、谭端午这三代人无不如此。这非常有意思，之前也有作家如张炜、李洱等，都曾在其作品中揭示过类似的主题，前者的《家族》写了革命者的信仰与革命的暴力行为本身的冲突，后者的《花腔》揭示了革命历史中"个人之死"的深刻秘密，但相比他们，格非更注重的是从主体自身的性格与心理角度，揭示其精神与文化的悲剧缘由。在他的笔下，个体的精神气质被赋予了极其敏感的性质，这只能解释为是对"知识分子"这个特殊群体的一种文化认知，同时也是对"革命"本身的思想与实践之间的根本对立的一种哲学解释。这很好地诠释了20世纪的中国革命的道路：最初的启蒙思想的传播者发动了革命，组织成立了革命党，但最终却沦为了局外人和牺牲品。其原因是，凡知识分子均具有理想主义与个人主义的气质，而这些对于真正的革命实践而言都是不合时宜的，所以必然会有陈独秀、瞿秋白式的悲剧。与丹尼尔·贝尔所揭示的"革命的社会学"——"所有的问题都发生在革命的第二天"的论断相映成趣，格非更加宿命性地将人性的永恒悲剧、主体的分裂与革命逻辑本身复杂的内在关系揭示出来。

当然，作为文本的书写而言，更有意思的是格非对于细节部分的设置与描写。在人物身上，关于"革命动机"的解释往往更荒诞和富有启示性，比如张季元，他肆无忌惮地同时向秀米及其母亲示爱，这种"不合伦理"的冲动或许正是其"革命"冲动的一部分，他对于"大同社会"及革命的解释，都显得更为裸露而真实，更为坦诚而又荒诞不经。

还有关于"精神病的发病机理与治疗"问题的生动解释，这干脆就是弗洛伊德关于精神病的临床治疗的真实写照了。在《傻瓜的诗篇》中，精神病医生杜预与精神病人女大学生莉莉之间成功地完成了一个"角色的互换"——杜预因为垂涎莉莉的身体而设法诱奸了她，在这个过程中，他恰好无意中完成了对病人予以抚慰、诱导、唤醒记忆、谈话治疗的使命；莉莉在讲出了她的"弑父"秘密之后而释放了压抑于心中的苦闷，并渐渐恢复了羞耻感和理智，最终治愈出院。而杜预则在更加严重的"失恋"焦虑中，在经受了贾瑞式的煎熬与冲动之后,最终陷于疯狂。当然,为了使人物的性格与命运更为符合逻辑,格非还为杜预设置了种种遗传背景:作为诗人的父亲、罹患精神病的母亲,以及作为大龄青年的性焦虑、长期的胃病、对于诗歌的喜欢……这一切都构成了杜预最终疯狂的心理背景。关于这一点,笔者在过去的多篇文字中都已有专门论述,这里不再展开。

三、"中国故事"的自觉

有各种不同的说法:可以叫"中国故事",也可以叫"传统叙事",含混的说法是"中国经验",或者更直接些称作"《红楼梦》式的叙事",等等。"中国经验"当然也可以指"现实"意义上的当下中国的某些隐秘与敏感的部分,当然也可以指传统意义上的"中国式的写法"。什么是中国式的写法?自然不止一种,不过最核心的,乃是由世情小说的集大成者《红楼梦》所代表的结构与笔法。比如说,其内容是家族史的或世俗生活景观的,其故事构架是"由盛而衰"的悲剧模式的,其时间理念是周而复始或往复循环的,其美学格调是悲凉伤婉或哀情幻灭的,等等。

而这刚好符合格非《江南三部曲》以来的写作与风格。尽管他的方法依然"西化",比如有现代性的文化反思、人物内心世界的复杂分析,有他依然如故的存在哲学的寓意,但他的结构与故事、笔法与神韵、格调及语言,都明显地回到了传统式的讲述,《红楼梦》式的故事。无论从内在的时空设置、外在的结构形态、叙事的风格形貌,以及美学上的气质精神,乃至其中所承载包含的生命体验与基本的反现代的、循环论的和"非进步论"的价值观等等,无不回到了中国固有的传统,实现了对中国故事的一种精心的修复,以及在现代性思考基础上的复活。

这无论如何也不能小看,格非所昭示的方向对于整个当代写作而言，都是一种不可忽略的转向的预兆：新文学以来，一直备受压抑和反复批判的传统叙事正在重新焕发活力，并再度粉墨登场。这是一个重大的信息，在所谓"世界性"或者"全球化"的时代，真正有价值的写作，或许并不是亦步亦趋地按照西方模式，或者至少不是唯有按照西方现代以来的观念来构造我们的现代性叙事，讲述我们自己的经验和历史；而完全可以运用中国固有的哲学，完成对于当代文明及精神价值的反思与重构。另一方面，即使仅仅从"文学叙事"本身的角度看，"中国故事"所产生的深远的背景铺设，结构上古老形式的显形，经验的烛照与氤氲，语言的雅趣与根性……这一切都有一种真正的古老而年轻的赋形作用，一种招魂般的魅性与活力，它会赋予当代中国的文学以一种真正本土的和民族的品性与质地，使之获得一种原始而崭新的生命。

  要说清这个问题，我需要再耗费一点儿笔墨作一个追溯。新文学诞生以来，传统叙事手法与故事模型在多数情况下只能作为"潜叙事"和"潜结构"，以"无意识"形式潜藏于各个时期的创作中，但即便如此，传统叙事在新文学和革命文学中也都发挥了至关重要的作用。某种程度上也可以说，它们作为潜叙事挽救了这些作品的文学性。最简单的例子是巴金的《家》，乃至整个《激流三部曲》，在我看来，支撑这部小说的文学性的，首先不是其中所要展示的革命的或反封建的主题，也不是"新人"的塑造，甚至其粗糙的语言、不无矫情的心理描写，都使小说显露了简单和幼稚的一面。然而所有这些弱点，在一个有着浓郁中国特色的"家族叙事构造"所产生的巨大的悲剧意蕴面前，都显得那样无足轻重，反而生发出了非常深厚的美感与内蕴。简言之，是小说中不可或缺的"呼喇喇似大厦倾，昏惨惨似灯将尽"的《红楼梦》式的结构与框架挽救了这部小说，使其摆脱了单向度的"进步论叙事"固有的单薄逻辑，而成为现代以来不可多得的有美感价值和形式意味的长篇。另一个例子是当代的革命文学，类似《青春之歌》《林海雪原》《红旗谱》《铁道游击队》这些作品，假如没有潜伏其中的"才子佳人""英雄美人""绿林传奇""江湖匪盗""鬼域妖魅"等等传统叙事构造，这些作品将很难有任何"文学性价值"，而只能沦落为干涩的"革命历史斗争故事"。

中国故事的自觉自然并不只有、也非始于格非，但某种意义上却是彰显和赋形于格非。这是他的一个贡献，也是他长期精研中国小说的一个结果。假如追溯最早的显形，我以为应从20世纪90年代开始，1993年贾平凹《废都》的问世可谓是一个标志。它十分神似地修复了中国传统的"世情小说"的结构、写法与风格。虽然因其"格调"问题而遭到了批评，但如今在获得了更长时间距离之后再回过来看，恰恰是这部小说给当代中国文学带来了重要的信息——即由"进步论"主导的"新文学叙事"与"革命叙事"的格局，终于开始让位于"反进步论"主导的"后革命叙事"以及"循环论"主导的"中国故事"。这绝对是一个重要的事件。稍后在1995年，王安忆又推出了她"戏仿"白居易的《长恨歌》。与《废都》相比，《长恨歌》更为切近地彰显了"天长地久有时尽，此恨绵绵无绝期"的中国式的悲剧理念，同时也成功地对其进行了"现代性的改造"——书写了一个上海女性在现代中国所经历的世俗悲剧，其中既昭示了对革命时代作为中国现代历史的一个"巨大弯曲"的深沉叹息，同时也通过将一个古典的悲情故事拼贴于一个现代的小市民女性身上，而折射出了深沉的反讽与荒谬意味。

两部小说明显地恢复了"《金瓶梅》式的"和"《长恨歌》（或《红楼梦》）式的"叙事结构，其中前者尤为神似，后者可看作其"叙事的简版"。它们都恢复了类似"由色入空"或者"由盛而衰"的故事模型，以"乱世景象"或"末世悲情"的笔法，书写了完全不同于此前的文学叙事。之后，许多作家的笔下，都显现了传统形式复活的迹象：莫言的《檀香刑》与《生死疲劳》，都采用了不同形式的传统思路，韩少功、贾平凹的小说一直运用了他们最为擅长的

"杂记"或"笔记体"写法，这无疑也是"中国故事"的一种形式，《秦腔》《古炉》《带灯》《日夜书》这些小说都是典型的笔记或杂记体的小说。类似的写法在张炜的《刺猬歌》、阎连科的《风雅颂》《四书》等小说中也多有运用。但与所有这些作家相比，格非无疑是最为自觉地向着中国传统叙事的核心地带靠拢的一位，他的《人面桃花》不止使用了传统的核心意象，而且通过《红楼梦》式的循环论模式，成功地链接了此后的《山河入梦》与《春尽江南》两部书，不止是将故事与人物连缀在一起，更重要的是构造了"现代中国历史的悲剧循环"这样一个重大的主题，构造了一个围绕革命历史而产生的悲剧人物谱系，一个革命者的精神现象学，一个与中国古老的历史观熔于一炉的悲剧历史美学。

显然，要想在说清这个问题的同时厘清三部作品的结构，并非易事，在此篇幅中确乎难以尽言其妙，但是粗略看，还是能够简析一二。格非用了"非进化论"和"循环论"的时间思维，重新格物修史，将现代以来中国人前赴后继的悲壮努力谱系化了。仿佛是对《红旗谱》一类革命故事的续写——这种续写其实一直存在——莫言1987年的《红高粱家族》也同样是家族模式的重写。但格非完全将这一进程套入了更为古老的历史模型之中，仿佛《红楼梦》中的"大循环"，这场旷日持久的悲壮革命在格非看来不过是与一场"春梦"相套叠的个人的劫难，个体生命的消殒，红尘富贵与血色黄昏，爱情激荡与一枕黄粱，一切的爱与恨、冤与孽、情与欲、罪与罚……最终都陷于一场虚无的"几世几劫"的大循环与最终的大荒凉。关于历史的"春秋大梦"与个体的生老病死和悲欢离合、宦海浮沉和成败荣辱，最终一同化为时间的灰烬与泡影中的传奇。

格非小说中的"现代性"理念在这里成功地实现了一个分离：一方面是对于现代中国历史的反思，其中"革命者的悲剧"是最核心的，它体现了革命理念与实践之间的无法合一的冲突，从这个意义上看无论是革命本身的悲剧还是革命者自身的痛苦都是互为表里的,这种悲剧认知早已为无数作家和思想者所领悟,格非只不过是用了自己的视角,用了他擅长的精神分析加深了其揭示的深度,比如革命者的精神现象学问题,这也是鲁迅在《狂人日记》中早就提出了的,只不过格非又将其进行了深化。他在另一方面的贡献,即在更大的时间背景与中国人的历史观念中来认识这些问题的时候,却获得了别人所没有的本土性的文化与美学品质:他在"革命和现代的主题区间"中再度创造了古老的中国式悲情故事,也再度证明了中国人历史眼光的长远与高明。革命也好,自由也罢,"乌托邦"或者"桃花源","世界大同"与"风雨长廊","解放全人类"与"大庇天下寒士俱欢颜"……格非在这些不同的词语间找到了历史与精神共同传承的蛛丝马迹,从精神伦理与社会理想、人格构造与内在驱力、历史势能与个体挣扎等等方面,解释出"进步的不可能性"。最终展现了《红楼梦》式的"大荒凉"与"万古愁"的中国主题与哲学,从而获得了独一无二的精神优势与终极思索。

"循环论"无疑是这一建构中最为核心和关键的。所谓"中国故事",其最核心的元素便是时间模型中的循环论构造,它在《水浒传》中是"由聚到散"(同时暗含一个"来世的重聚");在《三国演义》中是"由合到分(或由分到合)",所谓"分久必合,合久必分";在《金瓶梅》中是"由色到空";在《红楼梦》中则是"从盛到衰""由好而了"。这种构造形成了中国式悲剧认知的基本模型:所有故事都是必将衰败、再度轮回的一个圆,是"滚滚长江东逝水,浪花淘尽英雄,是非成败转头空",是"一朝春尽红颜老,花落人亡两不知",是"好一似食尽鸟投林,落了片白茫茫大地真干净"。《人面桃花》终结时的瓦釜映像,失踪父亲面孔的显现,秀米所体悟到的生死大限,犹如《红楼梦》结尾处所标示的"归彼大荒"的意境一样,主人公所历经的失败与幻灭,并未引导和显形为一个现代性的或革命叙事中的"失败——斗争——胜利"的主题,而富有命运感地预设了谭功达及其更新一代的人生困顿,以及相似的遭际。唯其如此,中国式的悲情而又彻悟的、绝望而又洞悉的主题方能得以彰显。

我忽然意识到，在这里我可能涉及了一个无法说清的问题，因为这涉及了佛学和来自老庄的古老的本土哲学的固有命题，即"常有"与"常无"的"玄学"问题，色与空、有名与无名、"观其微"与"观其妙"之间辩证关系的问题。这是中国智慧的核心，也是中国人古老时间观与生命观的基础所在，当然也是中国故事构造与显形的基础所在，是其美学的范型与根基所在。

四、知识与稀有知识，以及知识分子叙事的可能性

前文中实际已经从不同侧面展示了格非小说中"知识的本体地位"。在现代以来中国作家中不乏具有知识分子气质的一类，五四的一代或多或少几乎都具有这样的气质，在20世纪30年代的上海也孕育了"新感觉派"，在"京派"作家中则有沈从文、废名、萧乾、师陀一类颇具文人气质的一脉，40年代又有钱钟书这样典型的知识分子叙事的作家。但在当代作家中，有这样气质的人却属凤毛麟角。某种程度上这也是长久以来人们喜欢贬低和诟病当代作家的一个理由，原因很简单——当代作家是"没有文化"的一群。这固然是偏见，诗有别才，非关学也，小说写得好不好，通常与作家的学问并不完全成正比。但反过来说，当代作家中缺少学者类型的一派，当代文学中罕有真正的知识分子叙事，却也是不争的事实。在文本中我们通常看不到作家丰富的学识、不凡的气度、高深的雅趣，也很少看到以知识分子、书生或者具有传统根性的"文人"为主要角色的故事。而格非的存在，在一定程度上为当代作家挽回了一点儿"面子"。

知识进入小说当然谈不上是问题。问题在于进入多少、进入的方式、显形的程度，这些是具体和需要讨论的。某种意义上，当代小说的变革正是大量西方现代知识进入的结果，比如现代主义精神、存在主义哲学、精神分析方法、结构主义和解构主义的文本技术，

乃至于女性主义、新历史主义、后现代主义、后殖民主义等等当代性的意识形态，这些构成了当代中国文学变革的基本方法与动力，当代作家们都或多或少地参与了这个进程。不过，对于大多数人来说，他们的知识通常只是作为"方法"，而不是作为"学问"出现，通常是隐含其中的，不会以令人敬畏、讶异和仰慕的形式出现。但在格非的小说中它们出现了，比如在《人面桃花》的后半部中假借秀米与喜鹊的唱酬所展示的旧诗写作，所谓《灯灰集》云云，其实都是出自格非自己的手笔——必须说，或许格非的自由体诗写得一般，但他的旧体诗却是写得极好的——"师法温李，略涉庄禅；分合有度，散朗多姿……"①，这些话当作其"自诩"也不过分。其中与"元刻本"的《李义山集》等的"互文"关系密集交汇，更显其幽密而古奥。经此书，秀米还看到父亲当年的诸般"批注"，其中还隐含了对于"金蟾啮锁烧香入"一类不无色情隐喻意味的句子的阐释，插入了对于张季元的疑问，暗示这些早期革命者所信奉的"人妻共我"的荒谬逻辑，以及不知疲倦的畸形情欲为人不齿。但或许又正是这种隐秘的需求与无意识冲动，才成为他们投身危险而不惧的动力所在。纸短意深，在如此简约的闪烁其词中，格非暗含了多少可意会而不可言传的意思在其中，也刻意"嘚瑟"和"显摆"了其高出常人能力与趣味的学问与知识。

必须说，"知识的嵌入"在格非的小说中不止是一种装饰，而且具有不可或缺的参与意义。它彰显着格非小说的质地，并且也成为其作家身份中特有的"象征资本"，优越性是无须讳言的。在《春尽江南》中，它也成为人物的身份象征，谭端午之所以能够成为这时代真正的局外人，成为隐于闹市间的真隐士，离开他对欧阳修《新五代史》之类著述的研读是很难想象的。小说中甚至十分冒险地将当代知识界的许多真实人物也"嵌入"了叙事之中，围绕一个"学

---

① 格非：《人面桃花》，第225-226页，沈阳，春风文艺出版社，2004。

术研讨会"将当代知识分子的群像——不是"群贤"、也不能简单地说成是"群丑"——整体地铺展开来。

……他刚刚提到王安石变法,却一下子就跳到了天津条约的签订。随后,由《万国公法》的翻译问题,通过"顺便说一句"这个恰当的黏合剂,自然地过渡到对法、美于一九四六年签订的某个协议的阐释上。

"顺便说一句,正是这个协议的签署,导致了日后的'新浪潮'运动的出现……"

研究员刚要反驳,教授机敏地阻止了他的蠢动:"我的话还没说完!"

随后是GITT。哥本哈根协定。阿多诺临终前的那本《残生省思》。英文是The Reflections of the Damaged Life。接下来,是所谓的西西里化和去文化化。葛兰西·包德里亚和冯桂芬。AURA究竟应该翻译成"氛围"还是"辉光"。教授的结论是:

中国社会未来最大的危险性恰恰来自于买办资本,以及正在悄然形成的买办阶层。……[①]

这种叙事让人想起钱钟书《围城》中的许多场景,大量的新知、西语词汇或语句、智慧的谈吐与对话、文本掌故互文插接等等汇集其中,构成了一种充满知性乐趣的叙事体与语言流。当然,其合法性首先还是来源于对"知识叙事"本身的一种戏谑和嘲弄、颠覆和讥讽,表明了当代社会"思想贫乏而知识过剩"的尴尬现状,以及知识分子形大于实、言大于用的畸形禀赋。不过,这种叙事确乎夹杂了大量的知识信息,使其在充满特殊的密度与压力的同时,也洋溢着一种奇怪的优越感。确乎事情是两面的,在指向戏谑的时候,有关知识的叙事是从负面蜂拥而出的;但在另一种比较严肃的情况下,知识则生发着固有的优势,它表明了主体的博学与出众、稀有

[①] 格非:《春尽江南》,第319页,上海,上海文艺出版社,2011。

与骄傲。在另一部近作《隐身衣》中,格非刻意描写了当今社会中的一种身份特殊且隐而不显的"高级人群",一个叫作"音乐发烧友"的稀有人群的生存状况。

上述情形当然还不足以支持格非构造一种新型的知识分子叙事,他同时还须辅以密集的思想含量,当代性的观念烛照,充满机锋和雅趣的语言,不断引经据典和嵌入历史掌故的细部经营,还有传统小说中唯美与感伤的情调,来自《金瓶梅》或《红楼梦》中的那种简约精细而富有形质的叙述笔法……但这一切最终、最根本的还取决于人物——其所刻画的具有知识分子的属性与气质、心灵与命运的人物,他们的悲欢离合与兴衰际遇可以成为20世纪中国历史的别样见证,构成革命者前仆后继的精神史诗,只有如此,才算得上是真正构造了当代中国的知识分子叙事,而不只是构造了写作者自己的知识分子身份。

格非确乎做到了。

最后,还须说的一点是,在当代作家中,格非所建构的自我身份,正在明显地区别于其他人——大部分作家的身份要么是体制内的,要么是民间的,要么是接近于一种"意见人士"的,要么是纯然的西方或现代意义上"知识分子"的。唯有一种身份比较罕见,即"文人"——传统意义上的"文人",而不止是现代意义上的"知识分子"。这种作家在今日中国很少,贾平凹算一个,他身上旧文人的气息与做派还是比较明显的,保有的写法与风格也几近于旧文人的趣味。而格非在典范的"知识分子型"的作家中,也具有了一部分"文人"的因素,标志就是他在小说中对于古典传统的精妙领悟与创造性的借用,还有他的人物身上的那么一点点传统的"颓废气息",这点对他来说将非常重要,他将以此成为中国本土叙事传统与美学的最合适和高明的传人,这将推动他走得更远,也将流传更远。

本文原刊于《当代作家评论》2014年第4期

"起义的灵魂"

——周晓枫论

张 莉

作为一名女性写作者，我希望自己能够写出女性真实的成长、疲倦、爱和痛感。我知道有些读者保留着美化女性的期待，概念中的、史诗中的、长得像天使的抽象而完美的女性把我们战胜。可破损使人生动。强迫自己直视镜子，面对痣、刀口和羞于启齿的欲望……我希望自己，有胆量以耻为荣。[①]

——周晓枫

"为什么那么多写作者习惯通过文字不断矫饰，把自己美化到失真的高度，或者永远在塑造并巩固自己的无辜者形象？"[②]一次，周晓枫被问到是否有对散文文体进行破坏或重建的想法时如是说。这是不需要旁人回答的疑问句。它以提问的方式引起读者思考。答案就

---

① 周晓枫：《来自美术的暗示》，《周晓枫散文选集》，第74页，天津，百花文艺出版社，2011。

② 周晓枫：《与姜广平先生对话》，《周晓枫散文选集》，第280页。

在问话里。周晓枫形容的那种文字我们再熟悉不过了，它们充斥在我们的教科书、散文经典选本里已经很多年。那种文字让人很容易想到被PS过的照片、蜜蜡制的水果、扭捏作态的情感以及被提纯的人生感悟。它们如此稀松平常，以至于读者们都理所当然地认为，只有那种文字才能叫作"散文"。

许多写作者对那种僵化的散文写作表达了不满并试图进行破坏和改造。这样的工作一直持续到今天。周晓枫是这群人中最为独特的一员。她的散文气质卓然。嗅觉灵敏的读者从第一句话就会意识到她的独特，她的行文中饱含有真切的人的气息，有作为人的深度反省以及经年累月的沉思。

随着阅读的深入，读者们会很快发现，这位写作者沉迷于"破损"，她会看到世界的残缺，喜欢对某种坚不可摧的东西进行"破损"。她对一切完美的人事都保持深度怀疑。无论是人性还是童话，她都选择站在破损处思考，并向更深暗处推进。这种深度怀疑的气质与她少年时被损毁的容颜有关，而那种斑痕性体质加重了这外力带来的损毁。身体的痛楚使她感受力丰富，她往往看到许多人看不到的细小，比如阴影、暗痕、泪迹。这是心怀善好对世界有极大好奇心的写作者，她渴望穿越事物外表触摸其内核。她喜欢面向自己内心，返回到内心深处，与自我争辩。所有的深思和争辩在这位作者那里都不是即兴的和发泄式的，所有的经验在她内心里都需要反刍。经过时间的消毒。辗转反侧。最终，那些痛楚和不安变成一种结晶体，驻留在文字里。百转千回的思考最终投射在她的写作中，演变成她修辞上的浓烈、黏稠，以及繁复。

对破损的执迷

"黑"是名词，也是形容词。在周晓枫这里变成了动词，尤其是在她关于童话的叙述里。《黑童话》中，她对那些留存于我们记忆中的童话——那些美好的、给予我们大团圆结局的、抚慰孩子进入香甜梦乡的童话——进行拆解、反写。把那些我们视而不见、习焉不察的细节放大：原来这个细节后面还有另一种细节，原来在这个叙述中还有另一个叙述，在这一个逻辑背后还藏着另一种逻辑。

从《一千零一夜》的结尾回看。被认为世界上最擅长讲故事的神奇少女山鲁佐德，在故事的最后为国王生下了三个儿子。寻常逻辑中，我们只看到了她的讲故事才华，却忽略了她的女性身份和生育功能。生下儿子的细节在这里被放大——难道，让嗜血的国王停止杀戮的原因仅仅是因为她讲的故事？这位书写者使读者看到"山鲁佐德的嘴唇和腰"——"她度过一个又一个性命交关之夜，不完全归功于文学，性在其中亦占有比例。在那些故事航程里踏山渡水，在她缠绵的肉体上停靠休憩，甜美节奏过后，国王涌起入梦前醉意的松弛。你我非王，只是遥远之外的读者，怎么能比较山鲁佐德的嘴唇和腰，哪个才是决定性的法宝？"①堂而皇之的"讲故事"背后，有着另一种交换。神圣的讲故事才华之后，性的吸引力对作为国王的男人似乎更有效。"其实山鲁佐德的夜夜讲述，与昭君出塞一样，都是典型的东方式的以身体换和平的故事。"②

童话中的女主人公们，再不像我们想象得那么处境完美。一如《睡美人》，在最早的版本中，她被人强奸，之后生下了双生子。在《意大利童话》中，强奸者的身份是国王，病得意志不清的国王。那么，所谓美人必须得"睡"着："睡美人的睡眠可以用来回避痛苦，假设痛苦更剧烈，更极端，就需要以死亡来回避。痛苦的延宕过程洗刷了被强奸的耻辱，当孩子降生，他们无辜清亮的眼神，使追剿强奸者的罪行显得不那么必要，多数时候，它使凶犯变成血脉相系的亲人。睡美人将和在她无知无觉中破坏她童贞的男子永结连理，

---

① 周晓枫：《黑童话》，《周晓枫散文选集》，第25页。
② 周晓枫：《黑童话》，《周晓枫散文选集》，第26页。

共度余生。"①

童话有多完满,它背后潜藏的逻辑便有多不堪。她引我们看到了《白雪公主》里的后妈。"第一页起,我们就已明了她注定失宠的未来。冠以妒恨之名,冠以迫害之名,让她的爱和痛说不出口。对反面人物的仇恨被有效地培养,这是必须的衬托。王后的美仅仅因为次要而变成丑恶。同样的命运也发生在灰姑娘的后妈和姐妹身上,因为,那最美的,尖细的水晶鞋跟,需要踩在令人惊讶的起点上。"②

用脑子想一想吧,一个完美的人怎么能没有弱点和缺陷?"如果白雪公主不是自恋而先验地把自己的形象预设为纯洁的无辜者和牺牲品,她会发现,使自己遭受迫害的,不仅是继母的狠毒诡计,主要发挥作用的,是她自身的诸多毛病。白雪公主挑剔——轮流睡遍七张小矮人的床,以便不错过最为舒适的一张;虚荣——她迫不及待地拿起毒梳子打扮自己;嘴馋象征的贪婪——甜得能够裹住罪的苹果,她根本无法抵抗它的诱惑;都说白雪公主是个善良的美人,但她的报复心如此强烈,以至于婚礼上特殊安排的庆贺表演,是继母临终前的酷刑。正是白雪公主自身的弱点,成为她坠入灾难的决定因素。继母曾经是世上最美的女人,这句话的意思是,继母就是一个长大了的白雪公主;白雪公主的复仇索要着高昂的代价——而所谓复仇的对象,也正是未来的自己。"③

没有什么比童话更具欺骗性。那些童话有如斑斓的气球,这位作家则如不合时宜者,她的手指一触动便戳破了那些"完满",那些"美好"。周晓枫使我们看到月亮的背面,暗黑之下。她具有一种"破损"的本领,"没有一种文学样式比童话更需要邪恶的参与,尽管童话以善良遭遇不公开始,必以善良大获全胜告终。"④但是,童话

---

① 周晓枫:《黑童话》,《周晓枫散文选集》,第32页。
② 周晓枫:《黑童话》,《周晓枫散文选集》,第34页。
③ 周晓枫:《齿痕》,《巨鲸歌唱》,第212页,上海,东方出版社,2013。
④ 周晓枫:《黑童话》,《周晓枫散文选集》,第32页。

难道仅仅是童话,使童话破损仅仅是为了让我们看到童话的不完美?"记住镜子的秘密。镜子看起来不折不扣地映现现实——只是,颠倒了左右"。①

世界上需要破损的怎么会仅仅是童话?"我们不知道有多少屈死的冤魂,有多少失真的史册,不知道一个光芒万丈的书里英雄,他旗帜一样鲜艳的襟袍是不是掩盖着血和违背的盟誓。也许,在童话的背后,有另外一个王后,一个真实的王后,死在某个不为人所知的地点。"②还有别的假象。周晓枫对那种完满明亮掩映之下的真相情有独钟。"一个看起来昭然若揭的谎言,可能裹挟着更大的真相。"③"写作必须有能力逼近破损的真相。"④"展示破损比表现光滑更具技术难度。"⑤"它挑剔靠近者,所以设置非凡的考验,以使得以目睹的人维持在极少数。"⑥

对破损的执迷,使这位喜欢"黑童话"的作家总愿意和那些并不可爱的动物站在一起。比如飞蛾,比如蝙蝠,比如水母,比如海鸟,比如鲨鱼,比如乌贼。"哺乳动物似乎有着与人类近似的悲喜变化的感知系统,因而它们的死易于获得同情。而我们看待诸如海星这样的生物,疾病和死亡都令人无动于衷,之所以对应的情感锐减,因为它们的样貌——石灰质感的肢体坚硬,看起来如同化石,缺少交流的可能。"⑦

还有蛇。在那个伊甸园的神话里,站在蛇的立场是怎样的?"假设时光逆流,亚当和夏娃得知善恶树的秘密之后,没有当即用树叶装饰自己可怜的生殖器,蛇或许继续隐身于伊甸园之中。它失去一

---

① 周晓枫:《黑童话》,《周晓枫散文选集》,第34页。
② 周晓枫:《黑童话》,《周晓枫散文选集》,第34页。
③ 周晓枫:《来自美术的暗示》,《周晓枫散文选集》,第70页。
④ 周晓枫:《来自美术的暗示》,《周晓枫散文选集》,第74页。
⑤ 周晓枫:《来自美术的暗示》,《周晓枫散文选集》,第74页。
⑥ 周晓枫:《来自美术的暗示》,《周晓枫散文选集》,第74页。
⑦ 周晓枫:《琥珀》,《周晓枫散文选集》,第66页。

切,换来亚当和夏娃生殖器上两片颤抖的树叶——这是否是一桩值得的交易?这是否是公正的价值兑换?仿佛,把梦想折价为羞耻,把飞翔等同于堕落,仿佛判定残疾的天使不如害羞的嫖与妓。况且,分享终极秘密的人并未就此成为蛇的同盟,反而向上帝招供。"①

尽可能地对那些常识保持怀疑;尽可能地站在边缘立场;尽可能不被主流裹挟。"谁的节日,谁的灾难?锣鼓喧嚣,我们就听不到啜泣。其实所有的庆祝都秘密地建基于某种失败和牺牲。战争胜利,建立在敌军足够多的尸首上;祭祀仪式,建立在牲畜替代的死亡上。"②在风光的背后,在喧哗的背后,在成功的背后,在幸福的背后。世界在她的笔下展现另一种丰富性。破损在这位作家笔下哪里只是一个形容词?它还是有强大行动色彩的动词。"假设抹除那些破损,我们只会目睹一个失真的丰收。"③要将所有失真的东西破损。是的,破损是必须的。

在善恶的秘密交集处

因为破损,世界上诸多貌似简单的事物变得复杂。好的不再是好的,明亮的不是明亮的,黑暗的也不全是黑暗的。许多东西并不像我们想象的那么泾渭分明:

我总觉得,过分严格地区分美与丑、善与恶,易于形成审美上的局限——当然它们之间泾渭分明,混淆两者,我们就会丧失基础的衡量标准;但同时,两者存在秘密的交集,对这个交集的发现和承认,是对世界更高的认识境界,也是我们对自己更有价值的宽容。比如爱的美好和恨的丑陋之我,我们或许可以持有更大勇气,看到

---

① 周晓枫:《弄蛇人的笛声》,《巨鲸歌唱》,第46页。
② 周晓枫:《焰火》,《周晓枫散文选集》,第228页。
③ 周晓枫:《来自美术的暗示》,《周晓枫散文选集》,第73页。

某些情境下，爱使人平庸且无助，恨却捍卫着必要的个性与力量。①

所谓善恶的秘密交集处是什么？是灰色地带。是一种很难清晰下定义、清晰给出判断的地带。那里因为地形复杂而少人烟。但人际罕至处才可能藏有绝美的风光。善恶的秘密交集处对周晓枫有强烈的吸引力。破损需要一种分辨力。哪些是值得记取的，哪些是可以带给我们思考的。但无论怎样，看到事物的破损之处并不是美好的体验。这也意味着，周晓枫的散文不为读者提供安慰剂，别指望在她的文字里获得安慰。但是，周晓枫的散文会带给我们别的。她的文字会激活麻木的心灵，会唤回那种新的令我们自身都惊讶的感受力。她的文字的魔力在于通过阅读让我们的触须更为敏锐，更四通八达。借助她的触觉，读者的感觉器官会变得细微宽广。这位作家有带领我们进入一种新异想象世界的能力。

比如，《独唱》中她之于"嫉妒"的书写。嫉妒是多么可怕的人类暗疾，人类内心中恶的深渊。它是暗器，是女人反抗的一种武器。"嫉妒者往往不是通过超越来平衡内心的恼怒，而是幻想被妒者倒霉。女性之间诉诸武力的少，更多，是暗地里的语言伤害——她们被彼此之间的词语磨损，为了自卫，她们长满舌叉后的小毒牙。"②

那么，有没有由嫉妒带来的快感，在我们的内心最深处？"被嫉妒，是一种虽然危险但却怡人的享受。嫉妒体现为从他人的幸福里引发的不满，而作为被嫉妒者，别人恰当的不快与不满，正如糖奶的汇入，使我们独自的黑暗散发出咖啡般令人陶冶的香气。"③我们日常的幸福感，是否也与他人的嫉妒相关？"我们的幸福从来不是绝对值，是比较值，它需要烘托……或者直言，我们需要恰当的牺牲品。最好天降不幸，万不得已，当我们无法遏止沸腾的嫉妒时，我们才

---

① 周晓枫：《夏至》，《周晓枫散文选集》，第188页。
② 周晓枫：《独唱》，《巨鲸歌唱》，第182页。
③ 周晓枫：《独唱》，《巨鲸歌唱》，第189页。

会被迫亲自下手。我们像猎豹埋伏下来，而牺牲品并未察觉自己的身影已映入埋伏在前方的嗜血眼睛……等着吧，她束手就擒的命运以及利齿下的最后呻吟。"①

嫉妒有它的复杂性，有时候它也可能与同情相伴而行："但仔细分析那种同情，是鸟与鱼之间的那种同情——对方不能成为受益者，不能因这种慷慨的慈善而获得任何实际好处；这种表面上给予他人的同情，只是为了让自己产生良好的道德优势，所谓的同情背后，是自以为是、含而不露的自得，迹近内心的炫耀。"②可是，我们站在哪里讨论嫉妒才能分辨嫉妒的复杂性、有害性和黑暗性？"所有的殷勤发生在自己的身上就是温存，发生在别人身上就是肉麻——这几乎是女人天然的判断"，"自私者看重自己的付出，忽视别人的给予，任何时候都能找到便利的切入点，强调自己遭受的委屈。"③

周晓枫有一种刻薄之力。她看到善的有限性和恶的有效性，也看到善恶之间的暗度陈仓。"嫉妒是人类普遍的隐疾，是虚荣的伴生物，完美主义者与自我主义者都难逃它的统治。嫉妒是对美好的向往……可如果美好理想落实在他者身上得以实现，那它像是嘲讽而不是激励，霉变的美好将散发强烈的败坏气息。"④在《独唱》中，周晓枫将与嫉妒有关的情感写得山重水复。与嫉妒有关的所有细微的瞬间情感，都被她收入。"嫉妒永远在幕后，像个隐藏面目的制片人：不会在公演的剧情中扮演角色，只是安静地操纵。我们应该警惕口气温和者眼睛里的冷漠，就像警惕皮毛松软的猫科动物隐伏在肉垫里的爪钩。"⑤

---

① 周晓枫：《独唱》，《巨鲸歌唱》，第193页。
② 周晓枫：《独唱》，《巨鲸歌唱》，第188页。
③ 周晓枫：《独唱》，《巨鲸歌唱》，第187页。
④ 周晓枫：《独唱》，《巨鲸歌唱》，第193页。
⑤ 周晓枫：《独唱》，《巨鲸歌唱》，第188页。

"无论怎样的不幸里，一定，潜有秘宝。"①面对这个世界，周晓枫是多疑多思者。极为敏感的书写者认为，只有在人性的破损处、人性善恶交集处才能提供给我们理解世界的更多层面、更多角度、更多视域。一个人为什么会毫无怨言地用最美好的年华养活一个病孩子，一个人在反抗强暴时有没有一丝一毫的动摇和妥协，甚至曲就？《琥珀》中，讲到一位被强奸者的感受："难道，我不曾有过回忆，回忆起他身体的能量和偏好，在那种不道德的回忆里，难道从来没过瞬间的快感体验？"②

站在人性最暧昧不清的地带，在善与恶的中间地带。破损、搏斗、纠缠，不仅仅对外。一个优秀的写作者面对他的书写世界时，最勇敢之处在于如何回到内心，审视、自省，看到自我灵魂的黑暗和不堪。并且，要将它呈现于文本。"长达十年的写作，我习惯在行文中回避我的恶。倡导美德当然没有错，但在慈爱和批判背后，我不自觉地把自己塑造为道德完美主义者。"③这是一位时时有自我反省的人，她不仅仅在破损世界上所有完美的假象，也将自己视为目标。反躬自身。纠缠，纠结，与自我争辩。反省是独自思考，自我说服。反省是一个人之所以能长大成人的隐秘途径。只有经由反省，一个人才可以辨认自身，认识到"我"之所以是"我"，人之所以为人。

反省自我身上的恶和黑，反省自我情感世界的隐藏，这是一种勇气。作为一位作家，周晓枫要与她的拟想读者分享她的反省。向自我抵达，一点儿也不手软。剖析自己，有如剖析他人。她把那些最晦暗最令人惭愧最病态的思想和念头尽可能地暴露。周晓枫比我们想象的要坦诚勇敢得多，她像临渊的勇者，不虚美，不隐恶，不伪装。

当然，很可能周晓枫写作时并没有考虑那么多。也许她只是提

---

① 周晓枫：《琥珀》，《周晓枫散文选集》，第73页。
② 周晓枫：《琥珀》，《周晓枫散文选集》，第54页。
③ 周晓枫：《来自美术的暗示》，《周晓枫散文选集》，第72页。

供一种视角,一种方向,使我们认识世界的方式不再扁平、光滑,"其实有些生活内容,本身就是黑暗的,因为我们把它们处理成秘密就更增加了黑暗和残酷的意味。我们不敢面对,我们包庇,我们在黑暗上刷涂明亮的油漆以自欺欺人。"[①]使读者看到事物的斑纹,褶皱凹凸,借此,我们有看到事物本质的可能。

一个喜欢在破损处看事物的人,文字似乎注定有一种悲观主义气质。但也很容易让读者抵触。但这位作家不是。因为她的低分贝语调,加之她的自我批评和自我反省。这一切使她的文本有谦逊之气。内省精神最终决定了她的写作是向内转的。她的写作无疑是冒犯性的,但也因这种谦逊之气,文本中没有那种咄咄逼人的挑衅姿态,相反,读者愿意和她订下交流的契约。

有肉身的叙述

"十五岁的一个夜晚,我被开水烫伤。从昏厥中醒来,我感到强烈的灼痛,把手放到脸上摸一下……我惊恐地发现一片很大面积的皮肤,贴在自己的指端。瞬间蔓延的疼痛,让我觉得被火包围。幸福生活的胶片,从一个特定镜头那里被烧毁。"[②]这是在周晓枫写作生涯中具有重要意义的事件。

开始写作的周晓枫时常会提到十五岁那年的这次烫伤。她的文学世界里似乎总有一个十五岁记忆的定格。如果把周晓枫所有的散文视作一部电影,那么,其中不断闪回的桥段便是十五岁的记忆。它们常常被定格,放大,缩小,变形。

如果说我今天格外注意身体叙事,那是因为,伴随着青春期的苏醒,我首先体会到的是身体带来的深深屈辱。后来我发现,烫伤

[①] 周晓枫:《与姜广平先生对话》,《周晓枫散文选集》,第297页。
[②] 周晓枫:《后窗》,《周晓枫散文选集》,第44页。

并不是孤立事件,多米诺骨牌被推倒了。由烫伤导致的发烧与感染,造成我左侧隔膜穿孔;然后是跟随我二十多年的化脓性中耳炎;然后由此引发美尼尔氏综合征;事情并未终结,大脑里平衡系统受到破坏,致使每隔几年我就要崴脚,双脚的筋腱都数度撕裂。①

十五岁是节点。她格外喜欢回忆十五岁之前的时光,以及对彼时身体的留恋。这也注定她有一部分作品会沉溺于儿童记忆。儿童固然是天真的,儿童也是尚未被世俗教化的,但更重要的是,透过他们的眼睛,更容易看到这个世界的细枝末节,而那正是大人们所常常忽略的。在大自然与万物间,保持孩童般的卑微,满怀好奇和想象,相信奇迹。世界在他们眼中会发生变形。小的变成大的,大的则变得更大。好的可能也是坏的,那些坏的,可能也不仅仅只是坏的。儿童的嗅觉听觉味觉也都是灵敏的。他们说话也是直率的。面对世界,脆弱的孩子比旁人怀有更敏感的发现和更强大的想象。周晓枫散文中有一种直率的孩子般的天真和赤诚,这种拟童体被诸多批评家多次提及。

但是,周晓枫那种拟童体与我们通常知晓的那种捏细嗓子模仿儿童说话的腔调有本质的和重大的区别。"我愿自己是那个'皇帝什么也没穿'的人,并且不希望仅仅由于童言无忌;我希望说出这句话的,是一个早熟的孩子,或者,是一个预知生命但更愿意捍卫真相的成人。"②事实上,在以儿童为话语主体时,周晓枫的叙述里分明有一种成人的思考。是一个时隔多年后的成人和儿童回到当时一起观看。那既是纯童的,但也是成熟和洞悉世事的。比如《铅笔》,比如《月亮上的环形山》,都有一种迷人的叙事声音,那是什么样的声音呢,既有童贞又有不洁,既明亮又黑暗,既是成人的又是女童的。

还是十五岁。因为事故,她的身体永远变成不完美。这身体因

---

① 周晓枫:《与姜广平先生对话》,《周晓枫散文选集》,第277页。
② 周晓枫:《与姜广平先生对话》,《周晓枫散文选集》,第292页。

此异常敏感，时时受伤，也自卑，为疼痛侵袭。这也意味着这位作家何以如此喜欢站在"破损"处书写，喜欢书写喧哗之后的喑哑、焰火之后的沉寂。身体从此不得不成为这位成年人感受世界的最重要经验。当然，她喜欢这样的经验，并为此着迷。

最鲜活的、最丰富的、最不可替代的直接经验来自什么？正是我们的身体。身体真正参与其中的创作，融入了作者的灵与肉，不仅有益于态度上的真诚，也有助于感性与理性的激发、平衡与相互渗透……当写作者不尊重自己身体的时候，很难同时尊重身体里的那颗心，也就很容易为文造情，违背那条基础的原则——"修辞立其诚"。①

一切都来自身体，一切思考都经由身体。痛苦，快乐，希望，绝望，一切都经由被命运破损过的不完美的身体，身体带来敏感、惊恐、卑微和沉默。没有体味、没有肉身的文字，没有斑点、没有缺陷的身体，毫无疑问是失真的，是没有生命力的。"如果连面对自己的勇气都没有，作家还谈什么承担？"②

经由身体，这位写作者意识到她从灾祸中的"受益"。"成长中，有的灾难如烫伤是被动的天罚，有的灾难如正畸是主动的人祸，这种主动与被动的交替构成我们宿命的一生。我对十五岁的毁容并无悔意，因为我从这受挫中受益颇多，得以丰富，得以重塑性格，变得更善意和体恤，所以这段经历并非灾难，而是秘密建设着我的未来。"③

身体是作家面对真实内心的一个渠道。《你的身体是个仙境》中，女性身体呈现了它的真切、经血、情欲、衰老，以及消失的乳房、子宫的癌变。她书写各种各样的女人和她们的身体，以及与这些女性身体相关的故事与情感，令读者有切肤之感。《齿痕》里写的是这个作家的个人牙齿正畸的痛苦经历，但是，这并不意味着这位

---

① 周晓枫：《与姜广平先生对话》，《周晓枫散文选集》，第277页。
② 周晓枫：《与姜广平先生对话》，《周晓枫散文选集》，第280页。
③ 周晓枫：《齿痕》，《巨鲸歌唱》，第219页。

作家是耽溺疼痛舔噬伤口者。这经历只是一个点,她由此生发出她对世界的理解。

然而,书写身体是一种挑战——如何保持身体的痛感书写又不失女性写作者的尊严,如何使身体真切在场又不使写作被视为展览和卖弄?重要的是如何书写身体和呈现身体带给人的思考。身体是用来感受和思考的而不是展览的,身体是我们认识自己的方式之一而不是取悦他人的工具。那些与身体有关的文字,绝不应由表象而来,它不应该是线性的而应该是弯曲的,它们应该经过沉淀。

如果说十五岁的烫伤,让我的心境直接告别青春;那么年逾四十岁的正畸,让我瞬间沦陷在中老年的疲惫里。想想我把此生的多数时间用于对抗自己,用于艰难地适应既定的事实。上帝给每人一张不容背叛的面容。原来,鬼斧神工并非专指美轮美奂之作,而是说,神明的设计不可修改,即使它看起来诸多不理想,也有因自然而获得的自洽与完美。如何能够彻底认领这张脸,认领它的破损和灾难,认领它风格上的缺陷,认领它藏在背后颤抖的灵魂,认领它陡然的勇敢和漫长的怯懦?①

重要的是"感同身受",有肉身的叙述指的是切肤感而不是仅指有关身体的书写。周晓枫那里,有肉身的写作具有一种严肃性。事实上,她最擅长也最热爱的,是书写那些由身体感受带来的思考。那种思考往往带着自我批判、自我审视以及自我旁观:

比如,我做过数次或大或小的手术,在我的要求下,从不打术前的镇定针剂。我不怕,一点都不紧张。我一直以为这是自己的勇敢,后来明白非也,是被动使然。性格里绝对的被动,使我被放到什么位置上就宿命地听任角色需要,意识配合,躯干听话——我是一个乖巧得失去态度的病人。在生活的许多方面,我都不自觉地贯

---

① 周晓枫:《齿痕》,《巨鲸歌唱》,第217页。

彻着这种考拉型的顺从、病人式的屈服，没有反抗，没有隐含对峙的紧张关系。我身上有些奴隶气质，很多时候我更愿意成为服从者而不是支配者。人人的骨子里都有某种贱性，愿意听从等级、秩序和代表它们的统治者；我只是把并非出自功利目的的贱性，转化为日常化的温顺，似乎他人的喜怒要重要过我的个人意志。"①

没有哪位作家像周晓枫这样喜欢自我解剖，直挖到更深更深处。四十岁牙齿正畸带来的伤痛在她那里不断迂回，最终，又变成一次对自我的剖析："正畸的痛苦太具体了，根本不需要形容。然而，一切并非他人的辜负与谋害，是我的怨意、好奇、轻信、盲目、草率、畏惧……是自身丛生的弱点所致。当试图向母亲施加隐形的报复，我看到了，惩罚，如何作用在我的每个明天以及由此组成的未来上。"②这些文字中，有着这位作家一次次从痛苦中爬起来，一次次化蛹为蝶的艰难过程，"我觉得，那是主动撕毁与命运合约的人才能遭受的报复。十五岁烫伤，加上四十二岁的歪斜——妈妈，我现在是个打了补丁并且不对称的小孩。难道，这就是我辜负和背叛母亲所遭到的惩罚？"③

此刻的她让人想到泰戈尔的诗："世界以痛吻我，让我回报以歌。"可是，这是什么调性的歌？是深沉的绝非轻快的，是结晶体而非漂浮物。身体里的疼痛，是命运中的无常，就像生命中必然遇到的葡萄。它无论是甜还是酸，都不能躲避。有些人看着葡萄由青涩到成熟，再到凋落，无知无觉。有些人则异乎寻常地敏感。她们选择接受、采摘，视它们为命运赐予的珍宝。周晓枫当然属于后者。

生命中的葡萄有些酸涩，但她却经由自己的反省和深思将之酿成红酒。要将那些源自身体内部的疼痛转化为生命的琼浆：

---

① 周晓枫：《齿痕》，《巨鲸歌唱》，第219页。
② 周晓枫：《齿痕》，《巨鲸歌唱》，第212页。
③ 周晓枫：《齿痕》，《巨鲸歌唱》，第216页。

……但无论如何的悲欢,像蚯蚓,所有走过的路都必须经由自己的身体开采。用脚走过的常常是既定而可视的公共路线,另外还有一条隐秘路径藏在我们的体内——从牙到肠道。我的齿痕就是我的路。经由咀嚼,经由牙的切肤之痛,那些我们吃过的食物,吃过的亏,吃过的经验、真理、教训和秘密……它们搅拌在一起,被缓慢消化,继而组成个人秘而不宣的成长通道。①

看得出,所有的痛楚都必须沉得很深,她才会在文字中写下它们。对于这位写作者而言,下笔是一件极庄重的事情。尽管她和所有写作者一样,有倾诉的热望。凡是重大的经验,哪怕最为沉痛,也不会马上动手。她需要它们经过时间的消毒,她不仅需要写下她所历经的那些痛楚挣扎,也需要写下她作为旁观者的感受。从身体而来,却绝不拘泥于身体。绝不需要通过展现伤口获得同情,她需要和旁人一起打量自己,写下超越自身痛感的文字。那些文字当然来自女性视角,但却与我们通常看到的那种"自怜自艾"相去十万八千里。周晓枫写出了人身体本身的富饶、复杂和深刻。

繁复的意义

周晓枫的文字与简朗无缘。她的文字繁复。处处是绝妙的比喻。每个句子都闪光,像亮片一样。她显然沉醉于将这些亮闪闪的碎片编织排列的工作。那简直是语句的盛筵。这是从不吝惜语言才华的人,不知节俭,喜欢铺陈。面对亮闪闪的句子时,这位写作者有如财可倾城的富豪,一掷千金。这使她的表达铺陈、密集、层层叠叠。

这是表达上的加法。这种铺陈让人想到中国文学传统中极尽华

---

① 周晓枫:《齿痕》,《巨鲸歌唱》,第223页。

美之能事的"赋"。但赋虽华美却空无一物,最终没有生命力,成为死的文体。周晓枫散文有赋的影子,却言之有物。在层层叠叠的繁复的簇拥下,她呈现的是事物破损的真相。是那些尖锐的、疼痛的、我们不愿直视的东西,是那些个伤痕和那些个晦暗。繁复的形式与直抵内核的真相奇异纠合在一起,这是属于周晓枫的修辞。这是由两种巨大反差因素纽结而成的文字,混合着一种吸引力。这有如在极端的甜的外表之下,包着极端的苦——生命如此短暂,我们不过是这茫茫人世的经验者和体察者。苦、疼、黑暗、孤独,人生有多少令人难以直视、难以下咽的东西!可是,不知晓、不了解生命之苦与生命之黑,这一趟人生是否太轻飘、单薄?也许,只有用这种繁复之美覆盖,才使我们更了解生命和人世的丰饶?

繁复的语句和表达,不仅仅与她要表达的内容形成对峙。繁复本身也是内容。繁复的句式和表达使人了解,周晓枫的写作从不是单向的。直线、简洁、明朗,这些形容词与周晓枫并不搭界;暧昧、曲折、幽深、缠绕,与她的文字气质更相吻合。她固然要告诉我们,那些童话的明亮背后分明有黑暗破损,她固然最终发现"月亮上的环形山"只是一个天坑;但是,她从不会直接说出来,她要和读者一起跨过重峦叠嶂,再抵达。抵达真相和进入黑暗的路从来都不是直线的,它往往回环,往返。

色彩浓烈,繁复黏稠,绕过山绕过水,浓墨重彩,都不只是一种表达方法,不只是一种修辞。形式从来都不只是形式,有如语言也从不仅仅是语言。繁复的表达,意味着克服,克服禁锢,克服羞耻,克服庸常。无数次的繁复,是对事物复杂性的尊重和理解。九曲回环和笔直的单行道带给人的感觉意义如此不同。不能简洁表达,是因为这样的思考和探询不适宜直接讲出。

"放弃选材上的洁癖,保存叶子上的泥。"[①]周晓枫的行文喜欢跳

---

① 周晓枫:《来自美术的暗示》,《周晓枫散文选集》,第74页。

跃，喜欢悬置，给人以阅读难度。这也是"破损"。是有意打破那种业已形成的写作秩序，打乱通常的阅读习惯。"任性地结束，比如对话题的突然脱水处理，在小说情境的进行中，穿插哲学命题的论证——让怀疑主义的虫子蛀洞而入。我所说的破损，不仅起到增强句子之间摩擦力的作用，包括其他，甚至越过修辞层面，指涉文本背后的操作者：作家本人，能否不再自塑道德完人的蜡像，转而暴露自身的破损？"[1]

使我们熟悉的句式变得陌生，使通常认为的完美和均衡的叙述出现裂缝。周晓枫沉静的表达中，内蕴着一颗不安分的"起义的灵魂"——用何种语言，用何种形式表达，意味着一种思维，一种立场。周晓枫和她的散文之所以令读者们如此念念不忘，不只是因为她的书写内容、她的修辞，也因为与这一切相伴生的、她面对世界的态度与方法。

本文原刊于《当代作家评论》2014年第5期

---

[1] 周晓枫：《来自美术的暗示》，《周晓枫散文选集》，第74页。

高晓声的几种遣词造句法

王彬彬

高晓声是一个有强烈的修辞意识的作家，也确立了自己独特的语言风格。对高晓声在修辞上的追求，语言上的造诣，此前的研究者注意得并不够。但高晓声是很重视自己在语言修辞方面的成就的。1989年，在致一位研究者的信中，高晓声说过这样的话："一个作家的观点、技巧、生活等等，都极难形成独特的格局，能够形成独特的格局的最主要的素质就是语言。我自信我的语言不同于一般，至于其他方面，并没有特别的东西，许多作家都可以有的。"[①]高晓声的研究者，大多只注意"其他方面"，也就是语言修辞以外的方面，而高晓声却认为自己的"其他方面"并没有多少独特之处，而真正希望被注意、被研究的，是语言修辞方面形成的"独特格局"。

读高晓声小说，我每每对高晓声遣词造句方面的匠心击节叹赏。高晓声非常注意语言的节奏，既在"义"上也在"音"上精心选字择词；高晓声的叙述语言，往往散体中夹杂着骈偶，还常常交错地

---

① 见钱中文：《忆高晓声》，《钟山》1999年第6期。

押脚韵，使语言特别富有音乐美；高晓声的语言，还表现出美学意义上的"刻毒"，既有观察生活的"毒眼"，也有表现生活的"毒手"；高晓声语言还表现出一种特有的"粗俗美"，也表现出颇有特色的幽默、机智。这些方面，都值得认真研究。这里，只谈谈高晓声的顺势借意、仿用翻造、正词歪用、歪词正用、大词小用以及在数字上的"虚假的精确"等几种修辞手法。

一

所谓"顺势借意"，是我杜撰的说法，用来说明高晓声的一种修辞技巧。高晓声往往连用几个意义相关的词。第一个词，表达的是通常为人们所理解的意义，或者说是这个词的词典意义，而后面出现的词，则是顺着语势有了独特的意义。还是举例说明。先看短篇小说《周华英求职》中一段话：

> 结婚以后，要把户口迁过去。那边的公安机关不同意，说是人口密度过高，不许进口。至于过去以后，是否有厂可进，更无人点头，看来不能轻举妄动，只好暂留娘家，还可以继续在纸盒厂糊盒糊口。所以，第一个孩子是在娘家生的。①

周华英未婚前便在公社的纸盒厂糊纸盒，每月挣二十几元工资。三十四岁时经人介绍与隔地区、隔了县的一个工人结婚，但婚后男方那边的公安机关却不接受周华英的户口，于是便有上边那段叙述。这段话中，"人口""进口""糊口"是三个意义相关连的词，"进口"是对"人口"的顺势借意，而"糊口"的意义则既与"人口""进口"关连，又与"糊盒"关连，或者说，"糊口"的"糊"是对"糊

---

① 高晓声：《周华英求职》，《安徽文学》1979年第11期。

盒"之"糊"的顺势借意,"糊口"的"口"则是对"人口"之"口"、"进口"之"口"的顺势借意。首先出现的"人口",表达的是常规意义,是这个词的词典意义,而接着出现的"进口",便与这个词的词典意义毫不相干,是"人口"意义的延伸。最后出现的"糊口",基本意义虽然并未背离词典意义,但却远比词典意义丰富。"糊口"本来是一个常用词,通常情况下不会让人觉得有什么特别的意味,但高晓声把"糊盒糊口"连用,一下子让"糊口"这个词变得不寻常。"糊盒"的"糊"表达的是具体的意义,而"糊口"的"糊"表达的本是抽象意义。当高晓声说周华英以"糊盒"的方式"糊口"时,便使"糊口"之"糊",意义也变得具体起来。更何况"糊口"之"口"又与前面的"人口""进口"相关连,就使"糊盒糊口"这说法分外有意味。

再举几个在用词上顺势借意的例子。

也是《周华英求职》中:

听了这番话,姚书记确实非常感动……如果他出于特殊原因开一个添人的先例,那么,百分之七八十头面人物都会紧跟上来,找到种种特殊理由去安排他们的小舅子和鬼孙子,表嫂子直到破鞋子……[1]

"小舅子""鬼孙子""表嫂子",是属于亲属类,而"破鞋子"则与前面的三个"子"并不属于同一种"子",当叙述顺着亲属关系之势而下,"直到破鞋子"时,就让人禁不住莞尔。"破鞋子"与前面三种"子"混杂在一起,意义、意味,就超出了通常的范围,而"小舅子""鬼孙子""表嫂子"这种亲属圈子由于有"破鞋子"的加入,含义也变得更为丰富、微妙。在这种情况下,可以说是三加一大于四。

---

[1] 高晓声:《周华英求职》,《安徽文学》1979年第11期。

短篇小说《崔全成》中:

"胡搞"这个词忽然出现了另一种意思,崔全成分明看见门口川流不息的人群中,有一对他熟悉的男女流了过去。①

"川流不息"作为一个成语,本指河水流个不停,用来形容人群的往来不断时,是把人群比作了河水。但是,由于"川流不息"太常用,我们对它的感觉已经麻木,仅仅说人群"川流不息",我们眼前不会出现人群河水一般流动。高晓声在"川流不息"之后,说有一对男女"流"了过去,"流"字是顺着"川流不息"而下的,准确妥当,同时又激活了"川流不息"这个成语。有了这个"流"字,人们便看到人群河水一般流动着。"川流不息"这个成语,本像是走了电的电池,而一个"流"字则为其充电,使它又变得鲜活生动。

短篇小说《送田》中:

……谁说文化知识没有用呢,这要有阶级分析。要看文化知识掌握在谁手里,资产阶级把字典背熟在肚里也没屁用,他周锡林能识得《人民日报》上一半铅字,在乡里摆擂台也没人敢上去打了。赵匡胤做皇帝,靠半部《论语》治天下,那么,凭周锡林肚里那点墨水,还有什么涂不黑的呢?②

周锡林是那种狡黠、精明至极的人,在乡村的政治、经济舞台上长袖善舞。为了自身利益的最大化,他殚精竭虑却又显得游刃有余,机关算尽却又显得冠冕堂皇。周锡林没有多少文化,但仅有的那点文化足以令其上下通吃、左右逢源。"墨水"在民间话语中代表

---

① 高晓声:《崔全成》,《上海文学》1978年第10期。
② 高晓声:《送田》,《钟山》1985年第6期。

"文化知识"。说周锡林肚里只有"那点墨水",只是"墨水"的常规用法,但接着说"还有什么涂不黑呢"就是在顺势发挥,让语言具有了暗示性。墨水是用来写字的,不是用来涂抹的。说周锡林用"那点墨水",把什么都能涂黑,这暗示周锡林不用那点文化知识干好事,而专用那点文化知识干坏事。墨水虽只有那么一点,却什么都能涂黑,又暗示周锡林干坏事的能量巨大。把肚里的文化知识比作"墨水",并不新奇,但顺势而出现的"还有什么涂不黑呢?"却让这一俗套的比喻有了新意。

还是《送田》中:

周炳南是个忠厚老实人。尽管厚实到了他那把年纪,也能懂点世故,闻出点气味,但却如身入囹圄的囚徒,无法摆脱镣铐的束缚,一面唯唯诺诺跟着别人走,一面咒骂自己连推脱的话语都找不到……①

周炳南是周锡林算计的对象,也是在情怀、品格上与周锡林形成对照的人。周锡林挖好了坑引周炳南跳、设好了套导周炳南钻。周炳南虽然对周锡林怀有戒心,但仍在周锡林花言巧语的引导下跳进了坑、钻进了套。这一方面说明周锡林在算计人上确乎身手不凡,另一方面也说明周炳南真个忠厚老实。"周炳南是个忠厚老实人",这是很寻常的说法,但接着说"尽管厚实到了他那把年纪,也能懂点世故",就把"厚实"一词用得很别致。如果没有前面的"忠厚老实",后面的话便有语病,因为不能用"厚实"来形容年纪。但有了前面的"忠厚老实",后面的"厚实"就不但合理、妥当,而且意义也丰富起来。"厚实"可以理解为"忠厚老实"的缩略,亦即"忠厚老实到了他那把年纪"之意,也可以理解为年纪已经不小,身后的

---

① 高晓声:《送田》,《钟山》1985年第6期。

岁月摞起来很高。说年纪"厚实",更加强化了我们对周炳南做人实在的感觉:他的年纪不但"厚",而且"实",是一步步踏踏实实走过来的,是一年年问心无愧地活过来的。

中篇小说《极其简单的故事》中的大队书记陈宝宝,"文革"中"用拳头替自己打出了一条路",热衷于打人、斗人。上面要求办沼气,有的社员有抵制情绪,陈宝宝便认定是"阶级斗争新动向",要"抓几个人出来斗斗",因为:

斗、斗、斗!不来个七斗八斗,哪里会有满满一石![1]

这里,高晓声有意把"斗争"的"斗"与作为容量单位的"斗"混为一谈。"哪里会有满满一石",使得前面的五个"斗"字都有了两种读音、双重含义。这并非语言游戏。把"斗争"与粮食混同,便使本来简单的话有了暗示性,让人想到陈宝宝这种人,是靠"斗人"起家,也是靠"斗人"吃饭的。"斗争"与吃饭、"斗争"的"斗"与积斗成石的"斗",在陈宝宝那里本是一回事,才使高晓声自然而然地把二者相混淆。

长篇小说《青天在上》这样开头:

时间实在了不起,一切都要在它面前显原形,变颜色……洪秀全的天王府,成了蒋介石的总统府,现在则是江苏省人民政府了。房子是陈旧的,政权是崭新的。[2]

可以说某个政权是"新"的,但不能说某个政权是"崭新"的。"崭新"只能用来形容某个具体的东西。但是,有了前面的"房子是

---

[1] 高晓声:《极其简单的故事》,《收获》1981年第2期。
[2] 高晓声:《青天在上》,见《高晓声文集·长篇小说卷》,第3页,北京,作家出版社,2001。

陈旧的"，后面的"政权是崭新的"便在语义上合理化了，它提醒我们，老旧的房子里装着的是一个刚建立的新政权，并生出白云苍狗、沧海桑田之感。

二

词语的仿用、翻造，也是高晓声常用的修辞手法。所谓仿用、翻造，通常是将常用词语的某些语素更换掉，使之成为一个新的词，表达一种特别的意义。还是举例说明。

短篇小说《漫长的一天》中：

"有些干部是很有本领的。"张如大说："他们能把政府的种种规定，一律变成他们吃的办法。我们规定群众造屋地基要大队批准，他们就有上梁酒吃；计划生育，就有'二朝'酒吃；甚至向烈军属拜年，还吃军属的年昼饭。真妙！唉，我们这样的人不行了，总是想着'三大纪律八项注意'，冲不破这'老框框'。"①

张如大这番话中，"'二朝'酒""年昼饭"这两个词，便分别是对"三朝酒""年夜饭"的仿用和翻造。习俗是孩子落生第三天办酒招待贺喜的客人，称作"三朝酒"。张成信生了第四个孩子，属于超生，为报上户口，要请干部吃酒。但又不能请干部吃"三朝酒"，因为太惹眼，便在孩子出生的第二天请干部，所以张如大称这为"二朝酒"。干部大年三十上午到烈军属家拜年，中午还要在烈军属家吃饭，这大年三十中午的饭，便被称作"年昼饭"。

词语的仿用、翻造，总有一种幽默的意味，总让人发笑。短篇小说《柳塘镇猪市》中：

---

① 高晓声：《漫长的一天》，《人民文学》1979年第8期。

挨斗的时候，人家骂了他霸道，他心里很委屈。几年"走资派"一当，眼看走"无"派竟弄得猪也没饲料喂了，他就觉得还是自己正确。①

"走'无'派"是对"走资派"的仿用和翻造。所谓"走资派"，是"走资本主义道路当权派"的简称。"文革"时期，"资本主义"是与"无产阶级"对立的称号、标签。既然有"走资本主义道路当权派"，当然就有"走无产阶级道路当权派"了。而"走无产阶级道路当权派"，自然也可仿"走资派"之例而简称为"走无派"了。但是，"文革"时期，批斗、打骂"走资派"的造反派，却并不自称"走无派"。有些称号、词语，一经仿用、翻造，虽然在字面意义上与那原有的词对等，但"意味"上却变得很微妙了。"走无派"显然是反唇相讥，而"无"也与一无所有、甚至连"猪也没饲料喂"意义相关。

短篇小说《鱼钓》中：

他真是"与鱼斗争，其乐无穷"，只要有鱼可捉，哪管病在床上，也会奋然跃起，执戟上阵。看着那水里的畜生被自己逼得乱蹦乱窜，慌不择路，拼命挣扎，终至于无路可逃，束鳍就擒，他会兴奋得冒出一身大汗，把伤风病治好。②

这番话中，"与鱼斗争，其乐无穷"是对"与天奋斗，其乐无穷；与地奋斗，其乐无穷；与人奋斗，其乐无穷"的仿用和翻造，而"束鳍就擒"则是对"束手就擒"的仿用和翻造。鱼而"束鳍"，就不是简单的词语置换，同时也把鱼拟人化了，让那场景生动了许多。

---

① 高晓声：《柳塘镇猪市》，《雨花》1979年第10期。
② 高晓声：《鱼钓》，《雨花》1980年第11期。

短篇小说《心狱》中：

他要同老婆一道回去，老婆不肯，说他疯了，她在社办工厂里有一个惬意得几乎"按玩取酬"的位置，为什么要回去呢！于是他就狠命地打她，打得她哇哇喊救命。如果不是被别人拉开，也许他真会把她打死的。①

"按玩取酬"显然是对"按劳取酬"的仿用和翻造。"文革"期间，虽然标榜"按劳取酬"，但实际上是干多干少一个样、干与不干一个样。"按玩取酬"，是对"按劳取酬"的仿用与翻造，更是对标榜"按劳取酬"的嘲讽。

中篇小说《糊涂》中：

凡此各种，使呼延平胸中很不平静。他已经是五十出头的人了，年龄和经历早就磨平了他的棱角；英雄气短，奴隶性长。生怕惹是生非，哪敢搏虎擒龙。②

"英雄气短，奴隶性长"是对"英雄气短，儿女情长"的仿用和翻造。呼延平当过二十几年"右派"，平反后仍心有余悸，时刻夹着尾巴做人。"英雄气短，奴隶性长"，很好地概括了呼延平的精神特征。

长篇小说《青天在上》中：

记得鲁迅说过，有的人一阔脸就变。其实这还是少数，能阔起来的原就不多，多的是自己不曾阔，见别人狭下去了，也会变脸。③

---

① 高晓声：《心狱》，《文汇月刊》1982年第3期。
② 高晓声：《糊涂》，《花城》1983年第4期。
③ 高晓声：《青天在上》，见《高晓声文集·长篇小说卷》，第17页，北京，作家出版社，2001。

"狭"是对"阔"的仿用和翻造。人的"阔"与"狭",本来就是在与他人的比较中显现的。别人的"狭下去",就意味着自己的"阔起来",也还是"一阔脸就变"。

长篇小说《青天在上》中:

文清这位英雄,社会主义的关过不去,美人一关也过不去。如果前者使他发生了失落感,后者倒使他产生了拾得感。①

"拾得感"是对"失落感"的仿用和翻造,这样的仿用和翻造,也产生幽默的美学效果。文清被打成"右派",沦落社会底层,几乎什么都失去了,所以有强烈的"失落感"。然而,他却在成为"右派"后收获了爱情,而有了美好的爱情,失去的一切似乎得到了补偿。"拾得感"这个臆造的词,恰当地传达了文清落难后的慰藉,灾祸中的幸福。

高晓声对常用词的仿用和翻造,往往出人意外而又合情合理,仿佛信手拈来,毫不费力,但其实并非很容易的事。能够对常用词进行合情合理的仿用和翻造,显示的是对语言的敏感,是驱遣语言的能力达到炉火纯青境界的表现。高晓声还有一类修辞手法,我称之为"正词歪用"或"大词小用"。也聊举几例。

短篇小说《柳塘镇猪市》中:

文化大革命一开始,一直到一九七四年,张炳生担任"走资派",被勒令劳改,安排在生产队养猪。②

---

① 高晓声:《青天在上》,见《高晓声文集·长篇小说卷》,第127页,北京,作家出版社,2001。
② 高晓声:《柳塘镇猪市》,《雨花》1979年第10期。

"担任"是一个很"正经"的词,通常用于担负某种领导职务,起码要当个小组长,才能说"担任"。而"走资派"是一种蔑称,不是一种职务,更不是领导职务,把"担任"这样一个"正经"的大词放在"走资派"这样一种蔑称前面,便产生一种滑稽感。我们仿佛看到张炳生身上是西服,脚上却是草鞋。这形象虽然可笑,但可恨的却是让张炳生如此可笑的时代。

短篇小说《送田》中:

不过,前前后后,时间几乎拖了一年。是上年秋后闹出的矛盾,到了下一年大暑,周炳南才答应接受对方"割地求和"。他选择这个时间也有原因,那时候青苗都抽三眼了,周锡林总得收了这一熟才麻烦他去种麦子,也算讨得半年便宜。①

"割地求和"是一个政治性的大词。中国人都很熟悉这个大词,因为近代史上中国屡屡对列强"割地求和"。把这样一个大词用于农民之间三亩两亩的土地纠纷,也让人忍俊不禁。

短篇小说《临近终点站》中也有类似的手法:

姚顺炳心里自然也另有牵念。他同珠珠生的女儿晶晶,刚满结婚年龄就出嫁了。姚顺炳像对不起珠珠那样对不起晶晶。这个姑娘考了十二个第一名,读完小学,却得不到升入初中的资格。她跟着爸爸受累吃苦倒算不了什么,却还要平白无故地遭到精神上的折磨。一个贱民的女儿连丫头也不如,是个"半丫头",就像过去说我们中国不是殖民地而是半殖民地一样。因为她不只有一个主子,而有许多个主子。②

---

① 高晓声:《送田》,《钟山》1985年第6期。
② 高晓声:《临近终点站》,《小说界》1985年第5期。

这里的"丫头"是丫环、婢女之意。丫环、婢女有一个固定的主子，也只有这主子可以欺侮她，其他人则没有欺侮她的资格，相反，若有其他人来欺侮，还会有主子保护。而姚炳顺当了"右派"、沦为贱民后，女儿晶晶成了谁都可以欺侮的人，连丫环、婢女都不如。高晓声仿"半殖民地"的说法，称晶晶为"半丫头"：不是哪一个人的丫头，却又是所有人的丫头。说高晓声在这里是大词小用似乎有些不妥，他只是把一个巨大的事情与一个小姑娘的遭际相提并论，但却并不让人觉得拟于不伦，就因为"半丫头"的境遇与"半殖民地"的确很相似。

三

词语的仿用、翻造也好，大词小用、歪词正用或正词歪用也好，都不是高晓声特有的修辞手法，在这些方面，鲁迅就是高手。倪大白的《鲁迅著作中的翻造词语》、①潘兆明的《鲁迅杂文的讽刺语言艺术》②等文章，都谈论过鲁迅的此类修辞手法。新加坡林万青教授的博士论文《论鲁迅修辞：从技巧到规律》，③也对鲁迅词语翻造、大词小用等修辞手法进行了研究。

举几个鲁迅词语仿用和翻造的例子。

鲁迅《春末闲谈》："假使没有了头颅，却还能做服役和战争的机器，世上的情形就何等地醒目呵，这时再不必用什么制帽勋章来表明阔人和窄人了……"④这里"窄人"是对"阔人"的仿用和翻造。

---

① 见倪大白：《鲁迅著作中的翻造词语》，《中国语文》1981年第1期。
② 见潘兆明：《鲁迅杂文的讽刺语言艺术》，《语言学论丛》第六辑。
③ 林万青：《论鲁迅修辞：从技巧到规律》，新加坡，万里书局，1986。
④ 鲁迅：《春末闲谈》，见《鲁迅全集》第1卷，北京，人民文学出版社，1981。

鲁迅《这个与那个》："一个阔人说要读经，嗡的一阵一群狭人也说要读经……"[1]这里的"狭人"也是对"阔人"的仿用和翻造。

鲁迅《谈金圣叹》："百姓固然怕流寇，也很怕流官。"[2]这里的"流官"是对"流寇"的仿用和翻造。

鲁迅《归厚》："古时候虽有'放下屠刀，立地成佛'的人。但因为也有'放下官印，立地念佛'而终于又'放下念珠，立地做官'的人……"[3]这里的"放下官印，立地念佛"和"放下念珠，立地做官"都是对"放下屠刀，立地成佛"的仿用和翻造。

举几个鲁迅大词小用的例子。

鲁迅《肥皂》："但到第二天的早晨，肥皂就被录用了。"[4]这里的"录用"属于大词小用。

鲁迅1929年8月17日致章廷谦信："这里下了几天雨，凉起来了，我的痱子，也已经逐渐下野……"[5]这里的"下野"当然是大词小用。

词语的仿用、翻造以及大词小用、正词歪用、歪词正用这类修辞现象，在鲁迅作品中是很常见的。说高晓声在这些方面也受了鲁迅影响，大概不算无稽之谈。

鲁迅还有一种修辞手法，我称之为"虚假的精确"。有些场合，在运用数字说明某个问题时，这数字不可能精确，但鲁迅偏要说得极其精确，从而产生一种幽默、讽刺的效果，同时也使那情境更为鲜明、具体。这里只从小说集《故事新编》中举几例。

鲁迅《采薇》中：

---

[1] 鲁迅：《这个与那个》，见《鲁迅全集》第3卷，北京，人民文学出版社，1981。

[2] 鲁迅：《谈金圣叹》，见《鲁迅全集》第4卷，北京，人民文学出版社，1981。

[3] 鲁迅：《归厚》，见《鲁迅全集》第5卷，北京，人民文学出版社，1981。

[4] 鲁迅：《肥皂》，见《鲁迅全集》第2卷，北京，人民文学出版社，1981。

[5] 见《鲁迅全集》第11卷，第682页，北京，人民文学出版社，1981。

这时打头的木主早已望不见了,走过去的都是一排一排的甲士,约有烙三百五十二张大饼的工夫,这才见别有许多兵丁,肩着九旒云罕旗,仿佛五色云一样。①

这说的是先秦的事,用烙饼来度量时间,倒也说得过去,但这时间不可能是能够精确计算的,鲁迅偏要精确到烙饼的个位数。这种虚假的精确,在修辞效果上远比真实的模糊要好。烙三百五十二张大饼,大概需要好几天时间吧,但"几天之后"比起"约有烙三百五十二张大饼的工夫"来,要逊色得多。这不仅因为"几天之后"是毫无新意的说法,更因为"几天之后"是一个模糊的说法,而"烙三百五十二张大饼"却是一个精确至极的说法,虽然是难以把握的精确。我们仿佛看见一个先秦的农妇在那里一张又一张地烙着大饼,等到第三百五十二张大饼起锅,那队肩着五色云一样的九旒云罕旗的兵丁便出现了。时间变得精确了,队伍跟着变得清晰了。

《采薇》中又写道:"大约过了烙好一百零三四张大饼的工夫,现状并无变化,看客也渐渐的走散",②"烙好一百零三四张大饼",大约需要一两天时间,但"大约过了一两天的工夫",在修辞效果上远不如"大约过了烙好一百零三四张大饼的工夫",道理与前面相同。

小说《铸剑》中:

游山并不能使国王觉得有趣;加上了路上将有刺客的密报,更使他扫兴而还。那夜他很生气,说是连第九个妃子的头发,也没有昨天那样的黑得好看了。幸而她撒娇坐在他的御膝上,特别扭了七十多回,这才使龙眉之间的皱纹渐渐地舒展。③

---

① 鲁迅:《采薇》,见《鲁迅全集》第2卷,北京,人民文学出版社,1981。
② 鲁迅:《采薇》,见《鲁迅全集》第2卷,北京,人民文学出版社,1981。
③ 鲁迅:《铸剑》,见《鲁迅全集》第2卷,北京,人民文学出版社,1981。

"第九个妃子"中的"九","扭了七十多回"中的"七十",都是鲁迅随意写出的数字,但是,确实比"某一个妃子""扭了许多回",在语感要好得多。数字的精确,让那妃子的形象、扭动的画面,变得更清晰、鲜明。

这种数字上的"虚假的精确"在鲁迅小说中并不鲜见,在鲁迅杂文中也很多见。而这样一种修辞手法,在高晓声小说中也每每遇到。举些例子。

短篇小说《周华英求职》中,周华英与隔了地区、隔了县的一个工人结婚,但婚后男方那边的公安机关却不肯接受她的户口。事情正悬着时,丈夫的弟弟被长途汽车轧死,家中向汽车公司提出的要求是把周华英的户口迁过来,汽车公司与公安机关协商,公安机关答应接受周华英的户口,但却不过是空头支票,后来周华英的户口仍然不能解决,于是周华英觉得一是结错了婚,二是死错了人。结错了婚自不待言。死错了人,是指原指望可以用死人换一个活人的户口,竟也不能如愿。小说写道:

有一次,夫妻俩正在恩爱,她就在枕上把自己的想法说给丈夫听。丈夫听了一惊,觉得老婆太不懂事,弄不清自己生活在什么时代,如不把她吓住,以后定会闯祸。便大发雷霆,说她立场反动,思想没有改造,要害得连男人的工作也丢脱的。一面责骂,一面冰冷地把原来热烈地拥抱她的双手抽了出去,还追查她有没有把这种话在旁人面前说过。如果说出去了,赶快深刻检查,请求原谅;免得辫子被人抓牢,有朝一日头皮都拉脱。周华英听了,吓得灵魂失落了九九八十一天。亏得婆婆天天深更半夜喊着她的名字招魂,精神才正常起来。从此,她不但不敢再说,连想都不敢再去想了。①

---

① 高晓声:《周华英求职》,《安徽文学》1979年第11期。

周华英受惊吓的时间，只能是一个模糊的长度，而"九九八十一天"却是一个精确的数字。以一个精确的数字表达一个模糊的时间长度，便产生一种特别的意味。"吓得灵魂失落了好几个月""吓得灵魂失落了好长时间"，都不如"吓得灵魂失落了九九八十一天"有意味，就因为"九九八十一天"有着虚假的精确。有了"九九八十一天"这样一个精确的数字，周华英受惊讶的过程就清晰起来、具体起来，甚至周华英受惊吓的情状也细致起来、生动起来。一个虚假而精确的数字，让整个过程变得更为真实。

仍然是《周华英求职》中，周华英挺着再次怀孕的大肚子去求公社干部解决工作问题，公社李股长要她生下孩子后再谈工作，于是：

一晃又过了一百零八天，小家伙生下后满了月，周华英急不可待，又要往公社跑了。这时候，小的叼着奶头，大的拉住裤管，真有点难舍难分。但想着李股长答应轻身后安排工作，心上就来劲，把小鬼头轻轻一放一推，飘飘然上路而去。①

周华英两次去公社的时间间隔，也应是模糊的，但高晓声却用"一百零八天"这样一个精确的数字表达一个模糊的时间长度，在这样的时候，小说的叙述者是在说着自己也不相信的话。如此精确的数字，叙述者不相信，也不指望读者相信。但把本来模糊的东西说得如此精确，却显出了叙述者态度的认真，加强了整个故事的可信性。同时，周华英这期间每日的焦急，也变得具体可感。我们仿佛看见周华英在一页一页地撕着日历，撕到了第一百零八张，终于按捺不住，拔腿朝公社走去，走得那样急切。

中篇小说《极其简单的故事》中，大队书记陈宝宝为制止陈产丙办沼气，用石头砸掉陈产丙家猪圈的水泥地：

---

① 高晓声：《周华英求职》，《安徽文学》1979年第11期。

陈宝宝还消不掉气,他替陈产丙一打算,知道这个人受一次罚还不会觉悟,长罚他又付不起钱,倒不如动一动外科手术,替他彻底解决了吧。于是就搬来一块二三十斤重的石块,乒乒乓乓,把陈产丙铺得滴水不漏的水泥地猪圈砸得粉碎。吓得那猪拼命尖声吼叫着在圈里奔了三百个回合,把隔夜的尿屎都急出来了。①

猪圈这样被砸,猪自然万分惊慌,在圈中狂奔乱跳是自然的,但"奔了三百个回合"却是连叙述者自己也不相信的谎言。但这样一种"虚假的精确",却让那场景更真切。吓得猪"狂奔乱跳"或吓得猪"奔跑不停",与吓得猪"奔了三百个回合",呈现在我们眼前的情状是不一样的,后者无疑更为鲜明、具体。

高晓声这种"虚假的精确"的修辞手法,与鲁迅很相似。但在选择那精确而虚假的数字时,鲁迅是很随意的,无规律可寻,高晓声却似乎多少显示出一点"规律"。上面所举三例中,"九九八十一天"应该来自小说《西游记》中的"九九八十一难";"一百零八天"应该来自小说《水浒传》中的"一百零八将";至于"三百回合",更是古代小说写到两人争战时常用的数字。高晓声酷爱中国古代小说。在自己写小说时,或许有意,或许无意,往往信手拈来古代小说中精确数字,表达自己小说中的模糊状态。在这样的时候,显示的是鲁迅和古代小说家对高晓声的共同影响。

本文原刊于《当代作家评论》2016年第1期

---

① 高晓声:《极其简单的故事》,《收获》1981年第2期。

另一部"王蒙自传"

——《夜的眼》诞生记

赵天成

《夜的眼》初刊1979年10月21日的《光明日报》,[①]是王蒙重返北京后发表的第一篇小说。在为这篇论文的写作查找资料的时候,我有些吃惊地发现,无论是根据《王蒙文集》(人民文学出版社2013年版,共45卷)附录的"王蒙研究资料索引",还是通过"中国知网"搜索,关于这篇小说的研究文章都只有一篇,而且还是发表于1980年的一篇印象式批评。[②]

与研究者对该小说的普遍忽视相反的是,作家本人对它格外看重。2003年,王蒙接受了斯洛伐克汉学家高利克的采访,当高利克问到哪一部是他最好的作品时,王蒙回答说:"1979年我的小说《夜

[①] 本文中,《夜的眼》的小说文本皆引自《光明日报》1979年10月21日,第4版"东风"副刊,以下不另加注明。

[②] 何新:《独具匠心的佳作——评王蒙〈夜的眼〉》,《读书》1980年第10期。

的眼》的发表是重要的。"①而在《王蒙自传》中,王蒙辟出整整一节谈论《夜的眼》,称它为"这一段我的最值得回顾的作品"。②"这一段"指的是王蒙自1979年末到1980年初夏的创作"爆发期"。以《夜的眼》为起点,短短数月中,王蒙还发表了中篇小说《布礼》《蝴蝶》,和短篇小说《风筝飘带》《春之声》《海的梦》,这一系列作品奠定了王蒙在80年代文坛的地位。它们当时被冠以"探索""意识流"之名,在文坛激起强烈反响,也招致一些争议。③从"命名"即可看出,当时的论者主要是从艺术技巧的层面来评判它们的意义的。如李子云在写给王蒙的信中说:"以《夜的眼》为开端……你在创作上开始了新的探求,你企图把复杂与单纯、现实与理想巧妙地结合起来。"④但在王蒙的自述中,《夜的眼》的起点意义,显然不只在于技术层面,"然而我始终不能忘情于这大约七八个月的喷发。《布礼》已经进入了情况,稍嫌生涩,不无夹生。《夜的眼》一出,我回来了,生活的撩拨回来了,艺术的感觉回来了,隐蔽的情绪波流回来了。"⑤

在一篇创作谈中,王蒙用"故国八千里,风云三十年"描述他这一时期的"小说做法"。略微了解王蒙经历的人都会知道,"八千里""三十年",其实是王蒙对自己坎坷多事的前半生的概括。也就是说,当时所谓的"意识流",实际上是一种高度依赖于"经验"的

---

① 王蒙、高利克:《有同情心的"革命家"》,《王蒙全集》第27卷,第255页,北京,人民文学出版社,2013。
②《王蒙自传》第2部,第48页,广州,花城出版社,2006。王蒙的三部自传中,只有四部作品被王蒙辟专节讨论,另外三部是《组织部来了个年轻人》《青春万岁》《春之声》。
③ 这6篇小说中,《布礼》的写作最早,但发表比《夜的眼》略晚。花城出版社1981年10月出版《夜的眼及其他》,内收6篇小说的同时,一并收入了相关争鸣文章及新闻报道。
④ 王蒙、李子云:《关于创作的通信》,《王蒙全集》第23卷,第48页,北京,人民文学出版社,2013。
⑤《王蒙自传》第2部,第92页,广州,花城出版社,2006。

写作模式。在表面喧哗、流动、跳跃的叙述背后,作者的人生经历和历史体验才是小说真正的结构框架。因此,这些小说在不同程度上都可视作王蒙的"自叙传"。王蒙也曾坦然承认,"在我许多作品的人物身上,正面人物身上有我的某种影子"。[①]这提醒我们,只有把《夜的眼》重新放回到王蒙的个人命运和1979年的历史语境中,将作品与作家的自传、自述及其他"周边"信息对读,释放出作品隐藏的时代信息与历史冲动,才能明白王蒙为什么会在"重返"北京的时刻写出这样的小说。

一、流放与归来

《夜的眼》的表层故事极为简单:恢复创作的陈杲来北京开会,并受边区领导之托走后门办事。小说的开篇,陈杲在城市夜晚来临的一瞬出场:

路灯当然是一下子就全亮了的。但是陈杲总觉得是从他的头顶抛出去两道光流。街道两端,光河看不到头……

陈杲已经有二十多年不到这个大城市来了。二十多年,他待在一个边远的省份一个边远的小镇,那里的路灯有三分之一是不亮的,灯泡健全的那三分之二又有三分之一的夜晚得不到供电。

王蒙对"光"极为敏感,也是描写"光"的高手。开篇看似白描的一笔,却投射出历史和个人命运的恍惚之感。主人公的身份之谜,就在这略显夸张的主观性描述中慢慢揭开。他来自边疆的小镇,重回阔别二十年的大城市,已生隔世之感。作者接着补叙了他此行的来由:

陈杲到这个城市来是参加座谈会的,座谈会的题目被规定为短

[①] 《创作是一种燃烧》,《王蒙全集》第21卷,第383页,北京,人民文学出版社,2013。

篇小说和戏剧的创作。粉碎"四人帮"后,陈杲接连发表了五六篇小说,有些人夸他写得更成熟了,路子更宽了,更多的人说他还没有恢复到二十余年前的水平。

读到这里,老练的读者自然将主人公与作者本人联系起来。①王蒙却毫不顾忌小说的创作规律,继续如"自画像"一般量身描摹陈杲的体貌特征——"现在这一类会上他却是比较年长的了,而且显得土气,皮肤黑、粗糙"。又仿佛是对读者的解读能力过于担心,王蒙在小说的中段进一步披露陈杲的"身份"信息。

这种倒胃口的感觉使他想起来20多年前离开这个大城市。那也是一种离了群的悲哀。因为他发表了几篇当时认为太过分而现在又认为太不够的小说,这使他长期在95%和5%之间荡秋千,这真是一个危险的游戏。

这当然指涉那场因《组织部来了个年轻人》而起的"文祸"。至此无疑,王蒙就是陈杲的"原型",作家写陈杲就是在写自己。而由于叙述者与作者的高度合一,《夜的眼》中抒写的感受与情绪,就必然牵连出一个看不见的潜层文本,那就是作者本人"流放与归来"的人生戏剧。尽管在小说中,这段故事被抽去了实在内容,仅仅压缩成"二十余(多)年"(仅在以上引文中就出现了四次)的词语。但若没有这"二十余年",一定不会有这篇小说的写作。因此,对王蒙"故国八千里,风云三十年"的简单回顾,不仅是对小说"前史"的必要补充,更是理解《夜的眼》写作动机的基本视野。

据《王蒙自传》,他在1953年开始文学创作。那时的王蒙,已经是北京青年团东四区委副书记了。"我的日常工作渐渐让我看到了另一面,千篇一律的总结与计划,冗长与空洞的会议,缺乏创意新意

---

① "开会"的情节桥段,也基于王蒙的亲身经历。在正式调回之前,王蒙曾几次到北京"出公差",其中一次是在1979年2月,王蒙来京出席人民文学出版社举办的长篇小说座谈会。

的老话套话车轱辘话",①这让年轻气盛的王蒙心有不甘,而文学创作给他提供了"独异"的机会。他后来回顾说:"在计划经济的年代,差不多只有写作不由计划安排,你想写就写,写好了就能成事。"②王蒙的同龄人刘绍棠、从维熙、邵燕祥都是年少成名,王蒙在和他们一起出席第一次青年创作者会议时,甚至心怀强烈的自卑感。但是,王蒙的才华很快显露,1954年底就完成了长篇小说《青春万岁》初稿。1956年9月,《组织部新来的青年人》在《人民文学》发表,年底被选入作协编辑的年度短篇小说选,随后引发在《文艺学习》《人民日报》《文汇报》等多家报刊展开的热烈讨论。③写作之路一炮而红,王蒙在追忆中没有掩饰当时的真实心理:"我喜欢这个,我喜欢成为人五人六,喜欢出名,喜欢成为注意的中心。"④

1957年夏天,"反右运动"开始,形势急转直下。《组织部新来的青年人》在"清理修正主义文学逆流"中被作为"毒草"点名。次年5月,王蒙被划为右派分子,开除党籍,8月下放到门头沟区斋堂公社军饷乡桑峪村劳动锻炼,后转到南辛房大队一担石沟市委造

---

① 《王蒙自传》第1部,第121页,广州,花城出版社,2006。
② 《王蒙自传》第1部,第121页,广州,花城出版社,2006。
③ 仅《文艺学习》(韦君宜时任主编)一家刊物就收到来稿300多篇。1957年初,毛泽东数次对《组织部新来的青年人》发表意见,认为"王蒙的小说有小资产阶级思想,经验也还不够,但他是新生事物,要保护","王蒙有文才,有希望",洪子诚在《1956:百花时代》中对此有详细介绍。王蒙当时"红"的程度,《王蒙自传》给我们提供了另一个有趣的角度:仅在1956年,王蒙《组织部新来的青年人》发表,收到稿费476元;《青春万岁》预审通过,收到预付金500元,《文汇报》带着500元要求连载。(《王蒙自传》第1部,第149页,花城出版社,2006)根据王蒙其他的自述材料,王蒙19岁时每月工资87.5元,"相当于现在的六千元";"《组织部新来的青年人》稿费476元,相当于现在五万的感觉"。见《人·革命·历史》,《王蒙全集》第27卷,第283-289页,北京,人民文学出版社,2013。
④ 《王蒙自传》第1部,第149页,广州,花城出版社,2006。

林大队。①1961年秋天"摘帽",一年后被分配到北京师范学院中文系,担任王景山教授的助教。60年代初,大学教师工资高,待遇好,王蒙暂时过上了潇洒滋润的小日子。他分到了位于景王坟的两居室楼房,房间向阳,采光极好。宿舍楼内就有电话。"那时的生活过得单纯而愉快。王蒙白天在学院上课或听课,晚间在家备课或批改作业。"②到了节假日,王蒙会带着妻子和两个孩子逛公园,或者进城吃西餐。王蒙在东安市场买过西餐刀子、咖啡、可可粉、价格昂贵的外国唱片等"奢侈品"。此外,市委和学校领导对王蒙多有关照,他还可以出席市文代会,参加全国文联组织的西山读书会等活动。

但是,创作和发表作品越发困难起来,王蒙越来越感到在高校干不出名堂,"60年代我在大学里有个差事不错,但是我还想个人奋斗",③"我们的文学要的是写工厂农村,实际主要是写农村农民,在高校待下去,就等于脱离了生活……我要的是广阔的天地"。④对于山雨欲来的政治风暴,王蒙也多少有些不祥的预感。因此,在西山

---

① 从维熙当时也在这里劳动改造,他的回忆值得参考:"北京日报社、新华社北京分社以及北京出版社的老右,在农村改造时化整为零了,此时又在这儿重新会合。除了那些在状元府就熟悉了的伙伴之外,又多了从中共北京市委、团市委以及市总工会、市妇联来的右派分子。他们中间有'老革命右派'王志诚、叶向忠,还有市委各部门'新革命右派'白祖成、李建华、梁湘汉、薛德顺、钟鸿、张敦礼,市总工会系统的安福顺、蒋济南、王一成,妇联系统的李琦,以及团市委系统的黄慕尧、张永经、王蒙。右派分子的人数骤增,足足可编成一个连队。乍见王蒙时,他好像又消瘦了,因而使得他本来就像竹竿般的身子,变得更为顾长。他被划为右派,翻了几次烙饼:划上了,又推翻了;推翻了,又划上了。几个回合的反复,精神折磨可想而知。反右期间,我和他唯一的一次见面,是在批判刘绍棠的会上,当时他还在扮演着正面人物的角色,不过好景不长,厄运很快就降临到他的头上。"见《走向混沌:从维熙回忆录》,第41页,广州,花城出版社,2007。

② 方蕤:《凡生琐记:我与先生王蒙》,第33页,武汉,长江文艺出版社,2008。

③ 王蒙:《人·革命·历史》,《王蒙全集》第27卷,第263页,北京,人民文学出版社,2013。

④《王蒙自传》第1部,第218页,广州,花城出版社,2006。

读书会上,当新疆作协秘书长王谷林表示可以把他调到新疆工作时,王蒙当即作出决定。一些老朋友对王蒙的"自我流放"感到不解,黄秋耘就劝他先不要带家属去,留条退路。但王蒙决心已定,他不断用高尔基、阿·托尔斯泰的人生经历鼓舞自己。1963年12月下旬,王蒙和妻子崔瑞芳卖掉所有大件家具,携两个幼子——5岁的王山和3岁的王石,举家西迁新疆。尽管事态的发展最终证明了王蒙的明智,但他在回顾时还是难掩几分苦涩:"不能简单地把我去新疆说成是被流放。去新疆是一件好事,是我自愿的,大大充实了我的生活经验、见闻及对中国、对汉民族、对内地和边疆的了解……新疆的干部、作家、群众……都对我很好。当然,如果没有'反右'运动中的被'扩大',我大概不会去新疆。"①

到了新疆,王蒙先是被安排在省文联下属的《新疆文艺》担任编辑,随后到吐鲁番深入生活。1964年底,再次因"右派"问题被取消下乡搞"四清"的资格,次年4月下放到伊犁市巴彦岱红旗人民公社二大队。伊犁市位于我国的西部边境,紧邻哈萨克斯坦,东距乌鲁木齐还有500公里,离北京则有3000公里之遥,真正是天高皇帝远。不得不说,王蒙在这里经历"文革",真是人生大幸。如王蒙所回忆的:"严格地说,巴彦岱谈不上有什么文化大革命,稍稍学学样而已。"②王蒙没有受到多少实际的冲击,只是被取消公社大队副队长的职务,依旧留在大队做翻译。③在全国知识界斗得天翻地覆之时,王蒙基本还是过着"三不管"的太平日子,家庭关系和谐融洽,与新疆老乡也相处愉快。1971年5月,王蒙被分配到乌拉泊文教"五七干校"劳动,被认定是没有问题的"五七战士",并一次性补发了

---

① 《文学与我——答〈花城〉编辑部××同志问》,《王蒙全集》第23卷,第67页,北京,人民文学出版社,2013。
② 《王蒙自传》第1部,第290页,广州,花城出版社,2006。
③ 王蒙:《热爱与了解》,《王蒙全集》第24卷,第12页,北京,人民文学出版社,2013。

自1969年起扣发的工资两千多块。

身在历史之中的当事者,无论如何也不会超然绝世。王蒙庆幸之余,也常怀"弃民"之感:"离开了大城市,再离开次大城市。不能'用',不能上台盘也不能工作。实际上已经被剥夺了许多公民权,受到了各种贬斥。"①他仍然盼望着什么,却又不敢盼望,壮志隐隐,犹在心底。幸运的是,王蒙为我们保留了一些生动鲜活的细节,使我们可以走进他当时的内心曲折:

1972或1973年的新年,我与几位文联的同事饮酒,喝得较多,我已经哭哭笑笑,语无伦次。原籍伊犁查布察尔县的锡伯族作家忠禄兄便也乘酒兴大喊,我们一起回伊犁去,乌鲁木齐有什么好?第二天他们告诉我,我则叫道:"不是,我不是想回伊犁,不是回伊犁……"我拼命地敲着桌子,把桌面敲出几个小坑,把自己的手指也敲裂了,鲜血流渗。共饮者分析,这时他们才恍然大悟,王蒙不管讲过多少伊犁的好话,王蒙不管怎样地与伊犁语言风俗认同,王蒙之志并非伊犁,而是意在北京。②

1976年,王蒙终于等来了命运的转机,"都说1976年把四个人抓起来是第二次解放,对于我来说,其兴奋,其感触,其命运攸关,生死所系,甚至超过了第一次解放:指的是1949年解放军席卷了全国"。③一年后,王蒙试探性地写了一篇歌颂高考恢复的散文《诗·数理化》,经自治区领导研究审阅,终于发表在1977年12月4日的《新疆日报》上。此时距王蒙上次发表作品已逾13年。

1978年4月20日,中共中央批准中央统战部和公安部《关于全部摘掉右派分子帽子的请示报告》,即"中央(1978)11号文件"。与此同时,王蒙收到《人民文学》编辑的约稿信,有"漫卷诗书喜欲狂"般的感慨。5月,《队长、书记、野猫和半截筷子的故事》在

---

① 《王蒙自传》第1部,第261页,广州,花城出版社,2006。
② 《王蒙自传》第1部,第344页,广州,花城出版社,2006。
③ 《王蒙自传》第2部,第1页,广州,花城出版社,2007。

《人民文学》发表,事实上标志着王蒙的"复出"。6月,王蒙应中国青年出版社之邀,赴北戴河团中央疗养所写作。9月1日回北京,"本计划探望一下亲属,立即回疆,早已想家了,谁知来到北京,已是八面来风,五方逢源,走不了啦"。①在北京的3个月里,王蒙以《人民文学》特约记者身份出席共青团第十次全国代表大会,并参加了胡耀邦与大会部分领导人员的见面。其间,王蒙与邓友梅、从维熙、刘绍棠、邵燕祥、陆文夫等"同科落难"的朋友重聚,还与方之一起看望了恢复工作的周扬。②

1978年9月17日,"中央(1978)55号文件"③下发。文件指出:"凡不应划右派而被错划了的,应实事求是地予以改正";"经批准改正的人,恢复政治名义,由改正单位负责分配适当工作,恢复原来的工资待遇"。④12月5日,刚刚复刊的《文艺报》和《文学评论》在北京新侨饭店联合召开"作家作品落实政策座谈会",共有包括王蒙在内的140多位作家应邀到会,会上为《保卫延安》《山乡巨变》《三里湾》《组织部新来的青年人》等作品平反。会议综述以《给批错的作品和受迫害的作者平反》为题,刊登在12月23日的《人民日报》头版。⑤身在乌鲁木齐的王蒙妻子,则从中央人民广播电台早7点播送的"新闻和报纸摘要"节目中收听到了消息,激动万分。

1979年初,北京团市委下达"右派"问题"改正"通知,向新

---

① 《王蒙自传》第2部,第23页,广州,花城出版社,2007。
② 《王蒙自传》第2部,第26页,广州,花城出版社,2007。王蒙还曾于1978年10月给周扬写信,并收到了回复。见《王蒙:不成样子的怀念》,第91页,北京,人民文学出版社,2005。
③ 即中共中央转发中组部、中宣部、中央统战部、公安部、民政部:《关于全部摘掉右派分子帽子决定的实施方案》。
④ 转引自李向东、王增如:《丁玲传》,第603页,北京,中国大百科全书出版社,2015。
⑤ 当日《人民日报》还配发评论员文章《加快为受迫害的作家和作品平反的步伐》。

疆自治区党委开出了党员组织关系介绍信。①王蒙在京参加完"1977—1978年度最佳短篇小说奖"颁奖大会后,回新疆办理调回北京事宜。1979年6月12日,王蒙和妻子登上开往北京的70次列车,"到站台上送我们的达40多人,车内车外,竟然哭成了一片。芳一直哭个不住"。②1979年的火车站,上演了多少相似的珍重与惜别。16年后重归故里,王蒙已是两鬓微霜。

二、北京:北池子招待所六号房客

火车沿兰新、陇海、京汉线,翻越天山、贺兰山,穿过茫茫戈壁、秦岭隧道与郑州黄河铁路桥,驶入华北平原的丰饶田野。看到窗外的景色变换,也看到三教九流的旅客匆匆上下,其中有披着光板羊皮大衣的农民,也有背着篓子、领着孩子的女人,王蒙感到,积贫已久的故国百废待兴。③火车上的他或许已经意识到,这双从新疆带回来的"眼睛",将成为他重返北京、重返文坛的秘密武器。

王蒙的接收单位是市文联。正式住房还要等待分配,无"家"可归的王蒙和妻子被临时安排到市文化局下属的北池子招待所暂住。招待所是由一个小剧团的排练场改建的,还保留着原来的舞台。这

---

① 资料显示,自1978年5月起,北京市抓紧落实干部政策和其他各项政策,"至1979年6月上旬,审干复查和平反纠正冤假错案的工作基本结束。全市共复查了65008名干部的问题,占本市'文化大革命'中被立案审查的干部总数的99.1%。属于原处理完全错误的占复查总数的65%,部分错误的占13%,基本正确的占22%","为反右派斗争中被错划为'右派分子'的11700名(含外地调入的)干部作出改正,并给1959年'反右倾'时受到错误批判的4500多名干部进行了平反"。见《当代北京大事记》,转引自《北京通史》(第10卷),第89-91页,北京,燕山出版社,2012。

② 《王蒙自传》第2部,第38页,广州,花城出版社,2007。当时,王蒙长子王山还在新疆大学读书,次子王石在陕西三原读军校,女儿王伊欢已经回到北京借读小学。

③ 《一点感想》,《王蒙全集》第21卷,第58页,北京,人民文学出版社,2013。

里条件简陋，不过地理位置极佳，向西步行五分钟就是东华门，中间隔着故宫的筒子河。晨昏时分，王蒙一家常常沿着护城河散步。向东不远就是王府井大街，这里有百货大楼和王蒙曾经最爱逛的东安市场。阔别已久，45岁的王蒙就像《夜的眼》中的主人公一样，对这座城市充满了陌生感。"主人翁"意识的恢复还需时间的慢慢累积，这时他还只是一名从远方归来的"观察者"，而对于50年代北京的记忆，则是观察这座城市种种变化的潜在参照。

在这双"观察者"的眼里，此时的北京已是"满目疮痍"。十年"文革"将规矩和秩序糟蹋得不成样子。物质损失尚好弥补，人心的损伤却很难复原。但日子逐渐恢复的信号，还是让王蒙得到许多慰藉："比如东安市场出现了较多的鸳鸯冰棍、杏仁豆腐、奶油炸糕、牛肉干、槽子糕、话梅糖果……而每天傍晚与周末，这里人山人海，而且有了勾肩搭背的青年男女"，筒子河周围"有提着笼子遛鸟儿的，有骑着自行车带着恋人的，有带着半导体收音机听早间新闻广播的，有边走边吃炸油饼的。常常看到听到有年轻人提着录音机，播放着当时流行的《乡恋》《太阳岛上》《我心中的玫瑰》……播放着李谷一、朱逢博、邓丽君、郑绪岚，得意扬扬地自路边走过。"①街头甚至出现了商品的广告牌：星海牌钢琴、长城牌旅行箱、雪莲牌羊毛衫、金鱼牌铅笔，等等。②更为重要的是"知识"的"恢复"，在东安市场的西门内就有一家书刊店，新出版的文学杂志和书籍都会摆到架子上出售。这个时候，继人民文学出版社"名著重印"引起轰动之后，60年代一些供"内部参考"的文学理论和著作，也陆续重印发行。人们已能读到索尔·贝娄、弗吉尼亚·伍尔夫的小说。

王蒙住在招待所的六号房间，面积不到十平方米。屋门正对着

---

① 王蒙：《我这三十年》，《王蒙全集》第27卷，第226页，北京，人民文学出版社，2013。

② 引自小说《风筝飘带》，《王蒙全集》第13卷，第228页，北京，人民文学出版社，2013。

公共盥洗室,哗哗的流水声从早到晚。后窗外面是一个大席棚,公用电话就在棚子下面,再往里面放了全招待所唯一的一台电视机。招待所里没法解决伙食,王蒙一家就把街上的小饭馆吃了个遍,有时就近去蓬莱小馆吃炒疙瘩和几毛钱一碗的芝麻酱拌面。有时多走几步,到南池子路西吃炸灌肠。时值盛夏,晚上七八点钟天还没黑透,全招待所的客人都凑到席棚下面看电视。这台电视机的高低音喇叭性能极好,音量又总调得很大,吵闹异常。每到这时,王蒙常会和妻子到大街上散步,看着这座城市渐渐笼罩在夜色之中。这样的"漫游者"经历,构成了前引《夜的眼》开场的灵感来源:"如果不是阔别十六年,如果不是已经习惯于生活在伊宁市解放路二号或者乌鲁木齐市南梁团结路东端高地,如果不是到京后我们夫妇常常彳亍在例如王府井大街上观看天是怎样变黑的(此时我们在北京还没有'家'),也许不会有这种对于街市灯火的感受。"①

王蒙的左邻右舍来来去去,常有来京组稿的外省刊物编辑前来借宿,《延河》杂志副主编贺鸿钧和董得理,《北方文学》资深编辑鲁秀珍女士,都曾在这里住过几日。编辑们业务繁忙,棚子下边的公用电话不时响起,其中也有不少是打给王蒙的约稿电话。《光明日报》的老编辑黎丁和"文学"副刊的史美圣还曾登门约稿。此外,还有许多老友、记者不断到这里看望和采访。②

今天看来,这充满喧哗与骚动的工作环境也许会让作家们抓狂。但对于当时的王蒙,这些干扰不值一提。"他蒙受多年的不白之冤澄清了,他重新获得了写作权利……他回来后分秒必争,因为他在前20年失去的太多太多,他想尽快寻回以往的损失。"③王蒙在这里总共

---

① 《王蒙自传》第2部,第54页,广州,花城出版社,2007。
② 见《文学与我——答〈花城〉编辑部××同志问》《关于〈夜的眼〉》,《王蒙全集》第23卷,第67、97页;《王蒙自传》第2部,第39-40页,广州,花城出版社,2007。
③ 方蕤:《凡生琐记:我与先生王蒙》,第131页,武汉,长江文艺出版社,2008。

住了5个月,《夜的眼》就在这里诞生,此外还留下了《布礼》《蝴蝶》《友人与烟》《悠悠寸草心》和许多篇评论。王蒙或许应该感激这种喧闹,它实际上是一种时代的大气候,充满了历史转折期的躁动和生机,与他内心久被压抑的激情和谐共振。

"文革"结束后,王蒙已经发表了《向春晖》(《新疆文艺》1978年第1期)、《队长、野猫和半截筷子的故事》(《人民文学》1978年第5期)、《最宝贵的》(《作品》1978年第7期)、《歌神》(《人民文学》1979年第5期)、《光明》(《上海文学》1978年第12期)等小说,《最宝贵的》还获得了"1977—1978全国短篇小说奖"。但这些作品都是小心翼翼的"试水"——"这时的思路完全是另一样的了,它不是从生活出发,从感受出发,不是艺术的酝酿与发酵在驱动,而是从政治需要出发,以政治的正确性为圭臬",[①]"《光明》仍然有按政策……编情节的痕迹。"[②]在北池子招待所的生活实感,让王蒙真正感受到"解放思想、繁荣创作、重视复出"[③]的时代气氛,属于他的"历史机遇期"真正来临了。

值得一提的是,《夜的眼》的发表过程极其顺利。根据《王蒙自传》,《夜的眼》写于1979年国庆期间。此前,《光明日报》"东风"副刊的老编辑黎丁曾登门约稿,"他说写小说也行。因为光明日报的发行量比一般的文学刊物还是大得多,所以我就想,在光明日报上要是发表一篇小说也很有意思"。[④]1979年10月21日,《夜的眼》在

---

① 《王蒙自传》第2部,第5页,广州,花城出版社,2007。
② 《王蒙自传》第2部,第20页,广州,花城出版社,2007。
③ 笔者2015年11月19日对王蒙的邮件采访。
④ 王蒙:《光明日报与我》,《我们的光明之路》,第342页,北京,光明日报出版社,2014。《夜的眼》在《光明日报》,而不是文学刊物上登出,是另一个有意思的问题。"新时期"初期,《人民日报》《光明日报》《文汇报》等大报也会刊载小说。与专业文学刊物相比,报纸天天出,发行量大,受众不只限于文学爱好者,因此刊登的文学作品更易引发社会轰动,比如卢新华的《伤痕》在《文汇报》发表时的空前盛况。《夜的眼》发表的详细情况,可参见笔者对秦晋的采访。

《光明日报》第4版"东风"副刊整版登出。小说从动笔到发表,前后仅用了不到三周时间。王蒙与妻子沉醉在成功的喜悦之中:"当晚,我与芳在离东安市场不远的地方一个阅报栏里读到了它,激动极了。我们还躲在一边看有没有什么旁的人去读","我看见一男一女,像一对情侣,也在那站着看"。②

时任《光明日报》文艺部主任的秦晋,则提供了另一角度的叙述:"按照我们一般的程序,先是编辑从作家那里拿稿子,然后是发排,就是铅印了以后打成小样。小样就都搁在一个筐里面,也可能下礼拜才用。之后是组稿,就是这一期副刊要用的几篇稿子,弄成一组,放到我桌子上,这个环节我必须看,上面有个签单,我在上面签字。我可能会有自己的修改意见,而且我跟总编辑的联系很密切,总编会告诉我,这是什么时候,你要注意什么。我签字之后就拿去拼版,打出大样。大样我再看一遍,也可能再做修改,改了之后签字,然后就可以复印了。这是一般的过程。紧急的稿子就直接往上拼,这样就快。我记得《夜的眼》就没有组稿的过程,直接拿过来就去排版了。"③《光明日报》以最快的速度处理《夜的眼》,王蒙所受到的重视可想而知。在他的个人感受中,这是"多么难忘的日子","每天都有新的进展。每天都有新的阳光,每天都想再写一篇两篇三篇五篇新作,每天都得到邀请,拜访,采访,电话,约稿,国内以及国外","国运兴文云兴蒙运兴。世界是大家的也是你的了,国家是大家的也是你的了。党是大家的也是你的了"。④

---

① 《王蒙自传》第2部,第54页,广州,花城出版社,2007。
② 王蒙:《光明日报与我》,《我们的光明之路——光明日报65年口述实录》,第342页,北京,光明日报出版社,2014。
③ 引自笔者2015年11月17日对秦晋的采访。
④ 《王蒙自传》第2部,第45-46页,广州,花城出版社,2007。

三、《夜的眼》为什么是"自传体小说"

只有理解了归来这代人,才能够理解王蒙这个人。如果不把对他的考证放到对那代人身世的整体考证上,这种孤证的存在价值就打折扣了。因此,这样的梳理让我确信,以《夜的眼》为代表的"意识流"小说,某种程度上都可以视为"自传体小说"的。或者延伸地看,它不过是这代人"自传体小说"系列之一部而已。这代归来作家迄今为止的小说有一个基本形式,就是"自传体小说"。他们的独特命运决定了他们无法再写其他形式的小说。而对这代人来说,生命经历与文学表现的这种对应关系,才是其核心问题。正因如此,只有像考古学家那样回到"现场",将原本积聚在文本周边,随时间流逝而消散的特定语境因素,尽其所能"还原"出来,重新构造成前后关联的故事,我们才有可能重返历史。在这个意义上,2006年起陆续面世的三卷本《王蒙自传》,其中包含的大量"当事人"叙述,为我的"还原"工作提供了重要资料。但另一方面,在《王蒙自传》第一部的封底,出版社用鲜明的红色字体写下了这样的推荐语:"这是一部成功人士非凡的成长史"。书商的宣传策略,是将复杂的历史简化为催人奋进的"励志故事"。这提醒我,如果对今是昨非(拨乱反正)的"新时期"意识丝毫不加怀疑,仅仅满足于在作者的"自传"逻辑之内"讲故事",我们的研究将只能提供一个苦尽甘来的"成功学"案例,而很难具备反思和叩问历史的力度。因此,如果要进一步解释王蒙为什么写《夜的眼》,为什么自认它是"重要"的作品,并为它寻找一个恰当的历史定位的话,就需要稍稍放宽眼界,引入一个"同代人"参照性视野。

《夜的眼》的内核,是一个从1957到1979的"归来"故事。它不只属于王蒙一个人,而是一代作家、知识分子的心史。陈杲恍惚、陌生、疏离、急迫的复杂情绪,也为一代人所共有——"我们做梦也没有想到会有今天，这使得我们喜出望外，也使得我们不安与焦急"。①《夜的眼》发表9天之后，1979年10月30日，标志着"中国文人群体的又一次重组"的第四次全国文代会在北京开幕，②王蒙作为主席团成员出席会议。其间同时召开了作协第三次代表大会，王蒙在会上作了题为"我们的责任"的报告。在发言中，他将自己概括为"新中国的第一代青年作家"，如今以"中年作家"的身份，重新回到"大会师"的文艺大军之中。王蒙的这种"代际定位"，代表了当时文坛的普遍看法。与王蒙有"同科"之感的陆文夫，③在写于文代会前夕的《一代人的回归》中总结得最为清楚："我们的这支文艺大军……大体上是由四个时代、四种年龄的人组成的"，"一是30年代的老将，是和鲁迅同时代的人，如今都是70以上的高龄。二是40年代在战火中成长起来的战士，如今也已年近花甲。三是50年代解放以后的第一批文学青年，如今也是50上下的年纪。四是70年代，特别是粉碎'四人帮'后大批涌现出来的青年，年龄都是20多岁到30多岁。从时间和年龄上看，我们缺少了一代人，缺少了60年

---

① 陆文夫：《一代人的回归》，《陆文夫文集》第5卷，第8页，苏州，古吴轩出版社，2006。

② 关于第四次文代会的研究，见程光炜：《"四次文代会"与1979年的多重接受》，《花城》2008年第1期；黄发有：《第四次文代会与文学复苏》，《文艺争鸣》2013年第10期。

③ 据王蒙自述，"陆文夫比我大6岁……1956年由作协编辑的年度短篇小说选中，我的《组织部新来的青年人》与他的《小巷深处》同列，我们之间有一种同科'进士'之感。又同科落难。1957年，江苏几个青年作家要办'同仁刊物'《探求者》，出了一期，表示要好好探求，定为反党集团实践。陆由于不是党员，没戴帽子，但一下子降了三级，这一闷棍着实不轻。我是戴帽子没降级，他是狠降级不戴帽子，我们的不同遭遇表现了那个年代少有的生活多样性。"见《王蒙自传》第2部，第26页，广州，花城出版社，2007。

代走上文坛,如今40岁左右的一代人"。①对于他和王蒙共同归属的新中国"第一批文学青年",陆文夫又给出了一个精确的判断标准:即他们大多数都参加了1956年的"全国青年创作者大会",其中"有70%都成了右派、中右、反革命分子、反党分子等等"。

根据这一标准,大概可以为"第一代青年作家"(后来也被称作"五七作家")开列出一长串作家名单:在1957年北京文坛被讽为"四只黑天鹅"的从维熙、刘绍棠、邓友梅、王蒙,在江苏因创办《探求者》遭难的陆文夫、方之、高晓声,以及张贤亮、李国文、张弦等。"归来"对于他们来说,意味着以"文化英雄"的身份回到历史的中心舞台。争分夺秒地追回失去的时间,以文学实践重新参与历史的进程,是他们共同的身份意识。

如一些研究者所发现的,在他们"复出"之后的写作实践中,"流放与归来"的生命经验,往往直接转化为作品的结构模式,从而使小说表现出强烈的"自传"色彩。问题在于,如果以纯粹的(后设的)"美学尺度"衡量,这无疑是一种幼稚、粗糙的写作模式。安敏成在考察"现实主义"在中国的接受史时指出,30年代作家对于五四文学的整体性超越,就在于对后者"极端个人化、情感化"的倾向的自觉抑制。五四文学的许多作品中,"真诚表白的愿望致使作家们不加节制地使用浮浅的自传性材料,而同情的冲动又使他们堆积了过多的感伤"。而茅盾、巴金、老舍及其他几位30年代作家的作品,"共同表明中国作家对西方叙述技巧的把握已渐趋成熟",更为"客观"的叙述模式得到了更多实验。②如果在这种走向"现代"的

---

① 陆文夫:《一代人的回归》,《陆文夫文集》第5卷,第1页,苏州,古吴轩出版社,2006。对于以"四次文代会"为标志,在"新时期"重组的文学格局,这种"四代相聚""五世同堂"的描述方式,在80年代被朱寨《当代文艺思潮史》等文学史著作落实。

② 安敏成:《现实主义的限制:革命时代的中国小说》,姜涛译,第41页,南京,江苏人民出版社,2011。

文学发展逻辑上看,"自传体小说"在"新时期"起点的再度兴起,可以说是历史的重复或倒退。而且,以今天的文学史事实反观,对于自我表现的沉迷,确乎构成了王蒙一代作家取得更高文学成就的"限制"。但我们必须考虑到,由于"当代文学"完全不同的内在机制与政治功能,这一代作家写作模式的选择,与他们在50年代所形成的知识结构和文学观念密切相关。

陆文夫说得好,"50年代的文学青年大部分是准备不足,读过大学的人很少,留过洋的全无,大部分是中小学的程度,由于种种原因,偶尔走上创作的道路……我们这一代人没有来得及学习,解放以后匆匆忙忙地写了几篇东西,然后便受批判,下放劳动、劳改。"①然而尽管如此,对于"归来"之后的文学创作,他们并未因为知识准备的先天不足而失去信心。他们愿意相信,"苦难的历程"不仅是"复出"之时的政治荣耀,而且可以转化为辉煌的文学成就。这样的信念,接续了中国知识分子"发愤著书"的精神传统,也来自于这一代作家共有的历史承担与使命意识。刘绍棠1978年在写给从维熙的信中,以令人感奋的豪情鼓舞老朋友:"你在生活上比我承受的痛苦多得多,从中国和世界文学史上看,苦难出真知。若将真知变成为文学,就是人类的财富","依我个人的拙见,中国历史发生重大变革的时候,即将到来,为此,你在这段时间,一定要写出些好作品来——我们这些1957年的文化人,首先挑起历史新时期的文学重任,是定而无疑的。"②

这种历史的信心,也有更为深刻的内在理据。我们知道,在"十七年"的文学观念中,"生活"的重要性远高于"知识",每一个文艺工作者都要首先寻找自己的生活基地,以获取创作所必须的实

---

① 陆文夫:《一代人的回归》,《陆文夫文集》第5卷,第5页,苏州,古吴轩出版社,2006。

② 从维熙:《走向混沌:从维熙回忆录》,第332页,广州,花城出版社,2007。

地经验。《在延安文艺座谈会上的讲话》中所说的,"人民生活中本来存在着文学艺术原料的矿藏,这是自然形态的东西,是粗糙的东西,但也是最生动、最丰富、最基本的东西;在这点上说,它们使一切文学艺术相形见绌,它们是一切文学艺术的取之不尽、用之不竭的唯一的源泉",是这一代作家自青年时代起即已形成、且终身无法远离的文学立场。不妨重温王蒙决定奔赴新疆的理由:"我们的文学要的是写工厂农村,实际主要是写农村农民,在高校待下去,就等于脱离了生活……我要的是广阔的天地。"因此,将自身的"受难"经历,视作对于"生活"的深度"体验",并转化为"复出"之后的创作资本,也是"十七年"的文学观念在"新时期"合乎逻辑的延伸。

从维熙的回忆,相当准确地还原了"复出"作家的工作状态:"1979年,中央为右派平反以后,我和绍棠以及从西北和东北归来的王蒙、邓友梅——1957年被喻为四只黑天鹅……当时各自都争分夺秒地开掘着属于自己的那座生活矿山。"①王蒙非常清楚,他的前半生中埋藏着两座"富矿",一是14岁投身革命的"少共"经历,一是16年的边疆生活,对此也从未避讳——《布礼》"包含了弘扬自己的强项:少年布尔什维克的特殊经历与曾经的职业革命者身份的动机",②而"新疆的生活,伊犁的生活是我的宝贵财富,对比它与北京,是本作者小说灵感的一个重要源泉与特色。我不会放过我的独一无二的创作本钱"。③因此,无论小说呈现出何种缠绕的叙述形态,也无论王蒙如何自得于"蝴蝶飞舞"④的作家姿态,王蒙和他的作品从来

---

① 从维熙:《蒲柳雨凄凄——文祭绍棠西行一周年》,《岁月笔记》,第81页,北京,中国社会出版社,2006。
②《王蒙自传》第2部,第43页。
③《王蒙自传》第2部,第50页。
④ "我的一篇小说取名蝴蝶,我很得意,因为我作为小说家就像一个大蝴蝶。你扣住我的头,却扣不住我的腰。你扣住腿,却抓不着翅膀。你永远不会像我一样地知道王蒙是谁。"见王蒙:《"蝴蝶"为什么得意》,《人民文学》1989年第5期。

都不是"超历史"的存在。以个人经历作为基点,讲述"我"的故事,是王蒙小说一以贯之的坚实核心。这也是我将《夜的眼》称为"自传体小说"的用意。与张贤亮、从维熙等人一样,王蒙受益于此,也受制于此。在漫长的文学生涯中,他们一直都没能讲好"别人"的故事。

但在处理自身经验的时候,王蒙比同代作家自觉地实验、采纳更为活跃的形式。在许多作家追逐潮流而写作的时候,王蒙一直不遗余力地寻找自己的个人风格。因此,他也努力通过阅读,在原有的知识结构之外寻求新的资源,"我读了当时新版的美国短篇小说集,我喜欢约翰·奇弗与杜鲁门·卡波特的小说"。①值得注意的是,"归来"之后的阅读,与他的写作是"同步性"的。②在回答厦门大学两位同学的提问时,王蒙有限度地谈到了阅读"现代派"对他的影响:"我前些时候读了些外国的意识流小说,有许多作品读后和你们的感觉一样,叫人头脑发昏……但它给我一点启发:写人的感觉。"③《夜的眼》的独特之处正在于此。小说的重心,由流行的"身世"控诉,转为诗笔写就的"身世之感"。新疆16年的荒凉隐匿在故事的后景之中,只留下一个含义不明的朦胧夜晚。通过这双"夜的眼","我"由抒情者变为观察者和接收者,敏感地向外部世界敞开,捕捉一团团暧昧不清的历史情绪。小说因此颠覆了"伤痕文学"成规对故事完整性和形象连续性的期待,也出人意料地获得了独立的审美空间。

在小说的最后,碰壁后的陈杲踏上了夜班的公共汽车:

20年的坎坷,20年的改造,陈杲学会了许多宝贵的东西,也丢失了一点本来绝对不应该丢失的东西。然而他仍然爱灯光,爱上夜班的工人,爱民主、评奖、羊腿……铃声响了,"哧"地一声又一

---

① 引自笔者2015年11月19日对王蒙的邮件采访。

② 如前引资料所述。

③ 《王蒙全集》第21卷,第320页。

声,三个门分别关上了,树影和灯影开始后退了,"有没有票的没有?"售票员问了一句,不等陈杲掏出零钱,"叭"地一声把票灯关熄了。她以为,乘车的都是有月票的工人呢。

到了这里,陈杲就是王蒙创造出来的"分身",与他一起彷徨于明暗之间的历史十字路口,为作家、也为读者分担内心的惶惑与感慨。这不禁让我想到宇文所安对杜甫《江南逢李龟年》一诗的精彩分析:"他挥手指向展现在我们眼前的美丽景色,把我们的注意力从对消逝的时间的追忆上引开,或许还从未来上引开。然而,这个姿态是一种面纱,它是这样透明,以致使我们更加强烈地感受到我们所失去的东西。"[①]

本文原刊于《当代作家评论》2016年第4期

[①]〔美〕宇文所安:《追忆:中国古典文学中的往事再现》,郑学勤译,第7页,北京,生活·读书·新知三联书店,2014。

大奖纷纷向莫言：
经典化的过程及其价值取向

张志忠

小　引

讨论中国当代作家的经典化问题是一个很好的题目，做起来却不是那么容易。此前程光炜讲到，中国当代文学研究为什么比不上现代文学研究的成就，其中有一条就是说现代文学研究实现了现代作家的经典化，文学史的格局已基本建立，有了稳定的研究框架。当代作家研究却流于时评，缺少比较清晰的历史定位。这样的表述流露出一定的焦虑，我猜测也是我们这个话题之所以成立的重要前提。

提出当代作家经典化，有它的现实意义和历史眼光，但是，要把它落到实处又并非易事。就以中国现代文学研究而论，它的创作和评论是同步展开的，至今已达百年。在这一个世纪当中可以看到几个重要的关键点。五四新文学初创时期，首先要确立的是它的合法性和原创价值——中国文化和文学有着数千年悠久丰厚的传统，五四新文学却是以反传统的面相出现在历史的地平线上，是从无到有，遭到文化保守主义者和传统文学阵营的攻击和抵制是可想而知的。譬如说郁达夫《沉沦》这样的离经叛道的作品，在日本的私小说系列中可能不足为奇，但在汉语的语境中它的惊世骇俗"伤风败俗"，却遭到严厉的指责。幸好有周作人这样的慧眼识英雄，给郁达夫以极大的支持，使得后者获得了继续在创作道路上走下去的勇气和决心。回过头来再想，周作人之所以支持郁达夫，正是因为他们所共同具有的日本文化和文学的知识背景。同时，它还借助于周作人在新文化运动中确立的权威地位。与之相关联的是，回望中国现代文学史被经典化的作家，其中相当一部分是话题性的作家：不仅是说他们的作品评价在不同历史时段都有激烈的争论，他们的个人生活也经常被学界津津乐道，鲁迅、胡适、周作人、郁达夫、沈从文、萧红、张爱玲、赵树理等莫不如是。吊诡的是，随着时光的流逝，一方面作家们个人生活的一面几乎被掘地三尺发掘殆尽，一方面某些看来不是难事的关节，却仍然云遮雾罩，众说纷纭。唯其如此，他们一直在吸引眼球，一直在被人谈论，有个新词叫作"注意力经济"，其实，作家要想经常处于被关注的视野中，那些说不清道不明的逸闻与"绯闻"，也是必不可少的。

就此两点而言，当代作家都是难以与他们的前辈相比照的。现代文学距今已有100年的传播阅读史，即便是20世纪40年代崛起的张爱玲，也足有70年的时间让人反复揣摩，经历了红极一时—销声匿迹—卷土重来的三段式，又恰巧与20世纪90年代中期的大上海怀旧热相重合，才达到登峰造极的高度。我们现在所言说的当代作家莫言和他的同代人贾平凹、王安忆、余华、韩少功、阎连科、格非等，满打满算，他们全部的创作生涯，不过30~40年，在没有经历过翻烙饼式的大起大落反反正正的评价之前，是很难有比较确切的定评的。还有，前面讲到的现代文学作家的感情困惑、敌友恩怨，一方面是人们消闲解闷的谈资，一方面它又关联着作家的创作走向。不理解茅盾与秦德君的恩恩怨怨，就很难解释此前从未入川的茅盾何以写得出表现川中新女性的觉醒与追求的《虹》，一味地沉浸于沈从文与张兆和的爱情神话中，也无法解读沈从文的《水云》和《看虹录》。才子才女自多情，当代作家也不例外，何况身处从禁欲主义的"文化大革命"时期向开放多元的婚恋观转换的新时期；这些灵与肉的困惑，也渗透进作家的作品中。但是，除了因为解读《废都》而涉及贾平凹的婚姻解体，我们还存在很大顾忌，为作家讳，很难以这一角度去解析当代作家的作品。而缺了这一块儿，就缺失了解读作家作品的一个必不可少的路径。

认识到上述两点缺憾，不是推卸责任，不是无所作为，讨论当代作家的经典化，仍然是大有可为的。我们目前能做的，就是要追问一个最重要的问题，作家的经典化，是如何形成的？它需要哪些要素？一个作家在不同时期不同目光观照下，凸显出来的是他的哪些方面？作为最重要的中国当代作家之一的莫言，他的经典意义何在？从20世纪80年代中期的《红高粱》获得全国优秀中篇小说奖，到2012年10月荣获诺贝尔文学奖，在各种各样的授奖词中凸显的是他的什么亮点？在荣获诺贝尔文学奖之前，莫言就是在国外获奖最多、出版译作最多的作家，莫言凭什么赢得不同国别不同评委的青睐，凭什么能够获取各种各样的文学奖项？还有，各种文学奖项在莫言获奖的前前后后，都有哪些作家获奖，表现出什么样的价值取向？在当下，莫言研究许多方面已经做得非常充分，从这一角度入手或许是一个可行的路径。不但是从中可以看到莫言如何被经典化的动态过程，而且也可以窥测到来自不同方面对文学经典的价值取向。

"大家·红河文学奖"：激情、历史、母亲

1988年，《红高粱》荣获全国优秀中篇小说奖，这是莫言获得的

第一个重要奖项。而可以看到评委意见和授奖词的，首先是大型文学期刊《大家》于1996年第1期刊载的给《丰乳肥臀》颁发"大家·红河文学奖"的评委个人评语与评委会通过的评语：

从黄河里舀起一碗水，不难看到碗底的泥沙。不过我们站在河边，首先感到的是扑面而来的冲击力和震撼力。《丰乳肥臀》是一道艺术想象的巨流，即或可以指出某些应予收敛之处，我仍然认为是长篇创作的一个重要收获，五十万言一泻而下，辉映出了北方大地近一个世纪的历史风云。苦难重重的战争年代，写得尤为真切凝重，发人深思。书名似欠庄重，然作者刻意在追求一种喻意，因此在我看来不是不能接受的。

评奖委员会主任　徐怀中

大地和母亲的永恒的颂歌，作家的执着相当感人。

这篇小说在历史的纵深感、内容的涵括性，以及展现生活的丰富性方面，标志着莫言创作的新高度。

题名嫌浅露，是美中不足。

评奖委员会委员　谢冕

《丰乳肥臀》是一部在浅直名称下的丰厚性作品，莫言以一贯的执着和激情叙述了近百年来中国社会的历史进程，深刻地表达了生命对苦难的记忆，具有深邃的历史纵深感。文风时出规范，情感诚挚严肃，是一部风格鲜明的优秀之作。小说篇名在一些读者中可能会引起歧义，但并不影响小说本身的内涵。

评委会：徐怀中、汪曾祺、谢冕、李锐、苏童、王干、刘震云

部队资深作家徐怀中，《西线轶事》的作者，莫言在解放军艺术学院文学系读书时的恩师，他的评语强调"艺术想象的巨流"，是从

创作过程与宏阔气势着眼；著名诗歌理论家谢冕赞誉其是"大地和母亲的永恒的颂歌"，把握住了作品歌颂母亲的激越情感。由七位评委签名的授奖词，则突出了百年历史，苦难记忆。同时也会看出，颇有先锋意味的"丰乳肥臀"这个书名，即使在这些对莫言作品赞赏有加的评委眼中，也未免有些"刺眼"。

时当20世纪90年代中期，经受市场经济冲击的中国文坛，众语喧哗，泾渭莫辨。兼取纯文学与大众阅读双重目标的贾平凹的《废都》、陈忠实的《白鹿原》，一时间声名鹊起，发行量甚佳，"陕军东征"旗开得胜，后者更是被认作于文学的低迷中崛起的一座高峰。但为时不久，这两部作品就双双遭到强力打压，文学的风向标指向何处？恰逢此时，10万元人民币的大奖"大家·红河文学奖"落到莫言头上，这在当时是国内奖金额度最高的文学奖，也可以看作是其时国内最重要的文学奖——自从1991年颁发第三届茅盾文学奖，到1998年设立并颁发第一届鲁迅文学奖，此期间较大规模的文学评奖处于停摆状态。"大家·红河文学奖"的设奖者是在市场化大潮搅得人心浮动中逆势而起的大型文学期刊——创立于云南昆明的《大家》。正如莫言在"大家·红河文学奖"颁奖大会上所言：

两年前，我参加了在北京举行的《大家》创刊首发式。当时，在所谓的"文学低潮"中，在大多数刊物因为经济危机而叫苦不迭时，一个边远省份竟然创办了这样一份豪华刊物，我悄悄地认为这是不合时宜的。我甚至对身边的朋友说："我估计这刊物办个三五期就该停刊了。"但两年过去了，《大家》不但没有停刊，而且保持了它的豪华形象。越来越多的作家被《大家》吸引，越来越多的读者被《大家》吸引。《大家》在中国期刊之林里已经占据了一席之地，《大家》庄严的形象已经深入人心。《大家》是云南的光荣，也是中国文坛的光荣。

"大家·红河文学奖"对于中国文坛，对于莫言，都是有重要意义的。《红高粱》获奖已经是昨天的往事,莫言自20世纪80年代末进行的文学探索,如《欢乐》《十三步》《酒国》等,都没有引起大的反响。《丰乳肥臀》问世之初,人们的注意力都被它的书名所吸引,作品的评价如何,还有待验证。莫言在文学探索的道路上能够走多远,也还是未知之数。由徐怀中领衔的七位评委,把大奖颁发给莫言迄今为止仍然是其最重要的作品《丰乳肥臀》,当然是个极大的鼓励。最重要的是,《丰乳肥臀》这样的在数十年的历史长河中依次展现其诸多关节点,以刻画人物性格、显现命运浮沉的方式,也成为他后来写作《四十一炮》《生死疲劳》和《蛙》的基本样式。

冯牧文学奖:曲径通幽

2001年莫言获冯牧文学奖。获奖评语说:莫言以近20年持续不断的旺盛的文学写作,在海内外赢得了广泛声誉。虽然,他曾一度在创新道路上过犹不及,但他依然是新时期以来中国最有代表性的作家之一。他创作于80年代中期的"红高粱"家族系列小说,对于新时期军旅文学的发展产生过深刻而积极的影响。《红高粱》以自由不羁的想象,汪洋恣肆的语言,奇异新颖的感觉,创造出了一个辉煌瑰丽的莫言小说世界。他用灵性激活历史,重写战争,张扬生命伟力,弘扬民族精神,直接影响了一批同他一样没有战争经历的青年军旅小说家写出了自己"心中的战争",使当代战争小说面貌为之一新。

冯牧文学奖始创于2000年,分为三个类别:青年批评家奖、文学新人奖、军旅文学奖,这正好对应了冯牧的三个身份,著名文学评论家,中国作家协会领导人,曾在军旅并且发现和培养了白桦、公刘、徐怀中等一批西南军旅作家群的昆明军区政治部文化部副部长。此奖项在21世纪初连续颁发三届,2016年颁发第四届冯牧文学奖。在前三届获奖者中,青年批评家奖得主李敬泽、何向阳、谢有顺、吴俊等,文学新人奖得主徐坤、红柯、毕飞宇、刘亮程等,都是当今的新锐,军旅文学奖则是瞻前顾后,既是在追述20世纪80年代以来军旅文学的创新潮流,如朱苏进、苗长水、乔良、周大新等,也有世纪之交引人瞩目的邓一光、柳建伟等。莫言的授奖词,一是褒奖其《红高粱》等抗日战争题材作品的锐意创新,二是肯定其开创军事文学创新潮流的功绩。还值得提及的是,在2002年的第三届冯牧文学奖给另一位山东籍军旅作家苗长水的授奖词中,莫言对军事文学的贡献成为辨析苗长水创作个性的强烈背景。这固然可以看作是授奖词撰写人对莫言的偏爱,但也见出莫言在军事文学创作中的难以估量的影响力——

20世纪80年代后期,当一批青年作家纷纷以《红高粱》式的叙事方式描写自己"心中的战争"时,苗长水悄悄地从《季节桥》开始了向沂蒙山的文学跋涉。经历过《冬天与夏天的区别》和《犁越芳冢》,他以洞幽发微的艺术慧眼找到了美丽而沉静的《染坊之子》和《非凡的大姨》。在这一组沂蒙山系列中篇小说里,他用真挚而深沉的爱心去感知、发现和创造最苦难最严峻的战斗岁月中的诗意。他以朴实自然的低调叙述和绵密细腻的情感流露,委婉细致而又反复坚定地向我们展现了在历史的黑暗时刻,中华儿女人情人性美的花朵的生命形态和缓缓开放的自然过程。他以苗长水式的深情吟唱区别了莫言式的轰然雷鸣,同样独辟蹊径地超越了革命历史题材创作的"五老峰"。苗长水贡献于斯,风流于斯。时至今日,我们在为苗长水暂停了他的沂蒙山文学之旅而惋惜的同时,依然怀念源自沂蒙山的、叮咚作响的"长长的流水"。

如此厚爱莫言,还有一个原因。《丰乳肥臀》获得"大家·红河文学奖",随之而来的,却是一场出乎意外的批判浪潮。在强大的压力下,莫言违心地做了检查,"主动"要求对《丰乳肥臀》停止发行,黯然离开军营。前面说到《废都》和《白鹿原》都是先畅销后遭受打压的,贾平凹和陈忠实也因此遭受很大压力。但是对《废都》的公开批判主要是来自学界,对《白鹿原》的指责则控制在"内部"

的若干说法，未曾公开发布。那些批判《丰乳肥臀》的文章来势汹汹，几欲置莫言于死地，甚至还可能危及徐怀中等。而且，当时的语境下，莫言自己和学界朋友都无法做出公开辩护。冯牧文学奖口口声声地说到他的《红高粱》对军事文学的重要贡献，其实是曲径通幽，别有襟抱，是对前述的批判《丰乳肥臀》之恶流的一种委婉的回击吧。

来自法兰西：文体实验与幽默感

2001年《酒国》（法文版）获法国"Laure Bataillin"（儒尔·巴泰雍）外国文学奖。授奖词是：

由中国杰出小说家莫言原创、优秀汉学家杜特莱翻译成法文的《酒国》，是一个空前绝后的实验性文体。其思想之大胆，情节之奇幻，人物之鬼魅，结构之新颖，都超出了法国乃至世界读者的阅读经验。这样的作品不可能被广泛阅读，但却会为刺激小说的生命力而持久地发挥效应。

"Laure Bataillin"（儒尔·巴泰雍）外国文学奖是法国著名的文学奖项，1986年由法国文学评论家Laure Guille-Bataillon创办，专门颁发给有法语译本的外国文学作品，历届获奖者中，有博胡米尔·赫拉巴尔、约翰·厄普代克、莫言、德里克·沃尔科特等著名作家。莫言的《酒国》问世之后，在本土没有产生热烈的反响，这也许和《酒国》的寓言式写作风格相关：20世纪90年代的文坛，先是王朔的"痞子文学"走红，后来则有《废都》《白鹿原》和《文化苦旅》风行；曾经炫目一时的先锋文学作家或者销声匿迹，或者改弦更张，《酒国》强烈的文体探索姿态，因此遭到冷落。而法兰西不愧是世界文化之都，它的敏锐眼光和创新气度，对《酒国》这样不仅超越本土也超越了世界读者阅读经验的探索性文本的激赏，溢于言表。满篇授奖词全是着眼于艺术创新,而不曾像我们常见的七分思想内容、三分艺术成就的二分法,一来避免了对作品内容解读中产生的歧义,二来凸显了"为艺术而艺术"的纯粹性。

"Laure Bataillin"(儒尔·巴泰雍)外国文学奖来自文学界,法兰西文学与艺术骑士勋章则代表了法国官方的旨意。2004年,莫言和李锐、余华同获此奖项,这再一次展现出法国对文化的推崇和与当代中国的友善。给莫言的授奖词如是说:"您写作的长、短篇小说在法国广大读者中已经享有名望。您以有声有色的语言,对故乡山东省的情感、反映农村生活的笔调、富有历史感的叙述,将中国的生活片段描绘成了同情、暴力和幽默感融成一体的生动场面。您喜欢做叙述试验,但是,我想最引起读者兴趣的还是您对所有人物,无论是和您一样农民出身的还是所描写的干部,都能够以深入浅出的手法来处理。"

这恰好对《酒国》的授奖词形成一种对话,在叙述实验的鲜明特征之上,是对所有人物的生动描述。故乡情感,农村生活,历史画卷,这样的评价与我们通常对莫言的描述并无二致,但是,"同情、暴力和幽默感融成一体",尚未被我们所关注,或许,产生拉伯雷的国度,比我们更长于捕捉作家的幽默感吧。

在欧美各国中,法国是莫言作品译本最多的国度,在莫言获诺奖之前,他就有近20种作品翻译成为法文,以至于瑞典诺奖评委会成员在回击有些人提出是葛浩文英文译本塑造了莫言的海外形象时,就讲到评委们从法文译本阅读莫言的情况。诺贝尔奖文学委员会前主席埃斯普马克在接受《南方周末》采访时说:"我记得(莫言)只有三部作品被翻译成瑞典语,大约六部作品有英文版。而法语有十六部,所以我基本上读的都是法语版。"[①]马悦然在接受《南都周刊》

[①] "诺贝尔标准有很多变化":专访诺贝尔奖文学委员会前主席埃斯普马克,http://www.infzm.com/content/83899。

采访时也再度澄清:"关于这个谣言可以停止了。关于莫言,我们评委除中文外,还可以阅读几乎所有欧洲大语种的译本。比如法语,在他获奖之前,莫言的法译本有18种,获奖之后,立即增加到了20种。这里边肯定有忠实、全面、精当的译本。短篇小说《长安大道上的骑驴美人》本来也在我的翻译计划中,但因为已经有精当的法译本了,所以我就没翻。法语在国际上影响很大。莫言的长篇小说是中国伟大的说书人的传统,他获奖实至名归,我们对他的阅读是很充分的。还有一点有意思的,莫言曾获得法国的骑士勋章。事实上中国的好作家有很多都获得过法国骑士勋章,比如余华、李锐、贾平凹、王安忆等。"[①]就此而言,法兰西的文化自傲是足以成立的。

在华语世界中:莫言的新世纪之履痕处处

2001年《檀香刑》获台湾联合报2001年十大好书奖。接下来,2002年《檀香刑》获首届"鼎钧双年文学奖"。授奖词说(因其文字较长,笔者掐头去尾做了节略):

……《檀香刑》是这样一个标志:民间渊源首次被放到文源论的高度来认识,也被有意识地作为对近二三十年中国小说创作宗从西方话语的大格局寻求超越和突破的手段加以运用;同时,作者关于民间渊源的视界进一步开拓,开始从抽象精神层面而转化到具体的语言形式层面,从个别意象的植入发展到整体文本的借鉴。

义和团现象本身就是民间文化所孕育所造就,是山东古老民间文化的一次狂欢。借这个题材来激活一种以民间文化为底蕴的小说叙述,使本事与形式之间的天衣无缝,形成了一种妙不可言的"回

---

① 马悦然:莫言得奖实至名归,顾彬是个二三流的汉学家—今日头条(TouTiao.com),http://toutiao.com/a3204460765/。

声"。民间戏曲、说唱,既被移植到小说的语言风格中,也构成和参与了小说人物的精神世界。这种"形式"与"内容"的浑然一体,使得《檀香刑》比以往任何高扬"民间性"的小说实践,走得更远,也更内在化……

这里强调的是《檀香刑》的民间特色,义和团起义本身就是一次起源于民间的自发性反抗,采用地方戏曲"猫腔"艺人及戏曲唱词风格加以表现,正是通常所说的形式与内容的高度统一。桀骜不驯的英雄主义,同样是草莽民间的特色。莫言宣称《檀香刑》是一次大踏步的后退,是向中国文学传统和民间意识的皈依,这个授奖词就可以看作是对其新的艺术探索的高度肯定。与莫言《檀香刑》同时获鼎钧文学奖的是李洱的《花腔》,其授奖词曰:"李洱相当贴切地抓住人物的身份和性格展开叙述,使每个人的叙述都特别有滋味,同时也不失总体的叙述风格。小说的叙述也始终散发着醇厚的诗情。这部小说以多视角的叙述,打开了一个异常生动的历史画卷,特别是有意混淆真实与虚构界限的手法,使得历史与人性的冲突变得真切而意味深长。李洱打开的这个角度,也可以说是中国文学展开现代性反思的最有益的探索。"《花腔》同样是在表现内容与艺术形式上都作出相当大的拓展的杰作。加之第二届获奖的作家作品阎连科《受活》和格非《人面桃花》,可以将鼎钧文学奖看作是非常具有先锋性的文学奖项,可惜这一奖项此后似乎偃旗息鼓,未见其延续。

2004年4月,莫言获第二届"华语文学传媒大奖·年度杰出成就奖"。授奖词说:"莫言是当代文学变革旅途中的醒目界碑。他从故乡的原始经验出发,抵达的是中国人精神世界的隐秘腹地。他的笔下的欢乐和痛苦,说出的是他对民间中国的基本关怀,对大地和故土的深情感念。他的文字性格既天真又沧桑;他书写的事物既素朴又绚丽;他身上有压抑不住的狂欢精神,也有进入本土生活的坚定决心。这些品质都见证了他的复杂和广阔……"

华语传媒文学大奖由南方都市报于2002年设立，标举"公正、独立和创造"，"争做关注高雅文化的风向标"，每年的获奖者分为"年度杰出成就""年度作家""年度诗人""年度散文家""年度批评家"和"最具潜力新人"6个奖项，至今已经颁发14届，其连续性和严肃性，都是中国大陆各项文学奖中至为难能可贵的。逐年累积下来，它几乎网罗了中国大陆及海外华语文坛诸多名家。这个授奖词的核心是莫言表现社会生活和民族心灵的"复杂和广阔"。它充分发挥了汉语的悖反性特征，欢乐与痛苦，天真与沧桑，素朴与绚丽，狂欢化与残酷性，同时也对21世纪初年莫言的三部长篇小说表现出的探索创新予以积极的肯定。这和鼎钧文学奖的指向，既有共同之处，也有不同表述：鼎钧文学奖强化的是莫言创作与民间的关系，民间自发的反侵略斗争，民间戏曲的表现形式，华语文学传媒大奖重在对莫言作品的丰富性复杂性的解读上。而且，由于后者是每年评选一次，所针对的是上一年度有重要作品的作家，因此，莫言的新作《四十一炮》和修订本《丰乳肥臀》于2003年双箭齐发，也是其获奖的一个前提。尤其是《丰乳肥臀》的新增订本，添加了上官鲁氏为了生育铤而走险，向包括自己的姑父和瑞典籍神父马洛亚等诸多男人"借种"这样悖反传统人伦的情节，它能否被文坛和读者所接受，是个未知数。授奖词中特意讲到这一增订本，不啻是给莫言的增订扫平了可能的障碍。

2005年12月香港公开大学授予莫言荣誉文学博士。美国学者、莫言多部作品的英文版翻译者葛浩文现场致辞中，对莫言有如下的描述——

莫言较近期的作品包括1995年的《丰乳肥臀》和2003年的两部作品《檀香刑》和《四十一炮》。他依然多产，以其笔触令读者诧异、喜悦、惊愕。他以极具个人特色的写作风格和笔法，无畏地揭示出身边人事上和社会上令人震惊的狂暴面貌，毫不退缩。难产、强迫堕胎、重病和畸形、自杀与死亡，这些都是莫言小说常见的主题。他从不为照顾读者的感受而避免描写身体功能最隐密的细节，往往无情地描绘人类的伤痛和残忍，道出婚姻和家庭暴力的悲哀，毫不讳言地揭露政府的贪污舞弊，严苛地描述人与老鼠、蚤子、蛆虫、癞皮狗共存的环境。他为人类苦难所写的哀歌，无疑是以山东农村为背景的，那里水道干涸，山路崎岖，高粱、黄麻处处，还有沙尘滚滚的农村广场、政府建筑群和牢狱。但是，这些凄清的景象却被缤纷而精练的想象笔触所冲淡，因作者对人类身处环境的深刻感受和柔情而呈现生气。莫言对人类凄凉孤独的描写令人不安，而且往往悲剧味道很重，但最终都以其真实和无穷信念启迪人心。

葛浩文的致辞，回顾了莫言的创作历程，历数其《红高粱家族》《天堂蒜薹之歌》《丰乳肥臀》《檀香刑》和《四十一炮》，从其承续中国传奇志怪的小说传统、直面乡村生活的艰辛和苦难讲起，讲到其极致化写作的艺术追求和精神特征：不回避痛苦与污秽，不遮蔽身体与器官，对病痛、畸形、残缺与死亡的描写具有相当的强度。同时，葛浩文指出，在这些具有震撼与骇人的笔触之中，有着莫言特有的温情和信念，看似无情却有情，"这些凄清的景象却被缤纷而精练的想象笔触所冲淡，因作者对人类身处环境的深刻感受和柔情而呈现生气。莫言对人类凄凉孤独的描写令人不安，而且往往悲剧味道很重，但最终都以其真实和无穷信念启迪人心"。葛浩文的致辞强调了莫言作品的精神导向，在真实地展现古老的中华民族的百年苦难与血污的同时，对超越苦难的坚强信念与博爱情怀的极度张扬。苦难的强度正是检验信念与博爱的强度。

莫言的创作，一直是在争议和质疑、赞扬与批判的喧哗中进行的。他荣获诺奖后，也有许多人斥责其缺少诺奖所要求的理想情怀。对此固然可以见仁见智，但是，不妨也听听别人怎么说，听听曾经逐字逐句反复揣摩莫言小说文本的葛浩文怎么说。我当然明白，这样的吁求是说了也白说，那些指责莫言只会暴露黑暗歪曲历史的批判者，他们的偏见根深蒂固，有几人认真地阅读过莫言的作品呢？

东方之声:亚洲文化版图上的文学旗手

2006年7月,莫言荣获由日本福冈亚洲文化奖委员会颁发的第17届福冈亚洲文化大奖。在中国作家中,莫言是继巴金之后获此殊荣的第二人。颁奖致辞中说:"莫言先生是当代中国的代表作家之一,他以独特的写实手法和丰富的想象力,描写了中国城市与农村的真实现状,作品被翻译成多种语言。莫言先生的作品引导亚洲文学走向未来,他不仅是当代中国文学的旗手,也是亚洲和世界文学的旗手。"

经常被中国媒体引用的这段话,"亚洲和世界文学的旗手"语焉不详。这并不是授奖词的全部。福冈亚洲文化大奖的网站上刊载的授奖词全文,对此有着明确的阐释:

……他不仅引导了中国文学,也对西欧当代文学有着压倒性影响,表达出了把受过去历史以及沉重传统束缚的亚洲文学引向光明的未来的这样一种气概。他还通过把他的故乡——杂草丛生的农村地带高密县转换成幻想的文学空间,在文学的世界里创造出成功的作品,描写中国风土及文化和历史生根的世界,是具有地区性的,同时也是具有国际性的。

中国大地所孕育的莫言先生,通过文学,展现了文化特有的丰富性和多样性,以及人类社会的复杂性和可能性,开辟了从亚洲到世界的道路,向全世界表现了亚洲文化的意义和存在,其取得的成就,正是和"福冈亚洲文化奖大奖"的宗旨和理念是一致的。[①]

福冈亚洲文化奖设立于1990年,其宗旨是:亚洲是由多元的民

---

① 2006年(17届)大奖获奖莫言|获奖者|福冈亚洲文化奖,http://fuku-oka-prize.org/cn/laureate/prize/gra/moyan.php。

族、语言以及文化共生、交流的世界。其多样文化不仅只是固守悠久的历史和传统,并由其中衍生新的文化。现今伴随着全球化时代的来临,文化也受到单一化浪潮的冲击,亚洲固有文化恐有失去之虞。正因为现处于这样的时代,尤其需要守护、培育独特的文化,并朝着共生迈进。①该奖分为三个类别:大奖、学术研究奖和艺术文化奖。其中大奖的评选标准是对保存亚洲固有文化,创新多样文化有所贡献,基于其国际性、普遍性、大众性及独特性等,对世界展现亚洲文化意义之所在的个人或团体。②

以是观之,这一奖项立足日本,涵盖亚洲,自觉地选择非西方化的立场,强调有悠久传统的亚洲文化的独特性及其现代重造,坚持世界文化的多元共生。这一奖项,先后有中国(包括香港和台湾)、印度、老挝、泰国、巴基斯坦、印度尼西亚等亚洲各国的人士获奖,在我们熟悉的文艺界中,黑泽明、张艺谋、许鞍华、侯孝贤等先后获奖,在一定程度上代表了它的亚洲尺度。1990年创始之初,其创设特别奖(大奖)就奖给中国作家巴金,授奖词曰:他一直都忠于自己的良心,以真挚的态度关注时代和历史,并且把自己的理想寄托于作品之中,向人们倾诉,虽然在"文革"时期曾遭迫害,但是在恢复职务以后,他还是依然以文学者的身份,在严厉批判社会的同时,也诚实地进行了自我批判。"巴金的存在,可以说是一部沉重历史的证言。他对亚洲知性认识和文化的形成做出了很大的贡献,正符合了'福冈亚洲文化奖创设特别奖'的宗旨和理念。"这是日本有识之士的一种襟怀。他们对亚洲文化的理解,许多时候不是以日本为中心,恰恰相反,作为亚洲文化的渊源之一的既有悠久传统又富有现代活力的中国文化,才更能够代表亚洲面相。西方的强势文化对亚洲文化的压力,如同其在政治、经济领域的巨大冲击和

---

① 关于福冈亚洲文化奖|福冈亚洲文化奖,http://fukuoka-prize.org/cn/about/。
② 福冈亚洲文化奖的概要|关于福冈亚洲文化奖|福冈亚洲文化奖,http://fukuoka-prize.org/cn/about/outline/#deta。

挑战一样，对于日本这样已经迈入现代化的国家，他们的感觉可能比我们更为强烈，他们的亚洲意识也最先觉醒。至于莫言和亚洲文学是否已经取得对西方欧美文学的压倒性影响，我觉得还有待确认，但是，这样的断言后面的亚洲心态，却是溢于言表的。

说起来，日本是最先译介莫言的国度之一，1989年就出版了井口晃的《红高粱》译本，此后又有藤井省三和吉田富夫等名家相继翻译了莫言大量作品，使得莫言在日本赢得了相当的欢迎，不但有店家命名了"莫言馒头"，还有一种酒也得自莫言的小说篇名"透明的红萝卜"。中日文化的亲缘性，是其中的重要推动力。大江健三郎就是在莫言那里发现了亚洲印痕，而发出向世界文坛推荐莫言的来自海外的最响亮的声音。1994年大江健三郎荣获诺贝尔文学奖。在获奖演说中，他将自己的创作纳入亚洲文学的版图，做出如下的描述：

形象体系使得像我这样居住在远离国家和都市中心的边缘地区的人有可能追求并获得带普遍性的文学手法。从这样的背景出发，我不是把亚洲描写为新的经济力量，而是写成浸透持久的贫困和混合的多产的地方。通过分享古老、熟悉，但却生动的暗喻，我同朝鲜和中国的作家们例如金吉哈、钟伊、莫言等站到了一起。对我而言，世界文学界的弟兄们具体有形地构成了这种关系。①

大江健三郎出生于1935年的日本北部四国的山区，在少年时期经历了那场给亚洲人民和日本人民都带来巨大灾难的战争，然后走出山村，进入东京大学学习法国文学，深切地体验到战后日本的经济腾飞及其对本土传统的冲击，他的作品屡屡展现的是在日本的现代进程中四国山区的现实与历史，是与传统、与往事叠合在一起的

---

① 〔日〕大江健三郎：《暧昧的日本与我》，曹添桂译，《诺贝尔奖讲演全集·下卷》，第578页，福州，福建人民出版社，2003。

嘈杂动荡的现在，以及因为有个先天残疾的儿子而遭受的种种烦扰苦闷。值得注意的是，出生于1935年的大江健三郎对比他足足年少20岁的莫言慧眼识珠，引为同道，其认同点在于：都是在传统积淀深厚、却又长期贫困的边缘地带，既远离世界文化中心，也远离本土急骤变化的现代都市的偏远乡村，感知时代变迁，也有幸通过现代传媒和勤奋学习，掌握普泛性的文学技法，在传统与现代性的相互激荡中，与世界文学潮流同步对话。在一个万众瞩目的场合，让别的年轻的亚洲作家分享这难得的荣耀，将莫言推送到文学与新闻界的聚焦点上，是非常难能可贵的襟怀气度。以时间来推断，大江健三郎当时所能够读到的，仅仅是《红高粱》《白狗秋千架》《透明的红萝卜》及《天堂蒜薹之歌》，莫言最重要的作品《丰乳肥臀》《生死疲劳》等尚未问世，但大江健三郎就从中看到莫言的创造性的才华，颇具先见之明。

福冈亚洲文化大奖授奖词着力于莫言的亚洲性，与大江健三郎对莫言的赞赏同调，应该说，这是我们关注较少却又可能成为莫言研究乃至中国文学和文化研究新的生长点的重要命题。我们的研究视野里，经常提到的是中国与世界，这当然和中华民族的近现代历史进程之格外地艰难曲折，与世界之关系的主导倾向经常是处于冲击、挑战与应激反应中，甚至还会陷入所谓"阴谋论"和自我封闭中。一张口就习惯于说中西文化，似乎"西"就代表整个世界，而缺少冷静仔细的具体辨析。鲁迅当年身在日本留学，他既没有迷恋于日本文学，也没有被欧美作家的光环所迷醉，而是独具慧眼地去发现俄罗斯和东欧弱小民族的文学，而且因此决定了自己的文学创作取向。我们今天却忘记了世界也是多元地存在和演变的。比如说，日本对中国现代文化的影响，当代中日文化与文学的互动，无论是20世纪60年代毛泽东主义在日本的传播、杨沫《青春之歌》在日本走红与日本学生造反和左翼化的社会运动的兴起，日本版芭蕾舞剧《白毛女》对中国本土创造革命样板戏的推助作用，还是张承志从

《金牧场》到《敬重与惜别》中对日本学生"全共斗"和"赤军"的重新讲述,日本的鲁迅研究及"超克"思想对世纪之交中国学界的影响,柄谷行人等新马克思主义学者给转型期中国带来的思想启迪,都没有被放置在亚洲学的角度加以考察。福冈文化大奖所倡导的亚洲文化本位,进而将莫言作为亚洲文学棋手,代表亚洲文坛向欧美现代文学发起反击的论述,就具有了新的意味。

"红楼梦奖"与"纽曼奖":《生死疲劳》的中外对读

2008年,莫言于2006年问世的《生死疲劳》荣获第二届"红楼梦奖"。下一年间,莫言又以《生死疲劳》夺得第一届"纽曼华语文学奖"。这是否意味着莫言已经进入连夺大奖的快车道,不过,从这中外两个奖项的授奖词中,我们或许可以发现有趣的对比。

"红楼梦奖",又名世界华文长篇小说奖,由香港浸会大学文学院于2005年创立,以奖励优秀华文作家和出版社。"红楼梦奖"的宗旨是奖励世界各地出版成书的杰出华文长篇小说作品,借以提升华文长篇小说创作水平,每两年评选一次。评选对象是两年间的海内外华文长篇小说。从2006年以来颁发6次,先后获奖的有贾平凹《秦腔》、骆以军《西夏旅馆》、王安忆《天香》、黄碧云《烈佬传》和阎连科《日熄》。"红楼梦奖"以中国古典小说巅峰之作《红楼梦》为标识,覆盖大陆和台港文学,竞争非常激烈,像王安忆、阎连科都是几度获得提名,才摘得桂冠,而张炜、迟子建、董启章、朱天文等也是曾经入围而未能登顶。消息说:"红楼梦奖"决审委员会在众多优质作品中选出《生死疲劳》,他们认为作者以独特、创新的形式,呈现出中国乡土近半个世纪的蜕变与悲欢。决审委员会主席王德威教授表示,莫言运用佛教六道轮回的观念,杂糅魔幻写实的手法,展示一部充满奇趣的现代中国《变形记》。它突出"变",并构成现当代历史的隐喻。全书笔力酣畅,对历史暴力与荒诞的沉思又不乏传统民间说唱文学的世故，足以代表当代中国小说的又一傲人成就。①

另一则消息报道说，本届"红楼梦奖"决审委员会主席陈思和表示，《生死疲劳》以大气磅礴、荒诞怪异的叙事手法，描述了中国农村半个世纪所经历的巨大变化。莫言站在农民的立场上反思历史，反思现状，他呼吁人们要从阶级与权力的暴力怪圈中解放出来，不仅应该忘记历史上的仇恨与报复，更应该警惕新的权力与贪欲造成的人性的堕落。他歌颂了中国农民安于土地、勤于劳动、忠于爱情的传统生活观念。②

《生死疲劳》始于1950年1月1日西门闹被枪决，终于2000年1月1日大头婴儿的呱呱坠地，以西门闹为平反冤案死不瞑目，经历六道轮回，和外号"蓝脸"的农民在乡村合作化运动数十年中坚持独立单干，顶着巨大压力拒绝走集体化道路的故事，这样的内容前所未有，采用章回体小说写现代历史进程，也是新时期文学以来的一大创新。而王德威和陈思和所言，前者称赞《生死疲劳》是充满奇趣的现代中国的《变形记》，是对文本的内容和风格的精准定位，后者则更注重当下中国的现实针对性，"更应该警惕新的权力与贪欲造成的人性的堕落"；两位主席的共同点在于，都凸显了莫言小说对暴力与荒诞的强烈反思与否定，言辞略有不同，题旨却很明确，指向曾经的绝对权力，指向往日的暴力政治。

2009年8月，莫言荣获"纽曼华语文学奖"（我曾经望文生义地将其理解为"新人"文学奖。经查阅相关资讯，才知道这是由捐助人Harold and Ruth Newman夫妇所得名），获奖作品同样是问世未久的《生死疲劳》。该奖项由美国俄克拉荷马大学美中关系研究所设立，每两年颁发一次，旨在表彰对华语写作做出杰出贡献的文学作

---

① 莫言《生死疲劳》获红楼梦奖 奖金30万港元_网易新闻中心，http：//news.163.com/08/0925/15/4MMPHB 300001124J.html。

② 莫言小说《生死疲劳》获颁"红楼梦奖"，http：//www.huaxia.com/zh-wh/whxx/2008/09/1174484.html。

品及其作者。由于该奖是第一次颁发,又没有设定作品发表的时间限度,它的竞争空前激烈。相关报道说:获得首届"纽曼奖"提名的作家与代表作有莫言《生死疲劳》(2006)、阎连科《丁庄梦》(2006)、宁肯《蒙面之城》(2001)、王安忆《长恨歌》(1995)、朱天心《古都》(1997)、王蒙《活动变人形》(1985)、金庸《鹿鼎记》(1967—1972)。这其中有两岸三地成就卓越的名家,也有不容忽视的后起之秀。提名作品的风格和主题也极为丰富,包括反映乡村经济改革风云突变的魔幻现实主义作品(《生死疲劳》《丁庄梦》——引者,下同),追踪藏漂和南漂族的网络小说(《蒙面之城》),以一个都市女人的前世今生来刻画市井上海的史诗篇(《长恨歌》),对台北和京都的双城记式的后殖民深思(《古都》),揭露半殖民地知识分子困境的传记小说(《活动变人形》),以及武侠小说大师反武侠的封笔之作(《鹿鼎记》)。①

  作家涵盖了华语文坛老中青三代作家,作品发表的时间跨度超过40年,其回顾总结华语文学创作的趋向一目了然。莫言从中胜出,是由于纽曼华语文学奖评委葛浩文的鼎力推荐。葛浩文撰写的推荐词先声夺人,凌厉威猛,"我的开篇之言也许会冒犯读者和评论家,但确实没有人会比一个译者更加仔细地阅读文本,因为译者必须字斟句酌来考虑如何翻译每个词语。我翻译过很多中国内地和台湾作家的作品,尽管其中好些作家都有资格获得这个文学奖,但莫言是这个时期最有成就和创造力的作家"。在正义中,葛浩文回顾了莫言从《红高粱》以来的文学道路,对《天堂蒜薹之歌》《酒国》等都给予极高评价,他着重阐述的是《丰乳肥臀》和《生死疲劳》:

  莫言的最近两部巨著《丰乳肥臀》和《生死疲劳》完成了记录

---

① 纽曼华语文学奖:获奖者,http://www.ou.edu/uschina/newman/2009winners-chi.html(这是纽曼华语文学奖的官方网站)。

中国整个20世纪历史的艰巨任务。《丰乳肥臀》被《华盛顿邮报》称为是"莫言冲击诺贝尔文学奖"的作品,小说以一个家族的女性的故事,嬉戏不恭地再现了20世纪上半叶这一段时期的历史。《生死疲劳》是莫言的最新小说,叙述了20世纪后半叶许多悲剧性的荒唐事和荒唐的悲剧,被《纽约时报》赞赏为"最富有想象力和创造力的小说",该小说将革命人性化(同时也兽性化),充满了黑色幽默、元小说式的插入、幻想等,这些都是让莫言的读者十分期待和欣赏的。大多数优秀的小说家都不能始终如一地保持作品的高质量,但是莫言却不是,他的每一部小说都受到普遍好评,每一部小说都反映了他超凡的才能。他擅长各种不同文体和形式:寓言、魔幻现实主义、古典现实主义、现代主义、后现代主义等。他的故事引人入胜,有着迷人的意象和人物。简单地说,莫言作为作家是独一无二的。①

"将革命人性化(同时也兽性化)"有些费解,检读英文文本,这一句话是 it puts a human (and frequently bestial) face on the revolution,葛浩文所指是说《生死疲劳》将20世纪后半叶的中国革命进程形象化地体现在作品人物及动物身上。悲剧性的荒唐与荒唐的悲剧,则是葛浩文的独到评价。其次则是莫言创作文体的丰富驳杂,和他持久的创新能力。这是莫言在英语语境中第一次获奖,葛浩文不曾刻意强调其文本向中国文学传统的高调回归,一来是在英文译本中,这些特征弱化了许多,二来也是要引导英语读者走向莫言,应该考虑其可行性吧。

茅奖和诺奖:柳絮飞来片片红

2011年,莫言的《蛙》获第八届茅盾文学奖。授奖词如下:

---

① www.ou.edu/uschina/newman/Goldblatt.MoYanNominationStatement.Chi.pdf.

在20多年的写作生涯中，莫言保持着旺盛的创造激情。他的《蛙》以一个乡村医生别无选择的命运，折射着我们民族伟大生存斗争中经历的困难和考验。小说以多端的视角呈现历史和现实的复杂苍茫，表达了对生命伦理的深切思考。书信、叙述和戏剧多文本的结构方式建构了宽阔的对话空间，从容自由、机智幽默，在平实中尽显生命的创痛和坚韧、心灵的隐忍和闪光，体现了作者强大的叙事能力和执着的创新精神。

这是对莫言创作20余年间坚持锐意创新的高度肯定，它对《蛙》的称赞，一是其复杂的结构方式建构宽阔的艺术空间，二是其对生命的创痛和坚韧的卓越显现。《蛙》的获奖是一个标志，自从《丰乳肥臀》引发政治批判和脱下军装，却坚守自己的信念，一直在思想和艺术探索上走钢丝的莫言，终于得到了主流话语的积极认可。

以《子夜》确立了现代长篇小说高峰的茅盾，在其去世之前以自己的稿费25万元设立长篇小说奖，至今已经评选过9届。时间越长，它的建设性意义就越是得到彰显。有许多人指责其获奖作品良莠不齐，但是，客观地说，衡量一个文学奖项，恐怕不是要批评其有鱼目混珠之嫌，而是要看它留下了哪些经典名作。短短30余年，从《芙蓉镇》《钟鼓楼》《平凡的世界》，到《白鹿原》《长恨歌》《繁花》等，历届茅奖功不可没。而到2011年，莫言已经连续三届有作品入围茅奖，一直呼声很高；但是，前面两届获得提名的《檀香刑》和《生死疲劳》，依我之见，它们的艺术成就还要明显地高于《蛙》，却都在最后的冲刺阶段被淘汰出局。而且，在莫言新世纪以来的诸多作品中，就数《蛙》的现实指涉性最强，直接指向现实中的现行政策与行政管理部门，也确实招来后者的反向施加影响力，因此，它的获奖之难度可想而知。《蛙》荣获茅奖，让许多一直为莫言抱不平的人们松了一口气，事后来看，这也为莫言荣获诺奖铺平了道路——茅奖以及中国作家协会，多年来一直饱受非议，如果莫言一直未能得到这项具有政府奖色彩的奖项而直接获得诺奖，对于各方面来讲，恐怕都不是好事，都会陷入各自的尴尬。当然，《蛙》的获奖也是充满争议的，评奖过程一波三折。最终折桂，一是得益于新修订的茅奖评奖规则，二是得益于有关人士的担当精神。此处不赘。

终于到了临门一脚。北京时间10月11日19时（当地时间10月11日13时），瑞典诺贝尔委员会宣布2012年诺贝尔文学奖获得者为莫言。同年12月，诺贝尔委员会公布了给莫言的授奖词。依照其行文的各个段落，我将其概括为六大要点：

1. 莫言是个诗人，他扯下程式化的宣传画，使个人从茫茫无名大众中突出出来。他用嘲笑和讽刺的笔触，攻击历史和谬误以及贫乏和政治虚伪。他有技巧地揭露了人类最阴暗的一面，在不经意间给象征赋予了形象。

2. 高密东北乡体现了中国的民间故事和历史。在这些民间故事中，驴与猪的吵闹淹没了人的声音，爱与邪恶被赋予了超自然的能量。

3. 莫言有着无与伦比的想象力。他很好地描绘了自然；他基本知晓所有与饥饿相关的事情；中国20世纪的疾苦从来都没有被如此直白地描写：英雄、情侣、虐待者、匪徒——特别是坚强的、不屈不挠的母亲们。他向我们展示了一个没有真理、常识或者同情的世界，这个世界中的人鲁莽、无助且可笑。

4. 莫言生动地向我们展示了一个被人遗忘的农民世界，虽然无情但又充满了愉悦的无私。每一个瞬间都那么精彩。作者知晓手工艺、打铁、建筑、挖沟开渠、放牧和游击队的技巧，并且知道如何描述。他似乎用笔尖描述了整个人生。

5. 他比拉伯雷、斯威夫特和马尔克斯之后的多数作家都要滑稽和犀利。他的语言辛辣。他对于中国过去一百年的描述中，没有跳舞的独角兽和少女。但是他描述的猪圈生活让我们觉得非常熟悉。意识形态和改革有来有去，但是人类的自我和贪婪却一直存在。所以莫言为所有的小人物打抱不平。

6. 在莫言的小说世界里，品德和残酷交战，对阅读者来说这是一种文学探险。曾有如此的文学浪潮席卷了中国和世界吗？莫言作品中的文学力度压过大多数当代作品。[①]

这六大要点，其一是讲莫言的幽默和讽刺艺术，戳破了意识形态宣传的假象，揭示了历史与人性的黑暗本相。其二是说莫言写的民间故事中爱与恶都具有超自然的神秘强力，猪狗牛羊都赢得了众声喧哗的权利而与人类比肩而立。其三是莫言的无与伦比的想象力，对乡村生活的饥饿与疾苦、对各种人物的成功描写。其四是将被现代世界人们遗忘的冷酷却有趣的中国乡村情景推送到读者眼前，而且栩栩如生。其五称赞莫言滑稽、辛辣、犀利，展示人类的自私与贪婪，是继拉伯雷、斯威夫特和马尔克斯之后的讽刺作家。其六肯定莫言表现人性善恶的超强力度。

这样的归纳，是从完整的文稿中节略而成，它基本符合原意，却也可以重新整理其要点。莫言具有无比的想象力，亦熟悉乡村生活种种，他以辛辣犀利的讽刺，戳穿了历史的假面，展现了高密东北乡和中国乡村的真实景观，塑造了英雄、土匪、母亲等农民形象，高强度地发掘历史与人性的黑暗，人性的自私与贪婪，也有爱、坚强、温情和品德，他描写了劳动、战乱与苦难，富有诗人的抒情性和民间本色，给世界文学带来巨大的冲击波。这其中，"莫言是个诗人"的论断，以及第一条和第五条两次讲到莫言的讽刺艺术，都是值得我们予以高度关注的。

余 论

费了很大力气梳理莫言的获奖经历与授奖词分析，总括起来，

[①] 2012年诺贝尔文学奖颁奖词全文_政经频道_财新网，http://china.caixin.com/2012-12-11/100470901.html。

对莫言的肯定,许多时候,中外是有一定差异的。在本土和华语文学语境中,莫言往往是"第二轮"的获奖者。这其中有偶然因素,如"红楼梦奖",在第一届候选作品的年度中,莫言没有出版新作;但是,在更多的情况下,如"冯牧文学奖",一个奖项刚刚设立,需要一个各方面都可以接受、争议较少的作家,以奠定一个平稳的基础,便于接下来继续进行。而莫言自从以《红高粱》跻身文坛的强手之林,就一直是非常有争议性的作家,《红蝗》《丰乳肥臀》《檀香刑》和《蛙》,莫不如此。直到他获得诺奖,争议都没有平息。而且,从思想倾向到艺术探索,这种争议的激烈程度,大开大合,褒贬鲜明,尖锐对立,很难予以调和。还有一个情况,在21世纪的第一个10年,直到莫言获诺奖之前,莫言都是中国文坛的第一梯队,但是位置并不冒尖,我曾经在中国知网查阅过中国作家的研究论文数量,贾平凹、王安忆、余华等的期刊和硕博论文数量此期间都要高于莫言,而且呈稳定状态分布,多年都是如此。如果说,贾平凹和王安忆都是高产作家,不断地有新作推出,那么,相对而言,余华是个慢手,他在《许三观卖血记》后时隔10余年,才有《兄弟》问世。而且,在这几位作家中,莫言的折腾劲儿是最大的。余华自《活着》回归现实主义写作,其后作品的主题或者会有变化,写法上却基本稳定。王安忆对写小说的方法是最为注重的,早先《叔叔的故事》和《纪实与虚构》是走得最远的,从《长恨歌》以后,《富萍》《启蒙时代》《天香》的表现内容和人物形象丰富驳杂,但写实的笔法一以贯之。直到2015年的《匿名》,王安忆奇异地腾身一跃翻了一个漂亮的筋斗云,其变化之大让人叹为观止,却也极大地疏离了她的读者群。贾平凹可以说是文坛"福将",一向是既叫好又叫座。就从《秦腔》数起,《古炉》《带灯》《老生》《极花》,每隔一两年他就有新作问世,许多重量级的评论家对他热情有加,几乎每一部作品都得到诸多名家的叫好。上述作品中,除了《老生》因为融入《山海经》而显得晦涩难读,他的作品的可读性和日常生活性让他雅俗共赏，而且在普通读者中极有口碑。贾平凹的散文成就极高，与他的小说创作相得益彰，这也是他走向普通读者的另一条路径。早在20世纪80年代，他的散文《丑石》等就进入中学语文课本，广泛流传。贾平凹的《废都》和莫言的《丰乳肥臀》都曾经遭受毁灭性的批判，都曾经被迫停止发行，但是，两位作家的应对是各有千秋的。比较起来，贾平凹的弹性更大一点，其后很少有"越轨"，莫言的挑战性更强一些，一次又一次地向某些领域发起冲击。莫言的极致化写作，是以丧失许多读者为代价的。20世纪80年代，中国文坛曾经唯新是趋，作家能走多远，批评家和读者就能够跟随多远。在当下，浅阅读和文化快餐流行，文坛和读者许多时候都失去耐心，惨烈的现实也使得人们拒绝"残酷叙事"而寻求脉脉温情。这样的语境对莫言显然不是很有利。而在世界语境中，莫言的境遇就大相径庭了。新世纪以来，莫言不仅是海外翻译作品最多的，也屡屡以独立不羁的姿态斩获文学大奖，西方世界借助于拉伯雷、福克纳和马尔克斯的导引而接受莫言，日本、韩国、越南等则从中看到了亚洲特性。莫言获"福冈亚洲文化大奖"，在同代人中是仅见的，获首届"纽曼文学奖"，也表明其文学地位的不可动摇。而且，这些奖项的授奖词，毫不含糊地称赞莫言是亚洲文学的旗手，中国最伟大的作家，也是本土所无——这都给我们以深刻的启示。

再有，在对莫言的评价中，来自法国、美国、意大利和瑞典的声音，都非常看重莫言的幽默与讽刺艺术。诺奖颁奖词中两次讲到这一点，绝非偶然。谁说老外仅仅是把中国当代文学看作是历史与社会学的素材呢？

本文原刊于《当代作家评论》2016年第5期

贾平凹：走向"微写实主义"

李遇春

进入新世纪以来，贾平凹的每一部长篇小说都引起了读者的极大关注，新作《极花》也不例外。然而，人们似乎更关心《极花》所讲述的极具现实色彩的妇女拐卖题材，而对这部最新长篇小说的文体意味还缺乏足够的思考。事实上，我们必须看到贾平凹在《极花》创作中所做出的双重努力，即"写什么"和"怎么写"的艺术统一问题。显然，贾平凹并非那种文学史上昙花一现的"问题小说"家，虽然他长期以来以关注社会现实问题为创作己任，但他似乎总是努力地寻找着符合个人艺术趣味的新的文体表现形式，这正是贾平凹的小说创作已经或正在形成中国当代文学经典序列的重要原因。虽然贾平凹在艺术寻找的过程中也存在着渐变与蜕变的差异，但无不凝聚或体现着他的独特诉求。在我看来，我们不仅应该把《极花》纳入到作者新世纪以来的长篇小说系列中去做整体性思索，而且应该把《极花》纳入到作者30年来的长篇小说艺术进程中去做立体观照，以此发现并揭示贾平凹新世纪长篇小说创作的独特艺术追求。所以，我在这里要做的是一种回溯式的小说美学考察，我试图揭示贾平凹长篇小说创作能在各个时期引领文学风骚的深层缘由。

早在"文革"后期,贾平凹就已经开始了自己的艺术起步,但那时的他无可避免地受到了"革命现实主义"或"革命浪漫主义"文学规范的制约,其小说集《兵娃》中所收的作品就明显带有革命叙事的政治印痕。"新时期"伊始,贾平凹开始努力地剥离"革命现实(浪漫)主义"模式带给自己的艺术胎记,在"伤痕——反思——改革"文学浪潮中不断地探索着属于自己的艺术轨迹。虽然20世纪80年代的贾平凹也受到了西方现代主义和魔幻现实主义的影响,但总体上而言,那个时代的他正走在从"革命现实主义"到"批判现实主义"的艺术轨道上。这在他当时的长篇小说创作中表现得至为明显。《商州》(1984)是贾平凹的长篇小说处女作,它写的是刘成和珍子这两个年轻人在改革开放初期的爱情悲剧,尖锐地批判了中国封建传统文化观念在当代中国社会的残余与积淀,带有强烈的批判现实主义色彩。紧随其后的《古堡》(1986)反映的社会生活面更加广阔,作者也由单一的爱情悲剧叙事转入了复杂的社会人生叙事,讲述了张家兄弟在改革初期的事业挫折和人生奋斗的艰难,借此批判性地审视了当代中国社会体制的痼疾和传统文化观念的病灶。1987年出版的《浮躁》是贾平凹20世纪80年代的长篇小说代表作,基本上也可以被认作是作者早期的一部"批判现实主义"力作。它讲述了金狗和雷大空两个乡下人进城的人生奋斗故事。他们虽然都来自于底层农村,但却走了不同的人生奋斗道路,而结果是殊途同归,全部都被城市上流社会所吞噬或遗弃。金狗深爱着青梅竹马的小水,但无奈中与乡长女儿田英英结了婚,改变命运后的他在城市里挣扎和苦斗,虽然他内心里一直坚持着良知和正义的底线,但他最终还是无法抵御城市的功利主义价值法则的侵袭,在人生路上一步步地败退,在精神或心灵上一步步地溃败,直至遍体鳞伤,绝望地逃离城市、回归乡村。而雷大空一开始就认同了现代城市商品经济价值法则,而且在运用中如鱼得水并乐此不疲,但机关算尽的他最终还是反害了自己的性命,他葬身城市而无处招魂,金狗为他草写的祭文无异于他们共同的诔辞。这是两个底层乡村青年的城市奋斗故事,触及了现代城市文明对底层青年农民的人性挤压、扭曲和异化,很容易让人想起19世纪欧美批判现实主义小说的经典叙事形态。实际上,在20世纪80年代的中国文坛,像贾平凹这样深受欧美批判现实主义小说影响的作家不在少数,写《人生》和《平凡的世界》的路遥同样是著名的例子。但路遥生前一直坚守着批判现实主义叙事姿态而未能改变,贾平凹则在写作《浮躁》的过程中就已经决定了要改弦易辙。

在《浮躁》的一篇序言中,贾平凹写道:"我再也不可能还要以这种框架来构写我的作品了。换句话说,这种流行的似乎严格的写实方法对我来讲将有些不那么适宜,甚至大有了那么一种束缚。"又说:"我真有一种预感,自信我下一部作品可能会写好,可能全然不再是这部作品的模样。一个时代有一个时代的作品,我应该为其而努力。现在不是产生绝对权威的时候,政治上不可能再出现毛泽东,文学上也不可能再会有托尔斯泰了。中西的文化深层结构都在发生着各自的裂变,怎样写这个令人振奋又令人痛苦的裂变过程,我觉得这其中极有魅力,尤其作为中国的作家怎样把握自己的民族文化的裂变,又如何在形式上不以西方人的那种焦点透视办法而运用中国画的散点透视法来进行,那将是多有趣的实验!有趣才诱人着迷,劳作而心态平和,这才使我大了胆子想很快结束这部作品的工作去干一种自感受活的事。"[①]不难看出,贾平凹在《浮躁》的创作后期已经对传统的批判现实主义小说叙事模式产生了厌倦,他所谓的"流行的似乎严格的写实方法"正是20世纪80年代中后期中国文坛上逐渐被清算的"现实主义"文学形态,也就是以老托尔斯泰为代表的

---

① 贾平凹:《序言之二》,《浮躁(评点本)》,第3-4页,孙见喜评点,武汉,长江文艺出版社,1999。

批判现实主义叙事模式。那种西方经典小说叙事模式比较推崇"焦点透视"的叙事方法,以中心人物和主要情节展开社会人生叙事,作者或叙事人具有至高无上的叙述权威,这种主观型的现实主义叙事模式虽然具有不可替代的艺术优势,但毕竟固定成型且日渐僵化,需要被新的小说叙事模式所扬弃。于是在20世纪西方小说创作中涌现出了各种形态的现代主义或后现代主义小说叙事变革,而这种小说叙事新潮也波及了20世纪80年代中后期的中国小说界,"新潮"小说或"先锋"小说思潮应运而生。而贾平凹显然不愿直接走上那种极端西化的先锋小说路径,他受到当时中国"寻根"小说浪潮的影响,转而在学习借鉴西方现代派小说技法的同时又向中国本土文学传统汲取艺术滋养,这就是他所谓的放弃西方"焦点透视"法而采用中式"散点透视"法,即由中心主义人物结构模式和情节型小说叙事模式转向多元主义人物结构模式和"生活流"小说叙事模式,这既是从中西绘画艺术比较中得到的艺术启示,也是从中西小说传统比较中得到的叙事灵感。

确实如此,贾平凹20世纪80年代的三部长篇小说《浮躁》《古堡》《商州》基本上还属于中心主义的焦点叙事结构模式,每部作品都有着中心人物和核心情节,作者在叙事中的笔墨是有偏重或偏向的,有的浓墨重彩,有的则只能烘云托月,作者对生活题材的裁剪和主要人物的择取都是一目了然的,即使是人物活动的自然环境和社会环境的描写,也多采取单体象征的方式,比如《浮躁》中反复描写的那条州河,它隐喻了泥沙俱下的浮躁时代精神潮流,这是明眼人一望即知的,带有作者强烈的主观叙事诉求,这与作者后来习惯使用的整体象征不可同日而语。而进入20世纪90年代以后,以《废都》(1993)为标志,贾平凹的现实主义艺术追求开始转向了新的路径,包括《白夜》(1995)、《土门》(1996)、《高老庄》(1998)、《怀念狼》(2000)在内,这一系列的长篇小说都带有鲜明的魔幻现实主义特征,比如《废都》中那条仿佛哲人的奶牛,《白夜》中神秘的再生人,《土门》中长了神秘尾骨的梅梅,《怀念狼》中猎人和山民异化成了"人狼",这些神秘叙事的寓言化倾向明显流露了《百年孤独》为代表的拉美魔幻现实主义小说的叙事影响。但贾平凹并没有简单地照搬外国的魔幻现实主义,而是在吸纳魔幻现实主义的神秘寓言叙事模式的同时,又主动回到中国明清文人世情小说中去寻求艺术滋养,他在《金瓶梅》《红楼梦》为代表的中国明清古典长篇小说中,寻找到了中国化的写实主义精神和技法,并以巨大的艺术热情展开了让中国古典写实主义艺术复活的叙事实验。而《废都》则是贾平凹将魔幻现实主义的外衣与古典写实主义的内核相结合的初步艺术见证。诚如贾平凹在《废都·后记》中所言:"中国的《西厢记》《红楼梦》,读它的时候,哪时会觉它是作家的杜撰呢?恍惚如所经历,如在梦境。好的文章,囫囵囵是一脉山,山不需要雕琢,也不需要机巧地在这儿让长一株白桦,那儿又该栽一棵兰草的。这种觉悟使我陷入了尴尬,我看不起了我以前的作品,也失却了对世上很多作品的敬畏,虽然清清楚楚这样的文章究竟还是人用笔写出来的,但为什么天下有了这样的文章而我却不能呢?!"①这就明确地交代了20世纪90年代初贾平凹的艺术野心抑或艺术雄心,他渴望能写出像《红楼梦》那样浑然天成、天衣无缝的高度写实的艺术作品来,他不愿意继续像《浮躁》那样走西方批判现实主义的叙事老路,也无意于做那种刻意雕琢的单体象征游戏,而是努力复活着那种原生态的古典写实主义艺术传统。只不过《红楼梦》是写的古典贵族生活的原生态,而《废都》转向了当代知识分子的世俗生活原生态罢了。在《白夜·后记》中,贾平凹对还原日常生活的长篇小说写实艺术有了更加明确的阐述:"小说让人看出在做,做的就是技巧的,这便坏了。说平平常常的生活事,是不需要技巧,生活本身就是故事,故事里有它本身的技巧。所以,有人越是要想打破小说的

---

① 贾平凹:《后记》,《废都》,第519页,北京,北京出版社,1993。

写法，越是在形式上想花样，适得其反，越更是写得像小说了。因此，小说的成功并不决定于题材，也不是得力于所谓结构。读者不喜欢了章回体或评书型的小说原因在此。"[1]显然，贾平凹在这里倡导的是日常生活的叙事还原，他含蓄地批评了"先锋"小说的各种叙述游戏，也对程式化的中国古典情节型小说模式表达了厌弃，他要做的就是回归中国传统的闲聊体说话艺术，在闲聊中还原日常生活的原生态，至于评书体的说话或者讲话体的说话，因为装腔作势而无法做到还原日常生活，是不能满足现代读者民主个性化阅读需求的。这些创作谈都表明贾平凹进行小说艺术变革的初衷。

于是我们看到，《废都》中的现实主义叙事明显转向了日常生活流动的书写，这可能也受到了当时中国文坛上正在流行的"新写实主义"小说潮流的影响，如池莉的名作《烦恼人生》在当时就被誉为"生活流"书写的力作。但贾平凹毕竟不是"新写实小说"阵营中人，他更多地是从中国古典写实主义艺术中汲取的艺术养分，但确实又与"新写实主义"倡导的"生活流"书写存在着暗合之处。无论如何，20世纪90年代的贾平凹长篇小说创作已经告别了批判现实主义的焦点叙事模式，转向了魔幻现实主义和古典写实主义相结合的散点透视艺术实验之旅。但毋庸讳言，那个时期的贾平凹还处在长篇小说艺术实验的探索期，他并未将《红楼梦》的"生活流"写实艺术经验真正地全方位激活，比如《废都》《白夜》《高老庄》的日常生活叙事中依旧残留着情节型结构模式的痕迹，而《土门》和《怀念狼》的神秘寓言叙事几乎淹没了日常生活叙事。不仅如此，在长篇小说的人物结构模式上，20世纪90年代的贾平凹小说也未能真正地实现《红楼梦》和《金瓶梅》那种多元主义的人物群像塑造，《废都》依旧残留着中心主义的人物结构模式，庄之蝶与三位女性人物的关系并非是平等的对话性关系，西京城的那些文化名流也并没

---

[1] 贾平凹：《后记》，《白夜》，第386页，北京，华夏出版社，1995。

有在贾平凹的笔下得到和庄之蝶平等的话语权利,而仅仅是作为配角存在,这就妨碍了《废都》的生活流叙事走向深化。相对而言,《白夜》中的多位社会闲人和城市流民的形象群体中很难发现绝对的中心人物形象,这似乎解决了多元主义人物群像塑造的问题,但随之而来的却是小说中没有塑造出像庄之蝶那样具有精神心理深度的艺术典型。《土门》也可以作如是观,众多的人物喧哗几乎淹没了个体的声音。倒是《高老庄》在多元人物群像塑造上和日常生活流动书写上取得了新的进展,为新世纪贾平凹长篇小说创作的大爆发打下了坚实的艺术基石。在《高老庄·后记》中,贾平凹说出了自己的艺术心得:"为什么如此落笔,没有扎眼的结构又没有华丽的技巧,丧失了往昔的秀丽与清晰,无序而来,苍茫而去,汤汤水水又黏黏糊糊,这源于我对小说的观念改变。我的小说越来越无法用几句话回答到底写的什么,我的初衷里是要求我尽量原生态地写出生活的流动,行文越实越好,但整体上却极力去张扬我的意象。"①这段话可以算作是贾平凹新世纪长篇小说文体实验的艺术宣言。它表明贾平凹已经领悟到了新的长篇小说艺术秘诀,即原生态地书写日常生活的流动过程,在高度写实的基础上追求整体性的意象效果。这是一种看似混沌实则精密的长篇小说写实艺术境界,它是对西方批判现实主义的中心主义结构或焦点透视艺术的反叛,而且也是对中国古典写实主义的多元共生结构或散点透视艺术传统的创造性转化。应该说,经过从《废都》到《高老庄》的艺术探索,贾平凹已经逐步推开了新世纪"微写实主义"叙事艺术的大门。从《秦腔》(2005)到《极花》(2016),中间包括《高兴》(2007)、《古炉》(2011)、《带灯》(2013)、《老生》(2014),这一系列的长篇小说力作无不是贾平凹"微写实主义"小说创作的艺术证明。当然,贾平凹在新世纪的"微写实主义"长篇小说创作中也在不断地做着艺术

---

① 贾平凹:《后记》,《高老庄》,第415页,西安,太白文艺出版社,1998。

调整,比如在艺术的虚与实的关系上,在写实与抒情的关系上,在笔法的简与繁或疏与密的关系上,他都在不断地做着艺术调试,以此避免艺术上的僵化。凡此种种,都不断地积累着当代小说的中国经验。

那么,什么叫"微写实主义"?这是我从贾平凹新世纪长篇小说创作的艺术经验中提炼出来的一个艺术命题,我将结合从《秦腔》到《极花》的艺术创作来逐步解析"微写实主义"的基本内涵和特征。首先,"微写实主义"是一种现实主义,它是现实主义在新的历史语境中的一种艺术变体。一般而言,真实性是现实主义的核心艺术法则,一个现实主义作家必须坚持写真实,必须对社会现实生活做出艺术反映,但在反映社会现实生活的艺术过程中必须保持独立的价值立场,即必须葆有清醒的现实主义精神。贾平凹在20世纪80年代创作的长篇小说《商州》《古堡》《浮躁》都充满了强烈的现实主义批判精神,作者在叙事中毫不掩饰自己对当代中国社会体制与文化心理的批判意识,而到了20世纪90年代的《废都》《白夜》《土门》《高老庄》《怀念狼》等具有魔幻现实主义色彩的长篇小说创作中,作者继续张扬了强烈的现实主义批判精神,只不过这个时期的批判不像20世纪80年代那样的坚定或充满了确定性,而是充满了犹疑、彷徨和痛苦。正如《废都·后记》中所言,写这部书"目的是让我记住这本书带给我的无法向人说清的苦难,记住在生命的苦难中又唯一能安妥我破碎了的灵魂的这本书",[①]而《高老庄》中的子路教授在城市与乡村、传统与现代、前妻与后妻之间的进退失据,同样也折射了作者面对社会现实生活时的矛盾心态。贾平凹对此曾有过清醒的自我剖析,他说:"从我们家族看,我属于第一代入城者,而又恰好在中国社会发生剧烈变革时期,这就是我的身份。乡村曾经使我贫穷过,城市却使我心神苦累。两股风的力量形成了龙卷,这或许是时代的困惑,但我如一片叶子一样搅在其中,又怯弱而敏

---

① 贾平凹:《后记》,《废都》,第527页,北京,北京出版社,1993。

感，就只有痛苦了。我的大部分作品，可以说，是在这种'绞杀'中的呼喊，或者是迷惘中的聊以自救吧。"①应该说，这种矛盾而痛苦的现实主义情怀进入新世纪以后不但没有减弱减轻减缓，相反是变得愈益强烈和浓重了。不过奇怪的是，新世纪的贾平凹不再像20世纪90年代那样采取直接的、主观的披露自我矛盾心态的方式进行写作了，而是转为客观冷峻的叙事姿态，将内心强烈的批判情怀转移到外在客观的高密度写实艺术中。这有点类似于"新写实主义"的价值中立立场，或曰零度写作，抑或不动情观照，但并非真的就丧失了现实主义批判精神，只不过这种批判精神更加内敛罢了。但由此确实容易引起误会，不少人以此责备贾平凹新世纪以来的长篇小说创作在价值立场上的暧昧、混乱、肤浅，而忽视了作者独特的艺术诉求，因为他不想当预言家和启蒙者，不愿在作品中简单地指明方向或者作出结论，而是秉持着客观写实立场进行含蓄而深沉的现实批判。这就如同《坛经》中所谓的"不二"，超越了简单的二元对立思维模式，走向了悲悯众生的境界。《坛经》云："明与无明，凡夫见二，智者了达，其性无二。无二之性，即是实性。"这里所谓的实性即佛性，它超越了简单的善恶是非对立，是故佛法为"不二之法"。

于是我们看到，贾平凹在《极花》的创作中并未进行那种19世纪批判现实主义主观式的尖锐批判，也未像他在20世纪90年代的魔幻现实主义小说写作中那样把作家内心的痛苦和盘托出，而是以客观写实的叙事姿态趋近"不二"之境。《极花》中出现了众多的人物，但作者并未简单地对这些人物作出二元对立的价值评判，无论是花钱买媳妇的黑亮，还是被拐卖的胡蝶，作者并没有将他们二元对立起来，比如一方是十恶不赦的坏蛋，一方是清白无辜的好人，而是秉持客观冷静的写实立场，不仅写出了胡蝶内心中的人性弱点，

---

① 李遇春、贾平凹：《传统暗影中的现代灵魂——贾平凹笔答李遇春问》，《西部作家精神档案》，第270—271页，北京，商务印书馆，2012。

这是她被拐卖的内在根源,而且写出了黑亮内心中的人性光芒,这是胡蝶最终还是返回了被拐卖的山村的内在引力。不仅如此,我们发现作者在《极花》中对黑亮爹、黑亮叔、胡蝶娘、訾米姐、麻子婶、老老爷、满仓娘、半语子、村长、立春和腊八兄弟、三朵和三朵媳妇等众多人物都未做出简单的价值评判,而是本着探测人性的奥秘出发,冷静地审视着他们各自的内心隐秘,超越了简单的批判与同情。这种几乎中立的价值立场的选择,正是贾平凹从事"微写实主义"写作的叙述基石。贾平凹曾这样交代《极花》的创作过程:"小说是个什么东西呀,它的生成既在我的掌控中,又常常不受我的掌控,原定的《极花》是胡蝶只要是控诉,却怎么写着写着,肚子里的孩子一天复一天,日子垒起来,成了兔子,胡蝶一天复一天地受苦,也就成了又一个麻子婶,成了又一个訾米姐。小说的生长如同匠人在庙里用泥巴捏神像,捏成了匠人就得跪下拜,那泥巴成了神。"①此处作者坦陈了自己塑造女主人公胡蝶的真实心境,他原本只想采取控诉式的写作方式,但最终还是听从了人物内心的召唤,由主观倾向性浓重的控诉转为了客观冷静、价值中立的自白式写作。而女主人公胡蝶也就在这种说话方式的转换中最终实现了精神的腾跃。当然,《极花》中胡蝶最终返回被拐卖的山村的结局是虚拟的,一切仿佛一场梦,但我们仍然从中领悟到作者的精神旨趣所在,即胡蝶的精神蜕变是不可避免的宿命。这让我想起了六祖《坛经》中的名句:"若能钻木出火,淤泥定生红莲。"胡蝶在历经劫难之后,终于完成了精神上的飞升,这就如同淤泥中生长出来的红莲,它是精神之花,虽在人间受难,却成就着神的旨意。事实上,贾平凹在他的文字里经常提到莲花,如《高老庄·后记》中就曾写道:"生活如同是一片巨大的泥淖,精神却是莲日日生起,盼望着浮出水面开

---

① 贾平凹:《后记》,《极花》,第212页,北京,人民文学出版社,2016。

绽出一朵花来。"①但20世纪90年代的贾平凹在其长篇小说创作中尚未抵达这种超越苦难之后的平静，无论是《废都》《白夜》《土门》，还是《高老庄》《怀念狼》，贾平凹的叙事总体上还是充满了主观化的愤懑和痛苦，只有到了新世纪以后，在《秦腔》《高兴》《古炉》《带灯》《老生》《极花》这一系列的长篇小说创作中，贾平凹才真正趋近或抵达了精神超越之境。所以无论是书写乡村溃败的《秦腔》还是再现"文革"动荡的《古炉》，在这种全景式的现实书写中作者始终坚守着客观还原生活现场的叙事姿态，不做主观倾向性过强的介入式叙事。而在讲述小人物命运的《高兴》《带灯》《极花》中，无论是写游荡在城市的拾垃圾者，还是写基层女性小吏的生存艰难，抑或是写被拐卖的农村妇女，贾平凹都能做到写出小人物在日常生活淤泥中的挣扎和飞升，而不是一味地展示和渲染苦难，这与作家的精神境界有关，是它决定了作家的叙事姿态选择。正如贾平凹在《高兴·后记（一）》中谈到他对那部作品的多次修改，五易其稿："这一次主要是叙述人的彻底改变，许多情节和许多议论文字都删掉了，我尽一切能力去抑制那种似乎读起来痛快的极其夸张变形的虚空高蹈的叙述，使故事更生活化，细节化，变得柔软和温暖。"②不难想象，贾平凹在删改原稿的过程中主要删去的是主观化的、魔幻变形的、愤怒批判式的叙述，他追求的是客观冷静的叙事姿态，但这与主人公的精神飞升之间并不矛盾，因为无论是拾垃圾者刘高兴的笑对人生，还是乡镇小吏带灯的高洁灵魂，抑或胡蝶的在受难中升华，这都是展示的一种人性的可能或艺术上的可能性。所以我们不能简单地以"新闻小说"或"非虚构写作"的尺度去衡量贾平凹的作品。

谈到贾平凹的"微写实主义"小说创作，除了前面所说的客观

---

① 贾平凹：《后记》，《高老庄》，第415页，西安，太白文艺出版社，1998。
② 贾平凹：《后记（一）：我和高兴》，《高兴》，第450页，北京，作家出版社，2007。

冷静、含蓄深沉的超越性精神姿态之外，还有一个很重要的艺术取向必须予以重点阐述，即借助于中国古典小说传统中的一种特殊的"说话"体——"闲聊体"①——来从事日常生活原生态的精细描摹，由此引发出了一系列的长篇小说艺术问题。贾平凹最初是在《白夜·后记》里明确地交代了自己的小说观，他说："小说是什么？小说是一种说话。"②《三国演义》和《水浒传》是评书体的说话，《金瓶梅》和《红楼梦》是闲聊体的说话，《创业史》和《艳阳天》是讲话体的说话，在这三种说话体中，贾平凹认同闲聊体说话方式，因为只有在闲聊的过程中说话才是最自然、最本真、最立体、最符合人性的言说方式。更重要的还在于，只有在闲聊中才能实现精微细腻的描述，才可以不受外在环境和时空的限制，才可以把叙述节奏放慢到最低限度，于是叙事上的时间节律开始被空间形态置换，由此贾平凹在消费文化语境中开启了一种"慢小说"艺术形态。应该说，《废都》和《白夜》的闲聊体和慢叙事已经取得了初步的成功，但在"微写实"和"闲聊体"上尚未全面深入地开辟新境，只有到了新世纪的《秦腔》以降，这种闲聊体、慢叙事和微写实的小说艺术才真正日趋成熟或成型。在《极花·后记》中，贾平凹对"闲聊体"又有了一种新的说法——"唠叨"。他说："我开始写了，其实不是我在写，是我让那个可怜的叫着胡蝶的被拐卖来的女子在唠叨。她是个中学毕业生，似乎有文化，还有点小资意味，爱用一些成语，好像什么都知道，又什么都不知道，就那么在唠叨。"又说："她是给谁唠叨？让我听着？让社会听着？这个小说，真是个小小的说话，不是我在小说，而是她在小说。我原以为这是要有四十五万字的篇幅才能完的，却十五万字就结束了。兴许是这个故事并不复杂，兴许是我的年纪大了，不愿让她说个不休，该用减法而不用加法，十

---

① 李遇春：《"说话"与贾平凹的长篇小说文体美学——从〈废都〉到〈带灯〉》，《小说评论》2013年第4期。
② 贾平凹：《后记》，《白夜》，第385页，北京，华夏出版社，1995。

五万字着好呀,试图着把一切过程都隐去,试图着逃出以往的叙述习惯,它成了我最短的一个长篇,竟也让我喜悦了另一种的经验和丰收。"①确实如此,古往今来的闲聊体说话作品也必须要有所节制,否则小说显得过于拖沓疲软,容易引发读者的厌倦或敌意。闲聊也好,唠叨也罢,他们相对于评话或讲话的装腔作势、拿腔拿调更加自然本色,这是它的优势,但劣势也是不可避免的,所以《极花》的艺术定位不再是《秦腔》和《古炉》那种"长长的说话",而是"小小的说话"。如果说贾平凹在《秦腔》和《古炉》的写作中将"加法"做到了极致,那么《极花》就是在做"减法",让闲聊或唠叨的烦琐走向精简。这不由让人想起贾平凹在20世纪80年代写《浮躁》时说过的一段话,那时的他渴望的是跳出焦点叙事和情节模式,一心想做的竟是"加法"。他说:"一位画家曾经对我评述过他的画:他力图追求一种简洁的风格,但他现在却必须将画面搞得很繁很实,在用减法之前而大用加法。我恐怕也是如此。"②于是接下来的长篇小说创作中,从《废都》《白夜》《高老庄》可以看出,贾平凹在不断地做着"加法",其小说写得越来越繁,越来越实,直至《秦腔》《高兴》《古炉》,其小说的说话艺术已抵繁实精密的极致。这意味着贾平凹必须调整自己的小说说话艺术了,于是才有了《带灯》中的史传笔法和抒情笔法的嵌入,以简驭繁、化实为虚,以此调节闲聊式说话的艺术节奏。而《极花》则明确地开始了大规模做"减法",这也许预示着贾平凹的又一场艺术新变,毕竟一种艺术成规沿袭既久,便需要有新的艺术突破。

尽管《极花》中已经在做"减法",但不容否认的是,《极花》依旧是一部延续了《秦腔》的闲聊体、微写实的慢小说。这部作品由《夜空》《村子》《招魂》《走山》《空空树》《彩花绳》六部分组

---

① 贾平凹:《后记》,《极花》,第211页,北京,人民文学出版社,2016。
② 贾平凹:《序言之二》,《浮躁(评点本)》,第3页,孙见喜评点,武汉,长江文艺出版社,1999。

成,从中我们不难分辨出这部小说的主要情节演变过程,如开篇女主人公意外地被拐卖,随后她在村子中与丈夫和公公等人巧妙地对峙和周旋,终于她还是被粗暴地攻陷并陷入绝望中,但儿子的出生逐渐地改变着她的命运,她开始向命运求得和解,直至被意外解救后,她又重新返回被拐卖的村子。虽然故事的情节过程大致是清晰的,但我们却不能说这是一部常见的情节型小说,因为在构成作品的每一个部分中,作者都没有把主要笔墨用于讲故事,而是用于精微细致地描摹女主人公的心理世界或她所置身的外部现实世界,尤其是其日常生活状态。这样的长篇小说叙事进程主要依靠的是日常生活的整体或立体的自由流动来支配,而不是由核心故事情节来推动叙事的进展,所以这是一种生活流的小说而不是情节流的小说。准确地说,这是一种细节流的小说,而不仅仅是生活流的小说,因为在"新写实小说"潮流中就曾普遍流行生活流的书写,但那种小说潮流中的生活流书写还未深入到日常生活细节流书写的程度或状态,无论池莉、方方还是刘恒、刘震云的新写实小说,都还未到抵达依靠无数的日常生活细节的整体流动来推进小说叙事进程的艺术境界,相反,当年的新写实小说家大都退回到了传统的情节流叙事模式中,他们的小说频繁地被影视改编即可作为明证,因为真正依靠日常生活细节整体流动来推进叙事进程的作品是很难被改编成影视剧的。从这个意义上来讲,正是贾平凹将曾经的"新写实主义"小说潮流推进到了"微写实主义"小说的艺术新境界。正如贾平凹在《秦腔·后记》里所言:"我不是不懂得也不是没写过戏剧性的情节,也不是陌生和拒绝那种'有意味的形式',只因我写的是一堆鸡零狗碎的泼烦日子,它只能是这一种写法,这就如同马腿的矫健是马为觅食跑出来的,鸟声的悦耳是鸟为求爱唱出来的。我唯一表现我的,是我在哪儿不经意地进入,如何地变换角色和控制节奏。在时尚于理念写作的今天,在时尚于家族史诗写作的今天,我把浓茶倒在宜兴瓷碗里会不会被人看作是清水呢?穿一件土布袄去吃宴席会不会被耻笑为贫穷呢?"①于是新世纪的贾平凹渴望读者能够慢读他的作品,仔细地去品味他的作品,而不是"翻着读"他的作品,快读他的作品。因为他选择了去写一堆鸡零狗碎的泼烦日子,他选择的是艺术性地还原日常生活状态,依靠日常生活细节的整体流动来推动叙述进程,从而与那种时尚的先锋理念写作或家族史诗写作区别了开来。后者正好依靠的是理念或情节来推动叙事进程。

接下来的问题在于,作家如何通过日常生活细节的整体流动来书写,换句话说,这种日常生活细节的整体流动如何在叙事中加以呈现?这就牵涉到"微写实主义"小说作品的内在结构或文本肌理的问题。一般而言,传统的长篇小说结构大都是情节结构,以一个或多个具有连贯性的故事为中心展开叙事,这本质上是一种线性结构或时间结构,在古典小说和戏剧或批判现实主义小说中屡见不鲜,属于典型的情节流小说结构。而贾平凹的"微写实主义"小说创作承接的是《金瓶梅》和《红楼梦》为代表的古典写实主义小说观念与技法,他看重并着意复活的是曹雪芹的那种生活流乃至于细节流的高度立体化的整体写实艺术,由此催生的长篇小说必然是非戏剧性的、反情节的散文化结构。事实上,贾平凹从《秦腔》到《极花》这一系列的新世纪长篇小说,完全可以当作一系列的长篇散文来看待,在贾平凹的艺术视界中,散文和小说的文体界限本身就是模糊的,毋宁说他从事的是一种跨文体写作。必须指出的是,贾平凹长篇小说的散文化结构其实是一种空间化的文本结构,它与情节型小说的时间化结构之间有着鲜明的艺术分野。时间型的小说依靠情节,空间型的小说依靠细节,情节可以衍变为一连串的故事,细节可以堆积成一整块的场面或场景。所以,如同时间型小说往往是线性结构一样,空间型小说往往是块状结构。于是我们看到贾平凹从《秦腔》到《极花》的一系列长篇小说中布满了一个又一个的由细节堆

---

① 贾平凹:《后记》,《秦腔》,第565页,北京,作家出版社,2005。

积成的生活场面或场景，细节是点，场景是面，这些细节化的场景或场面构成了贾平凹新世纪长篇小说的核心艺术符码，它不同于由一个个的故事节点来编织而成的线性情节流，后者往往将网状的立体的生活状态加以简化或删节，而前者却致力于还原日常生活的网状立体。一个是由点成线的单向度故事情节的纵向推进，一个是由点及面的立体化生活场景的整体推进，由此形成了两种不同的小说艺术取向。而在由点及面的日常生活细节流动的整体推进过程中，作家显然更能精细地描摹社会现实生活，深入到日常生活的内在肌理和人性褶皱之中。这就如同贾平凹在《老生·后记》中所说，"以细辨波纹看水的流深"，[①]因为生活如水如潮，它在不断地翻滚汹涌而来，很难被简析或简化为线条般的模样，只有做立体的日常生活描摹才能做到细辨生活的波纹并探测人性的流深。在《极花》的创作中，我们同样可以看到作家的这种艺术诉求，作品的六个部分相当于时间上似断实续的六个叙事板块，而每一个叙事板块中又竭力地淡化主干情节而强化节外生枝的余墨或闲笔，让一个个的日常生活细节自然地流动而来，汇聚成关于女主人公胡蝶的生存环境的立体图景，从而在讲述或唠叨中完成了艺术的还原或呈示。所以，贾平凹的《极花》以及他的其他新世纪长篇小说创作，在整体上追求的是那种水银泻地的艺术境界，其艺术原型是"水"，如江河，如湖海，或奔涌，或流淌，一片汗漫与混沌，元气淋漓而不可分解。

最后要分析的是"微写实小说"中的人物群像结构问题。作为一个"微写实主义"的艺术探索者，贾平凹对于日常生活的全景式和立体式观照无疑是洞幽烛微的，他期待着自己能够在高度密实的叙事中见微知著，探寻人性的隐秘和社会历史生活的奥秘。既然如此，他就不可能还像以往的现实主义小说那样只把笔墨投向所谓的中心人物，而是致力于一种反中心主义的多元人物群像的雕塑或构

---

① 贾平凹：《后记》，《老生》，第293页，北京，人民文学出版社，2014。

筑。这就如同他在叙事结构上打破了传统的中心主义情节结构模式一样，他致力于多元主义人物群像结构也是为了实现长篇小说的空间化叙事诉求。一个是空间化的叙事块状结构，另一个则是空间化的人物块茎结构。"块茎结构"或"块茎状思维"[①]是从当代法国思想家德勒兹那里借用的一个概念，用于反对传统的树状结构或者线性思维模式，而我借用来主要是为了谈论贾平凹新世纪长篇小说创作中的多元人物群像结构。众所周知，《秦腔》《古炉》《老生》都以擅写人物群像著称，各种各样的大小人物纷至沓来，让读者目不暇接，甚至因此而引发了部分读者的反感。而即使在《高兴》《带灯》《极花》这样以主人公命名的长篇小说中，贾平凹同样没有放弃多元人物群像结构的艺术诉求。在高兴、带灯、胡蝶的身边，团聚或纠结着一大群社会底层人物，实际上作家完全可以袭用传统的中心主义人物结构模式，只需要重点观照和塑造三个中心人物或主角即可，把其他人物一律纳入到配角或陪衬性的人物行列中，但那样的小说文本中只存在单一的声音，而无法构成俄国人巴赫金所说的"复调小说"，不过是"单调"小说而已。而在块茎状思维的启示之下，作家追求的是让作品中的所有人物能在原生态的生活土壤中自由自在地生长起来，他们发出众生喧哗的声音，彼此之间展开对话或者潜对话，从而增强文本的多义性和模糊性，这也可以理解成贾平凹在人物塑造中对中国传统散点透视法的运用。所以在《高兴》中，贾平凹在五富、黄八、杏胡夫妇、韩大宝、孟夷纯等各色人等身上丝毫也不吝笔墨，而在《带灯》中，他更是对竹子、书记、镇长、元家兄弟、薛家兄弟、张膏药、陈大夫、黄老八、马连翘、六斤、陈艾娃、刘慧芹、李存存等一大串社会底层或基层人物做了穷形尽相的立体描画。及至《极花》中，作家同样没有为了胡蝶一个人的唠

[①] 〔美〕道格拉斯·凯尔纳、斯蒂文·贝斯特：《后现代理论——批判性的质疑》，第128-133页，张志斌译，北京，中央编译出版社，1999。

叨而强行抑制其他的众多社会底层人物发出自己的声音。黑亮、黑亮爹、黑亮叔、訾米姐、麻子婶，他们并非简单地作为胡蝶的陪衬而存在，而是展示了各自不同的人生命运、个性色彩和内心诉求。至于老老爷、满仓娘、半语子、村长、立春和腊八兄弟、三朵和三朵媳妇等一应人等，作家也都以最大的同情与悲悯雕刻或描摹他们的艺术肖像。这种全景式的或曰立体式的多元人物群像结构的雕塑是对一个长篇小说家的极大考验，此时的作家就如同一个高明的足球教练，比如巴塞罗那的主教练瓜迪奥拉一样，他强调的是一种整体推进式足球，打破了传统足球理念中后卫、中场、前锋的定位以及三条线的距离，而是"所有人都是防守者和进攻者，进攻时就不停地传球倒脚，烦琐、细密而眼花缭乱地华丽，一切都在耐烦着显得毫不经意了，突然球就踢入网中。这样的消解了传统的阵形和战术的踢法，不就是不倚重故事和情节的写作吗，那烦琐细密的传球倒脚不就是写作中靠细节推进？"①这就是贾平凹在现代足球艺术中所获取的小说艺术灵感。联系到《极花》的创作，它正是足球与小说的艺术互渗的绝佳证明。当读者还沉浸于作者的烦琐密实的日常生活细节流动中不能自拔时，小说突然戛然而止，胡蝶的被解救与重返山村几乎是在一瞬间完成的，小说的最后一部分《彩花绳》的叙述速率明显加快，仿佛急风暴雨后的片刻宁静，留给读者不尽的余味和悠长的不平。但这就是这部长篇小说的艺术魅力之所在，在整体的密实推进中最后完成了致命一击。

需要补充的是，贾平凹的"微写实主义"小说实验并非完全是他的个人行为，实际上他在当今文坛并不孤独，我们不难发现，莫言、王安忆、刘震云等当今文坛重镇都在致力于这种"微写实小说"艺术，尽管他们在各自的艺术个性、语言风格、精神姿态上存在明显的差异，但这些差异的存在并不能否认他们不约而同的"微写实"

---

① 贾平凹：《后记》，《带灯》，第360页，北京，人民文学出版社，2013。

艺术取向。比如王安忆的长篇力作《长恨歌》和《天香》，就是典型的靠日常生活细节整体推进的"微写实"小说，和贾平凹一样，王安忆也受到了《红楼梦》的古典写实主义传统的影响。当今海派文坛大器晚成的作家金宇澄的长篇力作《繁花》也可作如是观，《繁花》甚至可以说是将"微写实"小说推向了极端，同时也更大程度上暴露了这种新小说形态的流弊。至于莫言的《檀香刑》《四十一炮》《生死疲劳》等长篇力作，同样大体可以归入"微写实"小说的艺术范畴，其琐碎繁密的日常生活细节，以及依靠细节流动和场景组合来整体推动叙事进展，无不与贾平凹的新世纪长篇小说叙事艺术有着异曲同工之妙。刘震云的长篇力作《一句顶一万句》明显也属于这种微写实、聊天体的慢小说，只不过与贾平凹小说的整体艺术风貌不同罢了。贾平凹的小说以沉郁顿挫取胜，而刘震云的小说以幽默犀利见长。但无论如何，我们必须意识到，在当今这样一个快节奏的微时代里，还有着像贾平凹这样的致力于慢小说写作的作家群体存在，他们以其冷峻厚重的"微写实"小说艺术，表达着对我们这个崇尚浅阅读的微时代的反抗。

本文原刊于《当代作家评论》2016年第6期

从《受活》到《日熄》

——再谈阎连科的神实主义

孙 郁

米兰·昆德拉在《小说的艺术》一书中引用奥地利小说家赫尔曼·布洛赫的观点说:"发现唯有小说才能发现的东西,乃是小说的唯一的存在的理由。"[①]证之于他的作品,不能不说是经验之谈。这位捷克的小说家在书中一再提及卡夫卡的作品,其实是在印证自己的这个感受。卡夫卡的作品流布的时候,批评家对于其文本的新奇是有过各类评语的,其中主要的是对于其审美结构的惊异。因为他发现了人类遗忘的精神一角。通过卡夫卡,人们猛然意识到自己的无知,这种逆俗的表达在西方文坛的震动,不亚于尼采当年在文坛的出现。对于小说家而言,没有什么比对陌生化体验的昭示更为重要的了。

那些小说家的敏感是刺激批评家思想流动的缘由之一。在中国,

[①]〔法〕米兰·昆德拉:《小说的艺术》,董强译,第6页,上海,上海译文出版社,2013。

批评家很少推动一种思潮的涌动,因为他们对于生命的体察往往后于作家的世界。即以20世纪80年代的文学为例,寻根文学、先锋小说,都是作家们苦苦摸索的产物。而对有些作品的出现,批评家有时无法找到一个确切的概念与之对应。倒是作家们在自己的表达里,托出己见,一时被广为传送。汪曾祺、张承志、韩少功的文学批评,对于审美的丰富性的表达都非那时候的批评家的文本可以比肩。

不满于流行的文学模式,希望从精神的流亡里走出思想的暗区,乃几代人的努力。王朔、余华、莫言当年的选择,都与挣脱自己的苦楚有关。他们觉得在茅盾式的写作中,自己的生命是窒息的,那原因也就是小说简化了对生命的读解,"存在最终落入遗忘之中。"[1] 2011年,当阎连科在《发现小说》里谈到"神实主义"的时候,其实也就是对这种遗忘的一次反抗。那时候的批评家对于阎连科的回应者寥寥,多以为是一个难以成立的概念。我自己的第一个反应也是犹疑的,因为内心还没有相应的理论准备。一个作家自造的概念,能否被批评界承认,的确是个问题。就一般的审美理念而言,阎连科的思想与常人岔开,谈论的是我们逻辑里鲜为涉及的存在。他背后积叠的隐含,我们似乎未能察觉。而那种试图从根本上颠覆我们话语逻辑的方式,也是溢出一般人的思维框架的。这些,与昆德拉的感触极为接近。

有趣味的是,后来在人民大学、复旦大学、台北师范大学、杜克大学的研讨会上,人们渐渐接受了神实主义的概念。阎连科努力勾勒的审美范式,以其作品的幽深而打动了读者。人们从其作品里才真正理解了思想深处的独思,而那些作品都以脱俗之气注释了"神实主义"的要义。

阎连科所反复阐释的神实主义,是对20世纪文学经验的一个心

---

[1] 米兰·昆德拉指出:"人类处于一个真正的简化的漩涡中,其中,胡塞尔所说的'生活世界'彻底地黯淡了,存在最终落入遗忘之中。"〔法〕米兰·昆德拉:《小说的艺术》,董强译,第23页,上海,上海译文出版社,2013。

得，卡夫卡、鲁迅、马尔克斯的写作使人意识到人的内在宇宙的无限深远。神实主义乃"探求一种'不存在'的真实，看不见的真实，被真实遮掩的真实"。[①]这是与五四初期以来倡导的写实主义文学完全不同的概念，与80年代诞生的先锋写作亦有区别。与诸位先锋派作家不同的是，阎连科是从更为幽深的生命体验里开始考虑自己写作的转向。先锋体验可能过多留在形式主义的层面，精神的形而上的表述还十分薄弱。阎连科更看重对于精神深处的盲区的打量。不过他与先锋派写作的相同点是，都认为写实主义的概念，可能无法生出新的艺术，这正像徐悲鸿的理念遮掩了绘画的灵动的视觉，茅盾为代表的写实的理念，压抑的就是文学的另一种表述的空间的生成。80年代的伤痕文学、改革文学所以转瞬即逝，是因为叙述逻辑还在旧有的逻辑上。阎连科很早就意识到其间的一些问题。《受活》问世的时候，他就这样写道：

自鲁迅以后，自五四以后，现实主义已经在小说中被改变了它原有的方向与性质，就像我们把贞洁烈女改造成了娴淑雅静的妓女一样，使她总向我们奉献着贞洁烈女所没有的艳丽而甜美的微笑。仔细去想，我们不能不感到一种内心的深疼，不能不体察到，那些在现实主义大旗下蜂拥而至的作品，都是什么样子的纸张：虚夸、张狂、浅浮、庸俗、概念而且教条。[②]

我们对比茅盾的《夜读偶记》里对于写实文学的原教旨化的表述，看得出阎连科行走之远。与陈忠实、路遥这类作家不同的是，要寻找的是一条另类的路。他觉得以自己的生命感受而言，茅盾的传统无法使自己达到精神的彼岸。当批评界将茅盾式的选择当成重要的不可错的参照时，他以为剥夺了属于每个有个性的人的想象空间。

---

① 阎连科：《发现小说》，第181页，天津，南开大学出版社，2011。
② 阎连科：《受活》，第297页，沈阳，春风文艺出版社，2003。

当他勇敢地告别那条路径的时候，背后的自我批判的元素清晰可辨。这期间可能遗漏了写实主义的要义，写实不是不可以拥有自己的成就，问题是精神的写实还是行为的简单化写实。路遥就散发了写实主义应该有的温度，冷却的文字被燃烧了起来。而莫言、阎连科则寻找着更适合自己的路径，那就是从主体世界开掘被遗忘的美质。就阎连科而言，在《日光流年》里已经看到了对于流行的写实主义的偏离。在他之前关于乡村的小说多是苏联文学理念的一种变形的表达。《山乡巨变》《暴风骤雨》《创业史》《艳阳天》都是先验性的一种书写。90年代初期，《白鹿原》的问世，就从《创业史》的路途里解放出来，但依然能够看到茅盾式的史诗意识。阎连科在这里看到了本质主义的模式的怪影，他觉得那样的写作还不能把人们带进心灵最为宽广的所在。因为人的心灵的丰富性话题，多少被压抑下来。

如何避免写实文学里的僵硬的话语，阎连科的目光投射到内心的经验中，《受活》的写作，以变形的方式，将寓言体和写实体交织在一起，形成了一幅不同于以往的画卷。这些在中国旧小说中很难见到，许多意象的组合显然受到了现代西方小说的暗示。他的作品以滑稽、荒唐的笔法，完成了一部悲剧的写作。我们在扭曲的时空里看到了存在的本然之所。按照一般写实主义的理念，小说的故事不能成立，一群贫穷的乡下人要把列宁遗体购置到山里，建立纪念堂，不过一种臆造。而残疾村落和残疾团的演出和日常生活，在民间的村落里极为偶然，是几乎难以出现的现象。但我们阅读它的时候，接受那种荒诞里的故事，且被其曲折的情节里荡出的情感吸引，在极端的感受里甚至流出自己的泪水。小说的抽象化的景色和立体化的概念，显出他对于传统小说写作背叛的程度。

这种写作在后来的《风雅颂》《丁庄梦》《四书》《炸裂志》《日熄》里都有展示，且越行越远。他在一种变异的节奏里，弹奏出魔幻般的舞曲。这里他遇到了几个难题。一是我们固有的资源没有类似的模式，可借鉴者不多，我们的神话与志怪传统很弱，尚无丰厚的土壤。二是在面对记忆的时候，如何跨越话语的禁忌，又穿越这些暗区，白话文提供的经验十分有限。三是将卡夫卡、陀思妥耶夫斯基的意象引入作品的时候，怎样避免余华式的翻译体的问题。这里能够给予其参照的，或许只有鲁迅。

《受活》的文本是反写实主义的一次大胆尝试，他充分调动了自己的内觉，从乡村社会寻找到自己的话语结构。他在故土的元素里找到了一种对抗流行色的底色，给我们视觉以不小的惊异。《风雅颂》则面对的是知识分子的话题，在反雅化的路上走得很远。到了《四书》那里，一切都变了。他延伸了鲁迅《野草》的氛围，向着绝望突围的热浪覆盖了天地，那是一次勇猛的进击，乃精神的绝唱。在这两部作品里，不可能变为了可能，阎连科发现了属于内心的那个神秘的一隅。他驻足于黑暗之地，咀嚼着其间的苦味，且把古老的幽魂唤出，让它们散在日光之下。我们仿佛随着作者在梦中起舞，有时沉潜在无名的黑暗中。那些久眠的、无声的心之音一点点发散出来，扭动着我们的麻木的神经。在其剧烈的冲撞里，隐蔽的暗河开始在人们面前汩汩流过。

在这样尝试的过程，阎连科不是讨好于读者，而是冒犯着每个与其文字相遇的人们，以难堪的和枭鸣般的颤音，搅动了世间的宁静。他善于调动逆行的思维觉态，在窒息的环境里点起微弱的灯火。那些被遮掩的感觉和诗意一次次走向我们。死亡和寂灭，在岩浆般的光照里被聚焦着，从我们的眼前晃来晃去。在这里，精神辽远的星光开始与我们蠕活的灵魂交流，那些被涂饰的存在和埋葬的冤魂，与读者有了对话的机会。我们的作者用了多种元素把不可能的表达变成一种可能。而这时候，写实小说所没有的审美效果就真的出现了。

在某种意义上说，阎连科的气质有着卡夫卡、鲁迅式的内在的紧张和灰暗。他丝毫没有儒家意识里缠绵、中庸的元素，也没有庄子那样的逍遥。他的文字乃鲁迅式的苦楚和悲凉，既不遁迹于过去，寻什么缥缈之梦，也非寄意未来，梦幻着乌托邦之影。他是面对现实的冷静的思考者。而且把现实背后的历史之影一点点找出，晒在日光之下。《丁庄梦》《炸裂志》的问世，都可以看出他的情怀。但这些现实性极强的作品，却以另类的方式呈现着，较之余华《第七日》的现实透视，阎连科却给了我们超视觉和超听觉的陌生的感受，且于此完成了一次寓言的书写。

神实主义的最大可能是在颠倒的逻辑里展开审美之途，那些概念是以感性的心灵律动写就的。《受活》《四书》都有一些符号化的东西，但他被一种无形的感性之潮裹动，几乎没有先入为主的呆板。茅盾的小说是希望从人际关系和人物命运告诉我们世界是什么，而阎连科则在简化的情节的无序的感觉流动里告诉我们世界不是什么。他甚至以极端化的死亡体验将乌托邦之神拉下神位。那些被凝固化的思想既不能再现生活，也无法再造生活。在阎连科看来，"再造是根本的，再现是肤浅的；再造是坚实的，再现是松散的；再造是在心灵中扎根，再现是在腾起的尘土中开花"。[①]这种看法是对于五四写实主义的一次扬弃。因为在写实主义者那里，他们自认对于世界已经了然于心，是生活本质的表述者，或者说在为存在代言。但是在卡夫卡那里，人无法认清世界的本原，人所表达的只是自己心灵里的那个东西。这倒像契诃夫所说的，"写东西的人——尤其是艺术家，应该像苏格拉底和伏尔泰所说的那样，老老实实地表明：世事一无可知"。[②]阎连科在审美的深处，和这些思想的异端者有着诸多的共鸣。他笔下的人物，有时都在没有出路的选择里，那些全能的感知世界的视角，都在此受到了遏制。

[①] 阎连科：《写作最难是糊涂》，第6页，北京，中国人民大学出版社，2013。

[②] 张大春讨论契诃夫超越托尔斯泰的时候，对于此语有详细的心得。见张大春：《小说稗类》，第71页，桂林，广西师范大学出版社，2010。

从世俗观点看阎连科的作品，荒诞感和不适感的出现是显然的。他承认自己对于世界的茫然，那些古老的知识和域外文明里有趣的存在，自己了解得有限。面对鲁迅的遗产，就发出过诸多的感叹。鲁迅之外的中国白话文学让其心动的不多，他知道那些流行的思想，与自己的体验和感知世界的样子迥异，精神的辽阔之野流转的风云自己尚可捕捉一二，而陀思妥耶夫斯基和卡夫卡的写作，就是对于自己内心的一种忠诚。文学不是社会学的复制和呼应，而是一种感性的表述的延伸，他思考着我们未曾注意和打量的存在，而那存在恰在我们自身的命运里。阎连科从底层的命运和外在的话语世界里，发现了自己的基点何在，而写作，不是对存在的确切性的定位，而是一种对存在的无法证明的证明。

当专心于《炸裂志》写作的时候，我们的作者遇到了难题。他在幻化的场景里，其实想求证一些什么。这种意图其实与神实主义的理念有许多冲突。不过作者试图以特别的方式消解了其间的冰点。我在阅读此书时，感兴趣的是对于欲望的描述体现的一种智性。他从极端化的人生中看到人性里的灰暗与险恶的成分，那些恰恰是鲁迅批判意识的再现，而阎连科将其进一步深化了。这部作品可以说是《受活》的姊妹篇，但更具有精神的爆发力。想象的奇崛和感受的丰盈，已经扭裂了词语的格式，世间不可思议的人物与事件，在魔幻里呈现出异样的色彩。不过，他与卡夫卡不同的是，隐含的主旨过于明显，反倒把审美的纵深感减弱了。但是，我们还是从中得到一种阅读的快慰。作家以自己奇异的方式面对自己的记忆的时候，他告诉我们人如何在希望的拓展里开始埋葬旧我。

在阎连科作品里，确切化的表达是被一点点遗弃的，他不相信生命被格式化的时候会有真意的到来。倒是在恍惚与不可思议的怪影里，精神光亮会慢慢降临。他一直沉浸在对于宿命的描述里，人无法成为自己的主人，他们寻觅幸福的时候，得到的是苦难。《日光流年》里的人不能活过40岁，《受活》的柳县长为残疾之乡忙碌的结果是自己也变为一名残疾之人。《四书》里的孩子自己领导了一场荒诞的革命，最后死于自己的魔咒里。《日熄》里的梦游者，把虚幻变成真实，真实变为虚幻，小说里的荒冷之气和蒙昧之音缭绕，醒之昏暗与梦之清晰陷人于绝望之泽。阎连科看到人类无法摆脱的悲剧，存在者不知道自己的路途何在，梦与现实孰真孰伪均在朦胧之中。这是一曲宿命般的歌咏，阎连科以自己的探索，终止了伪善的文学意识在自己的文本中的延伸。

　　从《受活》到《日熄》，阎连科拓展了小说的隐喻性的空间。《日熄》的写作延伸了鲁迅的《狂人日记》的韵致，在颠倒式的陈述里，人吃人、人被吃的主题再次出现。而作品又增添了流民式的破坏的意象，鲁迅关于暴民的描述也被我们的作家以感性的方式还原出来。存在被赋予怪诞之意时，词语也开始在反本质主义的方式中涌现："世界是在夜里睡着，可却正朝醒着样的梦游深处走"，"我也和做梦一样脑子糊涂清楚清楚糊涂就来了"。类似的表达俯拾皆是，这种无修饰的修饰，无确切的确切，对于作家而言也是一种语言的挣扎。

　　在《受活》和《日熄》里都有许多古怪的句子，这些来自故乡的记忆，也有自己的硬造。但一切都那么自然地流淌出来。作品的段落常常没有主语，而名词的动词化、概念的诗化都翩然而至。正像鲁迅贡献出无数非文章的文章，阎连科给世人以无数非小说的小说。鲁迅的文章是从旧的词章过渡到新的白话语体里的，他颠覆了常规的义理与逻辑，寻出人性的极致的表达。而阎连科的写作，尽可能寻找的也恰是这样的存在。《受活》《日熄》其实是以乡村话语，改造书面语的尝试，在歌谣般的恢宏的咏叹里，再次印证着神实主义的可能。即以我们陌生的、非小说的方式完成小说的使命。

　　中国古代小说有志怪的传统，到了蒲松龄那里，人与鬼怪的同时游动，黑夜与白昼的同出同进，舒展的是一幅怪异的画卷。至于《红楼梦》里的真假之变，虚实之形，都是小说史上的变调。文学的达成是一种没有结论的幻觉，我们压抑和消失的灵思只有在这种非逻辑的叙述里才有可能被召唤出来。张大春在《小说稗类》里多次礼赞那些不拘一格的写作天才，对于鲁迅、卡夫卡的选择充满敬意，这一点与阎连科的理念颇为接近。在《发现小说》里，阎连科一再强调历险式的写作对于精神的重要性，因为在日常生活里，流行的语言不可能发现存在的隐秘，或者那种既成的词语已经锈在经验的纹理里。人类常常在语言的囚牢里封闭自己的思维，小说家与诗人是将人们从凝固的时空里解放出来的使者。他们点燃了认知黑暗洞穴的火光，使隐秘的存在露出了形影。而当他们照亮了存在的暗区的时候，世俗社会的不适与惊异，都落在嘈杂的言语里。阎连科在中国文坛有时受到漠视，都与此有关。

阎连科遭遇的漠视，来自传统的惯性是无疑的。但他的作品是一种向着未来和无知的盲区的挺进，每一次突围都远离了旧的欣赏的习惯，在寓言般的图画里，告诉我们精神里被漠视的领地的隐含。每个人都可以用自己的思维，接近那些冷却的部分。只有关注我们认知世界里的这些盲区，作家的意义方能够得以凸显。在《我的理想仅仅是想写出一篇我以为好的小说来》中，他强调的是"我以为"这个很主观的意念。他写道：

在卡夫卡的写作中，是卡夫卡的最个人的"忘我以为"拯救了卡夫卡，开启了新的作家最本我的我以为。

卡缪的写作，与其说是"存在主义"的哲学的文学，倒不如说是卡缪文学的"我以为"，成就和建立了卡缪最独特、本我的"我以为"。

伍尔芙、贝克特、普鲁斯特和福克纳，还有以后美国文学上世纪黄金期中"黑色幽默"和"垮掉派"，再后来拉美文学中的波赫士、马奎斯、尤萨和卡彭铁尔等，他们的伟大之处，都是在文学中最全面、最大限度地表现了作家本人的"我以为"。

整个20世纪文学，几乎就是作家本人"我以为"的展台和橱柜。

是一个"我以为"的百宝箱。①

　　从他的上述言词里可以感到，他对文学史有着另外一种理解。这是只逆行于世的人才有的感受。"我以为"其实是一种主观的命题，主题无限性的开掘，恰是小说家不能不面对的使命。这种使命来自人们对于存在的有限性的思考，摆脱有限，在小说家是一种责任。文学的魅力在于从不可能的过程中诞生了可能性。而人的自我认知能力也恰恰是于此中得以生长。

　　中年以后的阎连科感到了无所不在的幽暗，他摆脱这种幽暗的办法之一是进入这幽暗的内部，自己也变成神秘精神的一部分，在体味恐惧、死灭的时候，看到存在的另一面。那些隐藏在词语背后的人间苦乐，在他那里具有了一种审美的力量。作者有意刺激自我，甚至不顾读者的感受。用了极刑般的方式，敲打着我们脆弱的神经，将死亡之影里的灵魂拽出，使读者看到了人性的反面。他的所有的精彩的精神暗语都是在恐惧的镜头里实现的。恐惧之门张开，诸多暗影袭来。他快意于这种惊恐里的表达，在逃离不掉的灰暗里，人间的本色方能一一彰显。

　　同样是欣赏卡夫卡，各国作家的着眼点颇不相通。格非在考察域外作家接受卡夫卡的时候，思维的重点颇多差异。他发现"奥茨曾把卡夫卡称为'真正的圣徒'。这一评价不管是否妥当，至少产生了一个副作用，它所突出的是卡夫卡的内心世界的痛苦，受制于忧郁症的文化视野、内在的紧张感，他对于终极问题（比如罪与宽恕）的思考，对存在的关注，甚至对未来的预言。我们慷慨地将'天才'这一桂冠加在他身上，往往就将他艺术上的独创性和匠心忽略或勾销了"。②格非看到了卡夫卡的叙述方式的奇异之处，这些和他自己的兴趣大有关系。我们看《望春风》对于生活的理解，迷宫般的存在可能含有卡夫卡的元素，但他对于罪恶和黑暗的体味是节制的。

---

　　① 阎连科：《沉默与喘息——我所经历的中国和文学》，第227页，台湾，台湾印刻文学生活杂志出版有限公司，2014。

　　② 格非：《博尔赫斯的面孔》，第236页，南京，译林出版社，2014。

而阎连科则在黑暗里走得很远，完全没有格非那样的温情。我们对比《望春风》和《日熄》，看得出中国作家在小说形式与意味间做出选择时的巨大差异。当格非以无法找到答案的方式处理乡村经验的时候，我们看到的是无边的忧郁和感伤。《望春风》的感人之处其实就是从难以解析的困惑里寻找保存温情的方式。小说结尾的乌托邦意味，乃中国旧体诗词里动人传统的外化。这符合格非对于优秀小说理解的逻辑。但是阎连科却发现了另一个卡夫卡，他觉得《变形记》《城堡》带来的暗示不是对于温情的保存，而恰恰是反乌托邦的突围，美在于对黑暗的颠倒，以及承受苦难的能力。他从《受活》《四书》《日熄》里，向我们昭示的就是这种无路可走的人间苦运。他的抵抗苦运时散发出的勇气拥有了一种美的能量，这些既来自卡夫卡的启示，也有鲁迅、陀思妥耶夫斯基式的遗绪。

与许多小说家比，阎连科不是以文人的方式面对存在的，而是从自己的黑暗体验里昭示生命的明暗之旅。他几乎没有染上一点士大夫的传统，中国作家吸引他的除了鲁迅之外，主要是乡村歌谣的意味。《受活》对于方言的运用得心应手，且获得了新意，《日熄》以孩子之口转述梦游的故事，则有土地里的野气。两部小说的结尾都惊心动魄，前者仿佛是远古初民的迁徙、寻梦之旅，那是六朝的志怪所没有的奇异之笔，后者乃创世式的伟岸与恢宏，在混沌未开之际，末日般的世界忽然得以神光的照耀。在失忆的民族和残疾的社会里，阎连科以夸父逐日般的神勇，穿越无边的寂寥的旷野，从生命的燃烧里，催促精神的日出。这显示了鲁迅《补天》般的原始的生命之力，苦难里的搏击所闪烁的热流，恰恰照亮了灰暗的存在。阎连科在无路之途留下了血迹，这些血色里的文字告诉世人，"智慧谎骗不了灵魂"。[①] 灵魂给予的力量具有跨越死亡暗沟的可能。

---

① 尼采在《苏鲁支语录》里说："人是难于发现的，更难的是发现自己：智慧时常谎骗了灵魂。"见尼采：《苏鲁支语录》，第194页，徐梵澄译，北京，商务印书馆，2002。

无疑的是，阎连科是我们这个时代最有想象力的作家之一，他的神实主义具有强烈的原创性，"读者不再能从故事中看到或经历日常的生活逻辑，而是只可以用心灵感知和精神意会这种新的内在的逻辑存在；不再能去用手脚捕捉和触摸那种故事的因果，更不能去行为的经历和实验，而只能去精神的参与和智慧的填补"。①多年来，他的写作一直在这条道路上。荒诞、幽默、魔幻与圣经般的神启，从其文字间款款而来。所有的作品几乎都显示了精神的纵深感，在苦楚的尽头开始回望存在的要义。他不像莫言那样在精神的宽度和力量感上增进审美的亮度，也非贾平凹从士大夫的遗产里走进现代性的场域。阎连科描述的是我们失忆的民族心头痛感的历史，远离着所有的逃逸的灵魂，指示着我们话语的空虚。他用了反逻辑化的词语和自制的格式，抑制了我们的语言惯性。恰如戴维·庞特在《鬼怪批评》里谈到探索性的作家的意义时所说："像陌生人一样，像自我内部'异己实体'一样，像口技表演者一样，质疑我们说出的词语的可靠性，哪怕当我们在说的时候，都提醒我们，'我们的'词语始终都同时是他人词语的残余和踪迹。"②而神实主义之于今天的文坛，其价值恐怕也在这里。

本文原刊于《当代作家评论》2017年第2期

---

① 阎连科：《发现小说》，第207页，天津，南开大学出版社，2011。
② 见阎嘉：《文学理论精粹读本》，第154页，北京，中国人民大学出版社，2006。

诱饵与怪兽

——双雪涛小说中的历史表情

方 岩

一

双雪涛与《收获》编辑走走对话时，谈及自己在写作方面的野心："只要你足够好，足够耐心，足够期盼自己的不朽，就可能完成自己的伟业。"[①]"伟业"与"不朽"是夸张、虚幻的大词和身后事，而"好"与"耐心"确实是目前触手可及的事物。

这个时代，很多作家的名字在期刊、报纸和新媒体上频频出现，人们却想不起他写过什么，而有的作家的名字一出现，唤醒的则是作品的名字及相关想象，这是世俗意义上的成功与写作意义上的成功的区别，双雪涛的"好"很显然属于后者，在相当长的时间里，

[①] 双雪涛、走走：《"写小说的人，不能放过那道稍瞬即逝的光芒"》，《野草》2015年第3期。

他的名字将一直与《平原上的摩西》(《收获》2015年第2期，以下简称《摩西》)捆绑在一起。

2016年，双雪涛先后出版了三部小说集《天吾手记》(花城出版社，2016年5月)、《平原上的摩西》(百花文艺出版社，2016年6月)、《聋哑时代》(十月文艺出版社，2016年9月)。很显然，这三部小说集都是双雪涛因中篇小说《摩西》声名鹊起后的衍生品。在这个每天都有"好故事"产生的国度，恰恰缺少能把故事讲好的人，于是这个像"火球从空中落下"①一样闪闪发光的故事，让人家记住了这个冷峻、克制的讲故事的高手。所以，双雪涛的"写作前史"也被挖掘出来，那些在《平原上的摩西》之前的许多作品得以集束性地出版。作品的优劣可以暂时不论，这些作品的出现却呈现了他成长为一个故事高手前的磨炼历程，这里是双雪涛的"耐心"。

二

二姑夫拉了一下一个灯绳一样的东西，一团火在篮子上方闪动起来。气球升起来了，飞过打着红旗的红卫兵，②飞过主席像的头顶，一直往高处飞，开始是笔直的，后来开始向着斜上方飞去，终于消失在夜空，什么也看不见了。③

这是双雪涛最新短篇小说《飞行家》的结尾。毛泽东时代的宠儿市场经济时期的弃儿、昔日的工人阶级如今的下岗工人及其同伴、后代，以一种荒诞而悲壮的方式与这个时代和世界进行了告别，至于是无可奈何地自我放逐还是以沉默的方式进行壮志未酬般地绝望反抗，其实都是了无生趣的庸常现实张开其血盆大口时刻。

---

① 双雪涛：《平原上的摩西》，《收获》2015年第2期。
② 笔者注：毛泽东雕像底座上的浮雕。
③ 双雪涛：《飞行家》，《天涯》2017年第1期。

在这个时刻,现实与梦魇、真实与荒诞之间的界限消弭,历史怪兽显形。

前述片段无疑能够表明双雪涛是个有强烈历史意识的人,而与历史纠缠的方式确实能体现出一个故事高手的智慧和耐心。所以,尽管历史的幽灵常常在双雪涛的故事中闪现,但事实上,双雪涛并不是那种直面大历史写作的人,相反,一些历史信息会以极其简约的方式在文本中一闪而过,然后很快淹没在双雪涛精心编织的故事中。

工厂的崩溃好像在一瞬之间,其实早有预兆。有段时间电视上老播,国家现在的负担很大,国家现在需要老百姓援手,多分担一点,好像国家是个小媳妇。父亲依然按时上班,但是有时候回来,没有换新的工作服,他没出汗,一天没活。①

这里有着双雪涛面对历史的自信,借用他评价自己另外一部小说时的话来说:"这一句话解决了故事背景、发生年代、幅员广度、个体认知的所有问题,最主要的人物也出现了。"②通读双雪涛现有的所有作品,不难发现,他对大历史变革与个体/群体日常生活之间的密切关联是极其敏感的,只是他不愿意把这些故事变成关于历史进程的肤浅论证材料。所以,大部分时候,讲故事时的双雪涛是这副样子:他只是在以从容、舒缓的反讽语调推进着故事,偶尔会瞥向历史、投过去一两个漫不经心的眼神然后继续心无旁骛地讲述下去,哪怕是与历史正面相撞的时候,他也会视若无睹地穿行而过,似乎谁也不能阻挡他把故事讲完。事实上,当我们意识到历史从未在他的故事中缺席的时候,才会发现,他早已把历史与人的紧张对峙编织进故事的纹理中。很显然,这个挺立着一个由精湛技艺所支

---

① 双雪涛:《平原上的摩西》,《收获》2015年第2期。
② 双雪涛、走走:《"写小说的人,不能放过那道稍瞬即逝的光芒"》,《野草》2015年第3期。

撑的鲜明的小说观和历史观，即只有在精心编制的好故事的天罗地网中，历史怪兽才能被以一种具体、丰富同时也更具说服力的方式而诱捕、显形。

三

就"虚构"的常识来说，这里并不存在特别复杂的地方。一代又一代的人的尊严、前途和命运如何成为历史怪兽的养料，双雪涛心知肚明且有切身体会，只是他不相信历史只有一种抽象的表情，哪怕仅仅只是狰狞和吞噬，也会有具体的姿势和形态，更何况历史与时代的每一次狭路相逢，最终要由一个个具体的人来承担。所以，在双雪涛的小说中，故事不仅是目的，也是手段，而历史不只是背景，同时也是以各种形态渗入进故事的有机构成部分。两者之间的相互对峙、提防和彼此引诱、成全，也就成为需要依靠技艺和智慧来成全的事情。这些年，大家在与"虚构"有关的问题上，说得太多，做得太少，所以常常会忘记，在常识层面做到卓越，杰作亦能诞生。

正是在这个层面上，双雪涛的小说呈现了若干值得反复讨论的精妙之处。最重要的便是，如何利用"诱饵"诱捕历史。当代作家不乏虚构历史的野心，只是这野心仅仅表现为大而无当、外强中干的史诗情结，以至于让"虚构"拖着孱弱的病体在空洞的历史抒情和价值判断后面气喘吁吁、步履蹒跚，甚至暴毙途中。事实上，未尝不可把与历史相关的"虚构"理解为某种形式的祛魅。史学研究的主流是把历史还原为事件、数据和规律（或者说趋势），以证明这个学科是现代科学意义上的祛魅工程，同时史学理论本身的意识形态问题又会让祛魅的合法性变得迷雾重重。因此，与其迷信所谓史实的真实性、价值的正确性，将"虚构"降低为依附性的技术因素，倒不如直面"虚构"本身之于历史的可能性，即把历史从抽象意层面解放，使之重新获得可观、可感、可交流的"肉身性"，借用梅洛·庞蒂一个说法，便是"不可见之物的可见性"。[①]历史发生的时刻，最初必然表现为人的遭遇，即个体的言行，并最终物化为文字和器物，这是历史消散后留下的蛛丝马迹。从这个意义上讲，"虚构"介入历史的方式，便是用器物和文字对人进行招魂，正是在这个过程中历史逐渐脱离抽象意义上的神秘性和匿名性，逐渐呈现出具体可感的形态，这正是另外一种意义上的历史祛魅，即重建历史表情，或曰历史显形。所以，帕慕克坚持认为"小说本质上是图画性（visual）的文学虚构"[②]是有一定道理的，而他坚持的另外一个观念则为"虚构"如何介入历史这样的问题，提供了一个非常具有启发性的结论，即"物品既是小说中无数离散时刻的本质部分，也是这些时刻的象征或符号"。[③]帕慕克说这句话的时候，虽然并未明确指向"虚构"与历史的关系，但这句话却能很贴切形容，双雪涛在设置历史的"诱饵"（物品或器物）时所体现出非凡的匠心和能力。

《摩西》无疑是一篇杰作，把它置于新世纪以来的小说创作发展态势中来考察，它的光芒依然令人瞩目。冷峻、简约的语言，步步推进而又沉稳的叙事节奏，鲜明但是克制的反讽，机巧但是极具说服力和平衡感的结构设计等等，这一切精湛而又不炫技的审美修辞为了一个好故事出现做足了物质铺垫，最终将这个多声部的悬疑故事以一种饱满多质的形态呈现出来。就故事本身而言，它不仅具有类型故事的感染力、流通性、可读性，又具有意义层次多维度解读的丰富形态。这里暂且只分析其中的一个细节，一种名为"平原"

---

① 转引自〔法〕莫罗·卡波内：《图像的肉身》，第67页，曲晓蕊译，上海，华东师范大学出版社，2016。
② 〔土耳其〕奥尔罕·帕慕克：《天真的和感伤的小说家》，第86页，彭发胜译，上海，上海人民出版社，2012。
③ 〔土耳其〕奥尔罕·帕慕克：《天真的和感伤的小说家》，第103页，彭发胜译，上海，上海人民出版社，2012。

的香烟烟盒（或者说叫烟标）的作用。

"烟盒"最显而易见的功能，就是解决了情节设计的基本逻辑问题。故事里每个人的声音都是一条线索，众声喧哗，彼此纠缠，一直到烟标出现，错综复杂的线索才建立一种比较牢靠的逻辑关系，由此，故事冲出迷局开始进入令人期待的"解密"程序。与情节转折并行的是多种意义在其中逐渐生成、汇聚。首先，香烟的上市年份是1995年，这个年份指向了国企改制及其带来的工人下岗潮。当历史与现实在文本中狭路相逢时，故事的起源便与宏大历史建立起了关联，同时"历史的原罪"的意味在现实语境中弥漫开来，越来越浓；其次，烟标上的那幅画源于一个日常场景，它是叙述者之一的李斐在现实困境想起的"另一件很遥远的事情"。①历史变动前日常的美好与当下的绝境彼此提醒，历史就这样明火执仗地闯进私人记忆和日常领域直白宣示自身不容置疑的权威和暴力；再者，烟盒最后一次出现是故事结尾的时候：

我把手伸进怀里，绕过我的手枪，掏出我的烟。那是我们的平原。上面的她，十一二岁，笑着，没穿袜子，看着半空。烟盒在水上漂着，上面那层塑料在阳光底下泛着光芒，北方午后的微风吹着她，向着岸边走去。②

烟盒在这里不仅仅是连接了两个个体的私人记忆，它延展开来却是历史变动前同属一个阶层的共同记忆。如果说，烟盒在情节上制造了一种戏剧化的冲突，即昔日的发小如今却是警察与犯罪嫌疑人的对峙，那么，冲突、对峙背后秘密也就再也无法隐藏。曾经为着某种目的被塑造起来的一个阶层如今又被同一种历史力量拆分不

---

① 双雪涛：《平原上的摩西》，《收获》2015年第2期。
② 双雪涛：《平原上的摩西》，《收获》2015年第2期。

同阶层，并随着代际传递日益隔绝。所以，隔开两人那片水面在渺小烟盒反衬下，更像是历史的汪洋，表面上的波澜不惊，实则暗流涌动，消除沟壑的"平原"永远只是停留在画面中的幻想。

我无意宣称《摩西》必将成为未来的经典，只是强调双雪涛在处理与历史有关的"虚构"时，将历史洞察力转化为创作实践的能力，这一点恰恰是当下许多作家所缺失的。无论如何，"诱饵"的精心设置让历史在一个好看的故事中不断具象化，于是，历史表达便言之有物，现实描绘又有纵深感，历史、现实、私情血脉相连、彼此成全。做到这一点，一部充满意义张力的小说至少已经成功了一半。

如果说，《平原》的篇幅给双雪涛诱捕历史提供了足够的空间和耐心，甚至可以将《摩西》视为一个作家的才华、灵感昙花一现的产物，那么稍后发表的短篇小说《跷跷板》①则让我们看到双雪涛在短兵相接迅速捕获历史的能力。同其他作品一样，双雪涛用他一贯的冷峻、克制的语言和出其不意而又恰到好处的反讽语调讲述着故事，医院陪护老人多少有点百无聊赖。然而，小说快结尾时，一具骸骨的出现，瞬间反转了小说的叙述基调，眩晕和惊悚的叙述氛围迅速回溯并统治了整部小说。这个眩晕和惊悚根植于对历史的深深恐惧，而"诱饵"正是压在骸骨上的跷跷板，移开跷跷板，便是打开了历史的潘多拉魔盒。

事实上，"跷跷板"只在小说里出现三次，除了最后一次，前两次都显得无声无息，事后想起却令人毛骨悚然。它首次出现于一场有些寡淡的相亲时的聊天中，"跷跷板"对相亲对象（后来成为女友）而言，意味着童年记忆和父爱的化身。另外一次则出现在女友父亲的聊天中，女友父亲说自己在国企改制时期曾经杀死了同事就埋在跷跷板下，但是"我"很快发现那个人依然在为女友父亲看守废旧的工厂，所以与其说这是临死前的忏悔，倒不如说更像是一个

---

① 双雪涛：《跷跷板》，《收获》2016年第3期。

濒死前出现严重幻觉的人的胡言乱语。但是，当骸骨真的出现的时候，上述场景便被重新赋予了意义。我们固然可以把骸骨视为人性罪恶的证据，甚至可以说被掩盖的历史罪恶重见天日。然而，如此浅显、直白的隐喻绝不是双雪涛的目的。事实上，"跷跷板"两端所承载的意义所形成的张力才是这篇小说深刻之处。很显然，亲情、血缘、成长记忆等私人伦理在其中的一端高高扬起、闪闪发光；而另一端则是另外一番景象，以亲情为名犯下的命案在私人伦理面前既合理又荒诞，此刻的"跷跷板"大约是平衡的。然而命案发生的源头则是，历史变动所造成的人际关系、个体命运的变动和阶层分化所造成的对立和隔阂，并在人性层面表现出来。当历史变动所造成的种种沟壑需要真实的血肉之躯来填平的时候，跷跷板便严重失衡，甚至有把私人伦理抛出的危险。在这里，追究死者究竟是谁没有丝毫意义的，更为巨大的问号矗立在那里：在当今，我们竭尽全力保护的私人伦理和个体成长记忆，在多大程度上，不是历史暗中操作的结果？换句话，如果历史扬扬自得的狰狞表情才是一切真实的根源，而我们赖以凸显自我身份及其认同的私人领域只是幻象，我们将如何辨识自身和周围的景观？

  前述提及的《飞行家》大概是双雪涛创作中相对来说比较直面历史的一部。一个壮志未酬的下岗工人，和他的以替别人讨债为生的儿子，以一种极其荒诞的方式与这个世界做了了断。历史创伤的代际遗传只是这个故事表层意蕴，"飞行梦"及其承载的历史反讽才是有意味的形式。1979年的初夏之夜，李明奇酒后在屋顶畅想飞行梦是这篇小说最精彩的地方，让人觉得"世间伟大的事情，好像都是从李明奇目前这种手舞足蹈的醉态里开始的"。①事实上，这个国家刚刚摆脱一段梦魇般的历史，李明奇个人也正逐渐从因那段历史所导致的家庭变故的阴影中走出，所以说，此刻李明奇的亢奋并非

---

① 双雪涛：《飞行梦》，《天涯》2007年第1期。

仅仅是个人的偶发抒情，而是正与国家共同分享某种同质化的激情。所以，李明奇所畅想的飞行梦也并非止步于个人兴趣，他的飞行器创意所展现的前景充满了浓郁的日常气息。因此，这样梦想更像是国家情绪感染下关于未来社会形态的设想，毕竟李明奇连飞行器普及后的交通信号灯设计这样的细节都想到了，这很容易被理解为有关未来社会基本秩序想象的隐喻。只是事过境迁之后，先进工作者变成了社会弃儿，不变的只有个体的持续迷醉及其顽固的飞行梦，它矗立在那里醒目而刺眼，以一种极其尴尬的方式提醒，历史随心所欲而又极其功利地对人的角色和身份进行赋予和篡改。当飞行梦通过一种非常简陋的方式，即"热气球"，来实现的时候，历史的荒谬感便升腾而起。这里的"荒谬"并非是审美修辞，而是事实描述。因为，在这一刻"历史""虚构""现实"之间的界限完全消失，三者完全实现了运行逻辑的同一性。马尔克斯与略萨的一段对话可能有助于形象地说明这个问题。在谈及"虚构"与"历史""现实"之间的关系时，马尔克斯曾说："在拉丁美洲，一切都是可能的，一切都是现实……我们周围尽是这些稀罕、奇异的事情，而作家却执意要给我们讲诉一些鼻尖下面的、无足轻重的事情。"[①]在马尔克斯看来，拉丁美洲始终在以荒诞的历史逻辑运行，现实中充斥着各种光怪陆离的事情。对此，作家的态度只能是："我以为我们必须做的就是直截了当地正视它，这是一种形态的现实。"[②]反过来说，直面拉丁美洲的历史和现实，即"那些极其可怖、极为罕见的事情"，[③]其结果便是修辞效果和故事内容中呈现的"荒诞"和"魔幻"。略萨对此的

---

① 〔哥伦比亚〕加西亚·马尔克斯：《与略萨谈创作》，《20世纪世界小说理论经典（下）》，第127、124、128页，北京，华夏出版社，1995。

② 〔哥伦比亚〕加西亚·马尔克斯：《与略萨谈创作》，《20世纪世界小说理论经典（下）》，第127、124、128页，北京，华夏出版社，1995。

③ 〔哥伦比亚〕加西亚·马尔克斯：《与略萨谈创作》，《20世纪世界小说理论经典（下）》，第127、124、128页，北京，华夏出版社，1995。

评价是：这是"给人以某种幻觉之感的这种习以为常的现实存在"。①直言之，这不是"虚构"层面的技巧和想象力的问题，而是对现实真实性的洞察力和对具体经验中历史痕迹的敏感性的问题。

四

双雪涛对历史的洞察力在他较早的创作中已经展现出来。《聋哑时代》里的每一章都是可以独立成篇的精彩故事，因此这并非是严格意义上的长篇小说，更像是有着共同历史背景的故事集：

这样按部就班的一对幸福工人阶级不会想到，到了我小学毕业的那个夏天，他们赖以生存的工厂已经岌岌可危，我饭桌上听见他俩经常哀叹厂长们已经开始把国家的机器搬到自己的家里另起炉灶……

那个外面一切都在激变的夏天，对于我来说却是一首悠长的朦胧诗，缓慢，无知，似乎有着某种无法言说的期盼，之后的每一个夏天都无法与那个夏天相比。②

于是，随后的中学生活便成了这部小说的主体内容，然而这些故事无一不呈现出阴郁、压抑的扭曲形态。所以双雪涛对此评价道："我初中的学校，在我看来，是中国社会的恰当隐喻。控制和权威，人的懦弱与欲望，人的变异和坚持。"③不难看出，双雪涛很早就意识到自己的成长轨迹与大历史的纠缠。所以，写作便成为对这种关系

---

① 〔哥伦比亚〕加西亚·马尔克斯：《与略萨谈创作》，《20世纪世界小说理论经典（下）》，第127、124、128页，北京，华夏出版社，1995。

② 双雪涛：《聋哑时代》，第16页，北京，北京十月文艺出版社，2016。

③ 双雪涛、走走：《"写小说的人，不能放过那道稍瞬即逝的光芒"》，《野草》2015年第3期。

的辨识和清理，既是对自身经验的重新确认，也是展示历史对人的塑造过程。对此，双雪涛有着同龄人少有的清醒："只有把初中的磨难写出来。而我一直认为，那个年龄对人生十分关键，是类似于进入隧道还是驶入旷野的区别。"[①]追溯青春记忆的历史起源，其实便是辨识、标记一代人与其他历史代际不同的历史经验、历史感受。如双雪涛自述的那样："写出我们这代人有过的苦难，而苦难无法测量，上一辈和这一辈，苦难的方式不同，但不能说谁的更有分量。"这段自述很容易让人想起近些年的一个"伪命题"，即不断有人指责大历史在青年作家的创作中是缺席的，或者说"80后"作家不关心大历史。只是大部分讨论都是空洞无物的，显示了讨论者自身在常识层面的缺失：一是对历史经验、历史感知方式的代际差别视而不见；二是误把"虚构"中的"历史"理解为棱角分明、清晰可见的道具装置或舞台表演的幕布。事实上，双雪涛在《聋哑时代》这样的早期创作中就有力地反击了这样的指责，他不仅呈现了一代人的成长轨迹、生命历程如何被大历史塑造并区别于其他历史代际，更为重要的是，他通过写作表明，大历史就生长在个人具体的经验中，只有通过对个人经验繁复而精细的描绘，大历史才会以具体、可感的形态现身。直言之，只要个体经验处理得足够有张力、饱满、充沛，书写个体经验便是书写大历史，甚至可以说，个人经验就是大历史。

或许是因为这些经验都过于沉重，以至于双雪涛在看清历史的表情之后，总是试图逃避。《跷跷板》的结尾，"我"想"痛快地喝点酒"。《飞行家》结尾处，"我非常想赶紧回家睡觉"。即便是《摩西》中貌似明媚的结尾，其实也是双雪涛对逃离意图的掩饰，因为这个想象过于自欺欺人。其实这不难理解，与历史缠斗是一个全神

[①] 双雪涛、走走：《"写小说的人，不能放过那道稍瞬即逝的光芒"》，《野草》2015年第3期。

贯注斗智斗勇的过程，而当历史怪兽真的现身时，无能为力的挫败感便蔓延开来。努力地看清历史真相后，绝望的倦怠感总是会扑面而来，除了立刻逃离的冲动，再也没有更好的办法。这不是双雪涛一个人的问题，而是处在历史阴影中的这个国家的民众普遍的精神困境。如果现在还要求作家通过"虚构"去解决历史困境或描绘未来蓝图，无疑是迂腐而愚蠢的。只是当下很多作家，连描述这种困境的基本能力都是匮乏的。双雪涛不仅出色地描述了这种困境，或许还找到一个能带来些许安慰的方法，即通过不失时机却张弛有度的反讽，抓住历史尴尬的时刻。事实上，"反讽"发生的时刻，也是文学自身虚妄显形的时刻。这样的时候，往往只是再次证明了一个道理：面对历史时，"虚构"确实只是"无能的力量"。然而，片刻的逃离、短暂的慰藉后，还是要继续面对历史将西西弗斯式的缠斗进行下去，不管是主动还是被动。所以，这也是"虚构"还在继续被我们需要的理由。

本文原刊于《当代作家评论》2017年第2期

顽主·帮闲·圣徒
——论石一枫的小说世界

王晴飞

提到石一枫，人们很自然会想到王朔，因为二者的作品确有很多相似之处，或者说，是石一枫的作品中有着太多的"王朔气""顽主气"，他也因此一度被称为"新一代顽主"，"痞子文学"继承人。这种判断，固然不无道理，却也不免粗疏，会忽略掉石一枫在王朔以外的东西。其实在"顽主气"的外衣下，石一枫作品中尚有"帮闲气"与"圣徒气"。他近年发表的《世间已无陈金芳》《地球之眼》等关注现实的小说，常被人视为"顽主"成长、转向的标志。成长和转向，当然都是有的，不过更多的只是视野、题材的拓展，并因这种视野的扩大，有从刻薄转往宽厚的倾向，对于外部世界有更多的同情心，而其视角则有一贯之处。

一、顽主叙事：油滑气与新贵气

石一枫写过一篇随笔，提到他们这一辈人的"大院"身份认同，源于20世纪90年代末《阳光灿烂的日子》的观影体验——是先有"大院文学",再建构出一个"大院文化"和"大院"身份认同。在他看来,"大院文化"其实从未真正存在过,他从王朔(及崔健等人)那里所看到并吸收的,更多的是对"不俗"的追求和个人英雄主义情结。①

而王朔是有大院子弟的认同感的,这表现为"革命新贵"气。他们口中的俗人,固然可以是人格上的庸俗,更多的则是政治身份上的"俗"——革命新贵以外的平民乃至贱民。"新贵"的身份,使得他们在"革命年代"雄踞"俗人"之上。20世纪80年代以后,世俗社会来临,"新贵"与"俗人"之间的等级壁垒松动,"新贵气"就很容易变成"遗少气",二气夹攻,又不免生出怨毒之气。"油滑气"与其说是王朔这类人的本质,不如说是他们的保护色,是以油滑来解构世俗社会的新秩序,以油滑气掩盖怨毒气。

王朔最常漫画化地讽刺、丑化两种人:一是老干部,一是知识分子,尤其是西化的知识分子。这一方面源于他成长时代的教养。反官僚一度是他们成长时代的强音,反官僚而只反至"老"干部,自然是因为老干部好欺负。"反智"也是那个时代教养的一部分,并成功地培养出许多人对于知识分子本能的敌意,而知识分子也是软柿子,不妨像阿Q欺负小尼姑一样去捏一捏。20世纪80年代以后,许多政治上的平民,正是通过"知识"改变了命运。知识冲淡了"新贵"赖以自傲的高贵身份和等级优势,而对于传统道德和现代文明的鼓吹、垄断,甚至使得一些知识分子掌握了话语权,成为新时期的"新贵",这又是旧的革命新贵们所不能忍受的。所以王朔对于老干部的讽刺倒常止于冷嘲,对知识分子则不免于热骂。《玩的就是心跳》里面的刘炎,多次遭到猥亵,猥亵者之一便是她那掌握好几门外国语、精通外国文化的学者父亲。这样的刻画,充满了怨毒气息,足见他对西化知识分子的愤恨之深。

---

① 石一枫:《我眼中的"大院文化"》,《艺术评论》2010年第12期。

石一枫则只是油滑，而没有王朔那么强烈的"贵族意识"，因而也没有他的"怨毒"。王朔看似批判、消解一切价值，其实不能消解掉对自己的"革命新贵"血统的执着，对于曾经的等级特权的认同。石一枫则只是有一个青春梦和英雄梦，他的油滑，源自对当下社会人们对于"功名"热切渴望的嘲讽，以及在与社会的互动中不知如何保持纯真的逃避。

石一枫与王朔气质和叙事契合之处，常在于他们都塑造了一些无所事事者。这些人不以常见的世俗成功为人生目标，不标榜道德，以低姿态作为自我保护，以文学化的弗洛伊德方式破除宏大叙事，将一切庄重的东西都视为幻觉，看作对于本能欲望的包装。在此，道德高下的评判从"高尚不高尚"变成了"装不装"。他们都嘲讽一切的"装"。不过在王朔的笔下，几乎没有"不装"的道德和庄重的东西——靠得住的大约只有打江山得来的新贵血统。而在石一枫的笔下却有。他讽刺挖苦一切的"装"，可是对于真正"不装"的道德，却心存敬意——他并不反对一切的既定价值。更准确地说，他正是出于对庄重道德的认同，对那些"装"的言行才不能容忍，必须施以顽童恶作剧式的嘲讽，以佛头着粪的方式表达自己的真信，并以此与那些虚伪的善男信女们划清界限。在王朔的笔下，没有真正的知识分子——其实在他看来，知识分子本身就是"装"，无所谓真伪。他是彻底不相信（其实是拒绝相信）有知识分子或高尚的道德情操这回事。而只要拨开石一枫语言表层的"油滑"，便能看到他在认真地区分真知识分子与伪君子，真义士与假善人，并对那些"真人"心存敬意。这些"真人"在他的笔下并不算多，却都能使那个满嘴跑火车的叙述者"我"一敛油滑，认真对待，如《我妹》中具有强烈的道义感和牺牲精神的记者老岑，《恋恋北京》中被称为"长得坚毅不拔，堪称知识分子中的一员猛将"的董东风，[①]《地球之

[①] 石一枫：《恋恋北京》，第175页，北京，新世界出版社，2011。

眼》中的安小男，甚至包括《我在路上的时候最爱你》中莫小莹的父亲莫大卫。在石一枫的另一篇随笔中，"我"对那位有知识分子气节和道德情操而又不失生活情趣的牛k老师心存仰慕，虽不能至，心向往之，"梦想成为他们那样的人"，避免成为他的反面。①

  石一枫对于"顽主叙事"有一个从迷恋到逐步放弃的过程。他在19岁（1998年）时写的《流血事件》，就是一个模仿王朔《动物凶猛》的故事，不仅情节的主要要素（如聚众、掐架、拍婆子）与之相合，甚至连主角的名字都一样：马小军。作于2006年的《不准眨眼》，主角仍然是马小军，这篇小说把顽主式的"语言多动症"发挥到了极致。作家当然需要语言的热爱，说话的冲动，不过语言多动症会导致叙述的不加节制，行文往往不够简洁，缺少令人深思的韵味，更会将自己的本心淹没、迷失在漫天遍地的语言迷雾里。常见的"痞子腔调"更会使语言成为刻意为之的抖机灵，显出卖弄的努力，流于自贬式的自恋——这种自我贬低很少是真正的自省，更多的只是嘲讽与逃避的策略。以带有强烈性意味的粗俗的语言狂欢，解构世间一切或真或假的"体面"，也不过是到"土豪劣绅的小姐少奶奶的牙床上"，"踏上去滚一滚"，充满了对社会与他人浓浓的恶意，缺乏更为宽厚的理解与同情，仍未摆脱"顽主气"，也并不构成对社会真正有效的批判。当然，所有的恶意都是有来由的，一个作家表现出特别粗暴和刻薄的时候，往往暴露其内心隐秘的情结。这篇小说中的四个人物，除了"我"（马小军），另外三个人分别是海归女、金融男（中产阶级）和学术男（知识分子），这些人也一直是顽主叙事里最常漫画化攻击的对象。不过如果撇开被作者渲染过多的顽主式语言，《不准眨眼》还表达了另外一层意思，那就是小说下半部分展现的，对于现代人被异化以至于丧失了正常情感的悲哀。而语言多动症本身，也正是源于不能（或羞于）坦然表达正常的情

---

① 石一枫：《牛k老师》，《学习博览》2008年第7期。

感,以至于即便是健康的情感,也必须在痞化的语言中层层包裹,仿佛夹带私货。

在写于2007年的《五年内外》中,石一枫已有了对于"顽主叙事"的反思。在这篇小说里,"我"从一个梦想当"一个成功地痞流氓"的少年,到认为"当流氓也是一件最没劲的事",最后"终于超越了一个流氓的境界"并为此感到欣慰。①这是一个转折,也是作家的成长——从这个角度来说,王朔这样的作家在20世纪80年代以后是任性地拒绝长大的。

出版于2011年的长篇小说《红旗下的果儿》,可视为石一枫对"痞子叙事"告别前的总结和致敬。这是一部弥漫着个人英雄主义气息的作品,因而也带有白日梦般的自恋色彩。小说的前半部分,小痞子学生陈星屡次英雄救美,为好学生张红旗出头,因此两进派出所。在同学传播他和张红旗的绯闻时,他迅速"拍"了"坏学生"沈琼,只是为了让张红旗能够避开流言的困扰。"拍婆子"本来是"痞子叙事"中的重要节目,其重要性不亚于打架和兄弟情,在这里竟然"拍"出了自我牺牲式的个人英雄主义色彩。陈星不是一般的"拍婆子",而是为了爱情、为了信念去泡(别的)妞,这样的桥段固然矫情,在"痞子叙事"里其实经常出现。"痞子"的一面满足的是人们隐秘的欲望,"矫情"(或"纯情")的一面满足的是人们显在的情感。纯情和痞气看似风马牛不相及,甚至犯冲,实际上完全可能融为一体。因为痞子看似反叛,实则是既定规则的坚定拥护者,只不过自己未必愿意遵守而已。痞子可能不纯情,但他们往往认同纯情,希望别人纯情,希望别人守着最陈腐的道德伦理观。越"痞"的人价值观往往越保守。纯情痞子的故事既痞又纯情,当然最好看的——香港古惑仔电影里就常有这样的男主角。陈星最独特的地方倒在于他是一个纯天然的纯情痞子陈星,他的纯情不仅是道德、心

---

① 石一枫:《五年内外》,《西湖》2007年第2期。

理层面的,更是生理层面的——他面对没有发生真正爱情的女友,竟然不能产生生理反应。他不需要刻意遵循性道德准则,他只在懵懵懂懂之间便自然能做到忠贞不贰,这真是从心所欲不逾矩的境界,说他是古往今来第一纯情奇男子也不为过。

《红旗下的果儿》里另一个"顽主叙事"的常见元素是"走",或者说"流浪""游荡",即所谓的"在路上"。"在路上"是文艺青年间一度流行的姿态,以一种永不停歇的姿态跋涉,寻找意义,找回自我,以此区别于他们眼中浑浑噩噩的芸芸众生。陈星在高中毕业后进了一所很差的民办大学,便每天不停地"走"。"走"源于不同于流俗的孤独,又让他陷入更大的孤独。"走"也是最无功利的跋涉——"走"并没有明确的目标,"走"本身即意义。

"走"在"顽主叙事"中也并不罕见。都梁的《血色浪漫》的结尾,痞子钟跃民就开始独自一人跋涉"在路上"。对于"痞子"来说,从打架、拍婆子到"在路上",从成群游荡于街头巷尾到独自行走于广阔乃至荒漠的旷野,是从俗痞"蝶变"成了雅痞。不过陈星与钟跃民也有不同,钟跃民的"走"是在功成名就、看遍繁华(其实也就是打过一些架,俘获过一些女人的心,挣了一些钱)之后,"在路上"于他而言,是一种精神加冕,使他从世俗的成功人士变成痞子教主——类似于老干部谈文艺,暴发户讲哲学。陈星的"走",更具有迷惘中寻路的苦闷与孤独,也是他人生成长蜕变中的重要组成部分。

所以陈星还必须有第二次的"走"。在人生再次跌入低谷,和张红旗的恋情陷入僵局时,他又开始"走"——当然也是逃避。这次的"走"承担了更现实的推动情节发展的功能。在《红旗下的果儿》里,从世俗的角度看,陈星在任何一方面都不能与张红旗相匹配。虽然石一枫后来许多小说中的"混混"常常理直气壮地啃老、吃软饭,实际上个个都自视甚高,尤其陈星是作者苦心塑造的痞子英雄,寄托着其个人英雄主义情结,自然不能居于这种卑微的依附地位。所以陈星必须"走",而且还要在"走"中成为英雄,这样他的无用和无所事事才会被"一床锦被轻轻遮过"。于是大地震适时地发生了，陈星也（莫名其妙地）成了拯救者，拥有了可以配得上甚至压倒张红旗的英雄光环。按照情节走向，即使这里不发生大地震，别的地方也要震，即使大地震不发生，也一定会发生别的灾难。为了陈星的英雄主义，总要有点悲惨的事发生才行——这倒有点"圣人不死，大盗不止"的意思——陈星与张红旗的恋情也可以算是一个当代版的"倾城之恋"了。《红旗下的果儿》以已经怀孕了的张红旗一句有些煽情的话做结尾："如果你有了一个孩子，你觉得他应该叫什么名字。"①这颇有童话里"从此王子和公主过着幸福的生活"的意思。陈福民在《石一枫小说创作：一塌糊涂里的光芒》中对此提出过疑问："这些大团圆结局的软弱性，当然是作者对于美好生活难以割舍的一种浪漫想象。但如果我们不再相信童话，那么故事的力量就会大打折扣。"②正如人们经常怀疑王子和公主在日常生活里也会遇到各种烦恼，不能永远"幸福"，陈星和张红旗之前交往中存在的问题，并没有真正得到解决，只是被虚幻的"英雄光芒"遮掩。

或许我们应该把《红旗下的果儿》看作石一枫对自己少年时代"痞子情结"的一个了结。他最关注的并非爱情，而是痞子成年以后怎么办？石一枫既不愿意他们堕落成鲁泡儿（《五年内外》）、古力（《红旗下的果儿》）这样无耻的老泡儿，又有了超越流氓境界的念头，便以塑造陈星这个人物的方式来将痞子升华，安放自己的个人英雄主义情结，以此作为向青春期告别的仪式。从那以后，他不仅没有写过马小军这样打架泡妞的俗痞，也没有写过陈星这样生硬冷酷的雅痞。他笔下人物的主角从痞子变成了帮闲。

不过"痞子气"甚至"恶毒气"也不免时不时地出来捣乱。如《老人》的结尾，让前一刻还头脑清醒——可以迅速理清弟子赵埔和

---

① 石一枫：《红旗下的果儿》，第346页，北京，九州出版社，2009。
② 陈福民：《石一枫小说创作：一塌糊涂里的光芒》，《文艺报》2011年11月7日。

女学生覃栗之间的暧昧关系——年逾70的古典文学教授周先生突然"气急败坏"地非礼保姆,也过于生硬。大凡文学作品,写到转圜生硬之处或过分刻毒的地方,往往说明作者对某一类人或事存有偏见,内心有难以化解的情结,不耐烦深入其中,因而破坏了人性自身发展的逻辑。不过这类作品在2007年以后已属少见,对于"顽主叙事"的克服,某种程度上可以视为石一枫开始逐渐走向成熟与宽厚,找到更适合自己叙事风格的表现。

二、"帮闲"视角:应伯爵的身子与贾宝玉的心

石一枫的小说中,最具特色的人物是那些无所事事的"混混"。所谓"混混",指的是不愿意直接与社会发生真实、密切的关系,游离于社会主流之外,并以此为荣的一伙。以2011年为界,此前小说中的"混混"偏"痞子",此后则偏"帮闲"。痞子与帮闲当然也可以相通,痞子常不免要干一些帮闲的事,帮闲的身上也总有几分痞气。而且痞子与帮闲都以"不俗"自居,并以此鄙视"俗人",只是帮闲将鄙视与不合作从外转向内。二者的区别可能在于,帮闲比痞子更多一些对社会的适应。痞子多生硬冷酷,帮闲则可以一团和气,痞子以直接破坏的方式与社会较劲,帮闲则常和光同尘。帮闲比痞子入世更深,对世态人情也更多体察,这大约也是石一枫常选择"帮闲"作为小说叙述视角的原因之一。

这样的帮闲如赵小提(《恋恋北京》《世间已无陈金芳》)、陈骏(《我在路上的时候最爱你》)、杨麦(《我妹》)及《地球之眼》中的庄博益(瞧这倒霉名字)等。石一枫自己在一篇创作谈中将之称为"文化骗子",认为他们"认清了自己是卑琐本质的犬儒主义者,缺点在于犬儒主义,优点在于还知道什么叫是非美丑"。[①]"犬儒主义"

[①] 石一枫:《关于两篇小说的想法》,《文艺报》2016年3月25日。

是"混"的一面,帮闲的一面;"知道什么叫是非美丑",则是他们"不俗"的一面。因为"不俗",所以不肯"大干快上",加入当下轰轰烈烈奔往"成功"的大跃进运动,而只是冷眼旁观。这是他们"随波逐流"的底线。

从这个角度来讲,石一枫以及他小说中的"混混"们倒一个个都是老实人,与那些削尖了脑袋在功名路上狂奔的蝇营狗苟之徒相比,他们是真信那些"大词"的。只是因为对世人道德水准极度失望,不愿与之为伍,索性以混混的面目示人。这倒颇有几分名士风范,如同鲁迅在《魏晋风度及文章与药及酒之关系》中所说的,那些不谈周孔甚至菲薄汤武的,倒是真正的礼教信徒,将礼教当作宝贝的迂夫子。①石一枫笔下的混混们竟是真正的道德信徒,人们不察,常被其表面的玩世不恭和伪恶所欺,只看到他们干着应伯爵、谢希大的事,容易忽略其"帮闲"的身体下,藏着一颗贾宝玉的心。

石一枫的小说中,"赵小提"常常充当小说的叙述者,如《恋恋北京》《世间已无陈金芳》《合奏》。"小提"自然是小提琴,作为一种高雅乐器,可视为美与艺术的象征。在石一枫的文学世界里,音乐具有超俗的神性,是抵抗庸俗、功利价值观的武器。在《b小调旧时光》这部科幻小说里,石一枫比较系统地表现出他理想中的宇宙观与价值观:在我们所生存的此世界之外,在黑洞背后,有一个相反的彼世界。彼世界的"反物质"到了此世界即成为具有神奇的战斗力量和音乐能力的"魔手"。音乐是两个世界的连接,"魔手"的存在方式,也是外星人拉赫玛尼诺夫穿梭时空的向导。在这个世界里,庸俗的地球人脑中功利的世俗性格占主导,超功利的艺术性格稀缺,根本不具备音乐才能。历史上那些伟大的音乐家如贝多芬、帕格尼尼、拉赫玛尼诺夫等或是外星人,或是被"魔手"附体。世

---

① 鲁迅:《魏晋风度及文章与药及酒之关系》,《鲁迅全集》第3卷,第535—536页,北京,人民文学出版社,2005。

俗性使地球人不能理解大智若愚的高等智慧，沉迷于积极进取的成功追求，流于无尽的争斗。"我"由于是外星人在地球上的后代，所以与一般地球人不同，即便被拉赫玛尼诺夫施"换魂术"完全置换为世俗性格，也仍然无法忍受庸俗的成功人士生活，终于选择以自杀的方式逃离到"世界的边缘——既在世界之中，又在世界之外"。①这和赵小提们帮闲式的生活定位有相通之处。

在石一枫的小说里，音乐和爱情（美好的女性）是人性拯救的力量，因为她们都"不俗"。后者使他的小说具有了贾宝玉的色彩。这在《红旗下的果儿》中便有所流露。生硬冷酷的小痞子陈星，正是因和张红旗的爱情而得到拯救，终成圆满。《恋恋北京》则更为明显。赵小提自幼热爱并练习小提琴技艺，后来因发现自己一直苦练的只是没有生命的技巧而陷入绝望，偷偷砸断了左手的中指。这种自毁，不仅因为自卑，也源于对艺术真正的热爱，是对只练习技巧以获得音乐自身以外名利行径的反抗。这种非功利的艺术之爱和与世俗名利保持的距离，是他获得女性之爱拯救的前提，是人性能够变得更好的"种子"。

小说中赵小提有过类似于自我剖析（也是自我辩解）的片段，这可以视为作者本人对赵小提这种帮闲、懂得是非美丑的犬儒主义者的判断：

在大多数男人眼里，我这种人肯定算得上是标准的无耻之徒：不求上进，混吃等死，寄生在一个勤劳的国度却热衷于以最尖酸刻薄的言辞来侮辱那些勤劳的人——借此显示自己的卓尔不群。这30多年来，我的生活基本上由三个部分组成：啃老、吃软饭、充当流氓资本家的帮闲。要是把我这种人通通赶进毒气室，然后再挫骨扬灰、加工成肥皂，"中华民族的伟大复兴"起码能提前十年。但纵使

---

① 石一枫：《b小调旧时光》，第233页，北京，中国青年出版社，2006。

真有那么一天，我也会遗憾地申辩：群众真是瞎了他们雪亮的眼。我何罪之有，只是不想当傻逼而已，居然就成了社会的异端分子。①

赵小提甘当"无耻之徒"，其实是以"无用"自居、自傲。"无用"并非真的无用，而是不愿意钻营，以消极的方式坚守底线，所以他理直气壮地说："当寄生虫也是我的自由、甚至是对社会的贡献，比起那些勤奋地乱窜、无孔不入的家伙，我这种人起码不会让世界变得更差。"②

这一段独白颇有贾宝玉的色彩。《红楼梦》中的通灵宝玉本是女娲补天时弃用的灵石，所谓"无才可去补苍天"，而贾宝玉初出场时的两首《西江月》，也在表明他的"无用"，所谓"潦倒不通世务""于国于家无望"。因为"无用"，便可不必去精通世务，保持内心的纯洁和人性的淳朴。贾宝玉厌恶与士大夫诸男人接谈，认为建功立业乃是"沽名钓誉，入了国贼禄鬼之流"，都是须眉浊物的勾当，③而只愿在脂粉堆里厮混，也正是赵小提式的"寄生虫"。

赵小提们对美好女性的感情，也是贾宝玉式的。他面对酒后的姚睫时，甚至产生了宗教偶像的情怀："面前的姚睫一清二楚地端坐于我面前，每一个线条乃至大眼睛上的睫毛都纤毫毕现。她拈杯如同拈花，妙相庄严，宛如正在发育中的菩萨"，"她是晶莹剔透，不谙世事；她美好如月亮，单纯如孩童。"④

这又是贾宝玉式的高论了。（"女儿是水作的骨肉，男人是泥作的骨肉。我见了女儿，我便清爽，见了男子，便觉浊臭逼人。"⑤

所以他不在意大多数须眉浊物（或者用石一枫式的话语来说：

---

① 石一枫：《恋恋北京》，第182页，北京，新世界出版社，2011。
② 石一枫：《恋恋北京》，第222页，北京，新世界出版社，2011。
③ 曹雪芹、高鹗：《红楼梦》，第563页，上海古籍出版社，1988。
④ 石一枫：《恋恋北京》，第147页，北京，新世界出版社，2011。
⑤ 曹雪芹、高鹗：《红楼梦》，第27页，上海古籍出版社，1988。

糙汉）的鄙视，只在意那聪慧、美好女性的了解与欣赏，便在于这种女性崇拜心理。至于那些不够聪慧不够美好的女性，当然就只相当于刘姥姥、周瑞家的之流，早已被男人世界污染，归入糙汉行列，其看法可以忽略不计。有趣的是b哥的小保姆，她粗糙蠢笨，思维简单，头脑一根筋，却被视为与姚睫不同的另一种"美好女性"，她后来也的确救了赵小提和b哥的性命。这里也可以看出石一枫对于"一根筋"的喜爱和一定的反智论色彩。

《节节最爱声光电》中的节节，也是石一枫着力塑造的美好女性。这部小说被石一枫自称为"无比纯洁的意淫之作"，要写出作为女性的"不容易"。[1] "意淫"云云，自然是红楼话语，对"不容易"的理解却使节节美好而不虚幻。在《红旗下的果儿》《恋恋北京》中，女性虽然美好，却终于仍是陪衬，是符号化的拯救男人的神圣道具。《节节最爱声光电》则以节节为主角，以节节的眼光看世界。题材上的扩展带来视角的丰富和写作品格的宽厚，女人不再是完全不同于男人的"水做的骨肉"。虽有神性，都落在柴米油盐的实处，是活生生的有血有肉的人。她的生命比姚睫和b哥的小保姆更丰富，因为她只要过好自己的生活，而没有被赋予拯救男人的重任。

《恋恋北京》中赵小提的成长与精神的救赎，内因在于他内心有对"俗气"的鄙弃，具有"艺术性格"，外因在于美好女性的鼓励，可称得上是"永恒的女性，引领我们上升"。当然最后的得救，还需一番仪式化的精神磨炼，类似陈星的出走和遇难。赵小提在受到姚睫的刺激以后，闭关数月，开始了和b哥及其小保姆的出游，终于遭遇地震。闭关、出走和遇难，都是通过劫难使人精神升华，有类于唐僧师徒历尽八十一难方成正果，或是革命者经过种种苦难磨砺成为革命圣徒。

---

[1] 石一枫：《无比纯洁的意淫之作》，《当代·长篇小说选刊》2011年第2期。

《世间已无陈金芳》中的叙述者也是赵小提,这一个赵小提所起的作用与《恋恋北京》有所不同。在《恋恋北京》中,赵小提是男主角,小说也意在讲述他的精神成长,所以更多宝玉气;《世间已无陈金芳》中的赵小提所起的作用主要是充当叙述者,更具帮闲气。以帮闲之眼观察世界,以帮闲之口讲述故事,是石一枫的精心选择,即"通过这类人的眼睛看待世界",以之为支点来撬这个世界。①帮闲游走于各阶层人群之中,视野开阔,可以更广泛地观察社会中形形色色的人群。而作为观察、评判世界的着力点(立场),帮闲的眼光具有流动性和含混性,随所观察人物的移动而移动,有更多入乎其内的了解,对人与事的判断不太容易偏于一极。这当然只是相对而言。石一枫笔下的帮闲虽然消极颓废,其实自视甚高,姑且不论《恋恋北京》中的赵小提其实是将自己和"长得坚毅不拔,堪称知识分子中的一员猛将"的董东风相提并论,归为一类人,区别不过在于一个肃穆,一个颓丧,②即便是《世间已无陈金芳》中的赵小提,虽多帮闲气,却也是有所不为。他仍然拉小提琴,具有一定的"艺术性格",守着一个"合格的帮闲"的底线,即"宁当帮闲,不做捐客",不去参与这个时代"辉煌事业"的巧取豪夺。③所以他们与b哥、李无耻、李牧光这种西门庆式的流氓资本家之流本无直接依附关系,并于表面的随波逐流中暗含褒贬。

在《恋恋北京》中,作者行使虚构的特权,让b哥得怪病,有家不能归,有豪宅而不得住,夜夜做梦被追杀,受尽折磨,最后只好带着一根筋的小保姆全国各地四处游荡。这是一种顽童式的狡狯报复。在《世间已无陈金芳》和《地球之眼》中,如果去掉庄博益和赵小提这两个人物,并无损于故事主线的完整性。他们游离于剧中

---

① 石一枫:《关于两篇小说的想法》,《文艺报》2016年3月25日。
② 石一枫:《恋恋北京》,第175,131页,北京,新世界出版社,2011。
③ 石一枫:《世间已无陈金芳》,《合奏》,第58页,济南,山东文艺出版社,2014。

炽烈的"成功学"氛围以外,提供了一种异质声音和视角,是对"成功学"声音掺沙子式的平衡,使小说的意蕴更为丰富。《世间已无陈金芳》中如果没有赵小提的存在,则不免流于当下常见的下层小人物奋斗最终失败的故事套路。赵小提游走于陈金芳和b哥的圈子之间,以帮闲的眼光打量那些功名路上的或成功或失败的奋斗者,对于那个歌舞升平的名利场冷眼旁观,眼看他起高楼,眼看他宴宾客,眼看他楼塌了。在这样一种异质眼光里,陈金芳的悲剧才显出可悲而又可笑的内涵。可悲是因为她的努力只不过想活得有尊严一点,可笑则是因为她被这个时代追求"成功"的风潮所裹挟,一心在功名之路上狂奔,而这并不能真正获得人的尊严。小说的批判性不仅仅在于小人物无由出头的悲哀,更在于世人只以世俗"成功"为人生唯一追求,人人争做"成功人士"而无暇反思,这才是这个时代更大的悲哀。

这便是石一枫以赵小提、庄博益们为支点,撬起来的文学世界。帮闲式的眼光使作品具有宽厚的品质,又不失批判的锋芒。不过以帮闲作为支点,也常会削弱批判的力量。石一枫笔下的帮闲们,虽以清高自诩,终究是和光同尘,不免久入鲍鱼之肆;虽设置底线,但是帮闲的底线也常常若隐若现。鲁迅写过一篇短文《二丑艺术》,勾勒出"二丑"这种知识阶级的画像:他们不做义仆,因为义仆"先以谏诤,终以殉主";也不做恶仆,因为恶仆"只会作恶,到底灭亡"。他们"有点上等人模样,也懂些琴棋书画,也来得行令猜谜,但倚靠的是权门,凌蔑的是百姓,有谁被压迫了,他就来冷笑几声,畅快一下,有谁被陷害了,他又去吓唬一下,吆喝几声。不过他的态度又并不常常如此的,大抵一面又回过脸来,向台下的看客指出他公子的缺点,摇着头装起鬼脸道:你看这家伙,这回可要倒楣哩"!①这说的其实就

---

① 鲁迅:《二丑艺术》,《鲁迅全集》第5卷,第207页,北京,人民文学出版社,2005。

是帮闲。与鲁迅笔下的"二丑"相比，石一枫小说中的帮闲所处时代不同，与"权门"间或有更大腾挪躲闪的博弈空间，但仍有相通之处。无论多么自命清高的帮闲，长期在藏污纳垢之所厮混，逐日浸染，难免污浊。所以石一枫小说中的人物总是亦正亦邪，亦雅亦俗。私下里他们自视颇高，甚至以英雄自居。对于"俗人"，他们也不惮于责以大义，而当别人对他们做出类似的要求时，他们却又立刻就地打滚，以自污的方式逃避责任，甚至将一切期许与指责都归结为"装"。这又是无赖气发作了。这种价值立场的游移，源于性格的怯懦和对于责任的本能逃避，所以他们的道德观念和对社会病象的批判总是以消极退守的方式体现出来：虽然"我"不免"俗"，但是社会更"俗"，相比之下"我"的消极反倒显得"不俗"，甚至是"脱俗"；既认定社会太"俗"，也很容易本能地反对一切积极进取，将所有看起来"不俗"的人事言行都视为虚伪，加以嘲弄。这固然是因为社会上虚饰太多，美好的名词早已被污染，成为人们获取功名的终南捷径，但由此转以消极和敢于自污为荣，也不免沦为自己所鄙视的"俗"的一部分，很难自外于既有之"俗"。体现在语言层面，便是以痞子话语将自己的真性情藏于其中，兜鍪深隐其面，从而导致表达与交流的双重障碍，伤害了作品与世界对话的有效性，又因障碍而遭误解，因误解而自怨自艾，更生避世避人之心。只不过有人避往山林草野，有人避往闹市，避往女性的臂弯。

三、道德坚持：低调的圣徒与帮闲的权利

石一枫对逃避现实的"犬儒主义者"是有很多同情的，虽然他常常让这些"文化骗子"在作品里自我贬低，却也忍不住流露出对他们的欣赏与喜爱。这除了逃避沉重现实的成分外，还源于石一枫对于坚硬的道义姿态的警惕：道德会演变成一种新的权力，使人产生幻觉，沉迷其中，让人变得简单粗暴，不近情理，陷入"非黑即

白、非此即彼"的战斗思维。

在发表于2016年的一部中篇小说里，石一枫塑造了一个"特别能战斗"的老年妇女苗秀华。苗秀华不仅"能战斗"，而且"爱战斗"。如小说中所述，苗秀华的"战斗性"是被现实逼出来的。年轻时她也曾是"没说话先脸红，根本就不能跟人家吵架的人"，为了保护出身不好的丈夫，她只有变得强横。①在一个缺乏规则、不讲道理的社会环境里，处于弱势者只有靠"能战斗"才能勉强生存下去。她耍横、"犯浑"，是因为那些掌握了权力的人（哪怕是一丁点微末权力的小人物）根本不屑于讲理，只以"犯浑"的面目出现，也只愿意正视"犯浑"式的反抗。一个好的社会制度与氛围，可以让犯浑耍横的人变得温柔敦厚，而不好的制度与氛围，必然逼着温柔敦厚的人犯浑耍横。这是苗秀华生活其中也必须面对的社会环境。她正是从这里炼出了充满战斗性的生活经验与智慧。

在小说的前半部分，苗秀华的战斗是有合理性的。小说正面叙述的是一起小区业主维权事件。在面对物业违约侵犯业主权益时，苗秀华最早也最积极、最坚决地进入维权、战斗状态。在这一点上，她比大多数人更勇于维护自己的合法权益和尊严。而从现实的角度来看，当处于权力格局中的弱势者面对强势者时，也必须有苗秀华这样能战斗又愿意战斗的人出现，争取自身合法合理的权益。她的战斗，在维护自己权益的同时，也是在维护小区所有业主的权益。不论她个人性格喜爱不喜爱战斗，这时她身上显现出来的战斗性，都具有一定的自我牺牲色彩。与苗秀华相比，其他业主，包括叙述者小林，反倒显得自私怯懦。随后他们撇开苗秀华，背地与物业方妥协，一度获得了免费停车位的优惠条件，而这个优惠条件，正是因苗秀华的战斗得来。苗秀华付出了战斗成本，其他人不劳而获，这是典型的"搭便车现象"。在一个处于弱势需要争取权利的群体

---

① 石一枫：《特别能战斗》，《北京文学》2016年第5期。

中,如果所有人都持犬儒主义的人生态度,怀搭便车的心理,是不可能甚至也不配从强势者那里争取到合法权益和人性尊严的。

苗秀华的问题出在"革命胜利后的第二天"。"一直都在跟领导作对,所以也就从来没当过领导"①的苗秀华忽然成了"领导"——业主委员会主任,并带领众业主战胜旧物业,招聘新物业,成了新权力格局中的强者。战斗的胜利,使她自信心暴增,比如她也敢于直接批评叶教授这样的文化人了。战斗思维的延续,使她在挑选新物业公司时,坚信业主与物业之间只存在"客大欺店"与"店大欺客"两种可能,所以不选择有经验的大公司,而是选择了刚成立几个月的小公司,原因是小公司"听话"。虽然小说中的她并不贪钱,可她贪恋的是比钱更容易让人着迷的权力。②她沉浸于"当官"的快感中,给自己特设一间办公室,每天专职办公,事必亲躬,还给自己雇了一个秘书。部分业主不满于小区的管理现状和她的独断专行,要求更换物业和管理公开,她视为夺权和摘桃子。

她迷上了权力的滋味,沉浸在救世主的幻觉里,不肯放弃自己"打江山"得来的权力,因为权力是她带领大家战斗得来的,不能轻易让渡。在她带领大家与旧物业斗争时,是以弱者的身份争权利,为自己和他人谋福利,而此时的她自身已成为新的强权,她的独断专行甚至"夙夜在公"(每天在办公室工作十几个小时),都已构成对其他业主权益的侵犯。以救世主自居,不肯适时地让渡权力,也使她陷入了最常见的"打江山,坐江山"的权力循环,甚至将成长为新的暴君,变成了她曾经反对并最终推翻的那个权力怪兽。

据说缅甸有一个关于恶龙的传说:每年,这条龙都会要求村庄献祭一名童女。每年村子里都会有一名勇敢的少年英雄翻山越岭,

---

① 石一枫:《特别能战斗》,《北京文学》2016年第5期。
② 小说中将苗秀华描写成不贪钱财的人,也是为了更突出她"战斗性格"的纯粹性,以及权力腐蚀力的强大——即便是一个清廉正派的人,也会被权力异化。

去与龙搏斗,但无人生还。当又有一名英雄出发,开始他九死一生的征程时,有人悄悄尾随,想看看到底会发生些什么。龙穴铺满金银财宝,男子来到这里,用剑刺死龙。当他坐在尸身之上,艳羡地看着闪烁的珠宝,开始慢慢地长出鳞片、尾巴和触角,直到他自己成为村民惧怕的龙。①田秀华正如那个少年英雄,在"屠龙"时,她是为自己(顺便也为他人)争取合理权利的英雄,而在"革命成功"后,人们已经得到自己的权利,不再需要英雄——英雄总要代表他人,因而也总要侵占他人权益——她却难以克制权力欲望,利用在抗争过程中积累的威望(威望本身即一种权力),异化成自己抗争的对象,变为恶龙。

指望苗秀华能够跳出"打江山,坐江山"的权力循环,当然是过于苛求。她的战斗性格本身就源于恶劣的社会环境,她只信任战斗(其实就是强权)的力量,而不相信有理性的妥协和制度对人性的合理约束。她的精神与思想资源,也多来自影视文学作品里的战斗英雄、革命烈士和她数十年前所见过的干部,②甚至是特殊年代里的大字报。她源于恶劣的环境,在适应之后,又在强化着恶劣环境中既有的不公正、不平等的权力格局,如鲁迅所说,"这是互为因果的,正如麻油从芝麻榨出,但以浸芝麻,就使它更油。"③

石一枫从"特别能战斗"中抽象出来的是战斗思维、战斗性格。苗秀华的战斗性并非面对新处境的临时反应,而是从日常环境中浸染、磨炼而来,"特别能战斗"已经内化为她自身的气质,融入到血液里。而这种战斗性和她的支配欲又是连为一体的。她有着支配他

---

① 〔美〕艾玛·拉金:《在缅甸寻找奥威尔》,第95页,王晓渔译,北京,中央编译出版社,2016。

② 从田秀华在斗败原来的物业后的装扮也可以看出这一点:她"给自己添置了一件几十年前女干部标配的藏青色列宁装,穿也不穿个周整,而是像一件大氅一样披在肩上"。石一枫:《特别能战斗》,《北京文学》2016年第5期。

③ 鲁迅:《论睁了眼看》,《鲁迅全集》第1卷,第254页,北京,人民文学出版社,2005。

人的本能，在家支配丈夫、女儿，初见面便支配小林，成了业委会主任后自然支配其他业主和物业公司。她家庭的和谐，是以丈夫和女儿对她的绝对顺从为前提的，她在外面为家人出头，家人则接受她的保护，放弃在家庭事务上的发言权。在公众事务上也是如此，她通过为人战斗而将对方纳为保护对象，获得对他们的支配权——如小区的其他业主；她也通过与人战斗获得对对方的支配权——如后来的小物业公司。这种战斗思维与那种面对真正的强权时信奉犬儒主义的态度，又是一体之两面。因为肆意侵犯他人的权利与不敢争取自己的权利，都不能真正懂得人己权界，而只认同"战斗"，或因为敢战斗而勇于践踏别人，或因为不敢战斗而甘心被人践踏。

苗秀华身上的战斗气质之所以让人不舒服，其实主要在于"特别能"，即走了极端。战斗思维和战斗性在我们社会中多数人身上都有。我们毕竟与她分享着同样的生长环境，也分享着她身上的"战斗血液"，只不过一般人没有苗秀华那样坚强的意志，旺盛的精力——我们多数人只能做一个"弱化"的苗秀华。人们口头常说"有人的地方就有斗争""有人的地方就有江湖"，都说明了在我们这个社会里"斗争"的普遍性。这些斗争往往不以争取个人合理权益为诉求，不建立在尊重普遍适用的规则之上也不以建立良好规则为目的，甚至更多的战斗是不公开的，隐藏在黑影里。这些战斗比苗秀华的战斗更"高级"，更有策略，也更具有隐蔽性乃至残酷性。与之相比，苗秀华的战斗倒显得小儿科了。

在石一枫的笔下，与"特别能战斗"的英雄相比，"文化骗子"、犬儒主义者毋宁更让人愿意接近。他们顶多耍耍无赖，并不热衷于干涉别人。出于对道德英雄本能的警惕乃至恐惧，石一枫心目中理想的道德者都是温和而低调的，如《恋恋北京》中的董东风，《我妹》中的老岑、肖潇等人。低调意味着消极意义上的坚守，而非与世浮沉，流于犬儒和无耻。他们坚持自己，却不苛求别人；不同流俗,又不英气逼人。不为道德的光环所迷惑,不因道德坚守而独断专行,产生救世主的幻觉,因而能在自己和他人之间保持合适的界限。

这也源自对自身行为的反省和他人处境的理解。对自身有反省,就不会陷入道德权力的幻觉中,也不会有所谓的"装"。权力需要限制,道德权力虽是一种虚化的软性权力,一样可以使人内心膨胀,以宇宙真理在握者自居,变得专制蛮横,勇于粗暴干涉他人。于己,是使自己的心灵变得粗疏僵硬,缺乏对更丰富的世界和人生的感知;于人,是视天下人皆为蝼蚁而独自己为英雄救主——这其实恰恰丧失了道德追求与坚守的本意。

出版于2013年的《我妹》,讲述的是帮闲杨麦一度与世浮沉而最终在"义人"老岑、陈米(即"我妹")等人的感召下重拾道德坚守的故事。老岑身上有着浓烈的圣徒气息,是小说中的一面道德旗帜。他所以能够获得新时代"西门庆"李无耻和犬儒主义者杨麦的尊敬与认同,正是因为他的道德理想主义不具有攻击性和侵略性。他自己义无反顾地与一切丑恶现象斗争,却不以此骄人。他对他人的道义影响,只通过身体力行的示范来实现,润物细无声。杨麦年轻时曾是他最看重的记者,甚至被人们视为他事业的接班人,可是杨麦性格柔弱,既不肯投入艰苦的维护道义的斗争,又不能无底线地加入攫取财富的无耻狂欢,在青年时代一度旺盛的道德激情消逝以后,就迅速地流入犬儒主义式的帮闲生活,一边心存愧疚,一边为自己辩解。可是老岑不以为忤,并不因杨麦的退出而认为他懦弱,而是仍然认定他是好人,因为心软才老躲着自己。他对杨麦的选择表示理解,并将自己的义无反顾归结为没有牵挂,因而认为大家都不过是(有缺陷的)凡人,不觉得自己高尚而别人懦弱。[①]当然,老岑的选择并不能单单用没有牵挂来解释,因为没有牵挂的人也未必会选

---

① 石一枫:《我妹》,第261页,北京,外文出版社,2013。

择做圣徒,有牵挂的人也未必便没有坚守。不过老岑不因自己的道德操守产生幻觉,保持着低调而清醒的自我认知和对他人处境的理解,是很重要的,也是许多道德义士缺乏的。

实际上在石一枫看来,即便是如此温和的道德主义也有可能令人不安。杨麦虽然后来重拾道德理想,但是他的帮闲生涯并非一段可有可无的插曲。他的帮闲视角作为一种重要的力量平衡甚至制约着老岑式的道德理想主义。杨麦当然是尊敬乃至有一些崇拜老岑的,但也害怕老岑。他不愿意见老岑,固然是因为他的理想主义情结并未褪尽,心怀愧疚,也有着对于老岑这种圣徒式坚守本身的恐惧。见到老岑,就必须直面人生中那些沉重得令人窒息的苦难,这本身就让人产生压力。所以他一面为老岑的道义坚持、对他人苦难的关注所感动,视之为精神导师,认为"他的形象就多少具有了圣徒的意味",但是又迅速予以解构,不以为他的情操有多么高不可攀,认为他义无反顾地坚持道义的决定性动力在于个人不幸经历及其带来的精神创伤,甚至是一种病态。①这套说辞和老岑的自我剖析如出一辙,但是出自不同人之口,意义却有不同。于老岑而言,这是对自己可能具有的道德权力清醒的克制;对杨麦来说,就不免流于寻找口实。人的处境固然不同,可是任何处境都有可能成为坚持的动力,也有可能成为放弃的借口。朱熹批评人不肯读书时曾说,"人多言为事所夺,有妨讲学。此为'不能使船嫌溪曲'者也。遇富贵,就富贵上做工夫;遇贫贱,就贫贱上做工夫。《兵法》一言甚佳:'因其势而利导之'也。"②处境并不能解释一切。

石一枫刻意在小说中加入杨麦这一视角,并非是要讲述一个"浪子回头"的套路故事,而是担心老岑式的道德理想主义成为书中的唯一声音,形成对于书中其他人物乃至读者的压抑与侵略,强调

---

① 石一枫:《我妹》,第44-45页,北京,外文出版社,2013。
② 朱熹:《朱子全书》第14册,第284页,上海,上海古籍出版社,2002。

人有选择生活方式（包括帮闲式生活方式）的自由。他并不认同帮闲式的价值观，称之为犬儒、逃避。可是人难免有软弱、逃避的时候，也有软弱、逃避的权利。道德主义的坚守必须源自自我的理性选择，而非外力的裹挟。当杨麦去见躺在病床上的老岑时，他一度怀疑老岑是想最后争取他："这老头儿太幼稚了。都已经过去多久了，老记着这个旧茬儿，人还怎么过日子呀？再说句像李无耻一样无耻的话，现在我是谁他是谁呀，他还想挽救我呢，谁挽救谁呀？"①看似矛盾的是，当他认为老岑想"挽救"他时，他愤愤不平，而老岑并没有"挽救"他，最后他却回到了老岑的路上。这正是因为"挽救"这一行为的双方是不平等的：一方全知全能，高高在上；另一方懵懂无知，俯伏在下。被挽救者不具备与挽救者平等对话的能力，也被剥夺了理性思考的权利。人的精神觉醒只能是自我理性思考的结果，而不应靠别人的灌输、"挽救"。

在石一枫看来，即便是真正的圣徒，也不必人人皆要去做。人有选择非圣徒式生活的自由和权利，这也正是真的圣徒们怀着高贵的自我牺牲精神奋斗的目标。一个道德行为，只有出自道德主体的理性选择，才是真正合乎道德的。而一个无法做出自主理性选择的人，是精神上的未成年人，也不可能有真正的道德坚守。杨麦心怀愧疚地随波逐流的那一段生活，看似走了弯路，实则意义重大，因为正是这一段帮闲生活，证明他后来的"回归"，是真正理性的选择。

石一枫的小说具有很强的可读性。这首先因为他的语言天赋，机智俏皮的口语，即便"一腔废话"也能说得趣味横生。他的小说情节也暗合了许多通俗文学的"套路"，譬如"英雄救美"模式、"浪子回头"模式等。当然，石一枫的"浪子回头"与传统的套路多有不同。传统小说中的"浪子回头"是幡然悔悟式的，剧中人物最

---

① 石一枫：《我妹》，第260页，北京，外文出版社，2013。

后总是觉今是而昨非,常以对主流道德的认同来否定从前的"误入歧途",稳固既定的社会价值观。而石一枫的小说着力最深之处,恰在于对既定价值观念的松动,拒绝任何绝对真理。这影响到他的写作姿态,是与读者及小说中人物平等的,常以调侃语气出之。在脱离"顽主腔"之后,他的小说基本是在"帮闲腔"与"圣徒腔"之间的摇摆回旋,这也使得他的叙述口吻从容自如,说帮闲虽油腔滑调却不流于虚无,谈道德虽一本正经也能亲切自然。

本文原刊于《当代作家评论》2017年第3期

取舍之间,知行之界

——作家韩少功的思想姿态

何吉贤

从反思"文革"到文化"寻根",从"现代派"的形式实验,到文体融合的创作,从创办杂志,到以不同的写作方式介入当代知识界的争论,韩少功的文学实践,文学和思想一直构成了独特的张力。韩少功的文学写作从写实起步,但自20世纪80年代中期始,即走向了高度象征和抽象式的写作,作品具有丰沛的思想性,"说韩少功是一位很理性的小说家,似乎在文学圈内已经成为一个毋庸置疑的定论"。[①]90年代中期之后,在"现代派"作家整体上向"写实"回归的"进步的回退"中,韩少功却大体上置身潮流之外,一方面仍然坚持文学的"形式创新",追问叙事背后的"语言"和"具象"问题,写了《马桥词典》和《暗示》等。另一方面,以大量的散文随笔、演讲对话等,介入当代思想议题,由此也有了《日夜书》《革命

---

① 吴亮:《韩少功的理性范畴》,《鞋癖》,第299页,武汉,长江文艺出版社,1992。

后记》等"跨文体"的写作。

　　作为一位具有高度思想性的作家,一位主要以文学的方式介入当代思想讨论的"公民知识分子",作家韩少功的思想姿态是极其独特的,他的思考几乎涉及了当代中国的所有重大问题,举凡对"文革"的反思、对"文革"反思的反思,专制和民主,道德、理想和人伦、欲望,"全球化"及其后果,资本及其权力关系,语言、历史和政治,国界、民族和东亚问题,文化传统及其当代传承,中国式思维及其日常展现,等等。阅读韩少功,会有一种置身80年代至今中国人的精神现场的紧张感,伴随他穿越精神的困惑、痛苦、迷茫和挣扎,穿越人心的腐败、糜烂、昂扬和思考,这正如鲁迅一样,踏过"民初"、五四后的寂寞"古战场""新文苑",走进二三十年代战争、革命的"绞肉"现场,始终未曾转头或无视,紧紧扼住中国人精神的命脉。韩少功所走的是中国现代文学由鲁迅开创的道路:直面当下社会中的各种困苦和艰难,对此有深刻的体认和洞察,并由此深入人们的精神,对事物背后的各种关系穷追不舍,去揭露这些关系背后的各种权力网络。在韩少功的文学世界中,吸引人的不是阔大的场景,丰沛的人物画廊,更不是高雅细致的文学情调,李陀说,韩少功的《马桥词典》和《暗示》是"专门针对中产阶级趣味的'另类写作'",[1]在这一脉络上,韩少功写作的魅力主要在于与当代问题的紧密纠缠,在于连绵不绝、"清醒"亲切的现实思考,在于执着于大地、执着于周围人群的"韧"的精神。在韩少功的文学世界中,文学与思想相互滋养,文学因而深刻,思想为此丰润。文学的边界被拓宽,思想的形式被超越。在当代中国文学版图中,韩少功的同行者并不多,张承志可算一个。

　　"把文学写成理论,把理论写成文学"(李陀语),当然是一种极

---

[1] 李陀:《〈暗示〉:令人不能不思考的书》,廖述务编:《韩少功研究资料》,第661页,天津,天津人民出版社,2008。

端的说法，但韩少功文学写作中的思想姿态确实是一个令人瞩目的现象。也许是韩少功处理的思想问题过于庞杂，从文学向思想穿行的领域过于广阔，尽管有不少论文涉及处理韩少功写作中的理论和思想[①]问题，但全面性梳理韩少功思想性工作的研究仍然少见。[②]本文目的也并非在此，也许，在有限的篇幅内，我只能如韩少功所言，走进他写作"后台"[③]的一些角落，以期一些"智巧的会意""同情的共振"。至于全面梳理韩少功的思想工作，只能留待另外的机会，在一个更大的框架和篇幅下来完成。

一、文学与思想的张力：文学如何对思想说话？

在谈到昆德拉小说中第三人称叙事中插入很多第一人称的议论的问题时，韩少功引用了批评家李庆西关于小说理念化的说法，认为"文以载道"并不错，小说的理念有几种，一是就事论事的形而下，一是涵盖宽广的形而上；从另一角度看去也有几种，一种事关时政，一种事关人生。事关人生的哲学与文学血缘亲近，进入文学一般并不会给读者理念化的感觉。而在人生问题之外去博学和深思，

---

① 经过后结构知识熏染的批评家，在使用"思想"和"理论"时会抱持谨慎的态度，我们可以注意到，李陀在谈论韩少功的写作时，一直使用"理论"而拒绝"思想"一词。但在笔者看来，对于对解构理论深有了解，却持续探索"中国式"思维特点的韩少功来说，"理论""思想""哲理"等说法都有一定的外在性，无法准确概括，因而任何概念的使用可能都是策略性的。

② 笔者所见，以梳理韩少功阶段性或特定文体思想性内容的论文包括孟繁华：《庸常年代的思想风暴——韩少功九十年代论要》（《文艺争鸣》1994年9月号）、李少君：《思想的分量——评韩少功的随笔》（《文学自由谈》1995年2月号）、龚政文：《试析韩少功思想随笔的思维方法》（《理论与创作》2010年11月）、段崇轩：《思想、文体驱动下的"先锋"写作——韩少功小说论》（《创作与评论》2011年10月号）。

③ 韩少功有一篇随笔名为"在小说的后台"，后改名"在后台的后台"，收入随笔集《完美的假定》，北京，昆仑出版社，2003。

则会造成理论与文学的功能混淆。①韩少功写这段文字的时间是1987年1月,他对于理论的敏感和抽象思考的能力已在两年前发表的《文学的根》和一系列"寻根文学"的代表作《爸爸爸》《女女女》《归去来》等中得到了表现,而实际上,在更早时候的创作初始阶段,韩少功即已表达了在处理理性思维与文学的形象和感性思维关系时的困惑和感受。在写于1981年的小说集《月兰》的后记中,他这样说:"思想性往往破坏艺术性,文学形象有时也不足以表达这些思想性,这是我至今没有摆脱的苦恼。在我的'知识结构'和'社会结构'中,哲学和政治始终闪着诱人的光辉。关心理论已成嗜好,抽象剖析已成习惯。没有办法,这种状况制约着创作,当然有时效果自认是好的,有时却是很不好的。"②

"新时期文学"肇始于对"十七年"文学过于理念化从而将文艺等同于宣传和说教的反拨。作为一位敏锐的观察者,韩少功也早早注意到了"新时期文学"与"十七年"文学偏于说教的缺陷的相连性。也是在写于1981年的一篇文章中,韩少功指出:"个别表现'伤痕'有缺陷的作品,倒不是因为他们如有些批评家所言太多讲求了客观真实;恰恰相反,是因为作者太想表现主观意念,太想图解自己发现的某些'本质',结果背弃了自己的生活感受,与粉饰文艺在艺术上殊途同归,失之于概念化和简单化。"③作为一位优秀的作家,韩少功还是一再对小说中过多的理念因素表达了自己的怀疑,认为理论的直露性,理论的过度自信总是带来某种局限,"在文学领域里,直接的理念或由人物扮演着的理念,与血肉浑然内蕴丰富的生

---

① 韩少功:《米兰·昆德拉之轻》,此文为《生命中不能承受之轻》译序,见《熟悉的陌生人》,第295页,上海,上海文艺出版社,2012。

② 韩少功:《月兰·学步回顾——代跋》,第267页,广州,广东人民出版社,1981。

③ 韩少功:《"本质"浅议》,《熟悉的陌生人》,第241页,上海,上海文艺出版社,2012。

活具象仍然无法相比"。但边界清晰、似乎"纯然天成"的文学显然不能使韩少功满足，在他的文学构想中，小说使用文字作为媒介，最终还是摆脱不了与理念的密切关系。因此，"既然人的精神世界需要健全发展，既然人的理智与情感互为表里，为什么不能把狭义的fiction（文学）扩展为广义的literature（读物）呢？"在这样的文学中，理论与文学可以结合，杂谈与故事可以结合，虚构与纪实可以结合，梦幻与现实可以结合，通俗性与高雅性可以结合，现代主义先锋技巧与现实主义传统手法可以结合。[1]这里说的是米兰·昆德拉，但参之韩少功之后的文学选择，何尝又不是他的夫子自道呢？

尽管韩少功创作中的理性因素和思想层次很早就被人注意，也被其本人自觉，但在其早期创作中，理性和思想还是一种潜在的因素，它们潜伏在韩少功主要以虚构性写作表现出来的文学写作的背后，作者一直在感性和理性、文学叙述和思想表达间寻求某种平衡。1987年，在接受台湾作家施叔青的访谈时，韩少功还表达了在此间寻求平衡的某种困惑，他承认：我自觉理性在很多时候帮倒忙，但也不否认有时候从理性思维中受益。而要减少理性的负面功能，"最好的办法不是躲避理性，不是蔑视理性，是把理性推到内在矛盾的地步，打掉理性可能有的简单化和独断化，迫使理想向感觉开放"。[2]也就是说，尽管在早期的创作中即已表现出了长于理性抽象思考的特点，但在这一阶段，韩少功的思想还是经由狭义上的"文学"形式表达出来，或者说，思想的表达还没有成为形式创新的构成要素甚至重要动力，这要到更晚的时候。

韩少功曾言："80年代是一个天真的早晨，90年代才是一个成熟

---

[1] 韩少功：《米兰·昆德拉之轻》，《熟悉的陌生人》，第296页，上海，上海文艺出版社，2012。

[2] 韩少功：《鸟的传人——答台湾作家施叔青》，《熟悉的陌生人》，第277页，上海，上海文艺出版社，2012。

的正午。"①真正的转变发生在90年代。1993年随笔集《夜行者梦语》，尤其是1996年长篇小说《马桥词典》的出版在韩少功自身的转变和成熟，乃至对90年代氛围中的中国文学和文化都是某种标志性的事件。对韩少功而言，由于直接置身于当代中国思想论争的第一线——先是人文精神讨论，继而是"马桥事件"，再接着是知识界的"左右之争"，他的思想言说变得频密、系统，从而也更加摇曳多姿。另一方面，理论性的思考也转化为文学形式创新的重要因素和动力。也许是在当代问题的追迫和文化历史的思考中找到了更多的依据，90年代中期以后的韩少功，已不再有关于感性和理性平衡问题的焦虑。如果说早期创作中体现出的理性思考偏好出于某种个人的禀赋、阅读的经验等，有一定程度上的形而上意味，那么，到了这个时期，理性的思考、思想的言说，则成了一种自觉的追求，而且，这种追求往往是问题主导型的，越是抽象的，就越是当下的。在再谈到文学中的理性和感性关系这个问题时，他这样说：没有问题追逼的文学是无聊的文学。……思想和感觉都能把握问题，而思想对于艺术来说是一个"载舟覆舟"的问题。一味跟着感觉走，可能是很棒的艺术家，也可能是很糟的艺术家，而有思想的艺术家，情况也是这样。②

感性和理性、"文学"和理论的融合和平衡在韩少功可能已不再是问题，但对于一般读者而言，它确实提出了某种阅读的挑战。但对于另一些更有心的读者而言，文学和理论的张力，恰恰构成了阅读韩少功的一个特殊魅力。我愿意用韩少功自己的一个比喻，就是文学和理论在他的创作中犹如是一种"圣战与游戏"的交替：文学创作者是游戏者，从不轻诺希望，视一切智识为娱人的虚幻。同时他们又是圣战者，绝不苟同惊慌和背叛，奔赴真理从不会趋利避害

---

① 《韩少功王尧对话录》，第70页，苏州，苏州大学出版社，2003。
② 韩少功：《超主义的追问与修养》，《在小说的后台》，第178页，济南，山东文艺出版社，2001。

左顾右盼,永远执着于追寻终极意义的长旅。①我觉得这应该与韩少功本人的文学追求有关,韩少功曾说过:我再一次确认,选择文学实际上就是选择一种精神方向,选择一种生存的方式和态度——这与一个人能否成为作家,能否成为名作家实在没有什么关系。②"我还是只能立足于自己的生活感受,只能在不同的文体中穿插,来点不讲规则的游击战。也许中文是一个很方便打游击战的武器,也许笔记体文学也是一个最方便打游击战的武器。"③在韩少功这里,文学是追问世界的一种需要,它既是生活的,又是精神的,既是个人的,又是超越于个人的。

值得注意的是,韩少功创作中文学和思想构成的张力独特性地成为了推动他对文学形式进行创新的重要动力之一。《马桥词典》之后,他开始了"跨文体"的写作实验,这已经不是简单地在文学与理论思考之间进行平衡和综合的努力,而是一种重要的文学创新。蔡翔将《暗示》的出版称为中国当代文学史上的一个"事件",④并未言过其实。韩少功的这一努力和典范性创作,使中国当代文学挣脱了"纯文学"的桎梏,极大地拓宽了中国当代文学的边界,也为80年代中期开始,90年代趋于沉寂的"现代主义"创作"续命"走上了一条"无边的道路"。韩少功的"转变"是自觉的,他认为,与西方的"纯文学"传统相比,中国文学从来以"杂文学"为传统,文史哲不分家,三位一体,思想(甚至理论学术)从来不被排除在文

---

① 韩少功:《圣战与游戏》,《熟悉的陌生人》,第201页,上海,上海文艺出版社,2012。

② 韩少功:《我为什么还要写作》,《在小说的后台》,第63页,济南,山东文艺出版社,2001。

③《韩少功王尧对话录》,第215页,苏州,苏州大学出版社,2003。

④ 蔡翔:《日常生活:退守还是重新出发——有关韩少功〈暗示〉的阅读笔记》,廖述务编:《韩少功研究资料》,第393页,天津,天津人民出版社,2008。

学艺术之外。①韩少功开始的文学实验,已被一些敏感而重要的作家察知,格非、莫言乃至余华、阿来等在新世纪的创作中,已越来越多地出现了"跨文体"的"文体融合"现象,对于当代文学而言,这是一个令人瞩目的可喜变化。

二、"文革"叙述的"方法论"意义

"文革"经历,6年(1968—1974)的知青生活,4年(1974—1978)的县文化馆干事工作,是韩少功创作和思考的"原点"。韩少功的创作起于乡村经验,起于对"文革"的反思,但不像一般"知青作家"甚或"五七归来作家",乡村和"文革"经验只是其进入或"重回"文坛的起点,"文革"及其间的乡村经验,在韩少功这儿,像"原爆"中心,一波波向外漾展,激起情感、记忆、思想的回旋,而也正像情感、记忆、经验甚至历史的发展不是线性推进一样,这些"回旋"来回波动,结构和塑造着作家的当代思考和判断。很少有一位当代作家能像韩少功这样,叙述不断地回到"文革",思考也不断地回到"文革",在我看来,对"文革"的不断回返和不懈追问,在韩少功这里,已趋于某种理论化的工作,成了一种范式性的"方法论"。张承志在重新修订《心灵史》时,强调了世界性的"革命的60年代"对他创作的意义,"文革"经验,及对"文革"经验和记忆当代呈现的不断思考,对韩少功也具有"原理性"的意义。

后来的读者回读韩少功最早的小说集《月兰》,②可能会感到吃惊,吃惊于里面的很多小说与当时的核心政治(其实也是当时社会最重要的思考)结合的紧密程度,如《吴四老倌》《月兰》中讲的普

---

① 韩少功:《超主义的追问与修养》,《在小说的后台》,第78页,济南,山东文艺出版社,2003。
② 出版于1981年,收《七月洪峰》《月兰》《西望茅草地》《回声》等9篇早期小说。

通农民对"文革"的反抗;《七月洪峰》《夜宿青江浦》中讲的老干部的复出;《回声》中讲的"文革"造反运动中的地痞化等等。另一方面,韩少功后来创作中的很多因素在这些作品中也已经露出了端倪,如对底层生活的贴近,奇异的民俗和文化的展现,在一个大的时代背景下,普通人的惊悸、顺从和反抗,等等。这些因素在后来的小说,如《鼻血》《领袖之死》《那年的高墙》《鞋癖》等中都得到了进一步的发展。

在与施叔青的访谈中,韩少功说道,自己早期创作的是问题小说,以文学机械地为政治服务,后来对政治有新的反省,以为政治不能解决人性问题,进一步思索人的本质、人的存在,考虑到文化背景,需要对人性的阴暗面有更为足够的认识,也希望对新的小说形态有所试验。[①]这当然是一种较为简略的概括,韩少功"知青作家"阶段对"文革"的叙述也并非那么平滑,正如上文中提到的,这些创作中已蕴含了后来作家对"文革"再思考和叙述的一些因素。本文关心的并非韩少功关于"文革"的阶段性叙述或片段性结论,而是他如何将关于"文革"的叙述和思考提炼成某种结构性的因素或象征符号,用以叙述历史、观察中国、判断现实和展望未来。在这个意义上,韩少功发表于2008年的《第四十三页》[②]是一篇值得重视的小说。

小说中,一位火车乘客,乘上了一列逆行的时光列车,在分裂的时间中穿行。乘客是一名当代人,而周围的乘客都是"文革"时代的人,他们没听说过可口可乐,不知道手机为何物,物质贫穷,衣着简陋,身上"散发着红薯的气息",但认识一致,行动坚决。与物质化的现在构成了鲜明的差距。小说中一本名叫《新时代》的杂

[①]《鸟的传人》,见《进步的回退》,第272页,上海,上海文艺出版社,2012。

[②] 最初发表在《北京文学》2008年第Z1期,获同年"《北京文学》优秀作品奖"。

志,它是关于历史记忆、历史叙述的隐喻,是连接历史与现实的媒介。在杂志的第43页处,历史发生了转折,历史在一场事故中发生了断裂——长于数学思考的韩少功在这里玩了一个小小的数字游戏,"43+49"是"92",熟悉中国当代历史的读者不会不知道1992年中国发生了怎样的历史转折。因此,从叙述中国当代历史,叙述"革命史"的意义上,在韩少功这里,"文革"恰恰不是某种"空白"和断裂,转折也发生在别处。小说的叙述者是一位"逃出小说的主人公",他来到现时代,处身"被速度压瘪了的车厢",看到的是"一沓薄如纸片的窗口"。值得注意的还有小说的两则附记,附记一通过主人公阿贝的态度,表明了当代人抗拒历史记忆,拒绝历史叙述的某种选择;附记二则通过"老妇人"的威胁起诉,表明了关于历史叙述的争执,对"真实性"的争夺和抗拒。这篇叙述平实却又高度抽象的小说其实是一面镜子,印证了当代中国人身处激烈巨变的时代(列车),面对无法割断的革命历史,尤其是"文革"历史的情感、记忆、人事、利益、观念的纠缠,而经历的困惑、不安、痛苦和分裂。在韩少功众多关于"文革"的叙说中,《第四十三页》可以是一个阅读的起点。

韩少功的"文革"叙述执着、丰富、深刻,是中国当代文学中罕见的"富矿"。在不同的阶段,面对不同的对象,有不同的重点。但一以贯之,按照他自己的概括:"我的重点,是想把'文革'说得复杂一点,言人之所未言,言人之所少言。"[1]他首先批评的是对"文革"的一种肤浅认识,就是把它作为一种道德上的偶然的悲剧,是一些坏人做了一些坏事。[2]根据自身的经历和观察,韩少功用各种不同的叙述方式,展现了"文革"本身极为复杂的过程;"文革"不同阶段不同参与人群如"红卫兵"的构成、不同构成人群的思想资源、

---

[1] 韩少功:《穿行在海岛和山乡之间——答〈深圳商报〉记者、评论家王樽》,《进步的回退》,第308页,上海,上海文艺出版社,2012。

[2] 《韩少功王尧对话录》,第6页,苏州,苏州大学出版社,2003。

政治诉求、运动参与方式及其政治后果等；他探讨"文革"的起源，更追问"文革"的自我瓦解和结束；他展现"文革"的荒诞、非理性和灾难，也展现这些非理性行为背后的逻辑，他更汲汲于"后文革"时代，"文革"的记忆、身体和认识再现。

他的"文革"叙述不是简单的知识分子或"受害者"的"伤痕史"，他以自身的经历指出，知识分子是参与了主流话语生产的，"我也是其中的一个。我1974年开始写作，写了农业学大寨，写了批判资产阶级法权，这算是半错。我还写过防止地主搞破坏的小故事，这属于全错。"[①]他还特别提到，《芙蓉镇》写一些"右派"在"文革"中受害，只是写出了一部分真实，当时包括很多"右派"在内的社会各阶层，曾经以"文革"的名义要求社会公正，而他们的不无合理的动机又带来了荒谬或暴力，甚至给其他人造成过伤害，这些复杂的过程还缺少知识上的清理。"当时受害者也往往表现出施害者同样的思维方式和行为方式，这种结构性的社会病相，这种冲突双方的互相复制和互相强化，是'文革'重要的奥秘之一，在简单的道德批判中却一直成为盲点。"[②]导致这种认识的原因恰恰是多年来对"文革"缺乏如实分析和深入研究的结果，"我们不要在人事上算旧账，对历史恩怨要淡化处理，这是对的，但不能没有严肃认真的学术探讨，更不能随意地掩盖历史和歪曲历史"。[③]"文革"造成的人道灾难毋庸讳言，但与其简单地控诉，不如思考造成这种灾难的历史根源及其后果。而且，即使是在"极权"最为严重的"文革"期间，革命的某些内容仍在延续，"自力更生，艰苦奋斗，教育改革，合作医疗，文艺下乡，两弹一星，南京长江大桥，杂交水稻，干部参加劳动，大搞农田基本建设，建立独立的工业体系，还有退出

[①]《韩少功王尧对话录》，第28页，苏州，苏州大学出版社，2003。
[②]《韩少功王尧对话录》，第13页，苏州，苏州大学出版社，2003。
[③]《韩少功王尧对话录》，第12页，苏州，苏州大学出版社，2003。

'冷战'思维的'三个世界'外交理论,等等"。①提到这些,韩少功当然不是要为"文革"评功摆好,而是不赞成在批判"极权"的同时完全否定革命,不赞成给一个革命与"极权"相交杂的社会形态贴上简单的道德标签,"那只能增加批判极权政治的难度,甚至最后需要借助谎言——那不是'文革'式地批'文革'吗?"②

韩少功"文革"叙述中的阶段性思考和片段性结论读来令人深思,且具有特定的针对性,尽管有些叙述和结论从不同的视角看也值得再探讨和斟酌。但重要的不是他的叙述或结论,而是他对待"文革"叙述的态度和思考"文革"的方式。之所以说"文革"在韩少功这儿已有了"方法论"的意义,不仅仅是因为"文革"是他叙述、想象和思考的原点,更因为关于"文革"的叙述和思考,在他这儿已超越了具体的"文革"经验本身,而成为一个认识中国历史和文化,判断当下社会变动的实质,预判未来发展的一种认识机制。

概而言之,作为方法论的"文革"在韩少功的经验、创作和思考中可能但不止于包含了以下这些因素:

一、"文革"来自于个人经验,又超越了个人经验,它既是外在的身体"创伤"经验和激情沉淀,又潜伏和缠绕于内在的记忆和心理结构之中,因此它无法止于官方的抽象决议,也不会消失于全面的"否定"。对于韩少功而言,它是"失父之痛"的事件,是个人成长的源头,是青春,是冒险,是激情,是苦难,是个人性的成长记忆,又是充满争议的公共性的历史,在个人和历史之间,它有着某种警示性的意义。

二、"文革"不仅仅是某个固定性的事件,它作为阿兰·巴迪乌意义上的"事件",是激发和开启历史各种因素的契机,在一个动态的结构中,它的起源和终点无穷无尽,它是一面多面体的镜子,又

---

① 《韩少功王尧对话录》,第12页,苏州,苏州大学出版社,2003。
② 《韩少功王尧对话录》,第19页,苏州,苏州大学出版社,2003。

是某些隐含的趋势的源头。

三、"文革"提供了关于中国历史、文化和人性的某种隐喻，它是观察中国历史的一个窗口，又是进入当下中国问题核心的一个入口，它既内在又外在，既欲摆脱清洗却又缠绕不休，既欲否定抹平却又不停触碰。对于当代中国人而言，"文革"言说具有强烈的当下性，言说"文革"就是言说当下。

在谈到"寻根"文学与自己的关系时，韩少功曾说过："'寻根'跟我的一篇文章大概有点关系，实际上当时考虑到这一层的远不是我一个。阿城、李杭育、李陀、李庆西、郑万隆、贾平凹等也写过一些文章，都是一些有知青经历的人，可见大家在'文革'中的生活经历正在事后发酵。"[1]在接受施叔青的访问时，他也谈道："很多知青作家关注本土文化传统，与他们的经历可能不无关系。他们或是当下放知青，或是当回乡知青，接触到农民和乡村，积累了一些感受和素材。你应该知道，礼失求诸野，很多中国文化的传统是保留在农民和乡村那里的。就算是'文革'中的'横扫四旧'，农村受到的冲击也相对少一些。"[2]"知青"和回乡知青都有过一段艰苦生活的锻炼，在艰难的乡下生活中，磨炼了眼光、意志和对底层生活和中国社会的观察方法。同时，"文革"中的阅读"禁书"经历，又培育了他们对文化和社会问题的深刻的理解力。"中国新时期作家，还有他们史无前例的广阔眼界和深入思考，都是'文革'孕生出来的。"[3]关于这些"知青"作家以及进入哲学和社会科学及其他领域的"知青"一代，可以开出一个长长的名单，他们仍然在对当代中国产生着重大的影响。

---

[1]《韩少功王尧对话录》，第56页，苏州，苏州大学出版社，2003。

[2]《鸟的传人》，见《进步的回退》，第273页，上海，上海文艺出版社，2012。

[3]《胡思乱想——答〈北美华侨日报〉记者夏瑜》，《进步的回退》，第286页，上海，上海文艺出版社，2012。

近 30 年来，中国当代文学，尤其是长篇小说的创作中，"重述20世纪"中国，其中主要是20世纪中国的革命历史，已蔚为风潮，当代中国多数重要作家已卷入此一风潮之中。①值得注意的是，这一创作潮流是在思想界和学术界关于20世纪中国历史的叙述处于论争的状况下展开的，文学由此开风气之先，是令人瞩目的现象。也是在这一背景上，韩少功作为方法论的关于"文革"的叙述和思考才具有特别的意义。

三、理论的实践性与"当下性"

在《韩少功王尧对话录》中，王尧提到了，"从《马桥词典》到《暗示》，你在小说化叙事中加进了很多思想随笔的因素。从手法上看是这样，实际上你是把很多思想和思考发挥了出来，造成这样一种新的文体功能。"这样做的目的不是为了写论文或论著，而是"为文学服务……是为了拯救感觉，解放感觉，寻找某种新的感觉通道"。韩少功回答："如果说我在写作中运用了思想，更多的时候只是为了给感觉清障、打假、防事故，是以感觉和感动为落脚点的。我并没有当思想家或理论家的野心。""对于人的精神来说，思想与感觉是两条腿，有时左腿走在前面，有时右腿走在前面。"②也就是说，在韩少功这里，文学叙述和思想表达互为整体，但思想是为文学开路和服务的，思想的表达最后还要落实到文学的感觉上，因为生活本身处在感性的包围之中，而还原生活的丰富感性和感情触角正是文学的责任和所长。

---

① 关于此一潮流的初步梳理，见何吉贤、张翔、周展安"重述20世纪中国"三人谈系列。之一：《当代小说创作中的"重述20世纪中国"潮流》；之二：《"20世纪中国"的自我表述、重述和再重述》；之三：《"重述20世纪中国"的乡村视野》，分别刊《21世纪经济报导》2015年5月4日、11日和31日。

② 《韩少功王尧对话录》，第239页，苏州，苏州大学出版社，2003。

由于个人禀赋、经历和学养的差别，韩少功的这一文学和思想取径极为独特。上文提到过，当代中国作家中，能与他同样比肩的可能只有张承志等少数作家。韩少功也提到过，反过来，当代有几位优秀的批评家也在尝试用文学的方式表达思想，如蔡翔、南帆等。如此说来，除了韩少功构造的充满张力的文学世界给文学形式和文学叙述带来的冲击和变化外，他以文学的方式呈现的思想，尤其是其呈现思想的方式，其思想落实的特点，也是值得特别注意和专门讨论的。

韩少功多次表示：我并不特别关心理论，只是关心理论对现实的解释。① 由一位作家提出这样的说法并不十分特别，因为经验和现实本来就是作家写作的来源和大部所归。但这一说法出自对理论和思想有特殊癖好和思考能力的作家韩少功，却不是一般性的说法，有着特别的意味，因为韩少功对这一问题所包含的一系列相关问题，诸如知识和理论、生活与实践的关系，理论和思想的来源与不同层次；理论的局限及其相对有效性；理论在现代社会的变异，理论推向极端化之后的危害；当代社会理论的实践性等等问题，都有系统的追问和思考。

知识和理论来源于生活和实践，这原是一个朴素的道理。问题是知识和理论一旦脱离生活和实践，进入书本，就掩盖了与生活和实践的来源关系，有了自我繁殖的功能。于是知识成了知识分子的专利，尤其是进入现代社会，知识生产更被牢牢地囚禁在书本和知识分子的圈子中。现代中国的发生与现代知识的生产和传播紧密相连，但在现代中国，伴随现代知识生产的还有一个知识和文化的普及和"下行"趋势，尤其是在现代中国革命的历程中，知识和文化的普及，知识、文化与生活、实践的关系一直受到强调。韩少功的思考显然面对着这一困境，也处于现代中国这一努力的脉络中。

---

① 《韩少功王尧对话录》，第239页，苏州，苏州大学出版社，2003。

作为一位作家,韩少功在关注到现代知识局限性的问题时,也注意到了知识与智慧、知识与心灵和情感的关系问题。在回答孔见的访谈中,韩少功谈到,农民也有知识,尤其有传统性和实践性的知识,只是这些在当今社会被边缘化,不被认为是知识。大多数农民对社会也有切实的敏感,不会轻易被新理论和新术语蒙住,把问题简单化。"文明成长离不开大量活的经验,离不开各种实践者的生存智慧。看不到农民智慧的人,一定智慧不到哪里去。……文人的知识通常来自书本,不是来自实践;是读来的,不是做来的。这种知识常常不是把问题弄清楚了,而是更不清楚了;不是使知识接近心灵,而是离心灵更远。"韩少功重回下乡的故地汨罗市八景乡,恢复身体力行的生活,正是为了克服文人清谈务虚的陋习,把自己的知识放到生活实际和大面积人群中去检验。当然,身体力行的方式很多,下乡只是其中一种。对于他来说,通过这种方式与自然发生关系,与社会底层发生关系,会有一些新的感应和经验。[①]应该说,韩少功并不是一般性地抽象地思考知识和生活实践的问题,他对于这一问题的思考,也来自于生活本身的催逼,来自于生活提出的问题的引导,来自于对生活经验的提炼。

韩少功在当代作家中以好学著称,知识视野极为广阔,这也是他作为一位当代知识分子面对当代知识生产状况时采取的基本态度。但在这种态度的背后,韩少功也有自己的选择,他认为,知识爆炸,其实只是间接知识的爆炸,倒可能带来直接知识的减少,带来理论与实践的割裂,也有不好的一面。学院里的"知识都是从人家著作里搬来的,大家脑袋都长在别人的肩上,世界变成一个我们可能无所不知的世界,但也是一个从未深知、确知、真知的世界"。这些人

[①] 韩少功:《人们不思考,上帝更发笑——答〈韩少功评传〉作者孔见》,《进步的回退》,第325-326页,上海,上海文艺出版社,2012。

"充其量是台知识留声机和知识复印机"。①这样的知识当然也不能称为学问和思想。在他的看法中,学问与思想是互为依赖的。他认为:"我觉得学问与思想是知识的不同表达,各有侧重,但从根本上说是一回事,不是两回事。好的思想必须有学问的底蕴,好的学问必须有思想的活力。思想不过是走向现实的学问,学问不过是沉淀在书卷的思想。"②所以他对钱穆的史学研究比较推崇。"我喜欢他这一种依托生活经验来解读历史细节的方法。有人说过,史学就是文学。……读史学也要像读文学一样,要重视细节,要体验和理解生活。"③这一判断往前推,就是学问以及由学问提炼出来的理论与生活的关系问题。当代社会中,"学问与生活'两张皮'的现象"已成常态,对此,"学问的生命,在于对现实具有解释力,不在于它有多么华丽或多么朴素,不在于它是古老还是新潮"。④怎样才能对现实具有解释力呢?韩少功提出了一个作为推动力的"问题"中介。他说:"知识要因问题而择,因对象而用,不是机械的一元独断治天下。""历史是为人类生活服务的,是'问题'的产物,因此理论家都应该面对'问题',即面对社会和人生的问题,面对本土和本人的问题,否则再漂亮的学问也只是热热闹闹的文化时装表演,只能拿来夸夸其谈,或者拿来混一个文凭或职称。"⑤

有了这样的解释,他可以坦承自己对理论的态度:"坦白地说,我并不特别关心理论,只是关心理论对现实的解释。"因为,理论和

---

① 韩少功:《韩少功王尧对话录》,第126页,苏州,苏州大学出版社,2003。
②《大题小作——韩少功、王尧对话录》,《进步的回退》,第237页,上海,上海文艺出版社,2012。
③《大题小作——韩少功、王尧对话录》,《进步的回退》,第238页,上海,上海文艺出版社,2012。
④ 韩少功:《韩少功王尧对话录》,第137页,苏州,苏州大学出版社,2003。
⑤ 韩少功:《世俗化及其他——答〈芙蓉〉杂志主编、评论家萧元》,《进步的回退》,第290页,上海,上海文艺出版社,2012。

知识的价值不在其本身，而主要在其应用，在于其回答生活和现实的问题的能力，而"很多知识及其观念，在这个范围里可能是有效的，在另一个范围里就可能是无效的；或者在这个范围里是强效的，在另一些范围里就可能是弱效的"。①当代社会中，知识和理论的"霸权"无处不在，韩少功对理论的透视，是对理论的超越，他提出"对理论不能太认真"。"理论、观念、概念之类，一到实际中总是为利欲所用。尤其在最实用又最虚无的现代，在我们这些凡夫俗子中间，理论常常只是某种利欲格局的体现，标示出理论者在这个格局中的方位和行动姿态。"对理论"不要太当回事"当然不是无视理论，实际上，"每一个人都是万物皆备于我，都是潜在的理论全息体，从原则上说，是可以接受任何理论的，是需要任何理论的。用这一种而不用那一种，基本上决定于利欲的牵引"。②

韩少功再三强调理论的"实践品格"，希望理论家们从真正的来自生活和实践的问题出发，多一点"问题意识"，注意从实践体会中获取理论活力。这种以实践作为出发点和旨归的理论态度，可以称为一种"超理论"式的理论，它不是术语、观念和概念的流动和操作，而是面对历史和现实的理论性思考，是以问题为引导的，是对现实背后各种关系的不懈追问。

韩少功关于理论与实践关系问题的思考是在"后革命"的时代背景下进行的，他只身返乡体验劳动生活的方式也是一种孤独的个人行为。韩少功常常将理论的思考与真正的辩证法并提，无独有偶，60年代西方左翼社会运动退潮之后，左翼知识分子退居学院，也面临了理论和实践的关系问题。阿尔都塞在谈到唯物辩证法的时候专门谈到了理论的实践性问题。他说："真正的理论实践（产生认识的理论实

---

① 韩少功：《韩少功王尧对话录》，第80-81页，苏州，苏州大学出版社，2003。

② 韩少功：《性而上的迷失》，《熟悉的陌生人》，第140页，上海，上海文艺出版社，2012。

践）完全可以履行自己的理论职责，而不一定需要把自己的实践及其过程加工成为理论。"① "这种实践至少必须是'真'实践，它必须有时能脱离理论阐述，并在一种不确切的理论中能够认出自己的概貌。"②阿尔都塞对这一过程进行了具体的展示和分析，即：一般甲（最初的一般，用以加工成特殊"概念"的原料）作为理论实践的原料，与把它加工为"思维具体"——即认识（"一般丙"，具体的一般）——的"一般乙"（它由一个概念构成，而这些概念的矛盾统一体构成科学在特定历史阶段中的"理论"）有着质的不同。他认为："否认区分两类一般的差别，不承认（进行加工的）'一般乙'（即理论）对（被加工的）'一般甲'的领先地位，这就是马克思所摒弃的黑格尔唯心主义的实质，是在黑格尔意识形态和马克思主义理论间作出决定性选择的关键。"③尽管思考方向和结论相似，韩少功当然不会以阿尔都塞这种纯粹抽象的方式来言说。作为"下乡知青""60年代的儿子"，在他理论姿态的背后，我们看到的可能更多是毛泽东、列宁④等人的影子，当然，再往上找，也许还能找到湖湘文化中"阳明学派""知行合一"观带来的影响。继续追问这些问题，也许会是有意义的努力。

谈论韩少功的思想方式，不能回避的另一个问题是他思考方式和结论中怀疑主义和相对主义的倾向。韩少功曾谈到他深受中国传统思想中庄禅一脉影响，对当代理论中后结构主义理论也多有浸染，这些理论都带有浓厚的怀疑主义倾向。怀疑和相对的态度也经常性地表现在他的一些局部判断和结论中。作为90年代以来中国知识界

---

① 〔法〕阿尔都塞：《保卫马克思》，第165页，北京，商务印书馆，2006。
② 〔法〕阿尔都塞：《保卫马克思》，第164页，北京，商务印书馆，2006。
③ 〔法〕阿尔都塞：《保卫马克思》，第185页，北京，商务印书馆，2006。
④ 列宁曾言："根据书本争论社会主义纲领的时代已经过去了……今天只能根据经验来谈论社会主义。"（《列宁全集》第34卷第466页，人民出版社1985年版）并确信："现在一切都在于实践，现在已经到了这样一个历史关头：理论在变为实践，理论由实践赋予活力，由实践来修正，由实践来检验。"（《列宁全集》第33卷，第208页，北京，人民出版社，1985。）

争论的重要参与者,他的这种理论姿态也愈益鲜明。面对别人的追问,他曾有言:"坦白地说,我自己的思想经常处于一种自相矛盾的悖论状态,并无终极的定见,而一些阶段性和局部性的结论,充其量不过是一些思考的'方便'而已。"①这些临时的或局部的结论,也许是必不可少的。但它们的有效性要放在具体的条件下,如果离开了特定的实践前提和具体条件,这些结论就不是不可以怀疑的了。由此,他提出了思想和讨论的"过程价值论"。就是说,目的并不体现价值,过程才体现价值。追求真理的意义不在于你求到了什么,而在于追求的心智过程。②读书也一样,不是要读结论,重要的是读智慧过程,读知行合一的经验。③这一理论的姿态也体现在了他参与90年代后期以来喧闹一时的"左右之争"的方式上。韩少功认为,理论只要一虚浮嚣张,就会过头,而过头的"左"或"右"其实殊途同归。他赞同自由主义讨论中间的一些怀疑,但对很多自由主义学者简单化地以为市场化能解决一切问题又不以为然。当被一些人指认为"新左派"时,他却说:"总体上来说,我比较赞成一种超主义的知识态度——虽然我明白主义之间的抗争是很必要的,'深刻的片面'也是很必要的。超主义的通达和宽容,正是以主义的执着甚至偏执为前提的。"④所以主张"不管左派右派,能抓住老鼠就是好派,能解释现实就是前进派"。⑤要说主义,第一条就是反对简单化主义。

但怀疑是否会通向彻底的相对主义,相对是否会导致无可无不

---

① 韩少功:《超主义的追问与修养》,《在小说的后台》,第176页,济南,山东文艺出版社,2001。

② 韩少功:《世俗化及其他——答〈芙蓉〉杂志主编、评论家萧元》,《进步的回退》,第295页,上海,上海文艺出版社,2012。

③ 韩少功:《穿行在海岛和山乡之间——答〈深圳商报〉记者、评论家王樽》,《进步的回退》,第304页,上海,上海文艺出版社,2012。

④ 韩少功:《超主义的追问与修养》,《在小说的后台》,第176页,济南,山东文艺出版社,2001。

⑤《韩少功王尧对话录》,第83页,苏州,苏州大学出版社,2003。

可的功利主义呢?按照韩少功对理论的谨慎和对实践的执着态度,这种怀疑必然是有边界和实践指向的。在回答对于理论的怀疑而是否会导致机会主义时,他曾自我设问:"这是不是机会主义呢?不是,机会主义表面上看来貌似辩证法,忽东忽西,亦左亦右,但骨子里缺乏追求真理的真诚,缺乏创造的智慧,只是一种势利心态的学术包装。机会主义刚好与真正的辩证法拧着干。"①所以,还是要回到生活和实践中提出的问题,回到中国人自身的经验和传统,由此出发的怀疑,才是抱有真诚的适度和恰当的怀疑,才是一种中国式的"怀疑的智慧"。韩少功身处80年代之后的社会巨变中,也许他迎向时代的怀疑的身影,恰恰是这个时代投下的巨大的倒影。

90年代初期的"人文精神"讨论中,韩少功曾有过一段动情的预言性表述:"道与利欲已融为一体。道不能止于理智。理智之道是一种自我强制,只是一种伪善者的勉强和造作而且常常伴有委屈感以及悲苦神貌,一有不慎,就会在利欲的暴发中灰飞烟灭。而真正的道是渗透骨血的。这种人不觉得应该'做'什么好事,不以为自己做过什么'好事',他们对每一个人、每一只鸟、每一棵树祥和欣悦的目光,纯属性情的自然。"②"安妮之道"也即韩少功之道。面对时代的巨大提问,那个心中揣着道,道渗透骨血却又浑然不觉,疑惑而又坚定地走向历史和时代深处的身影,也许就是韩少功选择的姿态。

本文原刊于《当代作家评论》2017年第4期

---

① 《韩少功王尧对话录》,第195页,苏州,苏州大学出版社,2003。
② 韩少功:《安妮之道》,《鞋癖》,第247页,武汉,长江文艺出版社,1994。

"端的是一个讲故事的高手"
——笛安小说论

宋 嵩

一

初登文坛的笛安,是以"天才少女"的形象出现在读者面前的。甫一登场便凭中篇处女作《姐姐的丛林》(2003)亮相于老牌纯文学期刊《收获》,其起步的高度令同代作家们无可企及。从情节和题材上看,这篇小说似乎并未超越"青春文学"中常见的少女情怀和成长之殇的范畴,但透过小说人物之间复杂甚至略显混乱的情感关系和遭遇,我们还是能看出笛安对爱情、人性以及艺术的独到思考。主人公姐妹两人(姐姐北琪和妹妹安琪)曾一同学画,尽管北琪从小就坚信"愚公移山"一类的励志故事并努力投入,却仍旧无法改变艺术天赋远远不及妹妹的现实;在日常生活中,北琪的长相"平淡甚至有点难看",在学业上也只能勉强维持中等水平;在情感遭遇上,她曾被一个小混混短暂地追求,却又很快被放弃。相较于妹妹才华横溢的绘画天赋和姨妈（绢姨）在异性眼中不可抗拒的吸引力（"招蜂引蝶"），在这样一个各方面都很平庸的女性身上，似乎不会发生什么曲折的故事。但她的命运轨迹却因父亲的博士招生资格而发生了根本的扭转：母亲想借此机会撮合她与谭斐的婚事，解决自己对大女儿"嫁不出去"的担忧；谭斐也有意通过和北琪谈恋爱来达到击败竞争对手江恒、顺利考上博士的目的；而父亲对此的超然态度背后也处处透露出内心的纠结。北琪的平庸导致其"被利用"和命运"被安排"，与此形成鲜明对比的是妹妹安琪对自身艺术天赋逐渐清醒的过程。从老师看安琪的画作时"眼睛会突然清澈一下"，到确认自己喜欢上谭斐后将画画作为灵魂喷涌的出口，再到放弃投考中央美院附中，安琪完整地经历了谭斐所说的"从一开始以为这个世界上只有自己，到明白自己的天赋其实只够自己做一个不错的普通人"的过程，"然后人就长大了"。

　　认识自己的普通人属性、涤清自身的"天才"幻想是自我确证的重要一步，由此出发才能建构起客观、正常的人生立场，这一点对于当下这个张扬"个人奋斗"的时代似乎尤为重要。但生活的复杂性还在于：一方面，我们身边的确存在着一些"天才"，例如《姐姐的丛林》中的艺术天才绢姨和学术天才江恒，他们对"天才"近乎挥霍的使用影响到自己的人生态度，甚至以伤害他人为代价，以至于母亲会用"她是艺术家，她可以离经叛道，但你不行"这样的话来开导被绢姨背叛的北琪；另一方面，当普通人清楚地认识到自己无法在正常层面同"天才"竞争，则往往会转向采用非常手段，例如谭斐式的"曲线救国"（特别是在谭斐被拒签之后，他同北琪的婚姻成为最后一根救命稻草）。

　　小说中安琪对谭斐和江恒两个人的评价颇为耐人寻味：谭斐是"并不完美"，而江恒则"不是个好人"；而母亲对北琪的评价也是"你是个好孩子"。由是观之，笛安在一开始便确立了一个贯穿自己创作过程的主题：好（善）/坏（恶）人的对立与相生。无论是在笛安代表性的"龙城三部曲"中,还是在长篇《芙蓉如面柳如眉》里,我们都会发现,"好人""坏人"这两个词出现的频率特别高;很多情况下是集中出现,作者还会对二者加以演绎或阐释。例如:

"陆羽平。"小睦说,"你是个好人。"

"我不是。"他打断了小睦。

"你是。"小睦坚持着,"会有哪个坏人会在出了这种事情以后还这样对待芳姐?别说是坏人,不好不坏的一般人都做不到的。"

——《芙蓉如面柳如眉》

"西决,我是个好人吗?"

"你不是。"我斩钉截铁。

"和你比,没有人是好人。"她的手指轻轻的扫着我的脸颊,"你要答应我西决,你永远不要变成坏人,如果有一天,我发现连你都变成了坏人,那我就真的没有力气活下去了。"

"永远不要变成坏人。"我微笑着重复她的话,"你们这些坏人就是喜欢向别人提过分的要求。"

——《西决》

迦南突然说:"我也不小心听过护士们聊天,她们都说你哥哥是个好人。"

——《南音》

这样的例子不胜枚举。可以说,《芙蓉如面柳如眉》和"龙城三部曲"就是关于"好(善)/坏(恶)人"的系列小说。据说在创作《西决》时,笛安并没有计划将小说写成"三部曲"的形式,因此,在《西决》中人物身上的"好/坏""善/恶"对立体现得更为明显。但随着写作计划的铺开,在第二部《东霓》和第三部《南音》中,人物性格深处的东西开始被作者渐渐发掘出来,复杂性也随之得以更充分地展示。好人身上的缺点与人性的弱点被渐渐曝光,借用弗兰纳里·奥康纳那个著名短篇小说的题目就是"好人难寻"。

三部曲中人物性格最惊人的突变出现在《南音》中，前两部中公认的"好人"西决因为医院放弃治疗昭昭而义愤填膺，开车撞飞并碾轧了昭昭的主治医生陈宇呈，最终被判有期徒刑20年。这一突变的合理性自然是值得商榷的，但探究作者设置这一情节的目的，大致有二：首先在于揭示出任何人性格底层都具有的善恶两面；其次是为了突出道德规范、社会秩序、家庭教育等各方面合力对人性的规训与压抑，以及被压抑的人性一旦冲破束缚后所带来的巨大破坏力。值得一提的是，作者敏锐地注意到现实生活中突发的重大事件有可能对人的性格起到激发或扭转的作用，因此将南方冻雨、汶川大地震、医患纠纷、工厂爆炸、福岛核事故等糅进小说中，在增强真实感的同时，也使人物性格的展示更为合情合理。

二

《姐姐的丛林》之后的长篇小说《告别天堂》，其创作主旨因有一篇详细的"后记"而易于索解："对于这个故事，'青春'只是背景，'爱情'只是框架，'成长'只是情节，而我真正想要讲述和探讨的，是'奉献'。"这种"奉献"，被笛安进一步阐释为是小说的五位主人公——天杨、江东、周雷、肖强、方可寒——彼此之间"真诚又尴尬"的，而"正是那些神圣和自私间暧昧的分野，正是那些善意和恶毒之间微妙的擦边球让我们的世界变得如此丰富，如此生机勃勃。"[①] 从以上所引这几段作者自述，我们似乎能看到笛安对世纪之交流行的"青春文学"的不满，以及她借书写"奉献"这一抽象主题来寻求超越的努力。但通读小说，我们能看到她所说的"背景"

[①] 笛安：《后记》，《告别天堂》，第266-267页，沈阳，春风文艺出版社，2005。

"框架"和"情节",能读到一个残酷凄美程度不亚于韩寒、郭敬明或"80后五虎将"的故事,但其所谓的形而上探讨却因设置的生硬而让人如鲠在喉。《告别天堂》写校园生活,写低龄化的爱情,写青春期的叛逆,刻意暴露世纪之交青少年成长的心路历程,所有这些几乎都符合"80后"发轫期长篇小说的主流趋势。笛安将表现"神圣和自私间暧昧的分野"和"善意和恶毒之间微妙的擦边球"视为她实现超越的路径,但须知这些抽象理念必须经由具象的情节加以呈现。小说中虽不乏青春的温情与感动,展现出的悲天悯人的情怀也给人留下了深刻的印象,却难免沦入人物形象理念化、情节设置过分离奇巧合的流俗,对超越性主题的过分拔高难免有矫情之嫌。

姑且不去深究小说故事发生的主要地点"红色花岗岩学校"和主人公之一方可寒罹患白血病早逝这一情节是否受了新世纪之初风靡一时的《流星花园》《蓝色生死恋》等青春偶像剧的影响,也不必探讨一群重点高中毕业班的学生在高考前终日沉迷于多角恋爱(乃至性爱)中不可自拔的故事真实性究竟有多大,仅就作者精心营构的方可寒"卖淫"这一核心事件而言,便足以动摇小说存在的根基。方可寒这一形象,似乎是东西方神话传说中普遍存在的"圣妓"母题在新世纪中国的又一次"重述"。这个以"公主"形象出现在读者面前的人物,"永远昂着头",从小便凭借其罗敷式的美貌刺激周围男性的荷尔蒙分泌;进入高中以后发展到"50块钱就可以跟她睡一次",还不止一次因为"心甘情愿""因为我喜欢你"而给嫖客"免单"。这些让人感觉不可思议的情节,在笛安笔下被津津乐道;而将其与罹患白血病的秘密相结合,更彰显出方可寒这一行为的"神性":她似乎是要把自己的美貌和所剩无多的生命"奉献"给那些被高考、被感情、被性欲所折磨的少男们,借助满足他们的肉体来实现灵魂的飞升。作者赋予一个卫慧、棉棉小说主人公式的女高中生以"神性",极力装出一种与年龄不符的成熟或曰深刻,却因用力过猛而呈现出大写的尴尬。

如果说以"神妓"形象示人的方可寒因其神性和早逝而显得缥缈，小说的另一个女主人公天杨则自始至终试图扮演"圣女"或"圣母"的角色，但又因其行为中随处可见的造作而拉低了她在读者心目中的地位。笛安极力塑造的是天杨性格中"纯真"的一面。可以说，天杨的爱情观中存在着一种"洁癖"，这种洁癖不仅是对自己也是对爱人的要求。因此她才会纠结于自己和江东之间的爱情、自己对江东的爱情是否"脏了"——这也正是她认为"吴莉的爱要比我的干净很多"的原因。

作为朋友，方可寒用肉体对江东的"神妓"式的"奉献"的确算得上"真诚"，却让读者感到尴尬，并不由得发出这样的疑问：这样做就能使世界变得丰富和生机勃勃吗？而作为恋人，天杨逼迫自己用"圣母"式的"奉献"、打着"爱"的旗号去做一件自己都认为"是错是丑陋是不可宽恕的事情"的时候，从一开始就注定要失败。对此，她心知肚明，并一针见血地将自己的行为概括为"没事找事"和"贱"。在这两个人物身上，体现出了概念化的空洞乏力，以及主题先行所导致的思想与行动的龃龉。

三

自"80后"作家在世纪之交横空出世之日起，他们的历史观便一直是主流文坛关注的焦点和诟病的症结所在，"没有历史的一代""空心一代"似乎是他们身上总也揭不掉的标签。在大量的架空、玄幻、戏说面前，评论界似乎长期以来都对"80后"的历史叙事充满了忧虑，并由之生发出期待。在较早涌现的"80后"作家中，因为历史学、社会学的专业背景，笛安或许是最有可能在历史叙事方面做出成绩的一位。但让人感到意外的是，在她创作的初期，除了一篇取材于嵇康故事的短篇《广陵》之外，并没有真正意义上的历史叙事作品。她似乎是在有意回避这一题材领域。

在《告别天堂》中，有两处细节勉强与"历史"相关，一是"雁丘"的传说，二是故乡街头有千年历史的"唐槐"。历史的光彩都与那个作者反复书写嗟叹的"暗沉的北方工业城市"形成鲜明的反差，但除此之外，二者只起到装置性的作用，将其删去对情节推进亦无甚影响。《广陵》写的则是中国读者耳熟能详的故事，笛安在此做出了一点突破性的努力，将《世说新语》等古籍中有关嵇康的散碎片段连缀起来，并虚构出一个人物"藏瑛"，从他的视角出发，突显出嵇康的人格魅力所具有的强大感染力。但作者对嵇康思想和行为所秉持的显然是一种有保留的态度。用藏瑛的话来说，"是他们为我打开了一扇门。那扇门里的精致与一般人心里想要的温饱或者安康的生活没有特别大的关系，它只是符合每一个愿意做梦的人的绝美想象。"显然，这种理想境界是建基于不必为温饱或安康操心这一基础之上的；而嵇康对生活的游戏态度、对纲常礼教的鄙视，以及"谁的话都听不进去"的姿态，也不是一般平头老百姓的物质基础所能支撑和许可的。因此，尽管藏瑛被嵇康的精神境界和人格魅力所折服，最终也只能是奇幻地在刑场上《广陵散》曲终后，以内脏化蝶的方式与嵇康达到精神上的永恒相交，而留给现实世界一具没有了心、也因此不会变老的躯壳。耐人寻味的是，就是这具躯壳，目睹了嵇康的儿子嵇绍是如何成为杀父仇人司马家族最忠诚臣子的。藏瑛（的躯壳）认为，"嵇康若是知道了他儿子的结局，应该会高兴的。因为这个孩子跟他一样，毕竟用生命捍卫了一样他认为重要的东西。至于那样东西是什么，大可忽略不计。"在此，传统意义上"对/错"的价值分野被消弭，精神追求的现实背景被彻底抹除，与前文对待嵇康人生立场的态度其实是一致的，都是对一种抽象价值的肯定。由是观之，笛安只是借用历史人物的故事外壳来安置自己对某种价值观念的思考，其行为恰好与小说中藏瑛灵魂出窍的情节形成了互文，却并没有体现出作者具体的历史观念。

《广陵》的历史叙事外衣，似乎只是笛安在形式上的有限度试验;她偶然为之,又迅速回到既有的题材轨道上去,在此之后的很长一段时间里并未触碰与"历史"有关的素材。也正因为如此,当她在2013年拿出以明代万历年间为背景的长篇小说《南方有令秧》时,才会取得让人惊讶甚至眼前一亮的效果。笛安的这一选择,很难说不是受了新世纪以来主流文坛"回归文学传统"、向《红楼梦》《金瓶梅》等古典小说、世情小说汲取养分之风的影响;特别是新世纪第二个10年伊始以王安忆《天香》为代表的一批带有浓郁古典叙事色彩的长篇小说集中涌现,也为正日渐深陷创作瓶颈期的"70后""80后"作家带来了有益的启迪。但在文坛的短暂惊喜之后,许多评论家敏锐地发现,《南方有令秧》并非他们想象中的那种历史叙事。例如,何平就指出:"《南方有令秧》是一部以想象做母本的'伪史',而小说家笛安是比张大春'小说稗类'走得更远的'伪史制造者'。如同史景迁用历史来收编蒲松龄的小说,那么笛安是不是在用小说收编历史呢?"[①]"以想象做母本的'伪史'"一语,恰如其分地点明了《南方有令秧》性质,正呼应了笛安在小说《后记》中坦白的:"其实我终究也没能做到写一个看起来很'明朝'的女主角,因为最终还是在她的骨头里注入了一种渴望实现自我的现代精神。"而她在写这部"历史题材"小说的时候,"感觉最困难的部分并不在于搜集资料","真正艰难的在于运用所有这些搜集来的'知识'进行想象。"[②]这就是说,笛安实际上是将440年前明代万历年间的历史作为一种"容器",其中要盛放的是440年后一个生活在21世纪北京城里的女青年的观念与意识。巧合的是,王安忆的《天香》也选择了明代中后期的历史作为小说的时代背景,其故事发生地上海与《南方有令秧》的故事发生地休宁在直线距离上并不遥远,同属江南区

[①] 何平:《"我还是爱这个让我失望透顶的世界的"——笛安及其她的〈南方有令秧〉》,《东吴学术》2015年第2期。

[②] 笛安:《后记:令秧和我》,《南方有令秧》,第344—345页,武汉,长江文艺出版社,2014。

域，而且两部小说均以女性作为主人公，因此，二者可对照阅读。在王安忆关于《天香》创作的自述中，有两段话值得注意：

> 女性可说是这篇小说的主旨。……"顾绣"里最吸引我的就是这群以针线养家的女人们，为她们设计命运和性格极其令我兴奋。在我的故事里，这"绣"其实是和情紧紧连在一起，每一步都是从情而起。
>
> 在一个历史的大周期里，还有着许多小周期，就像星球的公转和自转。在申家，因是故事的需要，必衰落不可的，我却是不愿意让他们败得太难堪，就像小说里写到的，有的花，开相好，败相不好，有的花，开相和败相都好，他们就应属于后者，从盛到衰都是华丽的。小说写的是大历史里的小局部，更具体的生活……①

《天香》与《南方有令秧》之间的一个显著不同，就在于王安忆自始至终都在描述属于16世纪的生产场面（刺绣），因此，她的叙述势必会与当时的社会经济发生密切的联系，无论是明末江南的所谓"资本主义萌芽"，还是随着新航路开辟而涌入的西洋宗教与科学技术，乃至倭寇对东南沿海的骚扰，在小说中均有所涉及，有的还被作为关系情节推进的重点加以浓墨重彩地表现。无论是女性之"情"还是大家族在大时代中无可奈何的衰落，都是在这种不断的拮抗中彰显出来的；二者都是"小局部"，但唯有将其融入"大历史"，这些局部的存在才有意义。反观《南方有令秧》，笛安在明代官宦人家的衣饰、陈设以及日常风俗等方面下足了工夫，似乎不会出现当下众多历史"神剧"中比比皆是的穿帮情节，但整部小说的情节几乎与生产无涉，因此也就谈不上与社会经济发生关系。尽管在小说的后半部分"东林党争"、宦官专权成为推动小说情节发展的重要一

---

① 王安忆、钟红明：《访问〈天香〉》，《上海文学》2011年第3期。

环,川少爷"面圣"一节也多多少少让人嗅出大明王朝山雨欲来前的潮湿气息,但小说所反映的大多数内容,都像唐家幽深的庭院一样封闭,人物的情感、意识无根无源又自生自灭。其原因显然不能归咎于故事发生地徽州山区的闭塞,而只能是由作者的创作立场所决定的。在去徽州旅行的过程中看到牌坊和古村落,进而萌生创作一部反映女性(少女)命运的长篇小说,这一创作缘起不免让人联想到某些畅销书问世的故事。①而那种要把"渴望实现自我的现代精神"灌注到文本里的努力,更决定了这部小说不可能是传统意义上的"历史小说"。何平称之为"伪史",的确有其合理之处。

但是值得注意的是,这一"伪史"的"历史感"并不仅仅寄托在那些古色古香的服饰和陈设上。由于整个故事都是围绕着"牌坊"这一带有明显历史色彩的事物展开的,"渴望实现自我的现代精神"也好,"女性主体的意义生成"也罢,都需要借助"牌坊"来完成,"御赐牌坊"成为小说情节的推动力,因此,这一事物背后所关联的只属于那个时代、今天只能存在于历史辞典中的意识和观念(例如贞洁观、生育观等等)势必要在文本中加以重点体现——这正是《南方有令秧》中历史感的存在之处。

令秧在唐家15年的成长过程,是她在封建大家庭里同命运、制度顽强抗争的过程,也是她"实现自我"的过程;但令人痛心的是,这同时也是一个纯真少女蜕变成心机重重、偏执狠毒的"腹黑"妇人的过程。在云巧、连翘、蕙娘等人有意无意的言传身教和谢舜珲的出谋划策下,她从起初略显"缺心眼"的状态参与到家庭内部权力的争夺中去,从呵斥下人都能紧张得手指"微微发颤"、同情小姑娘缠足的痛苦,发展到为灭口而授意连翘配制慢性毒药除掉罗大夫、为杜绝谣言稳固地位而自残左臂,直至不许女儿退婚、强令她守

---

① 据说畅销小说《还珠格格》的问世,正是因为作者琼瑶偶然听到了"大明湖畔夏雨荷"的民间传说,有感而发创作出来的。

"望门寡",令秧在唐家的无上权威就是这样一步步树立起来的。人性中的光芒随着年龄的增长而渐渐褪去,心底的"暗物质"却趁机大肆扩张地盘。究其原因,除了人类追逐权力的本性使然之外,归根结底还是因为封建礼教对妇女心灵的戕害。选择这一题材加以表现的作品,五四以来数不胜数,甚至还可以上溯到《红楼梦》。《南方有令秧》的独到之处,则在于笛安设置了一个特殊的时间节点:御赐牌坊立起之日,便是令秧放逐自己生命之时——这也正是令秧不择手段争取早日立起牌坊的原因;而她在目的即将达成时与唐璞生出奸情,则意味着人性、欲望和本能在与规训的长期搏斗中最终占了上风。但这一时间节点的设置也有副作用:整部小说的叙事节奏给人一种前松后紧的感觉,特别是临近结束,情节密度骤然加大。但愿这只是作者的有意为之,而不是因情节调度上的失措所致。

封建"妇道"、贞洁观和牌坊制度的存在及其意义,本身就带有鲜明的悖论意味。在一个男权社会里,"一个女人,能让朝廷给你立块牌坊,然后让好多男人因着你这块牌坊得了济,好像很了不得,是不是?"然而,"说到底,能不能让朝廷知道这个女人,还是男人说了算的",几千年来,制度就在这种近乎荒诞的循环中延续下去。与此相映成趣的,除了唐家几位女主人不可告人的秘密(蕙娘与侯武、三姑娘与兰馨、令秧与唐璞)外,小说中还有两个耐人寻味的细节:其一是令秧主持"百媚宴"后,谢舜珲嫌别人给《百媚宴赋》题的诗俗不堪耐,便让海棠院妓女沈清玥另题。此处谢沈二人的对话可谓妙绝:

沈:那些贞节烈妇揣度不了我们这样人的心思,可我们揣度她们,倒是轻而易举的。

谢:那是自然——你就当可怜她们吧,她们哪儿能像你一样活得这么有滋味。

这种别具一格的"换位思考",显然是作者借古人之口对贞操观念的反讽;由此出发反观《告别天堂》中天杨、方可寒二人的观念和行为,或许可以得出与众不同的结论。

其二,是川少爷进士及第后"面圣"的遭遇:万历皇帝对他说的第一句话,居然是关于令秧的。"他想象过无数种面圣的场景,却唯独没想过这个",最终只能满怀屈辱地"谢主隆恩";之前在家中曾慷慨激昂地斥责令秧救治宦官杨琛"丢尽了天下读书人的脸面",此时却被窘得无话可说。这一细节既是对儒生一贯纸上谈兵的无情嘲讽,也暴露出他们在权力面前严重的"软骨病"。与之形成鲜明对比的,是令秧虽一介女流,却雷厉风行、敢作敢当的作风。这两处细节看似闲笔,却起到了四两拨千斤的效果,体现出超出作者年龄的叙事功力。

笛安的成长轨迹在"80后"作家中具有明显的特异性。长期以来,"80后"作家被人为地划分为"偶像派"和"实力派"两支队伍,并被拉到文学绿荫场上角逐。但笛安显然是一名"跨界"选手,自出道以来,她的每一部作品都堪称畅销,有些作品已经经过了数十次的重印,她也因此成为"作家富豪榜"上的常客;而她与郭敬明等"80后"偶像派作家合作,创办自己旗下的文学期刊,也积攒了极高的人气。但其创作的整体水平并未因这些"偶像行为"受到影响,虽然某些作品略有瑕疵,但毕竟瑕不掩瑜,基本上都能获得广大专业读者的认可。

木叶曾评价笛安"端的是一个讲故事的高手,带来了久违的好看"[1],诚哉斯言。为了追求"好看"、讲述一个吸引人的故事,她常常不惜选择在某些同代作家看来不新鲜、不"潮"的题材,也较少在创作过程中玩弄技术,有时还会借鉴类型小说的模式(例如《芙蓉如面柳如眉》就采用了悬疑小说的形式)。她选择了一条近似大众

---

[1] 木叶:《叙事的丛林——论笛安》,《上海文化》2013年第9期。

化的写作之路,因为"我向来不信任那些一张嘴就说自己只为自己内心写作从不考虑读者的作家"。①虽然她也有一些颇具实验色彩的作品(例如在《洗尘》中,创造性地安排一群人死后聚到饭桌上;《宇宙》中写"我"和因为流产而并未来到世上的"哥哥"的交往与对话),但呈现给读者更多的是"龙城三部曲"式的明白晓畅、扣人心弦。当下青年写作越来越呈现多元化的特征,我们需要"80后"先锋作家,我们也需要笛安这样的"80后"传统作家。

本文原刊于《当代作家评论》2017年第5期

---

① 笛安:《天尽头》,《文学传统与创作新变:新世纪以来两岸长篇小说之观察——2015两岸青年文学会议论文集》,第453页,台湾文学馆。

余华与古典传统[①]

杨 辉

作为兴起于20世纪80年代初中期,并在后期达至巅峰的中国先锋文学的重要代表之一,余华及其作品已被方便地放置入"新时期"以降之先锋脉络中加以考察,并已高度历史化。其间虽有20世纪90年代初"转型"之说,但两种理路"共享"着同一种批评资源,亦存在着内在的延续性。自晚清开启,至五四强化的文化的"古今中

[①] 此处所谓"古典传统",是指五四新文化以前的中国文史传统,与西学源流中的古典传统并不相同——当然,由此出发,亦可对余华及其创作有恰切精到之论述。作者也未在余华作品中索隐其与古典传统直接相关之处。在这一问题上,作者认同(化用)张新颖的说法,余华是否愿意承认自己与上述传统的承传关系并不重要。重要的是,他"确实未必有意识地向这个传统致敬,却意外地回应了这个传统,激活了这个传统。有意思的地方也恰恰在这里,不自觉的、不刻意的,甚至是无意识的关联、契合、参与,反倒更能说明问题的意义"。(张新颖:《中国当代文学中沈从文传统的回响——〈活着〉〈秦腔〉〈天香〉和这个传统的不同部分的对话》,《沈从文与二十世纪中国》,第78页,上海,复旦大学出版社,2014)进而言之,如汪曾祺所论,即便有五四全盘性反传统的文化"劫难",古典文脉仍然在多重意义上以不同方式在众多作家作品中得以延续。然受制于五四以降古今分裂之文学史观念,论者多对此种关联较少论及。

西之争"及其所形塑之文化观念，决定了此种批评之基本面向。沿此思路，则关于余华的创作即有如下梳理：其早年作品因受川端康成的影响而带有较强的"伤痕文学"的特征，重细部的刻画和个人情感的细腻表达。此种写作路线在带给余华短暂的兴奋之后迅速使其陷入困境。当此之际，因偶然的机缘对卡夫卡的阅读拯救了余华日渐狭窄的内心，并有全新的自我发现。其早年身处医院及青年时期短暂的行医生涯所形成的独特的个人经验，始得淋漓尽致地发挥。发端于《十八岁出门远行》的精神与形式的双重探索，经由《死亡叙述》《古典爱情》《现实一种》的进一步强化，而在《世事如烟》这样的作品中蔚为大观。其后《在细雨中呼喊》意味着余华由"先锋"向"现实"（民间）的转型。《活着》《许三观卖血记》为此种转型之重要成果，体现着余华先锋之外的另一种写作面向。充斥着暴力、血腥和死亡种种深具偶然性的事件形塑了此前余华笔下非理性的世界，而在《活着》和《许三观卖血记》中，一种超越苦难的温情和幽默重塑了世界，也同时确立了余华和世界的新的关系。那些原本可以被作家随意调动的无主体性的符号化的人物开始拥有自己的声音，并对自己身处其中的世界发言。作家也不再是文本世界的绝对掌控者，而是一位可以感同身受的倾听者，他在倾听虚拟人物声音的同时，也倾听着整个世界。《兄弟》被认作是余华"正面强攻现实"的重要作品，其对历史与现实的狂欢化处理无疑包含着内在的反讽意味。此种反讽及其隐匿的批判锋芒在《第七天》中得以强化，属20世纪80年代"先锋"境界之"再生"，包含着更为复杂的意味。自20世纪80年代迄今，虽有《古典爱情》等向古典传统致敬之作，终究因非余华写作之主流而被更为庞大的先锋批评话语遮蔽。

　　如上观念所形成之阐释与批评的路线差不多决定了对余华作品价值考量之基本范围。自20世纪80年代中后期至今，围绕其作品的争议亦与此种叙述密不可分。无论"先锋"还是"民间"，批评取径虽有不同，但其所依托之思想资源却无根本差异。其间虽有论者注意到超克先锋文学评价视域,甚至不在五四以降之启蒙论述中观照余华及其作品的意义的适切性,惜乎应者寥寥且有较多未尽之处,亦未能切近并阐发余华作品最为优秀部分的重要价值。而以超克五四以降之现代性视域的"大文学史"①观之,则余华作品与中国古典思想及其美学间之内在关系得以显豁。其在经典化过程中难于言明的重要品质,也因此种视域而有了重启的可能。依此思路,则余华与象数文化、庄子思想及循环史观之内在关联及其意义方始敞开。

一

如穷究余华阅读与写作的"前史",一个富有症候意味的现象是:余华最初的阅读,起始于"文革"后期。《艳阳天》《金光大道》《牛田洋》《虹南作战史》《新桥》及《矿山风云》和《闪闪的红星》形塑了其对长篇小说的基本观念。与此同时,人的想象力得到极大发挥的"大字报"则唤起了余华对于文学的最初兴趣。②而后者的破坏性和无边界的想象想必给余华留下了极深的印象。及至20世纪80年代初,以《星星》为代表的早期作品未脱彼时伤痕与反思文学的基本范围。几乎循规蹈矩的写作不可避免地要导向终结和新的开端。以《十八岁出门远行》为节点,作为作家的余华的独特个人风格方始展开。那时他对"真实"的怀疑以对常识的冒犯开始。此种"冒犯"无疑有较为明确的现实所指,因与时代文学的潮流的内在契合而迅速引发广泛关注。"在人的精神世界里,一切常识提供的价值都开始摇摇欲坠,一切旧有的事物都将获得新的意义。""当我不再相信有关现实生活的常识时,这种怀疑便导致我对另一部分现实的重

---

① 对"大文学史观"更为详尽之论述,见杨辉:《"大文学史观"与贾平凹的评价问题》,《小说评论》2015年第6期。
② 余华:《最初的岁月》,《没有一条道路是重复的》,第60—61页,北京,作家出版社,2014。

视,从而直接诱发了我有关混乱和暴力的极端化想法。"①此种"极端化想法"不仅针对"各种陈旧经验堆积如山的中国当代文学",同时亦指向"为我们提供了一整套秩序"的"人类文明"。②而对后者的"反叛"包含着更为复杂的意味,背后不难察觉其与海登·怀特所论之历史的叙述特征的暗合之处。作为一种"叙述"的历史与同样作为叙述的文学史之间存在着内在的一致性,而那些既定的观念所依托的思想也因之并非牢不可破。余华对经验与现实的反思在这一路线上长驱直入,且触及现实以及我们对它的描述之间最为根本的关系。在史铁生关于瓶盖拧紧的药瓶是否可能有药片自行跳出的说法背后,包含着"常识"的坚固且似乎牢不可破的铁律,但也同时暗示了其不可靠性——任何例外状态的出现即可以让此种铁律轰然崩塌,而新的秩序的确立,恰恰在于对常识(知识结构)的怀疑和更新。无论历史还是现实,无不遵循此理。是为福柯话语/权力说题中应有之义,亦属海登·怀特后现代历史叙述学反复申明之"历史规则"。进而言之,我们置身其中的世界并非稳固不变,可以通过不同的方式指认其不同面相。由《星星》等作品所持存之世界秩序在《现实一种》《死亡叙述》等作品中逐渐瓦解,而随着余华对非理性的无秩序的世界的进一步逼近,一种源于难于把捉的神秘命运的叙述逐渐清晰,构成20世纪80年代末余华作品的底色。无需排除此种对神秘莫测命运的叙述热情与卡夫卡、博尔赫斯等作家作品的关联,但逐渐清晰的,或许还是余华得自民间生活的独特领悟所生发之世界面向。一种源自无意识的对于中国古典象数文化的认同和书写,构成了此一时段余华作品最引人注目的部分。而后者所开启之世界想象,既体现为对以《星星》为代表之早期作品及其所依托之世界

---

① 余华:《虚伪的作品》,《我能否相信自己:余华随笔选》,第163页,北京,人民日报出版社,1999。

② 余华:《虚伪的作品》,《我能否相信自己:余华随笔选》,第160-161页,北京,人民日报出版社,1999。

观念的反叛,亦在多重意义上,与西方现代主义思想所指认之世界面向足相交通。换言之,其表面的"革命性"背后,实为思想方式与审美经验之"反复"。其"'革命'背后其实也暗藏着深刻的矛盾和致命的局限。"但其赖以反叛的思维方式,仍与传统的本质论思维殊途同归,"只不过是以一种'本质'代替另一种'本质'而已"。① 古典思想民间流播过程中逐渐凸显的神秘氛围及其内在的决定论思维,与余华反叛之对象并无本质差别。极而言之,任何关于世界的结构性想象所形成之谱系,均不存在解释世界的先验的合法性和优先性。认信术数文化与依凭别种传统,本身并无质的区别。甚或后者可能敞开更具文学意味的关于世界的信息。

作为易学大家杭辛斋、天算名家李善兰广义上的同乡,居身浙江海盐,即便并无阅读易学著述的经历,仍有可能参会阴阳消息,而对易学指认的世界及其运行规则默会于心。以"阴""阳"和合变化以及易象之循环往复演绎神秘莫测之世界,乃《易》之妙用之一。20世纪80年代余华由《十八岁出门远行》所开启之探索,包含着几乎同样的演绎世界的热情,而其后亦约略可见与《易》类同之运思方式。源于对杂糅种种思想的民间精神世界的切己体察,余华得以营构暗合中国神秘文化精神的文学世界。《鲜血梅花》中不具主体性的符号般的人物阮海阔在命运的安排之下踏上了飘飘悠悠的复仇之路,行走江湖虽久却几乎无所作为,但却神奇地完成了复仇。命运之神秘和不可把捉于此暴露无遗。《偶然事件》以一次杀人开篇,又以另一次杀人终结。其间所谓之"偶然",恰属命运之"必然"。其根本逻辑类同于《河边的错误》。法律对杀人的疯子无甚效力,但却可以"惩罚"警察马哲。即便马哲枪杀疯子的行为带有无可置疑的"正确性",仍不能构成为其"罪行"开脱之理由。而结尾处对马哲

---

① 吴义勤:《告别"虚伪的形式"——〈许三观卖血记〉之于余华的意义》,《文艺争鸣》2000年第1期。

"疯癫"的处理包含着对我们寄身其中的现实规范的质疑，亦不乏根本性的吊诡之处。《古典爱情》故事颇多古典因素，但其机理，仍在现代思想之人世观察脉络之中。柳生生活的飘忽无定类同于阮海阔命运的前定，而结尾处小姐的黯然隐去仍有宿命论的性质。此种思维集中体现于中篇《世事如烟》中。居于文本世界中心的，是那位深通命理且以独门方式延生续命的算命先生。符号3、4、6、7、司机、灰衣女人等等所指称之身份各异年龄不同际遇悬殊的男女老少们，他们身处算命先生精心布下的命运之阵中，几乎无一例外地沿着既定的轨道行走如仪。他们如他们的代号一般被抽空了作为人的自主和独立的价值，并最终被难于把捉的神秘命运挟裹而去。算命先生的迷阵焉知不可以指称更为宏大的世界。"余华的本心中藏着一股试图反抗命运的'猴气'，但同时又对冥冥之中可能存在的决定论力量感到无限恐惧。"或许在更为深刻的意义上，如彼时总体性的思想潮流一般，余华对"术数文化的伦理功用提出批判"，但出自更为复杂的原因，"他对这种文化本身可能产生的超验神迹则似乎抱着无可奈何的态度处处予以默认"。①《四月三日事件》无疑表现出他对宿命论体系的恐惧，以及对带有根本性意义的神秘命运功用的确证。由《艳阳天》《金光大道》《闪闪的红星》所指认和持存的世界在术数文化的神秘氛围中逐渐瓦解，代之以颇具宿命论气息的非理性世界。而穷究此种思想之根源，无疑与《周易》思维及其所开启之世界想象密切相关。

《周易》思维的突出之处，在于以"少"喻"多"，即以太极生两仪，两仪生八卦，八八六十四卦以推演天地万物运行之理。其间卦象之不同组合，与外部世界的变化互为表里，无论时运及个人命

---

① 胡河清：《论格非、苏童、余华与术数文化》，王晓明、王海湄、张寅彭编：《胡河清文集》，第132页，合肥，安徽教育出版社，2014。若深究义理，"象数"与"术数"并不能浑同使用。但在本文中，二者意义大致相当，故不作详细区分。

运之起废沉浮,无不蕴含其间。① 如是思维,颇类于余华20世纪80年代对非理性世界背后具有决定论意义之命运的文学演绎,以及20世纪90年代后以"简"喻"繁"之极简主义笔法。他试图以一滴水书写大海,以对一个人的命运的悉心书写,让更多人的命运涌现在他的笔下。无需深究此种笔法与海明威冰山理论的关联,以及或许得自雷蒙德·卡佛的启示。此类叙述虽如河流一样清晰可见,但仍然传达了人类内心的丰富和复杂。② 此种思维亦可以表征时运推移与人事兴废。如余华所论,一时代优秀乃至伟大的作品无不包含着象征,对我们寓居世界的方式的象征。这种象征自然包含着对时代核心问题的指称。如前文所论,余华对象数文化的兴趣既源于其反叛既定现实的精神需求,亦与象数文化和现代主义思维颇多相类密不可分。因而,对于该文化更为复杂之妙用,余华并无深究的兴趣。随着20世纪90年代的开启,其朝向"现实"的转型已与此种传统渐行渐远。但在他不断提及且敬佩不已的鲁迅传统中,有对象数文化更为复杂之妙用的文学演绎。此种演绎,在《故事新编》中臻于完美。《故事新编》收入八篇小说,意在"追溯中国民族文化历程的起始,犹如《朝花夕拾》十则追溯他个人文化历程的起始,其根本主题有严肃的意义"。八篇小说"互相结合,由历时性转为共时性,形成一个浑然整体",其间"隐含着一种象数文化结构",其时间次序体现为时代之上溯,《补天》《奔月》为上古;《理水》为夏;《采薇》为商周;《铸剑》《出关》为春秋;《非攻》《起死》为战国。借此,《故事新编》同样编制了中国先秦历史之完整图景。而对儒、墨、道、法诸家思想,各部作品亦有对应。如自象数文化结构观之,"八篇小说的互相耦合,似有八卦之象,而《补天》上出之,犹乾象

---

① 此种思维之详尽阐发,见潘雨廷:《周易虞氏易象释》,张文江整理,上海,上海古籍出版社,2017。
② 见余华:《内心之死》,《温暖和百感交集的旅程》,北京,作家出版社,2014。

焉"。依此,则中国文化轴心时代之全息图像就此形成,其间之运转,包含着重要的文化隐喻。为"'五四'以后中国高层次文学对传统文化的体认之一",①其更为深入的意义,有待进一步阐发。

余华对象数文化的直觉虽并未抵达此境,但其对此种文化的无意识承续仍有可能以另一种方式开出文学的新境界。一如老子以"水"意象为本喻,生发演绎宇宙万物运行之理一般。在多重意义上,短篇《两个人的历史》"预演"了余华《活着》和《许三观卖血记》的思想与笔法。谭博和兰花的历史在20世纪30—80年代展开,背后宏大的历史当然决定了个人命运的走向。但勾连50余年历史的却是几乎无甚意义的"梦",梦的内容亦属无意义之物。但背后仍然可以觉察世事之沧桑巨变与人世之起废沉浮。"余华用这样的方式深刻地喻指了历史本身翻云覆雨的欺骗性,以及人生本身的虚无。"他以梦境中无意义之物指称两个人的历史努力,已然接近庄子物我同一的根本性历史观与命运观。此种以"'无限的简'戏拟和隐喻历史与人生中'无限的繁'",②就其根本而言,与象数思维足相交通。甚至后者要更为精准明了。《两个人的历史》之后,余华以《活着》和《许三观卖血记》的极简书写,意图指陈更多人的命运。其间隐微曲折,自不乏古典思想"境界"之"再生"。其所获致的更为广泛的精神认同,要义或在此处。

二

考察《活着》《许三观卖血记》的批评史,不难察觉,关于福贵与许三观形象"意义"的论争,既与先锋文学的批评前设颇多关联,

---

① 张文江:《〈故事新编〉的象数文化结构》,《渔人之路和问津者之路》,第174-177页,上海,复旦大学出版社,2006。
② 张清华:《主义与逻辑:再谈理解余华的几个切口》,《当代作家评论》2014年第6期。

亦与五四以降之启蒙传统密不可分。出自前者的批评前见，难于接受此两部作品的"非先锋"性；①而以后者所建构之思想及批评观念为出发点，则断难"认同"福贵与现实的和解之路，亦无从认可许三观以幽默的方式化解苦难的精神态度。可以十分方便地将福贵和许三观们归入底层话语加以论述，则二者之"不幸"与"不争"愈发明显，其与闰土及阿Q在精神上的"延续性"因之亦更为突出。但这显然不是余华的初衷。为了缓解自我与现实的紧张关系，余华深切地体悟到"作家的使命不是发泄，不是控诉或者揭露，他应该向人们展示高尚。这里所说的高尚不是那种单纯的美好，而是对一切事物理解之后的超然，对善和恶一视同仁"，最终"用同情的目光看待世界"。出自对美国民歌《老黑奴》的体悟，余华决定写下一部精神类同的小说。"写人对苦难的承受能力，对世界的乐观态度。"写作的过程让余华明白，"人是为活着本身而活着，而不是为活着之外的任何事物而活着"。余华"感到自己写下了高尚的作品"。②而在另外的场合，余华更为明确地表示："人的理想、抱负，或者金钱、地位等等和生命本身是没有关系的，它仅仅只是人的欲望或者是理智扩张时的要求而已。"人的生命本身并无此种要求，"人的生命唯一

---

① 在与张英的对谈中，余华曾提及："有个好朋友很直接地对我说，我不是不喜欢《活着》，我是不明白你为什么写了一个不是先锋派的小说。当时我就告诉他，没有一个作家是为了一个流派写作的。《许三观卖血记》出来的时候更有人告诉我，你是先锋派作家，为什么取了这样一个书名，简直跟赵树理差不多。"（余华、张英：《我一直努力走在自己的前面》，《上海文化》2014年第9期）余华这里所说的朋友，虽未必是研究者。但他们的意见，与以先锋话语为视域的研究理路并无不同。对"先锋"批评话语及其所形塑之文学史观念的局限，王侃亦有反思。见王侃：《永远的化蛹为蝶：再谈作为"先锋"作家的余华》，《当代作家评论》2014年第6期。

② 余华：《〈活着〉中文版（1993年）序》，《我能否相信自己：余华随笔选》，第145-146页，北京，人民日报出版社，1998。

的要求就是'活着'"。①由此可以自然推演出两个重要问题：其一，何为"活着本身"；其二，如何获致"对一切事物理解之后的超然"，且最终形成一种看待世界的"同情的目光"。

对第一个问题，张新颖有极为精到的论述。张新颖发现，当生活于湘西的普通民众出现在沈从文笔下时，"他们不是作为愚昧落后中国的代表和象征而无言地承受着'现代性'的批判，他们是以未经'现代'洗礼的面貌，呈现着他们自然自在的生活和人性"。尤为重要的是，"这种自然自在的生活和人性，不需要外在的'意义'加以评判"。②不曾认信五四以降之启蒙传统，为沈从文笔下敞开此种世界之原因。以此为参照，张新颖注意到，余华在《活着》日文版序言中，着意回应此前意大利读者关于"生活"与"幸存"分界的疑问的真正用心，即在于对"内"与"外"两种视域的区分，而理解福贵形象及其意义之关键，即在此处。就其根本而言，在中国的语境之中，"对于生活在社会底层的人来说，生活和幸存就是一枚分币的两面，它们之间轻微的分界在于方向的不同"。而具体到小说《活着》，"生活是一个人对自己经历的感受，而幸存往往是旁观者对别人经历的看法"。《活着》的重要之处在于，"福贵虽然历经苦难，但是他是在讲述自己的故事"。他的"讲述里不需要别人的看法，只需要他自己的感受，所以他讲述的是生活"。同时，余华也深切地意识到，如果叙述转换成第三人称，如果有了旁人看法的介入，"那么

---

① 余华：《活着是生命的唯一要求——与〈书评周刊〉记者王玮的谈话》，《我能否相信自己：余华随笔选》，第216-217页，北京，人民日报出版社，1998。

② 张新颖：《中国当代文学中沈从文传统的回响——〈活着〉〈秦腔〉〈天香〉和这个传统的不同部分的对话》，《沈从文与二十世纪中国》，第84页，上海，复旦大学出版社，2014。

福贵在读者的眼中就会是一个苦难中的幸存者。"①如不能如其所是且感同身受地理解福贵们的个人经验,则任何阐释均可能意味着对其生存本身意义的遮蔽。因是之故,张新颖认为在更为深刻的意义上,福贵与沈从文笔下的湘西水手其实是同一类人。他们"不追问活着之外的'意义'而活着,忠实于活着本身而使生存和生命自显庄严"。②进而言之,沈从文笔下的湘西人物与余华笔下的福贵一般,是"不同于"五四以降之启蒙传统的人物。换言之,启蒙传统及其所指认的世界,并不能包含前者,甚至还意味着对前者"意义"的遮蔽。唯其如此,余华方能意识到"在旁人眼中福贵的一生是苦熬的一生;可是对于福贵自己,我相信他更多地感受到了幸福"。③也因此,福贵窄如手掌的一生,也可能宽若大地,因为余华借此"讲述了我们中国人这几十年是如何熬过来的"。④需要进一步追问的是:福贵及其思想既不能在五四以降之启蒙传统中得到恰如其分的理解,那么,是否他与更为悠远的传统有着内在的关联?一如张新颖论及沈从文湘西系列作品时所言,沈从文笔下的世界,比"启蒙"思想所指认的世界要更为宽广。这一个在古典思想天、地、人意义上敞开的更为复杂的世界,是否也会是福贵们精神的居所?

仍以沈从文为参照,张新颖发现,沈从文之所以未在"启蒙"的宏大历史叙述中指认现实,是与他对历史的另一种理解密切相关。

---

① 余华:《〈活着〉日文版(2002年)序》,《温暖和百感交集的旅程》,第132页,北京,作家出版社,2014。在写作过程中叙述人称的转换亦能说明此一问题。张新颖对此亦有详细申论,见张新颖:《中国当代文学中沈从文传统的回响》,《沈从文与二十世纪中国》,第91页,上海,复旦大学出版社,2014。

② 张新颖:《中国当代文学中沈从文传统的回响——〈活着〉〈秦腔〉〈天香〉和这个传统的不同部分的对话》,《沈从文与二十世纪中国》,第87页,上海,复旦大学出版社,2014。

③ 余华:《〈活着〉日文版(2002年)序》,《温暖和百感交集的旅程》,第132页,北京,作家出版社,2014。

④ 余华:《〈活着〉韩文版(1997年)序》,《我能否相信自己:余华随笔选》,第147页,北京,人民日报出版社,1998。

不同于以重大事件建构之宏大历史叙述，沈从文以为"真的历史却是一条河。从那日夜长流千古不变的水里石头和砂子，腐了的草木，破烂的船板，使我触着平时我们所疏忽了若干年代若干人类的哀乐！我看到小小渔船，载了它的黑色鸬鹚向下流缓缓划去，看到石滩上拉船人的姿势，我皆异常感动且异常爱他们"。缘此，沈从文不再以为这些人乃是可怜的，无所为生的。"这些人不需要我们可怜，我们应当来尊敬来爱。他们那么庄严忠实的生，却在自然上各担负自己那份命运，为自己，为儿女而活下去。不管怎么样，却从不逃避为了活而应有的一切努力。"尤叫沈从文感动的是，"他们在他们那份习惯生活里、命运里，也依然是哭、笑、吃、喝。"如是说法，庶几可视作为福贵生命意义辩护之"先驱"。更为重要的是，沈从文还注意到，这些人"对于寒暑的来临，更感觉到这四时交递的严重"。①沈从文对普通生命之基本状态的描画，庶几近乎天人合一的状态。若以黄永玉的《无愁河的浪荡汉子》为参照，可知如上世界，乃为一智识之外的广大世界，"是'人身'与'万物'同在的一个世界。其佳处直达'野马也，尘埃也，生物之以息相吹也'"之境。②在《活着》中，余华的笔触多在人事，甚少风景描画，但随着生命渐入老境，死亡也逐日逼近，福贵的生活愈发呈现出接近"自然"的状态。此种接近并非与自然物象的亲近，而是生命状态与自然的逐渐同一：人逐渐与动物与山川、树木、房屋、河流"恢复"某种同一性的内在关系。那头同叫"福贵"的老黄牛与已然衰老的福贵的相依为命，焉知不是余华对上述体悟的形象表达。一如沈从文所言："因为天气太好了一点，故站在船后舱看了许久，我心中忽然好像彻悟了一些，同时又好像从这条河中得到了许多智慧……山头夕阳极

---

① 沈从文：《历史是一条河》，《沈从文全集》（卷十一），第188页，太原，北岳文艺出版社，2009。
② 芳菲：《身在万物中——黄永玉〈无愁河的浪荡汉子〉札记之三》，《上海文化》2013年第5期。

感动我,水底各色圆石也极感动我,我心中似乎毫无什么渣滓,透明烛照,对河水,对夕阳,对拉船人同船,皆那么爱着,十分温暖的爱着!"①人身在万物中,虽未必体会到物我合一的精神状态,但最终,他们将一劳永逸地回归大地,回到开放包容的土地宽广坚实的怀抱之中,与其他动物一般,成为大地的一部分。也因此,《活着》有一个富有诗意也意味深长的结尾:"我知道黄昏正在转瞬即逝,黑夜从天而降了。我看到广阔的土地袒露着结实的胸膛,那是召唤的姿态,就像女人召唤着他们的儿女,土地召唤着黑夜来临。"②这里面或许还包含着死对于生的召唤,包含着让一切关于生之"意义"的设想黯然失色的无缘大慈、同体大悲的隐喻。此种慈悲不唯指向有情众生,亦施及与人齐平之世间万有。

沈从文曾对不具生命意义之自省意识的大多数人与少数觉醒者做过区分。但此种区分仍不在"启蒙"以降对知识人与庸众的高下分野的思想脉络之中,而是意味着其对身处冯友兰所谓之本乎天然的"自然状态"的大多数人的肯定。③在生之意义和自我省察所形成之思想所力不能及之处,一个普通人的生活自有其意义。几乎在同样的意义上,20世纪80年代的史铁生以《命若琴弦》这样的作品指陈人之根本境况:个人的希望愿景可以让原本虚无的世界变得富有意义。即便重新设计世界,人亦无从逃遁生命几乎与生俱来的"破缺"。作为终极的人生否定的死亡必然出现,唯一不可否定的是生命的过程,那些在生与死之间的诸般事项理应成为人生的核心。就根本而言,生命"过程"的意义大于"目的"。任何外在于生命本身的

---

① 沈从文:《历史是一条河》,《沈从文全集》(卷十一),第188页,太原,北岳文艺出版社,2009。
② 余华:《活着》,第195页,海口,南海出版公司,1998。
③ 余华对"高于"普通百姓的"知识分子"立场的反思,根本思想理路亦与此同。详见余华、王尧:《一个人的记忆决定了他的写作方向》,《当代作家评论》2002年第4期。

意义均无从抹杀生命本乎天然的意趣。因此上，当福贵在一种排除来自外部目光的单纯、平和的语调中讲述自己的遭遇，当依赖卖血维持家庭正常运转的许三观泪流满面地行走在大街上时，甚至余华也未必意识到叙述已经悄然将他引向另一个传统，一个论其浩瀚不输于索福克勒斯及其所代表的传统。在这个传统中，那些或许不叫福贵也不叫许三观的成千上万的人从历史中走来，他们的行走浩浩荡荡也分外庄严，他们或许也并不相识，但却在走向共同的命运。无所谓从哪里来，也不必计较各自些微的差异，他们的行走形成了一个源远流长的精神传统，千百年间绵延不绝，也还将永续存在。

　　本乎此，福贵与许三观生活与命运之"反复"及超越的可能的阙如，包含着余华对于此类人物根本生存境况的洞见。同类生活之反复，亦构成不同时代若干人无从逃遁的根本命运。无论历史变迁，世运推移，此类人物所在多有，且注定无法摆脱如福贵、许三观般的"既定"命运。如是，则逐渐接近庄子的人世想象。庄子所谓的"方生方死，方死方生"，即属此理。"在庄子的逻辑理路里，生命的萌发就意味着它正在走向死亡，当其死亡时又意味着新的生命的开始。它是一个环，无起点也无终点，起点也就是终点。"①正是基于对人之存在的此种处境的冷峻观察，庄子思想包含着"人世的苍凉之感，在坐忘心斋的背后，有着人生的大悲哀。"此种大悲哀，即如张爱玲所言"人一年年地活下去，并不走到哪里去；人类一代代下去，也并不走到哪里去。那么，活着有什么意义呢？不管有意义没有，反正是活着的"。②基于同样的原因，胡文英以为"庄子眼极冷，心肠极热。眼冷故是非不管，心肠热故感慨无端。虽知无用而未能忘情，到底是热肠挂住。虽不能忘情而终不下手，到底是冷眼看穿"。

---

　　① 罗宗强：《论海子诗中潜流的民族血脉》，《南开学报》（哲学社会科学版）2002年第2期。
　　② 张爱玲：《中国人的宗教》，《散文卷二：1939—1947年作品》，第66页，哈尔滨，哈尔滨出版社，2003。

因是之故,"庄子最是深情。人第知三闾之哀怨,而不知漆园之哀怨有甚于三闾者。盖三闾之哀怨在一国,漆园之哀怨在天下;三闾之哀怨在一时,漆园之哀怨在万世"。①万世之哀怨,乃在于人之命运的无从逃遁。②即便时移世易,历史之兴衰交替并不能成为命运之起废沉浮的动力。无论兴衰,如福贵、许三观般的人物仍然无从逃脱既定的命运。这便是《活着》和《许三观卖血记》故事所涉,虽为20世纪中国之重要历史时段,但余华仍然尽力将历史的力量做极简的处理,因为他并不认为宏大的历史可以影响此类人物的命运。③余华此时所论之"命运",并非多种话语所建构之底层命运之历史想象,他也并不以为此类话语曾经发生过巨大的历史效力。这种类同于现象学方法的"历史悬置",使得余华在根本性意义上穿越笼罩于福贵、许三观们的话语累积而直抵其生存真相。也因此,《活着》与赵树理《福贵》中同名人物于不同时代及历史语境中命运之"反复",恰正说明关于《活着》所涉之重大历史时段的历史解释并未从根本意义上革新福贵们的命运。基于同样原因,《许三观卖血记》"所隐示的重复不变的社会结构使它能够超越左翼文学传统的个别历史与个别意识形态,而彰显出没有历史的轮回的底层命运"。④进而言之,福贵与许三观源出一脉,《活着》中反复出现之"死亡"事件与《许三观卖血记》中"卖血"之"重复"亦有同样意义。虽说

---

① 胡文英:《庄子独见》,第6页,上海,华东师范大学出版社,2011。

② 也因此,沈从文表示:"我看久了水,从水里的石头得到一点平时好像不能得到的东西,对于人生,对于爱憎,仿佛全然与人不同了。我觉得惆怅得很,我总像看得太深太远,对于我自己,便成为受难者了。这时节我软弱得很,因为我爱了世界,爱了人类。"《历史是一条河》,《沈从文全集》(卷十一),第188页,太原,北岳文艺出版社,2009。

③ 在接受张英的采访时,余华表示:"我以前往往有意淡化时代背景,那是因为我觉得时代对我的作品里的人物命运影响不大。"张英:《余华:我能够对现实发言了》,《南方周末》2005年9月8日。

④ 李今:《论余华〈许三观卖血记〉的"重复"结构与隐喻意义》,《中国现代文学研究丛刊》2013年第8期。

  《活着》中点到即止的源自底层自发的生之幽默只有在《许三观卖血记》中始得淋漓尽致的发挥，如上关于《活着》的讨论仍然在多重意义上适用于《许三观卖血记》。但无疑，在对生之根本状态洞察之眼冷心热处，《活着》比《许三观卖血记》走得更远。

  照余华的理解，抵达"高尚"的方式，并非为现实描画某种单纯的美好，以虚拟世界对现实问题的象征性解决缓解源自"人类无法忍受的太多的真实"的焦虑，而是"对一切事物理解之后的超然"，即将自身融入"一切事物"之中。这种"一切事物"当然包含着对生死贵贱高下优劣种种分别心的"一视同仁"，其境界庶几近乎《红楼梦》"拒绝人世间权力操作下的等级分类"，而"无分别、泯是非、破对立，绝对确认众生平等，万有同源，不同生命类型可以并存并置"。①不仅此也，齐生死、等贵贱、破对立的根本，在于万物的无差别。庄子借子舆之口有如是说法："浸假而化予之左臂以为鸡，予因以求时夜；浸假而化予之右臂以为弹，予因以求鸮炙；浸假而化予之尻以为轮，以神为马，予因以乘之，岂更驾哉！"②庄子此说所论，乃"万物本无差别，既可以是子舆，也可以是鸡、是弹、是车轮"。③不独齐同于生物，亦齐同于无生命的物象，齐同于鸟兽虫鱼、山川、树木、房屋、河流。是为"物化"之要旨，"物化者，万物化而为一也。万物混化而为一，则了无人我是非之辩，则物论

---

  ① 刘再复、刘剑梅：《"天地境界"与神意深渊——关于〈红楼梦〉第三类宗教的讨论》，《书屋》2008年第4期。

  ② 转引自王邦雄：《庄子内七篇·外秋水杂天下的现代解读》，第322-323页，台北，远流出版事业股份有限公司，2013。王邦雄如是读解此说："此《齐物论》所谓的'因是已'，顺任它的所是而是之……无掉心知执著的'用'，而回归形体本身的用，不同的形物才气，就过不同的人生。"就其根本而言，亦与福贵、许三观们之选择义理相通。

  ③ 罗宗强：《论海子诗中潜流的民族血脉》，《南开学报》（哲学社会科学版）2002年第2期。

不齐而自齐也"。①此谓"消解特定立场的偏执，及与天地万物一体"，与"吾丧我"，及"天地与我并生，而万物与我为一"相互照应，互相契合。②如此，人则返归其与物同在的本原状态。人并不高贵于物，其根本性之存在境况，亦非随着诸种意义体系的日渐完善而有结构性的改变。无论王侯将相，引车卖浆者流，于此本无差别。而其根本性的处境，在底层更为触目惊心。因是之故，无论沈从文还是余华，本乎同样的人世观察，他们均未为笔下的人物安排一种精神的"上出"之路，他们只能如其所是地"活着"，而非成为他们注定不是的那一类人。至此，无论源自有意识的个人选择还是出自文化的集体无意识，他们的精神均扎根于更为悠远的思想传统之中，并在最深的意义上，与怀有人世之大悲哀的庄子相遇。

由是观之，或许余华作品的"优秀"部分，并不仅是《现实一种》《世事如烟》等作品对根本性的暴力和死亡的洞见，以及《兄弟》《第七天》极为冷峻的现实观察，还在于他对人类无法忍受的真实的洞察之后和现实的和解之路。其"影响源"，亦不限于西方现代主义、后现代主义，而兼有中国古典思想。福贵和许三观选择了貌似不同的路线，但在最根本的意义上，他们走到了一起，走进了更为悠远的精神传统之中。这或许再度印证了怀特海对西方哲学的评判：所有的西方哲学不过是柏拉图的注脚。置身于更为广阔久远的传统之中的作家们，无论个人经验存在着何样的差别，在最终，也是最根本的状况下，他们作品最为优秀的部分并非个人的独立的创造，而是体现为一种"返归"的态势——返归到更为宏阔的本民族的精神传统之中，并在更高和更深层次上，完成对此种传统的创造性转化，且促进自我的精神完成。是为雅思贝尔斯"轴心时代"说题中应有之义，也在最为深刻的意义上，暗合《周易》生生不息之

---

① 释德清：《庄子内篇注》，转引自陈引驰：《无为与逍遥：庄子六章》，第260页，北京，中华书局，2016。

② 陈引驰：《无为与逍遥：庄子六章》，第260页，北京，中华书局，2016。

精义。亦属中华文化返本开新要义之一,"中国需要一场真正的文艺复兴,承接从禅宗到《红楼梦》的伟大启示,回到河图洛书,回到《山海经》人物所呈示的文化心理原型;重新审视先秦诸子,重新书写中国历史。这完全符合相对论时间倒流的高维时空原理,也是老子生命需要复返婴儿的真谛所在"。①虽未在中国古典思想典籍中着力用心,余华仍然以过人的领悟力体会到中国思想人世观察之紧要处。他以勇猛精进的姿态切入现代经验的最深处,却在最高的意义上返归中国古典思想所开启之精神世界。如是,亦符合老子"反者道之动"之根本命意,亦属文化归根复命可能性之一种,其意义仍待深入探析。

三

依循庄子及其所属之先秦思想的基本路径,则关于《活着》"死亡"事件之"反复",以及《许三观卖血记》"卖血"之"重复"的深层意义,或可以有新的阐述。此种阐述无论思想路向及运思方式,均不同于余华所述之影响源。如余华所论,《许三观卖血记》中极为鲜明之"重复",根源于其对音乐的迷恋,浙江越剧的腔调②和加德纳与蒙特威尔第合唱团演绎的《马太受难曲》使他"明白了叙述的丰富在走向极致以后其实无比单纯","就像这首伟大的受难曲,将近三个小时的长度,却只有一两首歌曲的旋律,宁静、辉煌、痛苦和欢乐重复着这几行单纯的旋律"。尤为重要的是,《马太受难曲》的单纯与丰富与文学足相交通,"仿佛只用了一个短篇小说的结构和

---

① 李劼:《中国文化冷风景》,第16页,台北,允晨文化实业股份有限公司,2013。
② 余华:《"我只要写作,就是回家"——与作家杨绍斌的谈话》,《我能否相信自己:余华随笔选》,第242页,北京,人民日报出版社,1998。

篇幅表达了文学中最绵延不绝的主题"。①如前文所论,余华的极简主义包含着对更为繁复世界的多重指涉,其运思方式近于《周易》思维,以六十四卦象(符号)与文(卦爻辞)明天文、地理、乐律、兵法等等,甚至可以解释人间历史及宇宙创化。②音乐中旋律的重复及其对更为丰富的情感的指涉,其理盖与此同。一如庄子所论,死亡与新生之反复,乃人之在世的基本处境。而自更为宽广的视域观之,则人世的代代更替,暗含着根本性的"重复"的意蕴。是为非线性的循环往复的世界观念创生的原因所在。

根源于对外部世界的仰观俯察,以"四时"(春、夏、秋、冬)为"本喻"释读历史与人世之变迁,为古典思想一重要特征。此种说法,与邹衍"五德终始说"足相交通,亦颇近于亨廷顿关于文化演化之四季轮回说。即如华莱士·马丁所论:"我们感受到的、统一了开始于结尾的循环回归感来自自然——日夜、季节、年月,它们为人类的死亡与再生概念提供了一种模型。"③历史之变迁,被纳入"四时"变化之模式中加以讨论。一如司马谈《论六家旨要》所论:"夫春生夏长,秋收冬藏,此天道之大经也,弗顺则无以立天下之纲纪。"四时变化所包含之循环交替之理,亦被用作文学世界之基本结构模式,开出表象不同而本质无异的多种世界。如《红楼梦》直接以四时品性之不同对应人世兴衰之理,"《红楼梦》有四时气象,前数卷铺叙王谢门庭,安常处顺,梦之春也;省亲一事,备极奢华,如树之秀,而繁阴葱茏可悦,梦之夏也;及通灵玉失,两府查抄,如一夜严霜,万木摧落,秋之为梦,岂不悲哉!贾媪终养,宝玉逃

---

① 余华:《音乐影响了我的写作》,第8页,北京,作家出版社,2014。
② 林义正:《〈周易〉〈春秋〉的诠释原理与应用》,第14页,台北,台大出版中心,2010。
③ 〔美〕华莱士·马丁:《当代叙事学》,第80页,伍晓明译,北京,北京大学出版社,2005。

禅，其家之瑟缩愁惨，直如冬暮光景，是《红楼》之残梦耳"。①此为作品总体性之大结构，其间每一部分（春、夏、秋、冬）亦有小结构，仍以"春""夏""秋""冬"四时转换为核心。②如是之"小循环"交替而成"大循环"，其根本仍然在于循环往复之历史和人事观念。此种思维属奇书文体时空布局的基本特征，无论《金瓶梅》《三国演义》《西游记》，或隐或显，均暗蕴着"'春生、夏长、秋收、冬藏'的四时变化的义理"，③其根本性之历史与人世观察，亦与此理暗合。此种思维及其所开启之文学流脉，在晚清以韩邦庆《海上花列传》为代表，近世则贾平凹《古炉》及《老生》最为突出。《古炉》直接以"四时"叙述为基本结构，表明"已有之事，后必再有，已行之事，后必再行，日光之下并无新事"之理。由"冬部"至于"春部"，恰为由肃杀转至一元复始新的循环开始之际。《老生》则以四个故事暗喻历史循环之理，其所展开之一个世纪的叙述中人事变换亦循环往复。《周易》系统以"乾卦"始，其间经"既济"达至巅峰，却以"未济"终，亦表明循环交替之理。

虽未如贾平凹《古炉》以"春""夏""秋""冬"四时叙述暗喻人事代谢循环交替之理，且在《老生》中以历史根本性之循环表征20世纪历史理性的缺席，④《活着》中"死亡"事件的"反复"与《许三观卖血记》中"重复"之"卖血"同样包含着余华对人之在世经验的深刻洞察。家产散尽之后福贵陷入贫困，其所努力建立之生

---

① 蔡家琬：《红楼梦说梦》，蔡家琬著、赵春辉点校：《二知道人集》，第562页，北京，人民文学出版社，2014。
② 见裘新江：《春风秋月总关情——〈红楼梦〉四季性意象结构论之一》，《红楼梦学刊》2003年第4辑。
③〔美〕浦安迪：《中国叙事学》，第85页，北京，北京大学出版社，1995。是书对"四时"意象所开出之叙述结构及其意义有较为深入之分析，而其对此种叙述所依托之思想的进一步阐述，集中于《浦安迪自选集》（北京，生活·读书·新知三联书店，2011）中论中国古典小说部分。
④ 见杨辉：《作家词典·贾平凹》，《当代作家评论》2016年第6期。更为详尽之论述，见杨辉：《贾平凹与"大文学史"》，《文艺争鸣》2017年第6期。

活平衡屡被死亡事件打破。其后的生活不过是同一结构之反复。而许三观的卖血开始于和阿方、根龙的偶遇，乃其父辈命运之重复，其后来喜、来顺兄弟则意味着另一反复的开端。①不独《活着》《许三观卖血记》，《在细雨中呼喊》以"南门"始，又以"回到南门"终，亦属一大循环。其间"南门"与"孙荡"具体人事虽有差异，但人事之结构却几无区别。孙光林友情之得而复失，失而复得；成年人世界中情与欲、爱与恨、保守与开放、道德与非道德、文明与愚昧均往复交织。凡此种种，构成了孙光林无从逃遁无比寂寞的童年经验。其他如《十八岁出门远行》《河边的错误》《偶然事件》亦体现出余华对叙事循环演绎的热情。②此种"反复"（循环），既暗合前文所述之"四时"意象及其所指涉的生活境况，亦与《周易》思维足相交通。由《十八岁出门远行》所开启之世界在《死亡叙述》与《世事如烟》诸作中得以深化，并逐渐形成余华观照现实的作家目光，背后是个人化的思维方式。其中已然包含着对世事"变"中之"常"的深入领会。生活世界中反复无定的事物，仍然遵循着循环交替之理，看似"无常"，实则"有常"。如前文所论，此种对人生"有常"与"无常"的体会，往往与个人对时间的体验颇多关联。

无论"重复"还是人世根本性之反复，时间均为其中不可或缺的重要一维。也因此，余华认为《在细雨中呼喊》"应该是一本关于记忆的书。它的结构来自于对时间的感受，确切地说是对已知时间的感受，也就是记忆中的时间"。③如管子所论，"春秋冬夏，阴阳之推移也；时之短长，阴阳之利用也；日夜之易，阴阳之化也。"（《管

---

① 对此一问题的详细申论，见李今：《论余华〈许三观卖血记〉的"重复"结构与隐喻意义》，《中国现代文学研究丛刊》2013年第8期。

② 更为详尽之论述，见何鲤：《论余华的叙事循环》，吴义勤主编，王金胜、胡健玲编选：《余华研究资料》，济南，山东文艺出版社，2006。

③ 余华：《意大利文版自序》，《在细雨中呼喊》，第3页，海口，南海出版公司，1999。

子·乘马》）是说表明从阴阳消长可推昼夜交替,"再由昼夜长短比例、温度冷热推出四时变化"。为了说明时间带来的生之喜悦和辛酸,余华援引贺知章《回乡偶书》及崔护《题都城南庄》并体味出此两首诗作所昭示之时间壁立千仞的森严。时间还创造了诞生和死亡、幸福和痛苦、平静和动荡、记忆和感受、理解和想象,最后也是最具文学意味的是,它还创造了故事和神奇。他甚至更为极端地认为,"在文字的叙述里,描述一生的方式是表达时间最为直接的方式,我的意思是说时间的变化掌握了《活着》里福贵命运的变化,或者说时间的方式就是福贵活着的方式"。①福贵在时间之中,与他同在的还有广阔大地宇宙万物。人世之代谢并不高于或者超越于万物的荣枯,人世的交替亦类同于物候之变化。置身天地之间的人们所以饱尝时间之苦,也在深刻体会到时间的推移的无从超越的悲哀。也因此,窄如手掌的福贵的一生,也在根本的意义上宽若大地。余华所谓之时间,在多重意义上并非现代性矢量时间勇往无前的线性特征,而是"以天体旋转为中心的诸自然参照系凭周期性循环提供了自然节律时间",那些从日出日落、四季转换、阴阳交替之自然状态推演出之现实规律,促成了"永恒(不变)的循环(重复)"的古代时间观念。②时间之交替轮回亦可表征人世之反复,并最终呈现为如福贵、许三观们无从逃遁的命运之重。

余华终究意识到,那些活过、爱过、折腾过、受过难,也体味过生之欢悦的人们终将消逝,一如四季轮换、阴阳交替。无论生之"意义"的有无,均无从逃脱浩大虚无之命运。他以数部长篇和更多的中短篇反复阐述着类似的主题。此一主题,在其最为庞大的作品《兄弟》的结尾处尤为显豁:"三年的时光随风而去,有人去世,有

---

① 余华:《〈活着〉日文版(2002年)序》,《温暖和百感交集的旅程》,第135页,北京,作家出版社,2014。

② 尤西林:《心体与时间——二十世纪中国美学与现代性》,第9页,北京,人民出版社,2009。

人出生：老关剪刀走了，张裁缝也走了，可是三年里三个姓关的婴儿和九个姓张的婴儿来了，我们刘镇日落日出生生不息。"①在生命的生死背后，是日出日落花开花谢生生不息之自然规律，无论富贵贫贱，概莫能外。又或者，30年，300年后，表象的局部变革或所在多有，但自总体视域观之，无论"我们刘镇"还是更大的世界，也或将如此这般日出日落生生不息绵延不绝。所谓的无从承受的命运之重，也便如此吧。

质言之，无论与象数文化的内在关联还是与庄子人世观察的暗合抑或与古典时间和历史观念的相通，余华的写作仍包含着不断"上出"的可能，经由对西方思想及技法的实践，最终以返归的姿态回到本民族思想及美学之中，从而熔铸一种全新的，更具包容性和创造力的新传统。中国古典文脉的创造性再生，路径即在此处。如胡河清所论："在21世纪即将降临之际，中国文学艺术确实面临着一场伟大的整合。本世纪最后15年中国作家的艺术探险，已经在逐渐接近新世纪文学的先知之门了。在21世纪中国全息现实主义的文学神殿里，东西方文化的交融将形成一个真正超越《红楼梦》的新巨制时代。"②距其如上判断已有20余年，其所期望之巨制时代仍未来临，但历史以回返的方式已然超克五四以降文化的"古今中西之争"形成之思维窠臼。中国传统文化之全面"复兴"将以彻底超越现代性观念作为思想前设的褊狭，当此之际，古典传统久被遮蔽的精神世界将会重放光明。《世事如烟》以及《活着》和《许三观卖血记》所暗合之思想传统，也将日新不已。

本文原刊于《当代作家评论》2018年第2期

---

① 余华：《兄弟》下部，第454页，上海，上海文艺出版社，2006。
② 胡河清：《中国全息现实主义的诞生》，王晓明、王海渭、张寅彭编：《胡河清文集》，第160页，合肥，安徽教育出版社，2014。

应物象形与伟大的文学传统

——评李洱的长篇小说《应物兄》

孟繁华

这是一部写了13年的小说,是一部与时代有同构关系的小说,是一部关于知识阶层的小说,是知识阶层人物的博物馆,也是一部具有百科全书意味的小说。小说以儒学院的具体筹建人、儒学大师程济世归国联系人应物兄为主角,将他这一过程中的心理和行为遭遇跃然纸上,将各色人等的心机、算计以及冲突、矛盾或明争暗斗尔虞我诈,汇集于儒学大业的复兴中。知识界与历史、与当下、与利益的各种复杂关系,通过不同的行为和表情一览无余。这是我们期待已久的小说,它的文学价值将在众声喧哗的不同阐释中逐渐得到揭示。

《应物兄》发表之后,首先在上海批评界引发了近乎海啸般的震动,除了郜元宝温和地提出了少许质疑和批评之外,几乎众口一词地给予了极高的评价。应该说,《应物兄》承担得起这样的评价。据统计,小说涉及的典籍著作400余种,真实的历史人物近200个,植物50余种、动物近百种、疾病40余种,小说人物近百个,涉及各种学说和理论50余种，各种空间场景和自然地理环境200余处，这种将密集的知识镶嵌于小说中的写法，在当代文学中几乎是空前的。满篇飞扬的知识符号遮天蔽日目不暇接，它新奇又熟悉，绚丽又陌生。这是批评界对这部小说倍感亲切的原因之一，于是大家跃跃欲试又莫衷一是，"热议"一词几乎是所有报道这部小说使用频率最高的词汇。作为一部百科全书式的小说，这种效果大概早在作家李洱的预料之中，也应该是李洱最为得意之处。想到这里，耳边就会响起李洱那狡黠又天真的嘿嘿笑声。

小说封面有一句寄语或提示曰：虚己应物，恕而后行。出自《晋书·外戚传·王濛》，意在说待人接物应有的态度和要求，顺应事物谨慎行事。这是作家对个人叙事和处理人物的自我提示，但我更愿意从创作的方法上理解"应物"的含义。"应物"，原指画家的描绘要与反映的对象形似，就是应物象形。其说法出自南齐谢赫的《画品》，《画品》提出了谢赫六法。包括气韵生动、骨法用笔、应物象形、随类赋彩、经营位置、传移摹写。应物象形，就是画家在描绘对象时，要顺应事物的本来面貌，用造型手段把它表现出来，描绘事物要有一定的客观事物作为依托，作为凭借，不能随意主观臆造，也就是客观地反映事物，描绘对象。但是，作为艺术，也可以在尊重客观事物的前提下进行取舍、概括、想象和夸张。这可以说是指一种创作态度和方法，也可以理解为中国最早的朴素的"现实主义"。我理解这是解读《应物兄》的钥匙和入口。或者说，李洱在塑造摹写应物兄等一干人物及其关系的时候，其主观愿望是力求达到应物象形，真实准确。当然，今天对应物象形的理解和文学实践早已超越了谢赫的时代，对各种艺术手法的综合运用已经成为常识。因此，今天"应物象形"显然也具有了它的时代性，是在这样的意义上李洱将小说命名为"应物兄"。而"应物"对小说而言，不止是一个人物，也是他的方法和自我期许。

在"应物象形"的旨归和追求下，他真实、生动、神似地写出当下知识阶层的众生相，写出了这个时代知识阶层总体的精神面貌、心理状况和日常生活。应该说，这是一个文学难题。进入新世纪之后，各种文学潮流和题材风起云涌此起彼伏，但是，知识分子题材还是一个稀缺之物。或者说，如何处理和准确描述当下的知识阶层，作家作为这个阶层组成部分，他们仍然感到困难。这一状况，与以往经验的比较中会看得更清楚。现代知识阶层文化信念和方向的选择，经历了一个从总体性的认同到文化游击战过程。知识阶层在中国不是一个独立的阶层，他们在社会历史发展过程中，总要面临文化方向和信念的选择。五四时期似乎表达了这个阶层的先知先觉，他们振臂一呼，"德""赛"二先生引领了那个时代的思想风尚和文化潮流，展示了这个阶层耀眼的风采。但是，文化革命如割辫、易服、放脚，早已在民间完成，更无须说在西方现代性压力下改制的大势所趋。"没有晚清，何来五四"的被发现，现当代研究界在一个时期里津津乐道就不是空穴来风。但是，通过百年来关于知识分子题材小说我们会看到，知识分子的文化方向和文化信念的选择，同中国的现代性是一个同构关系，就是不确定性。启蒙、革命、救亡、思想改造、多元文化追求等，是这一题材在不同历史时期的文学回响。其间虽然有激进主义、保守主义以及其他观念旁逸斜出，但是，大体总有一个"总体性"的存在，与社会历史潮流的发展构成了推波助澜的关系，形象地表达或顺应了"总体性"的要求。"狂人"的"呐喊""零余者"的彷徨、茅盾的《蚀》三部曲、钱钟书的《围城》、师陀的《结婚》、李劼人的《天魔舞》、路翎的《财主的儿女们》、杨沫的《青春之歌》、张扬的《第二次握手》、靳凡的《公开的情书》、戴厚英的《人啊，人》、谌容的《人到中年》、宗璞的《野葫芦引》、从维熙的《雪落黄河静无声》、张贤亮的《绿化树》、王蒙的《布礼》、鲁彦周的《天云山传奇》、叶楠的《巴山夜雨》、张承志的《黑骏马》《北方的河》等，构成了知识分子小说庞大而激越的交响。90年代以后，情况发生了变化，贾平凹的《废都》、王家达的《所谓教授》、阎真的《沧浪之水》、张者的《桃李》、李晓华的《世纪病人》等,书写了知识阶层令人惊悚的蜕变和分化。知识阶层再也难以找到能够认同的文化总体性。这与五四时期一直到80年代是大不相同的。

《应物兄》诞生的2018年,院校知识阶层百年来所有的冲动业已平息,他们中高层的"学术人物"已经成为既得利益集团的成员,他们占据了绝大部分学院资源,有庞杂的人脉关系,有巨额研究经费等,他们在这个时代如鱼得水、游刃有余,他们走进掌控学术资本和话语权力的相关部门。其他教授和教员,不仅要受到现行教育制度的挤压,而且也要受到这些超级教授和学阀的挤压。因此,如何描摹这个阶层的精神状况、生存状态和创造具有概括力的文学人物,对作家构成了巨大的挑战。这时应物兄款款走来了,应物兄真是恰逢其时啊。应物兄有多重身份:济州大学的著名学者、教授,济州大学学术权威乔木先生的弟子兼乘龙快婿,济州大学筹备儒学研究院的负责人,还是济州大学欲引进的哈佛大学儒学泰斗程济世的联络人。但是,应物兄一出场,就注定了他是一个与现代知识分子无缘的人物,他自说自话、欲言又止,更多的话是憋在自己的肚子里,这是一种处事方式。这种方式是他的导师兼岳父乔木先生亲授的:不要接话太快,人长大的标志是能憋住尿,成熟的标志是憋住话;孔子最讨厌话多的人,君子讷于言而敏于行。于是,应物兄就有了自己和自己说话、自问自答的习惯,他的内心就是黑格尔意义上的"避难所"。他在应对日常工作的同时,也不免与商业利益瓜田李下。他的学术著作《〈论语〉与当代人的精神处境》,出版时被出版人季宗慈改为《孔子是条丧家狗》,应物兄大闹一场无济于事也只好不了了之,但因此他却惹上了不小的麻烦。先是师弟费鸣的"隔空打劫",在"午夜访谈"节目中假借出租车司机"砸场子",让应物兄节节败退颜面尽失。佯装司机的费鸣步步紧逼,不依不饶;应物兄则已经"满头大汗"了。这是小说最为精彩的场景之一。那位不知深浅的主持人"朗月当空"还说:"什么样的听众都有。上次说的那个嘉宾,被听众训得心脏病都犯了。从此我们都不得不准备速效救心丸。但我相信您能够挺住。"听了这不明事理的胡言乱语,应物兄说:"人家说得也有道理。"有了这句话,应物兄本质上还不是一个坏人,他还是一个足够机灵,不够精明的人。但这不是坏人的应物兄,却又陷进另一个进退维谷的场景:那就是后来与朗月纠缠不清的风月事。事件的缘起,应该说应物兄是被季宗慈绑架的,但是,在应物兄微弱的反抗中,也表达了他半推半就之后就随波逐流的内心潜在欲望。

应物兄是小说的主角,小说中的所有人物几乎都与他有关系。

首先是三代知识分子:研究柏拉图的女博导何为,经济系研究亚当·斯密的张子房,文学院的乔木,闻一多的学生考古学教授姚鼐,还有物理学教授双林;第二代即应物兄这一代,包括与应物兄明争暗斗的费鸣、性取向特殊的郏象愚、研究屈原的伯庸、研究鲁迅的郑树森、"三分之一儒学家"的大学校长葛道宏、文学院长张光斗,教授邬学勤、汪居常、华学明等;第三代,如"儒学天才"小颜等人,其中不乏"精致的利己主义者"。与学院相关的人物在小说中其实不足三分之一。其他人物如险些被老婆扣成肛漏的栾副省长、黄金海岸集团的董事长、程济世的弟子黄兴,桃都山集团老板铁梳子、戏剧表演艺术家兰菊梅以及电视台主持人朗月等。这些人物都与济州大学、与应物兄有千丝万缕的联系,这是小说被认为是学院知识分子小说的重要原因。如果没有这些学院之外各色人等的关系,学院知识阶层的"应物象形"在艺术上就失去了依托,只有通过与社会各阶层千丝万缕的关系,"知识分子"们的面相才能得以完整塑造。如果从这个方面看,《应物兄》又不止写了大学,而是通过知识阶层写了整个社会。

儒家思想是中国传统文化的核心思想,它绵延不绝两千余年,以主流的形式对后世尤其对传统文人和近现代知识分子产生了根本性的影响。它的博大精深显示了东方的智慧，以其独特性在世界文化总体格局中发出悠长而久远的回响。儒家思想自创立始，便为传统文人设计了理想的人生道路，这一理想的设计成为中国传统文人终生向往与奋斗的目标，它的实现与否标示了人生的成败和自我价值的是否实现。在儒家看来，要有"以天下为己任"的宏大抱负，"修身齐家治国平天下"是最理想的人生选择，也是天经地义的分内事。要实现这一理想，通过仕途跻身于官僚集团是唯一的通道，"学而优则仕"是两千余年传统文人根深蒂固的观念。历代官制经由任命、"辟地"、"胜敌"、"九品中正制"等各种形式逐渐过渡到隋唐以降的"试策"取士和"科举"取士，积极从政的传统文人便纷纷踏上了通往理想的狭窄道路，一个个儒生满怀神圣与建功立业的梦幻从四面八方向科举圣地走来，终生为之追逐而乐此不疲。因此，中国读书明理的传统文人们便自觉地承当了国家官僚机构整装待命的庞大的预备队。一旦金榜题名，儒生的命运便即刻改变，它不仅光宗耀祖、辉映乡里，同时使儒生的心态焕然一新，所谓"春风得意马蹄疾，一朝看遍长安花"，正是成功者心态的写照。因此，科举取士聚集了文人的目光和内心欲望。唐代虽出现过"野无遗贤"奸佞弄权的把戏，在元代也曾废止科举80年，但这丝毫没有影响后来文人参加科举的热情和终生锲而不舍的努力。

　　儒家理想的人生道路和唯一实现途径，严格地规约了传统文人的心态模型和行为模式。对现实的态度，儒家倡导积极的入世精神和参与意识，把对公共事务的关心看作是个人义不容辞的责任，把国家、民族的命运与个人命运紧密地联系在一起，自视身负使命，有救世明道的天然义务。既要积极入世，对社会生活发生作用，只有走为官入仕的实用政治道路，通过自己的努力创造出一个太平盛世。"为生民立命""为万世开太平"成为历代儒生的共识。这些原始教义始终激荡点燃着历代"士"的内心冲动。儒学创立时代，"士"们便积极投身于社会实践和政治旋涡，或创立学派提出治国平天下的理论，或投入君王怀抱充当幕僚，或投笔从戎参与诸侯征战。孔子仕途受挫才不得不做了中国第一位"教授"。因此"兼济天下"的入世思想是世代儒生的普遍心态，"事事关心"的参与意识一直延续至今不衰，在当代知识分子的心中依然会引起强烈的震荡。

以天下为己任的入世精神面对战乱不断、矛盾丛生、君王昏庸、奸佞当道的现实社会，必然会产生一种深切的忧患情怀，即便是处于安乐之中，也会"居安思危"。它因世代相通而成为中国传统文人或现代知识分子一个普遍的精神特征。两千多年来，传统文人无论从政或治学，他们留传下来的诗文，多为感时忧国之作，自屈原始，司马迁、杜甫、陆游、辛弃疾，一直到近代的龚自珍、梁启超等，无不心忧天下，为民族兴亡忧患不已。

与忧患情怀相连的是传统文人的批判意识。"士志于道"集中体现了传统文人的信念和终极价值关怀。因此，传统文人在封建社会同样也具有"社会良知"的功能。当"士"以"道"的承担者自居时，其客观身份已经不重要，而重要的是其"社会良知监护人"的社会功能。这是入世精神和忧患情怀在价值层面的体现。以正义的捍卫者和基本价值的守护者的身份自我定位，是传统文人理想的道德和人格境界。人生实践中是否都努力实现这一境界另当别论，但古代文学中揭露腐败荒淫、抨击时事政治、同情底层人民、抒发愤懑不平的作品层出不穷却是文学史实。那"知其不可而为之"的刚正顽强心态一直延续至今不衰，也正是传统文人和现代知识分子的最为动人之处。新文化运动之后，儒学受到重创，但在不同的历史时期仍不时有它的回响，作为中国文化的元话语之一，它有巨大而顽强的生命力。

但是，以应物兄为核心的正在筹备的儒学研究院及其周边的"儒生们"，他们的行为方式和情感方式，并没有在与儒家思想有关的层面展开，他们是情怀和理想尽失的一个群体，当然也不是这个时代的清流。他们与红尘滚滚的世风沆瀣一气，甚至有过之无不及。

所以鲁迅说：我觉得文人的性质，是颇不好的。因为他们智识思想都较为复杂，而且可以处在东倒西歪的地位，所以坚定的人是不多的。鲁迅的锐利、深刻和一针见血无人能敌。面对这样的"儒学家"，外来学习儒学的学生们甚至也敢公然地挑战儒学。卡尔文是小说中一个来自坦桑尼亚的黑人留学生。这个人物的设置意味深长：作为一个弱势国家的留学生，他是来中国学习儒学的。但是这又是一个气焰嚣张的学生。他不仅寻花问柳、声色犬马，而且可以公然挑战儒学。他曾经问应物兄：《论语》中说，有朋自远方来，不亦乐乎，可随后孔子又提到父母在，不远游。"自远方"来的那个"朋"，是不是已经父母双亡了？一个如此不孝之人，孔子怎么能把他当成志同道合的朋友呢？卡尔文的问题确实刁钻。应物兄回答的是下半句："游必有方"。但是卡尔文毕竟是卡尔文，他不理解的是，这是《论语》开篇的"学而篇"。学是指学习礼乐诗书，那个有朋自远方来的"朋"，不是来游玩的，是来问学、讨论礼乐诗书的。这与孔子并不反对一个人为正当的目标可以外出奋斗是不矛盾的。但是，儒学受到外来文化的挑战，在这里就是一个隐喻性的事件。难怪程济世儿子程刚笃的美国太太珍妮写的儒学论文将题目定为"儒驴"，其嘲讽意味也算是没有辜负济州大学儒学院了。

因此，在我看来，济州大学的"儒生们"虽然没有忧患、没有情怀，但是，作为小说创作，这是全新的经验。李洱面对这一新经验，为他进入创作带来了巨大冲动，但小说总体表达的是李洱苦心经营的一部未名的忧伤之书，一部不着痕迹的充满了忧患意识的小说。小说通过无数具体的细节，呈现了以济州大学为中心的知识阶层在做什么、想什么、关注什么。关于"儒驴"的那堂讨论课，再形象不过地呈现了当代"儒生们"的荒诞和丑陋，他们如果不是"儒驴"，也与他们讨论涉及的"黔之驴"相差无几了。面对"儒生们"的所作所为，李洱不是强颜欢笑，他是强颜苦笑。特别是当他提到的历史，提到西南联大一代人时说"一代人正在撤离现场"；提到 80 年代时说"求知曾是一个时代的风尚"。显然不是随意的联系，这是李洱面对应物兄们发出的感伤又不免苍凉的慨叹。他写到李泽厚到大学演讲的场景，不免让我们潸然泪下，我们就是从那个年代走过的一代。当年的我们是何等的意气风发，那些历史片段至今仍储存在不同的文化记忆中，只要听听 80 年代的校园歌曲，读读 80 年代风靡一时的诗歌，我们偶尔还会闪回到那英姿勃发的青春岁月。一如应物兄在网上看到他多年前的文章《人的觉醒》的感叹。

时过境迁，我们或许也是应物兄的同道、起码相差无几了吧。大学是一个国家民族的精神堡垒和思想高地，而应物兄们一步步正在走向万劫不复的境地，这是我们时代思想和精神深处最为惨烈和触目惊心的场景。如果是这样的话，那么，《应物兄》就是一部充满了忧患感的大书。作家毕飞宇在写南帆的一篇文章中说：

我曾经拜读过保罗·约翰逊的《知识分子》。这本书给我留下了惨痛的记忆，我的小说至今没有留下"知识分子"的记录，足以证明保罗对我的刺激有多大。但是，我热爱知识分子，我指的是社会学意义上的"知识分子"这一概念。我曾经鼓足了勇气说过这样的一句话："我愿意通过写作最终让自己成为一个知识分子。"我说这番话的时候"知识分子"与"公共知识分子"正在臭大街。我有些赌气：我欠抽还不行么？虽然我配不上知识分子这个称号。我有一个一厢情愿的愿望，"知识分子"这个概念不应该臭大街，我甚至还愿意套用一句伏尔泰的话：没有知识分子也要创造出一个知识分子来。一个好的社会怎么能容不下"知识分子"呢？一个好的社会怎么能离得开"知识分子"呢？有原罪的"知识分子"那也是"知识分子"。[①]

遗憾的是，济大的"儒生们"没有一个人愿意思考自己如何在思想和行为方式上成为一个知识分子，我们时代的精神困境正在肆

---

① 毕飞宇：《南帆的生动与理性》，《当代作家评论》2019 年第 2 期。

虐地蔓延。

　　关于章节命名,大家都注意到每个章节都取自章节的前两三个字,感到新鲜奇妙。这种题目的命名方式古已有之。比如《诗经》中的《螽斯》:"螽斯羽,诜诜兮。宜尔子孙,振振兮;螽斯羽,薨薨兮。宜尔子孙,绳绳兮。螽斯羽,揖揖兮。宜尔子孙,蛰蛰兮";比如《麟之趾》:"麟之趾,振振公子,于嗟麟兮。麟之定,振振公姓,于嗟麟兮。麟之角,振振公族,于嗟麟兮"。《诗经》中类似的命题方式比比皆是。当然,最著名的可能还是唐代大诗人李商隐的《锦瑟》诗:锦瑟无端五十弦,一弦一柱思华年。锦瑟:瑟的美称。无端:没来由的。古代诗歌研究专家认为这种命题方式也是一种"没有来由"的"无理"命名,但又有"无理之妙"的美学效果。《应物兄》同样取得了这一效果。小说的结构,是以济州大学成立太和儒学院为中心,通过这一建院过程,各色人物粉墨登场。引进哈佛大学东亚系教授、儒学大师程济世来济州大学儒学研究院任院长,本身就是一件虚妄的事情。研究儒学的这些知识分子的所作所为,或者说他们的职业化,早已不把儒学当回事,儒学只是一个饭碗而已。程济世即便做了济州大学儒学研究院长,又能如何?我们也见到了这位声名显赫的"儒学大师",他也可以做《儒学与中国的"另一种现代性"》的极具当下性的报告,而且让省长和老教授们听得"血脉膨胀",上了年纪的人甚至往嘴里塞着药丸,预防高血压或冠心病。因为他们事先就预料到自己会激动不已。但是,当程先生举具体例子比如——人的体味、包饺子、价值观之后,将儒学抬到了至高无上甚至无所不能地位时,他可能就刀走偏锋自以为是了。更何况,与其说他来济大是对济州儒学院的情感,毋宁说他更多地还是源于对济哥、仁德丸子的感情。在81《螽斯》一节中,张明亮从程先生录音剪辑出来的关于济哥的言谈,再清楚不过地表达了程世济对螽斯、也就是蝈蝈的一往深情:"程先生的声音,在会贤堂回荡。低沉,缓慢,苍老,令人动容。在程先生那里,济哥已经不仅仅是鸣虫了，而是他的乡愁。"在101《仁德丸子》一节中，应物兄记得很清楚——

程先生认为，仁德丸子，天下第一。北京的四喜丸子，别人都说好，他却吃不出个好来。首先名字他就不喜欢。四喜者，一喜金榜题名；二喜成家完婚；三喜做了乘龙快婿；四喜阖家团圆。全是沾沾自喜。儒家、儒学家，何时何地，都不得沾沾自喜。何为沾沾自喜？见贤不思齐，见不贤则讥之，是谓沾沾自喜。五十步笑百步，是谓沾沾自喜。还是仁德丸子好。名字好，味道也好。仁德丸子要放在荷叶上，清香可口。食不厌精，脍不厌细，精细莫过仁德丸子。

程先生说："奔着仁德丸子，老夫也要回到济州。"程先生对济州的情感具体而温馨，但因蠡斯和仁德丸子信誓旦旦的程先生就是迟迟不临，一再延宕，他来研究院成为一个遥遥无期"等待戈多"的事件。这一后叙事视角的设定，恰好契合了小说叙事的需要——这漫长或不可及的等待，既是隐喻，也为小说叙事赢得了时间和空间：建太和儒学院，风乍起，搅起满天风尘。自第三章起，黄兴的GC集团开始到济州实地调查、投资，工程上马；然后是各色人等向太和研究院拥塞，应物兄的好日子也到头了。但是当研究院终于落成的时候，济大"寻访仁德路课题小组"确定的地址却选错了。而程先生大驾仍然没有踪影。事实是，程济世是否回来一点都不重要，无论对济州大学的儒学研究院，还是对当代中国的儒学研究，一个"出口转内销"的儒学，还能怎么样呢？因此，程济世只是小说叙事的需要，与儒学没什么关系。学，不在有用无用。人文学科如果从实用的角度评价，当然是无用之学。但是，看到应物兄和太和研究院的老爷少爷们，真实的感受不是学的有用无用，而真的是一无是处了。

如果从文学谱系来讨论《应物兄》的话，这个庞然大物几乎是难以厘清的。但是，起码这样几个方面还是看得清楚：小说的章节安排，有"史传传统"的遗风流韵。小说虽然每节题目是按照每节第一行前几个字命名,但是,李洱刻意让小说中的主要人物都在每个小节中作为题目出现,使这些人物相对独立、完整而给人留下深刻印象;在描摹这些人物的时候,他们与现实真实人物的语言、行为、名字等多有戏仿,某些著作、言论、行为等,我们大体知道来自哪里,这一挪移嫁接给人亦真亦幻的感觉,更加强化了小说的真实性和当代性。而整体上反讽、荒诞等先锋文学的技法,不仅彰显了作家李洱的文学胎记,同时也与他试图总体性地描绘当下知识阶层面相的期许有关;小说以多种方法艺术地真实塑造了当下知识阶层的诸多形象,但那里也有抑制不住的嘲讽戏谑和荒诞;笔法当然也有《儒林外史》以及《围城》的传统,应物兄、费鸣、伯庸等,几乎就是三闾大学方鸿渐、赵辛楣和李梅亭的同事。就像《围城》中的三闾大学,对原型学校有诸多猜测,《应物兄》发表后,也难怪对济州大学原型也有了诸多猜测;如果再往大了看,从应物兄个人命运来说,他从一个成功的中年教授到一个学术明星,上街都要戴墨镜,街头电视里播映着他的演讲,他出入楼堂馆所,接触各界"上流社会"。但他最后还是遭遇车祸生死未卜;栾庭玉副省长面临着被双规,为繁殖济州蝈蝈呕心沥血的华学明疯了,双林院士、何为老太太逝世,应物兄最尊重的芸娘长病不起……正所谓眼见他起高楼,眼见他宴宾客,眼见他楼塌了。从这个意义上,《应物兄》显然又不止是写院校知识阶层,不止是写这个阶层的堕落和分崩离析,而是对人生悠长的喟叹和感伤,人生终归是大梦一场。这样,小说无论在细节的铺排上,还是整体的象征意味上,它接续的又是《红楼梦》的传统,是《红楼梦》这部伟大作品的当代回响。儒学的传统在太和研究院化为乌有,但李洱却用他的小说实现了对伟大文学传统的继承和弘扬。伟大的文学传统,是一个不断发展、不断构建的传统,它在扬弃中也不断吸纳。它是由中国古代文学、现代文学和西方优秀文学遗产合流形成的一种"守正创新"的、对当下文学具有支配性向心力的文学观念。《应物兄》的创作践行的正是这一传统。

《应物兄》是几十年中国当代文学发展中的一部重要作品，是一部属于中国文学荣誉的高端小说。长久以来，我们祝愿祈祷中国文学能够有一部足以让世人刮目相看的小说，能够有一部不负我们伟大文学传统、不负我们百年来对中外文学经验积累的一部小说，经过如此漫长的等待，现在，它终于如期而至。

本文原刊于《当代作家评论》2019年第3期

"记忆的阐释学"与当代文学的记忆书写问题
——以毕飞宇为例

赵 坤

关于文学与记忆的关系,毕飞宇曾说:"记忆是不可靠的。是动态的,充满了不确定性。这种动态或不确定使记忆本身带上了戏剧性,也就是说,带有浓重的文学色彩。"①这是哲学现代性层面的讨论,理性主义将记忆书写纳入文学的范畴,经验主义则证明记忆与文学之间必然的关系,问题就这样集中到文学的主体性。当代文学中,围绕现代国家的合法化、后革命时代的革命书写、社会主义道路的想象与认同,以及创伤记忆的清理和反思等问题,关于个体与集体的记忆主题不断展开、深入,记忆书写也呈现出与历史叙述之间的复杂关系,以至于关于记忆的写作,越来越多地被视为文学重返、发现、重写历史,解释、认识现实,兼与观察当代知识分子人文精神、情感结构以及社会思想变化的"记忆的阐释学"问题。

---

① 毕飞宇:《记忆是不可靠的》,《文艺争鸣》2010年第1期。

一、"记忆之场":个体与集体记忆如何交互

苏格拉底曾经对特埃特图斯说,记忆是"缪斯的母亲摩涅莫绪涅所赐的礼物",如果没有记忆,那些音乐、诗歌、绘画,所有人类史上的艺术杰作都会被遗忘。所以书写作为助记方法被发明,在各种文明形式中被赋予记忆历史的原始功能,但"人工记忆"会有选择和遗忘,并在漫长的历史、文化和文明史中"影响我们对记忆和遗忘的认识"。[①]后现代理论发现了这一点,提示了人类在"反思"和"重构"中考察思想史的形成脉络。在这条脉络的20世纪端口,法国史学家皮埃尔·诺拉提出物质性、象征性和功能性的"记忆之场",质疑了拉维斯主义那种"条分缕析又严丝合缝的'统一体'""时序上和归旨上的连续性"的历史逻辑,转以历史的遗迹(那些真实的场所、纪念碑、档案之类)为中心,对"建构之象征物"与"施加之象征物"展开意义生成路线的追溯。有趣的是,历史学家们讨论的重点对象是法国作家普鲁斯特的《追忆似水年华》。也因此,记忆除了"国民意识的形成和自我观照的历史"的贡献之外,对于文学研究的重要启示是,文学如何作为文化"遗产"在社会历史的构建与反思性自我意识中发挥重要作用。

当然,需要申明的是,历史绝非文学的唯一尺规,就像文学无法取代她的艺术近亲,但不可否认的是,"文学必然具有的历史维度"。[②]如果不考虑各种立场和价值化的历史观,历史书写的主要内容本质上是由记忆构成的。中国的文学传统里,《红楼梦》的家族史,《三国演义》的朝代史,《水浒传》《西游记》的共同体历史,都

---

① 〔荷〕德拉埃斯马:《记忆的隐喻:心灵的观念史》,第2页,乔修峰译,广州,花城出版社,2009。
② 〔法〕安托万·孔帕尼翁:《理论的幽灵——文学与常识》,第206-207页,吴泓缈、汪捷宇译,南京,南京大学出版社,2011。

是书写集体记忆的。笔记小说如《搜神记》《聊斋志异》《梦溪笔谈》等,因为叙述视角和志人志怪的传统更接近私人记忆。在更宽泛的文体,如《先妣事略》《寒花葬志》《长恨歌》《木兰辞》等,以及更古老的史传文学传统中,记忆都是结构历史的主要材料。尤其是集体记忆,因为社会性与公共性特征,在群体内部存在"一个所谓的集体记忆和记忆的社会框架",关于历史的宏大叙事表达,也就是皮埃尔·诺拉所说的"民族传奇",就变成表现历史记忆的优先形式。以此观照中国当代文学史,重点书写集体记忆的,也是多集中于承担革命与新中国合法化任务的革命历史小说和样板戏等文学形式。当然,伤痕文学、知青小说也会讨论集体记忆,但写法更依赖于个体与集体记忆之间的互动,近似于哈布瓦赫所说的"受到外在召唤,以应答之心,加入到使自己能够展开回忆的记忆中",完成的还是"个体记忆与集体记忆的交相混杂"。可见,当代文学成史的过程中,无论革命历史小说还是伤痕文学,作家们共同的集体记忆是主要的话语资源。

但对于毕飞宇和其他生于60年代的作家来说,新中国大事记的历史时间轴上,他们没有前辈作家那样高度相似的共同经验,年龄决定了他们"历史后来者"的身份。所以前辈作家们清理集体记忆的时刻,"60后"的毕飞宇们更倾向于讨论那些重大历史时刻的影响,"不能说没有影响,我只能说,没有直接的影响。以我的年纪,轮不上我"。[①]这就使"60后"的记忆写作成为当代文学史上的关键时刻,它涉及新生代作家如何面对文学史的写作传统,如何找到自己的话语方式,以及从怎样的角度续写文学史等问题。事实上,对毕飞宇们来说,相比百年中国的社会变动与20世纪中国文学之间的共振关系,当代社会的写作环境与作家的情感结构都发生了复杂的变化。虽然集体记忆曾经作为强大的话语资源结构了20世纪中国文

---

① 毕飞宇:《介入的愿望会伴随我一生》,《文艺争鸣》2014年第2期。

学史,在左翼文学、抗战诗歌、革命历史小说、"三突出"、"三结合"、样板戏,包括后来的伤痕文学、知青小说等中都发挥了作用,但随着当代集体记忆的逐渐消失,"过时"的集体记忆又失去了表现社会历史现实的能力。文学史正在表现出"双重的失忆",即六七十年代的文学书写失忆,以及先锋文学的失忆。前者,是指伤痕与反思等写作并没有完成其历史的清理与重建工作,我们对非常年代的认识依然是模糊的;后者,是文学史尚未完成集体记忆的历史转码,先锋文学便以极其"先锋"的姿态呼啸而来,将本土的记忆内容隔绝在外。①这些都在现象学层面造成"60后"写作的客观性障碍。

面对文学史的双重"失忆","60后"作家是通过个体记忆的书写搭建了一座"记忆之场",实现小说叙事功能里"记忆和历史间进行过渡的结构",近似于利科的"一种个体记忆与集体记忆的同时的、相互的、交叉的结构"。②这种记忆的交互贯穿了先锋文学,以及从先锋文学回到中国故事写作现场的全部过程。余华所说的"一个记忆回来了",③指的是本土意识的回归;毕飞宇的补充说明表达了他的认同——"这个'回忆'是针对'失忆'的,它改变了当代文学的走向,我们的文学有效地偏离了西方,越来越多地涉及我们的本土,我们的记忆里终于有了我们的瞳孔、脚后跟、脚尖。拥有瞳孔、脚后跟和脚尖的记忆和完全彻底的虚构,这里头有本质的区别"。④当然,文学走向的改道原因复杂,但就作家的主体意识而言,

---

① 毕飞宇对于先锋文学的失忆有过说法:"先锋文学有两个最显著的特征,也就是历史虚构和现实虚构。这两个间隔虚构又有一个共同的背景,那就是西方:既有西方的观念,也有西方的方法。无论是历史虚构还是现实虚构,和我们的本土关系其实都不大。换句话说,先锋小说是'失忆'的小说。"见毕飞宇:《介入的愿望会伴随我一生》,《文艺争鸣》2014年第2期。
② 〔法〕保罗·利科:《过去之谜》,第39页,綦甲福译,济南,山东大学出版社,2009。
③ 余华:《一个记忆回来了》,《文艺争鸣》2010年第1期。
④ 毕飞宇:《记忆是不可靠的》,《文艺争鸣》2010年第1期。

新文化运动以来的中西方文化权势的转移,①使中国知识界在不断降格的文化心理中触底反思,20世纪关于古谣搜集、学衡论争、寻根文学、讲述中国故事,以及古典传统资源的再借重等,无一不与此相关。再加上后现代历史学的理论新见,"叙事"让历史书写面貌可疑,与之关系密切的集体记忆也暧昧不明,于是,随着"失败者历史"的陆续出现,个体记忆也获得了群体现象学存在中的合法性。这对于无法依赖经验的新生代作家尤其有意义,"对小说而言,经验当然很重要,但是,不是唯一的。面对经验,六十年代的作家和五十年代的作家区别特别大,除了个别的例子,在整体上,五十年代更依靠经验,六十年代则脱离经验。到了八〇后的这一代作家那里,脱离经验的趋势更加显著"。②

脱离集体经验,也意味着逃离历史秩序和现有的话语逻辑。格非形容生命、记忆与写作的"神秘关系"时,强调的就是情感结构的作用,"记忆的内容互相交错混杂,回忆和写作实际上就是一种想象和拼合"。③对于新生代作家来说,重要的不是记忆的不同,而是关于记忆的写法的不同,区别就在历史观和文化选择的差异。毕飞宇说:"在'伤痕'文学里,那个'文革'是'文革'的行为,……我感兴趣的是'文革'作为一种文化是如何进入'黎民'的婚丧嫁娶和一日三餐的。"④历史意识在这里分层,"伤痕文学"处理的记忆,是事件和行为构成的历史,由集体记忆组织;而毕飞宇书写的历史,是逸出那道"限制和约束"的"集体记忆和记忆的社会框架"的个体记忆,借重记叙和述事进入意义史范畴。正是在这一历史态度上,毕飞宇的记忆书写与"记忆之场"的逻辑暗合,"不是历史之因、行

---

① 文化权势转移的说法来自罗志田:《权势转移:近代中国的思想、社会与学术》,武汉,湖北人民出版社,1999。
② 毕飞宇:《介入的愿望会伴随我一生》,《文艺争鸣》2014年第2期。
③ 格非:《小说和记忆》,《文艺理论研究》1994年第6期。
④ 毕飞宇:《介入的愿望会伴随我一生》,《文艺争鸣》2014年第2期。

动或事件,而是另一层次的历史,即历史的影响与痕迹"。①

这既是集体记忆的不在场者的免责声明,"在场主义委托一种只对自身认同的将来负责的记忆政策决定应该回忆什么、应该怎样去回忆以及普遍的'过失',最终应该承担起什么责任";②同时,也是"历史后来者"以个体记忆衔接集体记忆的必然方式,即一种"记忆之场"的建构,"重要的不是辨认场所,而是展示这个场所是何种事物的记忆。……记忆之场就是:一切在物质或精神层面具有重大意义的统一体,经由人的一致或岁月的力量,这些统一体已经转变为任意共同体的记忆遗产的一个象征元素"。③因为对于毕飞宇、李洱、东西、艾伟这些新生代作家来说,由未曾参与的集体记忆结构而成的"历史",总是面目可疑的,属于自己的个体记忆才最鲜活,是认识论与阐释学的建构过程中可依赖的经验。因此,新生代作家的记忆书写,或可理解为一种新的文学意义的探索,即"对事件的影响的兴趣大于对原因的挖掘,对传统的构建与传承的兴趣甚于对传统自身",④也就是毕飞宇所关心的历史如何影响今天,如何影响"庶民的日常"。

二、记忆修改历史与历史重构记忆

几乎是从处女作《孤岛》开始,毕飞宇对历史的叙述性本质就有着不同层面的表达。《明天遥遥无期》《祖宗》《五月九日和十日》

---

① 〔德〕哈拉尔德·韦尔策:《社会记忆:历史、回忆、传承》,第67-80页,季斌、王立君等译,北京,北京大学出版社,2007。
② 〔法〕保罗·利科:《过去之谜》,第7页,綦甲福译,济南,山东大学出版社,2009。
③ 〔法〕皮埃尔·诺拉:《如何书写法兰西历史》,《记忆之场:法国国民意识的文化社会史》,第76页,黄艳红译,南京,南京大学出版社,2015。
④ 转引自王一平:《皮埃尔·诺拉的"记忆之场"与国族认知》,《浙江工商大学学报》2020年第1期。

《充满瓷器的时代》《叙事》《楚水》《是谁在深夜说话》《那个男孩是我》到《玉米》《玉秀》《玉秧》《平原》等，记忆修改历史的结构方式，与历史重构记忆的文化生态影响，构成了毕飞宇历史记忆书写的主要框架。

主流、民间和知识分子叙事是毕飞宇小说中记忆修改历史的三个主要层面。主流叙事方面，中篇小说《孤岛》以一个朝代交替权力轮回的故事，在修辞上完成了权力如何作用于历史的更迭、改写/补叙历史记忆的表述，如何在话语叙述里应许新政权以取代旧势力的合法性等问题，"《孤岛》实际上已经写完了，但谁都知道作品的完整和历史的完整是两回事，因而有些地方还要作些补充。……在扬子岛，科学的最初意义成了一种新宗教，它顺利地完成了又一次权力演变。……七十二年以后历史学家毕飞宇的《孤岛》将会从头说起"。① 当然，民间的历史叙事也好不到哪里去。短篇小说《充满瓷器的时代》里，关于外乡女人展玉蓉，秣陵镇有着自己的记忆和历史想象力，"麻脸婆子依照本能一下就把握了叙述历史的科学方法，即针对死去的人一律采用批判眼光。这给讲述与接受带来了无限快慰"。没有人关心历史时间里的对象物长着一副怎样的面孔，人们更愿意紧握"见证者之笔"，以个人记忆决定历史，"历史的叙述方法一直是这样，先提供一种方向，然后补充。……什么也别想逃过人们的想象力。历史是沿着想象力顺流而下的局面"。② 甚至连下一个历史对象物（外乡人蓝田女人），也参与着对"自我综合体"的历史虚构，"我像不像展玉蓉？我就是展玉蓉！"最后，知识分子的历史叙事也被拆解，小说《武松打虎》里有个"说书人"，作为非主流的史官形象，说书人有知识分子的象喻功能。一天，说书人到武

---

① 毕飞宇：《孤岛》，《上海往事》，第45页，上海，上海锦绣文章出版社，2009。

② 毕飞宇：《充满瓷器的时代》，《哺乳期的女人》，第6-11页，上海，上海锦绣文章出版社，2009。

松的故乡来说书,遇到武松的后人阿三被队长强占老婆,却不敢声张,只敢借酒劲小声嚷几句"凭什么!凭什么!队长,你凭什么!"。在英雄故里,男儿血性的消失使民族记忆中的打虎事件充满了不确定性,更戏剧化的是,武松上场了,老虎也上场了,可到了该讲武松"打"虎的经典时刻,说书人却酒醉溺水而亡,消失的说书人暗示了知识分子的不堪重任,历史坍塌在记忆的断崖下,历史的"现场"永远得不到还原。

无论哪一个层面,毕飞宇的小说里,记忆修改历史都是历史被叙述本质的过程(抑或结果),再加上权力、人性或生物本能的可变因素,毕飞宇的历史态度从创作之初就不是求真,而是致用,历史从来就不是他的叙事目的,历史性才是。最能代表他对历史性观察的小说《是谁在深夜说话》,在修葺明城墙的象喻情境中,对于"明代的长城到底什么样",施工队的原则是"修起来是什么样明代就是什么样"。作为竞标胜出的施工队,兴化市第二建筑队的修复工作显然带有谱写"胜利者清单"的意味。这样一来,无论是修复好的城墙脚下多出的那堆古砖,还是被性事中屁股磨光的"提调/官窑匠"记录,历史都显出它苟且的、不可言说的一面。这种以历史之事阐释历史之道的修辞,相当于以西方史学的方法,发现了中国的历史精神。古人的历史观是意义大于事件,"五经所述历史只选择性地记述了数量非常有限的重要事件、言论和制度安排,即具有立法意义的事情,显然只是历史的片段,而且几乎没有对事件的场面、人物性格和来龙去脉的描写"。[1]那些历史的情境、细节或心理体验通常被认为是"后世的延伸功能",而文学恰恰在恢复和补充历史细节方面有着卓越的想象力,那些虚构的故事情节,无一不是在历史之道中用功于历史之事。而恰恰在此处,小说家与历史学家分道而行:"历史之道"中的历史是指述事史或意义史,历史的主体是语言;但

---

[1] 赵汀阳:《历史为本的精神世界》,《江海学刊》2018年第5期。

"历史之事"中的历史是指事件史或行为史,历史的主体是人。

对于填充历史之事、丰富历史细节的毕飞宇来说,历史真正的主体正是人,尤其那些被历史之道的编码方式重构了历史记忆的人,他们陷于某种文化结构中的悲剧,本质上都是历史逻辑重构记忆的圈套。因为叙述和价值化的编码往往具备这种重构的功能,1995年华盛顿史密森学院展出广岛轰炸机所引发的争议就是典型案例。对于日美双方来说,"任何人都没有伪造不存在的事实,也未篡改原始材料",但双方却得出了相去甚远的结论,都论证出自己的"受害者"身份。事实上,差异性结果的原因,就在于论述过程中"介绍和价值化的方式截然不同"。[①]这也意味着,不同时期对历史记忆的反思与重写,与不同价值化的历史对记忆的修改,是历史改造记忆的两种主要形式。前者,西方现代史学和中国的史传传统都给过很好的范例,文学史上的原型书写也在不断地向前辈交作业。前文提到的毕飞宇的《孤岛》就属于此范畴。后者,奥威尔的《1984》和莫言的《生死疲劳》是典型文本,其中,《1984》是通过普遍语言史和心灵史改造个体记忆,《生死疲劳》则在轮回转世的反复中以新生历史改造原始记忆。这两种形式的目的都是建设新的文化超我,假借社会理想的高尚名义,规范自我并制约本我。毕飞宇关注的,正是这些新造文化超我之下的历史主体,比如惠嫂旺旺、阿木林瑶、红豆玉米……《哺乳期的女人》里,留守儿童旺旺对哺乳期的惠嫂表现出人类幼崽的本能渴望,却被村人的禁忌记忆理解为庸俗的性冲动,"所有人的话题自然集中在性上头""要死了,小东西才7岁就这样了",除了尚在哺乳期的惠嫂(绯闻事件里的另一位受害者),禁忌文化记忆几乎修改了所有人的亲缘记忆,也掐断了滋养人类的奶水。《雨天的棉花糖》里,抗美援朝的父亲以英雄史改造了家族

[①] 〔法〕兹·托多罗夫:《恶的记忆,善的向往》,〔法〕热拉尔·热奈特等:《热奈特批评论文选·批评译文选》,第282页,史忠义译,开封,河南大学出版社,2009。

史，记忆的重构使红豆必须活成英雄儿子的样子。越战归来，捡回一条命的红豆显然无法获得家族的欢迎，"豆子，妈看你活着，心像是用刀穿了，比听你去了时还疼豆子"，当母亲和所有人一样急切地盼着红豆去死，血缘伦理的记忆便废止在集体主义的文化超我中。当然还有玉米姐妹，家庭的变故与父亲的失势改变了玉米姐妹的全部生活，命运从记忆史被改写的那刻起，就转换了轨道。玉米跌下了飞行员的战机，嫁给丧偶的革委会主任；玉秀、玉叶被村人报复性集体轮奸，受害者转身变成施害者。在毕飞宇的记忆书写脉络里，王家的家族史记忆被改造，是历史重构民族记忆的一例个案，是权力结构的大他者偶尔的一次翻手覆手。他想传达的是，在王朝史、革命史、文明史，甚至殖民史的记忆之场中，"历史的影响与痕迹"已经布满个体记忆中的每一处细胞，小到王家庄的农民王玉米在受伤害中学习伤害他人，大到省城师范学院的知识分子王玉秧，在80年代初依然同时作为窥视者与被侵犯者的文化怪胎。

正是这些人，这些生活在历史与记忆合谋的文化超我之下的历史的真正主体，是毕飞宇写作的焦点。站在记忆的浮桥上，毕飞宇从群体现象学存在中验证了一个关于记忆书写的初步结论："历史本身并无意义，并不独自传授任何价值；意义和价值源自拷问和评判他们的人。"[①]

三、"记忆的阐释学"或寻找所指

小说作为重构记忆的重要方式，是叙述本体无法回避的功能。以个体记忆沟通集体记忆的交互书写，也是毕飞宇在虚拟的历史中确认身份和寻找所指的过程。按照托多罗夫的说法，记忆是决定个

[①]〔法〕兹·托多罗夫：《恶的记忆，善的向往》，〔法〕热拉尔·热奈特等：《热奈特批评论文选·批评译文选》，第286页，史忠义译，开封，河南大学出版社，2009。

体身份与相关文化认同的重要因素。人一旦失去了记忆就等于迷失了身份。托多罗夫举过一个记忆影响身份的著名例子，曾经参加抵抗运动的热尔梅娜·蒂利咏从集中营死里逃生后，集中营囚犯的记忆破坏了她原有的抵抗战士身份，在抵抗运动的光荣史诗和阿尔及利亚的恐怖主义的摇摆之间，她选择救助所有的"持不同意见者"。显然，托多罗夫是想通过她的例子说明，"回顾过去对肯定回顾相关事实者的身份是必要的，不管个人身份还是团体身份"。[①]

作为一个没有家族史记忆的人，毕飞宇曾经带着成人礼的冲动追溯个体的血缘脉络，"我的父亲是个孤儿，……读大学的时候我瞒着我的父亲企图侦探我的家族史，几乎着了魔"。自叙传色彩浓厚的《叙事》三部曲（《叙事》《楚水》《明天遥遥无期》）就是这场家族史追溯的记忆场。《叙事》寻找的是母系，"我没见过我的奶奶，我的父亲也没有见过我的奶奶。1991年，当我动手写《叙事》的时候，我的内心涌动着的其实是'见一见奶奶的愿望'"。《明天遥遥无期》寻找的则是父系，"我的父亲曾经是'陆承渊'，是魔术让他变成了'毕明'，'新历史'给了我父亲新的生命"。所以家族三部曲才会以戏剧的文体，描写战争期间风雨飘摇的"陆家大院"，聚焦于人物命运，表现时代颠簸中的普通人如何以个体身份承受战争对个人命运的改写。同样，对于90年代入场的"60后"作家来说，要面对的不只是20世纪中国文学的脉络中关于集体记忆和共同历史经验业已形成的某种写作"框架"，还有文学领导权的转移与资本的准入所造成的写作失焦。当毕飞宇替一代人自我解嘲时，他也在为一代人思考："我们这一代人很有意思，我们在嗷嗷待哺的时候，迎来了'文革'；我们接受'知识'的时候，迎来了'科学的春天'；我们逐步建立世界观的时候，迎来了'思想解放'；我们走向'社会'的时候，却要

---

① 〔法〕兹·托多罗夫：《恶的记忆，善的向往》，〔法〕热拉尔·热奈特等：《热奈特批评论文选·批评译文选》，第286页，史忠义译，开封，河南大学出版社，2009。

面对世界观的破碎与重建;到了我们养家糊口的时候,我们又看到了金钱尖利有力的牙齿。"①也就是说,90年代的文化身份曾经构成这一代人的集体焦虑。大概也因此,身份焦虑引发的认同危机,在很长一段时间里表现在毕飞宇的写作里,他既反传统,又反现代,突出了90年代写作所可能遭遇的所有现实问题。《九层电梯》《遥控》《生活在天上》《8床》《林红的假日》等小说,质疑的是现代性的选择及其异化功能;《哺乳期的女人》《祖宗》《雨天的棉花糖》《楚水》《阿木的婚事》等,质疑的则是传统的文化积习与道德超我;《怀念妹妹小青》《那个男孩是我》《婶娘的弥留之际》《青衣》等,又对人性和命运充满了无目标的愤怒与悲怆。

但好作家终究会找到自己的超越方式。对毕飞宇或"60后"来说,身份的焦虑感或认同危机最终还是通过梳理记忆、返回历史,最终着陆到现实。"过去既可以帮助我们建构个人或集体身份,亦可以帮助我们形成我们的种种价值、理想和准则",②托多罗夫的逻辑对任何寻找疗愈方式的心灵都有效。他们完成了历史对"60后"的考验。余华说"一个记忆回来了",除了前文中本土意识的回归,还指《一九八六年》中知识分子无法逃避的历史责任,必须通过清理过去、弥补逃逸的文化使命,才能获得准入历史的合法身份。于是,余华、格非、苏童、毕飞宇、李洱、艾伟等"60后",在各自作品中,以"个人记忆占有集体回忆"的书写方式结构出一个场景化、互文化、线索化的时代。赵园说:"生动的记忆是有颜色与气味的,是将色彩、光影以及气味融合其中的。众多'个人记忆'的集合,或有可能完成一个更复杂的拼图,使隐藏其间的'历史线索'浮

---

① 毕飞宇:《沿途的秘密》,第50页,北京,昆仑出版社,2013。
② 〔法〕兹·托多罗夫:《恶的记忆,善的向往》,〔法〕热拉尔·热奈特等:《热奈特批评论文选·批评译文选》,第288页,史忠义译,开封,河南大学出版社,2009。

现。"①这是属于"见证者"的记忆与遗忘,被文学形式留住的历史回声,关系到记忆的伦理学,也关系到"60后"作家的写作使命。

利科说:"把记忆重新放回到与对将来的期望和当下的现状的相互关系中去,然后看我们今天或者明天用这个记忆能做点什么。"②对毕飞宇来说,个人记忆的"开端用法"最直接的,是唤醒他的小说家身份。在他的标志性作品《玉米》中,曾有一处对童年记忆的改写,那是关于七八岁时"听老太太聊天"的回忆。原始的记忆是,童年毕飞宇听到村里的一个女人"'同'村支书"了,他很好奇,百思不解,"同"是什么?于是,他"走到女人的家门口,坐在地上,静静地看她。她终于被我看得很不放心了,便小声问我:'你看我做什么?'我只好站起来,一个人走掉"。这个乡村的漂亮女人让毕飞宇明白,"中国人并不属于自己。我们永远都生活在'被叙述'之中。我们生存的艰难程度往往等同于'被叙述'的精彩程度"。③不知是不是因为语言负载物的文化超我中那巨大的杀伐性,让毕飞宇在《玉米》中修改了原始记忆。小说里,他让玉米站到了有庆家的门口,也让村里那些看热闹的女人都聚拢过来,却没有让有庆家的承受一场"揭发"的灾难。"有庆家的看见玉米来了,并没有把门关上,而是大大方方地出来了。她的脸上并没有故作镇定,因为她的确很镇定。她马上站到这边和大家一起说话了。她也不看玉米。甚至没有偷偷睃玉米一眼。……这在看客的眼里不免有些寡味。"④对这些无一幸存的受害者,毕飞宇伸出了上帝之手,他让那个活在"被叙述"压力下的女人,得到了豁免。他一定是体会到了同样作为历史中间物的悲怆,选择了"想象性的解决"方式,行使了小说家的

---

① 赵园:《非常年代》(下),第210页,香港,牛津大学出版社,2019。

② 〔法〕保罗·利科:《过去之谜》,第21页,綦甲福译,济南,山东大学出版社,2009。

③ 毕飞宇:《沿途的秘密》,第18页,北京,昆仑出版社,2013。

④ 毕飞宇:《玉米》,第37-38页,上海,上海锦绣文章出版社,2009。

特权，也确认了小说家的身份。

当故事能够赋予记忆以秩序时，未来便可以决定过去。"过去既可以帮助我们建构个人或集体身份，亦可以帮助我们形成我们的种种价值、理想和准则。……记忆的良好使用即服务一种正确的事业。"①找到小说家身份的毕飞宇，也找到了文学的皈依方式。这大概是2013年的《苏北少年堂吉诃德》、2016年的《文学的故乡》和2017年的《小说课》相继问世，并且能够流畅、持续且富于节奏又彼此互文的主要原因。《苏北少年堂吉诃德》的非虚构性使这部个体成长的经验记录和少年时代的心灵史，因为占据了过去，而对现在和未来拥有了优先阐释权。文本从人物的出生开始写起，意义却要从现在向回追溯，这种"后来者借助过去成为'对话'伙伴，事后将这一过去作为其历史变为现实"的过程，是"记忆的阐释学"发生在主体性层面的作用，属于"个体的因果论"范畴。因为"可对话性是一种衡量实际的、本体论的属于过去的归属性的标准"，只有在现实与历史之间实现可对话性，记忆才能够在一次次回顾中不断返回历史，认识现实，在过去与现实之间得出某种归纳性的结论。个体的身份就是在这种"历史解释与日常对话的'随便'解释的间距化"中，自我暗示，自我逻辑化。这也是毕飞宇在《文学的故乡》中所做的表达。算上《沿途的秘密》和《苏北少年堂吉诃德》，《文学的故乡》算是毕飞宇第三次重写记忆。用记忆建构身份的过程，也是伴随情感结构完成文化选择的过程，在当代社会无法提供可认同的价值标准或精神信仰时，作家转向文学艺术的精深处。一个没有故乡的人，反而没有了根系的牵绊，在文字所在之处获得心安，凡心安之处，便是故乡。所以在写作时间上，我们似乎可以相信，毕飞宇在回忆《苏北少年唐吉诃德》的同一时期，就开始了他的

---

① 〔法〕兹·托多罗夫：《恶的记忆，善的向往》，〔法〕热拉尔·热奈特等：《热奈特批评论文选·批评译文选》，第288页，史忠义译，开封，河南大学出版社，2009。

《小说课》。这本既是阅读也是写作的大书,是作家身份的毕飞宇以一个天才小说家的敏感,在文学世界中寻找他精神血脉的壮举。他在阅读中辨认出失散的亲族,找到那些旨趣相近、信仰一致的文学先祖。他从鲁迅的强悍里,读出了卡夫卡的懦弱;在《受戒》的爱情悲剧里,看到汪曾祺的"残忍";通过《林教头风雪山神庙》,感受了林冲的死气与鬼气。《小说课》里的毕飞宇丝毫不隐藏自己的作者身份,他在叙事、逻辑、结构、语言、风格、人物结构的艺术世界中,确认了自己的精神认同。而精神谱系中的自主选择与认同,往往比宿命式的血缘伦理更为坚固,也更为永久。唯一的问题是,只能在艺术世界中寻找精神认同的方式,作为毕飞宇或者新生代作家的主要文化选择,该以怎样的形式作为未来讨论今天这幕"历史中间段"的记忆之场呢?

本文原刊于《当代作家评论》2021年第1期

戏剧性、自我救赎与"人性意志"
——艾伟散论

王 侃

一

某种意义上讲,艾伟是个弗洛伊德主义者,力比多的信徒。深植于人性底部的这一内在坚核,在他的小说中,常常是人物行动或情节推进的基本动力,是叙事的出发点,并总是被用于设置命运或情节转捩的拐点。这当然跟艾伟着力关注"生命本质的幽暗一面和卑微的一面"的写作立场直接相关:这一写作立场喻示了他观察世界与人生的取径和面向,也说明了"性"作为题材要素和叙事修辞而频频在其笔端流注的重要原因。甚至,艾伟的早期作品还不时将童年经验或童年视角沉入力比多的深渊,与某种四处扩张的暗黑气息相羼杂,使作者看上去似乎更贴合于一个典范的、标准意义上的弗洛伊德主义者。比如,在《去上海》中,一个落拓少年将对大上海的想象与一个"大奶子""大屁股"的上海轮上的女播音员的性感形象叠合,当他投射于这个上海女人身上的性幻想毁灭时,"去上海"变成了"去下海":他决定在海中自沉,象征性地耽溺于"幽暗和卑微",沉沦于精神分析意义上的心理深渊。在《穿过长长的走廊》中,一个尚未进入青春期的男孩被一个"大奶子"的有夫之妇诱入性暧昧,荷尔蒙提前苏醒。他与自己父亲的剧烈冲突(狠狠地咬伤了父亲),他迈入青春期后屡屡发生的对于那个女人的性幻想,是略经变异的弑父娶母的创伤经验的呈示,是俄狄浦斯情结的中国乡村版。我非常喜欢艾伟的中篇小说《回故乡之路》,这部小说寓意深远,语义丰赡,低阶的童年视界的设置,以及由此进入的叙述和语态,皆恰切、精当。即便如此,艾伟仍然顽固地为少年主人公设置了与力比多的浮沉隐约相关的幽暗动机:他为自己和家庭挽尊的极端行为,他的自残和自毁,竟多少关联着一位"有着李铁梅一样长辫子的女孩"。

艾伟写过一篇题为《本能的力量》的随笔,讨论"性在革命意识形态中的处境"。他通过对五六十年代红色电影中的"女特务"之魅惑形象的分析,不由感叹道:"从中我们可以看到性作为一种本能的力量如何在革命话语的缝隙里顽强拓展出属于自己的一片天地。"由此,他继续写道:"在普遍的虚假中,至少性是真实的,……性的自由不等同于自由本身。但性依旧是有力量的,它的力量在于'真实'。我们还是可以发现,性其实远远不是日常生活,它脱离不了政治,或者说,它隐含着对某种虚假生活的对抗。"[1]无疑,在艾伟看来,"性"不仅具有难能可贵的真实性,同时还蕴有足以与生活相对抗的巨大力量。另外,艾伟还曾说过,"人是被时代劫持的"。[2]我相信,艾伟一定同时会认为,人也是被巨大的"本能力量"所劫持的,所以,"性"是艾伟叙事设置中的标配。他最近颇受好评的中篇小说《敦煌》,以"性"谋篇,"性"完完全全是叙事的核心动力。《战俘》的主人公,一个不畏牺牲、随时可以为名节和荣誉勇敢献身的志愿军战士,竟会

---

[1] 艾伟:《本能的力量——性在革命意识形态中的处境》,《当代作家评论》2012年第2期。

[2] 艾伟:《人及其时代意志》,《山花》2005年第3期。

因为美国兵向他展示的女人裸体照而心智迷乱、寝食难安。战斗英雄刘亚军(《爱人同志》)之所以在战场上致残,其实是因为偷看越军女兵洗澡。《爱人有罪》更是一个围绕肉欲而展开的罪与罚的悲惨故事。当一部1947年的老电影《一江春水向东流》在长篇小说《风和日丽》的第18章中不由分说地出现时,我陡然意识到,女主人公杨小翼将坠入一个极其肉欲的叙述方向,她将像狂风中的枯叶般仓皇、无助和零乱,因为《一江春水向东流》是艾伟本人青春期的色情记忆,上官云珠则是他这幕色情记忆里不折不扣的色情符号。①果然,第19章,杨小翼因被流氓吕维宁胁迫而交出了肉体。有意思的是,艾伟是这样讲述接下来的情景的:"吕维宁品行恶劣,但对女人很有一手。他经常让杨小翼在本能的反抗中欲罢不能。……她是如此仇恨吕维宁,但她竟然有生理反应,这太不可思议了。"是的,在艾伟的叙述中,我们确乎看到了被"本能的力量"所劫持而不由自主的人。这个"本能的力量",不仅撬动了政治阵营的壁垒,跨越了意识形态的鸿沟,也使阶层的界限、修养的分野和道德的泾渭,常常沦为虚无。

稍早一些,20世纪80年代,我们常能在苏童、格非等人的小说里看到大量被情欲所支配与驱使的人物。这些人物的情感、思维和举动,都有着显而易见的、不加掩饰的力比多的肇始与滥觞。从这一点看,艾伟以及他所置身其中的"新生代"与先锋作家之间的沿袭,有着肉眼可见的脉络和纽带。艾伟不止一次地谈到过,在他的文学起步阶段,那一代先锋作家曾给予他先导般的写作启蒙和美学滋养。②但迈入90年代以后,先锋文学所着力解构的某种意识形态历史宣告终

---

① 艾伟:《暗自成长——与电影有关的往事》,《身心之毒——艾伟随笔论文》,第24页,杭州,浙江文艺出版社,2011。
② 艾伟:《从"没有温度"到关注"人的复杂性"》,《文艺争鸣》2015年第12期。艾伟在文中说:"先锋在中国文学划出一条界线,先锋之前和先锋之后的文学在技术、思维、语言及叙事上都改变了,而我们这批起始于90年代的写作者某种意义上依旧享用着先锋的这些遗产。"

结以后，失去标靶的"先锋"，其能量也耗散殆尽，"先锋"的余绪在一部分固守者和追随者那里很快僵化为画地为牢的个人主义和不及物的凌空蹈虚，从而陷入合法性质疑的全面包围。艾伟出道之初的一些作品如《杀人者王肯》《到处都是我们的人》，虽不脱"先锋"的时尚气质，但他显然已经敏锐地意识到这一气质已然呆板滞塞，意识到彼时的文学在"庞大而复杂的现实面前"的无力感。这一判断，直到近年，仍然被他继续强调："我们现有的文学逻辑和人性逻辑难以描述今天的中国社会，几乎是失效的。"①他意识到，90年代以来，以个人化名义雕镂的种种经验碎片，抽象化、符号化、非人化的空洞个体，在很低的价值平台上滑动的快感等，诸如此类，合谋促成了当下中国文学的窘境。艾伟不禁如此批评道："许多写作者的心中已没有'国家''民族'这些宏大的词语。……在90年代的写作中，缺少一种承担，一种面对基本价值和道义的勇气。"②艾伟的这一陈述也可以视为他的文学理想的个人申明：作为90年代新兴的文学中坚力量，他决定通过写作来探寻和重建个人与时代的复杂关系，决定与以"个人化"（极端个人化）、"无名"为标签的所谓"共同想象"分道扬镳，决定谋求重建新的宏大叙事。

我曾在一篇谈论艾伟的文章中这样说过："一直以来，艾伟都是个有野心的作家：他即使写一个村寨，也是为了在终极处指向民族和国家；他即使写一个人，也是为了指向人类；即使写一个时代，也是为了指向历史。"③艾伟在21世纪以来的一系列小说，尤其是他的几部长篇小说，为我的这一判断提供了坚实的依据。比如，发表于2000年的长篇小说处女作《越野赛跑》，以"政治时代"和"经济时代"的简约而聪慧的划分，完成了对从"文革"前夕至90年代末的

---

① 艾伟：《生于六十年代——中国六十年代作家的精神历程》，《花城》2016年第1期。

② 艾伟：《人及其时代意志》，《山花》2005年第3期。

③ 王侃：《写作者艾伟》，《小说评论》2014年第1期。

中国当代历史的近乎"总体性"的叙述,其中所蕴藉的政治、经济等历史命题,人性与异化的命题,彼此缠绕,既丰饶又透迤。对于这部小说,艾伟在创作谈里有过这样的自我期许:"我有一种试图颠覆宏大叙事然后重建宏大叙事的愿望。这部小说试图概括1965年以来,我们的历史和现实,并从人性的角度做出自己对历史的解释。表面上看,这是一个小村演变的历史,但真正的主角是我们这个国家和民族。我当时还有一种试图把这小说写成关于人类、关于生命的大寓言的愿望。我希望在这部小说里对人类的境况有深刻的揭示。"①很明显,《越野赛跑》是艾伟对自己文学理想的初步实践,它在新世纪降临之初就使艾伟从所谓的"新生代"中逸出——同样凭据个人体验切入历史和现实,与"新生代"普遍对当下感、现时感的强调不同,艾伟更注重对彼岸的眺望和涉渡;他用现代主义的"寓言"体式,让小说的话语蕴藉溢出了美学和感性的畛域,涵盖了民族、国家、宗教、人类、人性等归属宏大叙事的历史范畴,从而使小说重新进驻历史的宏大现场,进入回肠荡气的史诗修辞,进入重新开辟的"深度"模式之中。艾伟曾不无骄傲地宣称:"我的写作从来也没有离开过中国的历史和现实,包括二十世纪以来中国浩大的革命经验。"②这些优质的特性,在他的《风和日丽》中表现得尤为集中和突出。

  当我们将艾伟的文学理想与"宏大叙事"相提并论之后,回头再去审视一下他对力比多的一贯信奉,于是,就会有一些重要的名字和一些重要的作品从我们的阅读经验中长身而立,一跃而起,比如,王小波和《黄金时代》,比如米兰·昆德拉和《笑忘录》。在这里,我们看到了"性"与"政治"之间的张力结构所达成的话语修辞术——一种被艾伟借鉴并加以创造性发挥的叙事路径。

  如果细究一下的话,在艾伟的那个张力结构内部,是"本能力

---

① 艾伟:《无限之路》,《当代作家评论》2003年第3期。
② 罗昕:《艾伟:小说把可能性还给生活》,见《澎湃新闻》2021年1月20日,引自https://m.thepaper.cn/newsDetail_forward_10849016。

量"与"时代意志"的对峙。"时代意志"一说,是艾伟的发明。或许,艾伟下意识地认为,"本能的力量"不仅是人性的坚核,更是可以将人从时代意志的劫持中解救出来的最后凭借。即使不能完成解救,这两者的力量对比的消长,也能用以描述人性的境况。其实,"意志"这个说法是叔本华式的措辞。按叔本华的说法,性欲(即艾伟所谓"本能的力量")是生存意志的核心,是一切欲望的焦点,是欲望中的欲望,是一切欲求的汇集,是"意志的焦点"。因此,它确实可以在特定的维度上与"时代意志"构成终极对峙。与此同时,叔本华还认为,"肉体不过是意志的客体化,它是表象形式的意志"。①所以,在《爱人同志》里,战斗英雄刘亚军虽然被齐根截除了双腿,但因为"意志的焦点"仍然健旺,就使得这个"性/政治"的叙事框架仍然能得以撑开。刘亚军的命运变迁,能让我们清晰地见识这个张力结构的开合规律:在小说的末尾,当刘亚军终于失去"意志的焦点"后,时代意志的火舌迅速吞噬了他,将他化为灰烬。

到了《风和日丽》,"性/政治"的叙事修辞,已有了静水深流般的沉潜和老到。这不仅在于艾伟笔法娴熟地用杨小翼的身体去承载历史变迁的叙述(相似的路数被再次征用于后来的长篇小说《南方》:母女两代人的身体被用于承载关于当代中国历史变迁的叙述),更在于他在这个结构性的叙事框架中让人窥探到历史的隐晦逻辑。当人到中年的杨小翼成为中国现代史的研究者后,她赴法国做学术调查,意外地发现,她的生父尹泽桂将军——共和国的缔造者之一——青年时代因为情杀误伤他人,为逃避罪责而投奔绿林,参加革命:

她十分感慨,现在将军已然成了一个一丝不苟的正襟危坐的革命家,他的人生除了革命外似乎没有别的兴趣,而在法国,这个自由的随心所欲的地方,他曾写过情诗,也曾为情感而拔刀相向。

---

① 〔德〕叔本华:《爱与生的苦恼——生命哲学的启蒙者》,第4页,陈晓南译,北京,中国和平出版社,1986。

雷诺先生说:"历史是偶然的,尹将军走上革命之路同这个事件不无关系。"

所引段落尚有新历史小说的遗风和惯性,即以个人私欲来影射历史动机,以偶然性来瓦解目的论统驭下的关于历史发生的正统叙事。然而,艾伟就此所做的历史批判,脱颖处在于:由"性"而弹向"政治"的人生选择,不仅象征性地喻示了被"革命"所贯穿的中国现代史在源头处的偶发性质,也同时喻示了由"革命意识形态"所统驭的中国现代史叙事所潜藏的某个逻辑隐患。这个逻辑隐患,会布下某种悲剧和灾难的雷区,而历史在不断延展、不断迈进的具体过程中却无法避开触雷的必然性。艾伟自己写道:"小说中有三代革命者,法国留学归来的开国将军尹泽桂,文革造反派伍思岷,以及伍思岷的儿子也是尹泽桂的外孙伍天安。一场政治风波后,伍天安死在逃亡之路上。"这一悲剧,是一个巨型象征,它意味着"革命处决了自己的儿女"。①这样的叙事设计,这样的思想用意,无疑沉痛而深刻。

显然,以力比多为动机的历史叙事,不仅有着艾伟所深信的"真实"质地,也有着与时代意志、与"虚假生活"相抗衡的伟力,它总是如艾伟所愿地偏离了"政治正确"和"历史正确"的某种强制性规定,偏向了人性与文学的本义,偏向了被重新叙述和重新建立的另类历史。这使得,虽然都征用了同样的叙事修辞,但艾伟的小说自有其内在的庄重和肃穆,不同于王小波的解构性反讽,也不同于昆德拉对思辨的形而上执迷。

二

一般意义上讲,"性"是世俗的、庸常的,它融于日常世界,构成

---

① 艾伟:《生于六十年代——中国六十年代作家的精神历程》,《花城》2016年第1期。

了人类生活中形而下的、物质性的层面。但是，在"性/政治"的修辞结构中，"性"又显而易见地超越了日常性，超越了物质性，承载着意义不凡的叙事功能，承载着形而上的精神指向。这种"非日常性"，这种对日常世界的非日常化处理，是艾伟小说思维的又一重要方面。

比如，在他的"爱人三部曲"里，《风和日丽》中的主人公杨小翼作为"革命私生女"的身份设定、她与开国元勋尹泽桂血缘纽带，先天注定了小说叙事内容的"非日常性"，尽管有关杨小翼的叙述多半处于日常世界的凡俗维度和界域；《爱人同志》中，失去双腿的战斗英雄刘亚军与纯真女大学生的婚恋故事，搁在古今中外都属于超凡脱俗的个案，理所当然地可以归属"非日常性"，而刘亚军与"时代意志"的博弈，则显然代表着发生在我们这个日常世界的极端事态与极端"意志"；《爱人有罪》则更甚，这是一个毅然牺牲世俗幸福而执意于追求宗教般救赎境界的故事，它向我们讲述了一个几乎只可能悬浮于凡尘和日常世界之外的人物——阅读这个小说时，我曾不由得联想到夏目漱石，联想到他那些关于灵魂救赎的小说，而文学史对于夏目漱石的重要论断之一，就是将擅于"发现日常世界的非日常性"视为他的杰出之处。

像在《爱人有罪》中展示的那样，艾伟惯于在他的小说中讲述罪案，罪案几乎是他小说叙事的标配，是在他迄今几乎所有小说中都赫然可见的、固定的叙事装置。他早些年的作品，如《杀妻记》《杀人者王肯》等，题目便已预告了惊悚的凶案画面。近期的小说，如《南方》便是从大清早浮现于护城河的一具女尸起始的；《过往》的起头则是雇凶杀人的密谋场景，像极了黑帮片的经典桥段，《盛夏》也有类于此；《乐师》是一位刑满释放的父亲决定再次以身犯案；《最后的一天或另外的某一天》是罪犯服刑的故事，在讲述过程中，她犯下的命案终究要被一次次地翻出；《演唱会》并不如题所示那样绚烂，相反，它向我们打开的是罪犯藏身的阴暗角落……不用说，罪案当然是"非日常性"的。其实，不只是罪案，我相信，只要是"非日常性"的空间、事件或人物，都无一例外地会受到艾伟的青睐，比如《战俘》所讲述的俘虏营（相似的情节，艾伟让《风和日丽》中的刘世军也遭受了一回），《敦煌》中的边地文化等。诸多的"非日常性"构成了艾伟小说思维的某个重要的定式，形成了叙事中的某种惯性。不妨将这种定式或惯性暂名为"非日常性叙事"吧。

"非日常性叙事"提供或打开了一系列的极端情境。米兰·昆德拉曾说，小说家是存在的勘探者。①艾伟曾沿此意头，申明自己的写作使命落在"勘探人性"。我认为，由"非日常性叙事"提供或打开的极端情境，便是艾伟用以铺陈和试炼人性的场所。越是在极端情境下，越是在时代的波澜壮阔或命运的大起大落中，尤其在生死一线的决断之际，人性的伪饰便越难存留，从而能被烛微洞幽，显其基质和本色。前揭艾伟小说作品的主要人物都是在诸般极端情境下清晰而深刻地展露其人性阴晴不定的复杂立面与不测之渊般的暗黑，此不赘述。当然，这样的写作思维并非艾伟独有和独创。比如，以罪案式的叙事而言，有陀思妥耶夫斯基珠玉在前，经典如《罪与罚》《卡拉马佐夫兄弟》，皆围绕命案来结构故事。就取材和立意的基本思路而言，艾伟与先贤并无二致。的确，罪案能迅速快捷地将人性置于就道德和良知进行质询、审判的环节，从而显出叙事意图中的某种"深度"来。更重要的是，如托尔斯泰那样在面对所有的罪行时都认为自己是参与共谋的犯人，或如鲁迅评价陀思妥耶夫斯基时所说，"凡是人的灵魂的伟大审问者，同时也一定是伟大的犯人"，——正是在这样的认识度上，也只有在这样的认知度上，鲁迅认为，作家笔下的文字才能"显示出灵魂的深"，而这样的作家是"在高的意义上的写实主义者"。②这不仅极大地肯定了从罪、从人性

---

① 〔捷克〕米兰·昆德拉：《小说的艺术》，第56页，董强译，上海，上海文艺出版社，2004。原译文为"小说家……他是存在的探究者"。
② 鲁迅：《集外集·〈穷人〉小引》，《鲁迅全集》第7卷，第104页，北京，人民文学出版社，1981。

的负面提问的思想价值,也充分地肯定了在罪案所喻示的人性深渊中发出呼喊的文学价值。虽然,我很难说艾伟作为一个作家是否兼具"伟大审问者"和"伟大的犯人"的双重角色,但我能肯定,当他一次又一次地、不厌其烦地用罪案打量、勘测、探究人性时,无疑,他一直努力在他的文字里"显示出灵魂的深"。

不过,再往前一步,他与先贤的歧路就出现了。

在我看来,艾伟写下了大量自我救赎的故事。他小说的诸多主人公,几乎都有着相同的心性,他们通常都不甘心于被"时代意志"劫持,也不肯顺服于"本能力量"的宰制。他们孤愤、执着,在生活的污淖中仍抱珠怀玉,不肯消泯最后的善意与良知;在命运的凌迟下,仍奋尽全力,完成对尊严的最后冲刺,完成在伦理或精神哲学意义上的自我救赎。

《战俘》中的志愿军战士"我",这个曾在裸体女人照片前心旌摇荡的战俘,因在战俘营中的特殊遭遇而对托马斯产生了不被战争伦理和战场纪律所允许的亲近感,他出于人性的基本善意在战场上拯救了这个敌人,又为了自己作为军人的尊严和荣誉毅然决然、毫无畏惧地踏入血与火的炼狱。这个"我",是艾伟的人物谱牒中的一个典型:在"时代意志"(超我)和"本能力量"(本我)的夹缝中,"我"持守了人性的本义,并在决绝中完成了对自我的救赎。《爱人有罪》中俞智丽那样的自我救赎,迹近神话,她承载了人性至善的几乎所有重量,富于宗教感,更近似于康德所谓的"善良意志",即一种无条件的善,因为她的所作所为正如康德所说:"善良的意志,并不因为它促成的事物而善,并不因为它期望的事物而善,也不因为它善于达到的目标而善,而仅是由于意愿而善,它是自在的善。"[①]《南方》中的罗忆苦从青春期始就表现出蓬勃的肉欲,她在欲望的驱

---

① 〔德〕康德:《道德形而上学原理》,第43页,苗力田译,上海,上海人民出版社,1986。

使下长期四处游荡，总是直认他乡是故乡，这喻示了一种"本我"的执迷，一种傲慢、迷失和罔顾责任的状态。同时，这个执迷的"本我"，这个"本我"的化身，也在与"时代意志"的搏杀中百孔千疮、遍体鳞伤。她在人到中年后的返乡，就是一次自我救赎。小说以她死后的亡灵为视角——一个可以俯瞰众生的视角，其实也是潜在地以一种富于形式感的"升华"——灵魂飞升——来譬喻一种自我救赎行为的完成。翻阅艾伟的小说，其中自我救赎者的形象俯拾皆是：《爱人同志》中自焚的刘亚军、《风和日丽》中独守岛礁的刘世军、《乐师》中的父亲、《过往》中的母亲、《回故乡之路》中的解放、《诗人之死》中的诗人，甚至《敦煌》中的偷情者、《演唱会》中的盗印者，如此等等，无不在浴火重生、凤凰涅槃式的自我救赎中，在生死一线的瞬间决断中，义无反顾，赴汤蹈火。

之所以强调艾伟小说人物之救赎行为的"自我"性质，原因在于他笔下的人物常处于精神的孤绝之境，腹背受敌，没有神、上帝和宗教向他们灌注涉渡彼岸的力量，不会有至高无上者向他们伸出来自天界的救援之手。这就和陀思妥耶夫斯基、托尔斯泰笔下的那些求助神力来解救灵魂的人物有了显著区别。在近作《最后的一天或另外的某一天》中，监狱教导员的教诲、一部以她为原型并被试图用来"感化"她的剧作，都令俞佩华产生排异感和隔膜感，相反，她是通过将自己"修炼到彻底的暗"，才熬过监狱里的漫长时光。换句话说，俞佩华们不仅不能仰仗神灵，也无法指望他人来济困救厄，自救是唯一的也是最可靠的出路。某种意义上，可以说艾伟写下的救赎故事是沉重而痛切的"中国经验"。

特别应该指出的是，艾伟小说里的这些人物，个个都为实现自我救赎而付出了巨大的代价。他们中的绝大多数都以生命的完结为终局，或者至少像俞智丽那样自降到人间地狱百般受难。但从某种意义上讲，无论是赴死还是寂灭，他们都不是失败者。他们的举动证明了日常世界中的另一种非日常性，即对高于生命的超越性价值和意义的孜孜以求,他们也正是在这个尺度和维度上证明了人性的奥义。2015年,艾伟写过一篇关于长篇小说《南方》的创作谈《时光的面容渐渐清晰》,在这篇文章里,他自己就视《南方》"是一个关于人性的寓言"。[①]而我更关心的是,那个在艾伟20多年的写作生涯中渐渐清晰的"时光的面容"究竟是什么?——我想用"人性意志"来命名它,命名这个在艾伟的写作中渐渐清晰、逐步沉淀、愈益坚硬的又一个力比多,这个在诸多的救赎中臻于至善的"自我"的内核。这个"人性意志",与"时代意志"和"本能力量"形成三足鼎立之势,形成了艾伟小说叙事的基本面。

我以为,这个在前赴后继的自我救赎的故事里淬炼出来的"人性意志",是艾伟之所以屡屡表达对人性持有信心并相信"人性最终会胜出"[②]的重要原因。有关于此,我曾这样写过艾伟:"他对于人性的信念让我深为感动。……在他看来,美好的人性并非一种浪漫期许,不是遥不可及的乌托邦,而是触手可及的真实存在;人性也不是被悬置的价值理想,而现实世界中直接予人勇气的力量。"[③]

三

艾伟曾做过这样的自我阐释:他曾经分别致力于两种截然不同的叙事风格的写作实践,一是轻逸的飞翔,一是贴地的写实;前者写出了现代主义式的寓言以及某种深度,后者写出了现实主义式的人物以及某种复杂性。经年以后,"在两种类型的交叉跑动中,它们

---

① 艾伟:《时光的面容渐渐清晰——关于〈南方〉的写作》,《东吴学术》2015年第5期。

② 艾伟、何言宏:《重新回到文学的根本——艾伟访谈录》,《小说评论》2014年第1期。

③ 王侃:《写作者艾伟》,《小说评论》2014年第1期。

终于汇集到了一点"。①这"一点",指的是长篇小说《爱人同志》。其后的另一长篇小说《南方》,艾伟再次强调了这两种风格的交汇,认为这部长篇新作"要在飞翔和写实之间找到一条通道"。②

转述艾伟的这一自我阐释,一方面是想说明,艾伟在写作上是个考究的"技术主义者",是个对技法有精细采择、潜心揣摩,并在风格化的道路上有过远征经验的作家;另一方面是想说明,艾伟的这一自我阐释在某种意义上只是一种大而化之的说法,它容易使评论者因此一叶障目。以我的观察,现有的评论似乎并没有关注到艾伟小说技法,尤其是他的结构思维的风格化维度。

这一对于艾伟来说相当重要的风格化维度,在他的近期作品中显露得更为突出。我且将之称为"戏剧性"。戏剧性的外在形式,常常涉及偶然、巧合,尤其是骤变、突转等现象,而其内在则与某种不断积聚的、强烈的"意志"冲动有关。前文提到过艾伟对"非日常性"的高度关注,以及由此形成的思维定式和叙事惯性。某种意义上,戏剧性就是非日常性,是对日常世界固有的、习焉不察的基本逻辑的冲决、超越和破坏。

《在科尔沁草原》讲述这样一个故事:富商赵总喜好处女,王安全从中拉皮条将女大学生陆祝艳介绍给赵总,他们一起去科尔沁草原游玩了几日,从草原返回后,陆祝艳主动约王安全开房,事后,王安全发现了床单上的梅花血。这个在小说结尾处突然发生的情节反转,使得我们必须对这整个故事进行复盘:这过程中究竟发生了什么意外?我们是不是错过了什么隐微的暗示?按常识和逻辑该当发生的为什么没发生,不该发生的却发生了?何至于此?这些复盘,其实也让我们重审了故事中的人与人际,由此触摸到了某种不可言传的幽玄、含混与复杂。长篇小说《盛夏》更是由一连串巧合连缀

---

① 艾伟:《无限之路》,《当代作家评论》2003年第3期。
② 艾伟:《时光的面容渐渐清晰——关于〈南方〉的写作》,《东吴学术》2015年第5期。

而成的戏剧性故事，是一个经过精心缝合的、明显"高于生活"的、奇事怪谭般的世情。其实稍加注意就能发现，《过往》《敦煌》《最后的一天或另外的某一天》《乐师》等，都有着或明或暗的、或大或小的、经过精心埋设的反转或突变。

当然，艾伟并不是近期才突然发展出"戏剧性"这一路数。他早期的小说，比如《喜宴》，讲述三男一女之间复杂的情感纠结，故事最后，已婚的女主人公与前男友偷情时被发现还是处女，这大反转式的"戏剧性"一幕，使故事里支离破碎的爱情、刚开始就已凋零的婚姻突然有了水落石出的答案，但同时又使一切沉入深不可测的迷茫。《杀人者王肯》《回故乡之路》《战俘》《爱人有罪》等，都大体上可以归入"戏剧性"的路数。

其实，关于"戏剧性"，艾伟也是有过自我阐释和自我确认的。十多年前，在一个访谈中，对谈者认为"《爱人有罪》是一部戏剧性非常强的作品"，艾伟显然认同此说，并就此发挥道："我以为戏剧性和人的精神性、人的丰富性、人的高贵相关。……我认为恢复戏剧性即是恢复人的光辉形象的第一步。在《爱人有罪》的写作中，这一点我是有比较自觉的认识的。"[①]不久前，他在一篇分析艾丽丝·门罗短篇杰作《逃离》的随笔中，对于这个作品在一个很小的篇幅、很小的叙事段落里频频使用戏剧性"突转"的笔法，表现出了极大的兴趣，并大加赞赏。[②]可见，"戏剧性"对于艾伟来说并非梦中偶得，亦非神来之笔，而是其来有自，并经过深思熟虑的。

我认为，"戏剧性"自带的对于日常逻辑的巨大破坏力，使其适用于表达某些无法被日常逻辑所兼容的深刻的悖论。这些悖论有如：《喜宴》的女主人公穆小麦，用且只能用一次可耻的背叛来表达悠深

---

① 马季：《探求生存困境中的伦理变迁——艾伟访谈录》，《青春》2006年第11期。

② 艾伟：《逃离或无处可逃——艾丽丝·门罗〈逃离〉的文本分析》，《扬子江文学评论》2020年第2期。

的忠贞;《爱人有罪》的女主人公俞智丽用"肉偿"的方式展开的救赎,所拧出的一个巨大的伦理死结,等等。这些悖论与"戏剧性"自身的逻辑相匹配,互为表里,并经由"戏剧性"的反转、突变带出,呈现为小说的叙事焦点。正是这些深刻的悖论,才使得艾伟所说的"人的精神性、人的丰富性、人的高贵"呈现出只有在文学里才能呈现的复杂和深广。

对于艾伟来说,对于他20多年勤勉的写作所构建的文学世界的主旨来说,其中更大的悖论是嵌在自我救赎这一命题中的。在他的笔下,几乎每一次的自我救赎——无论贵贱,无论大小——都是以死亡和寂灭为代价的。某种意义上,这样的自我救赎带有绝望的气息和虚无的性质。这些人在实现自我救赎的那一刻,摆脱了游移不决的中间状态,成了"彻底的人",完成了向"精神性"和"高贵"的转化。所以,这需要一些醒目的甚至是触目惊心的"戏剧性"的情节设计,才能表达这些宏伟的悖论所蕴含的意志冲动。而王肯(《杀人者王肯》)用匕首将手掌钉在桌上,解放(《回故乡之路》)用两块红领巾拼成的国旗为自己祭奠,刘亚军站在镜子前将自焚的烈火点燃——这些在小说最后一刻定格的骇人场景,带着反转或突变的惊人力量,完美地体现了艾伟的"戏剧性"结构思维,成功地实现了艾伟将人的精神性、丰富性和高贵性与戏剧性进行勾连的文学意图。这些场景,也是艾伟对当代中国文学的重要贡献。

对于艾伟来说,由"性"与"政治"的二元对峙,由"时代意志""本能力量""人性意志"的三足鼎立而演绎出的更宏观、更高迈的思想、精神和伦理悖论,更需要一个超凡的"戏剧性"结构去呈现它。我认为,《风和日丽》基本做到了,而且我有理由期待并相信,艾伟很快就能完成新的超越。

本文原刊于《当代作家评论》2021年第5期

"顽世"现实主义与"后精英"写作
——20世纪90年代的徐坤

马春花

  1993年,《中国作家》杂志连续推出徐坤三部小说:《白话》《斯人》和《一条名叫人剩的狗》。无论是对于作者本人,还是对于刊物来说,如此大密度地刊发一个文学新人的作品,都有点不同寻常。然而,这仅仅是个开始。之后两年,徐坤接连发表《梵歌》《先锋》《热狗》《游行》等作品,一举奠定了其写作的风格及个人的先锋身份,成为此一时期"新生代"的代表性作者。当时,徐坤小说体现出来的戏谑风格、反讽精神与边缘立场,明显具有反精英主义、反宏大叙事的解构倾向,这不免让男批评家们想起王朔,"女王朔"的标签由此被赋予徐坤。女人从来不是"女男人",徐坤当然也不是"女王朔"。其实,就王朔及其作品普遍存在的"厌女症"状况,以及王朔最终成为90年代初期中国流行文化的旗手来说,作为反潮流的女权主义先锋作家,徐坤与其说是"女王朔",不如说是"反王朔"抑或"超王朔"。不过,考虑到王朔在中国当代文化转型中的典范性,"女王朔"的误读对徐坤迅速确立文坛地位却不无裨益,当然也是对其作品文学史意义的曲折承认。以"后见之明"而论,徐坤在90年代文坛的横空出世并非偶然,在当代中国社会从新启蒙到后新启蒙、新时期到后新时期的转折点上,徐坤这样一个兼具游戏性与先锋性、大众化与精英化的女性作者的出现,恰好满足了中国对于"新生代"写作的别样期待:一种寄寓先锋幽灵、现实批判和未来想象于游戏性文字的后精英文学。

一、"女王朔"或"女堂吉诃德"

回忆初次见到徐坤的情形,《中国作家》原副主编章仲锷这样写道:"记得那是1992年末,我第一次接触她的作品《白话》,不由得大喜过望,觉得又发掘出一位王朔型的作者,而且是女性。她那辛辣的笔触,流畅的语言和妙趣横生的幽默感,令人耳目一新。及至见到作者本人,又颇感意外,这是位十分年轻和娟秀的女士,说起话来挺腼腆的,并且是研究生出身从事外国文学研究工作的。真是人不可貌相。"①让章仲锷讶异的,不仅是徐坤的女性身份与作品风格之间的错位,还包括腼腆言行与辛辣行文间的错位,并由此感叹(女)人不可貌相。徐坤人与文之间的错位,让王蒙也印象深刻。王蒙称她"虽为女流,堪称大'砍';虽然年轻,实为老辣;虽为学人,直把学问玩弄于股掌之上;虽为新秀,写起来满不论(读吝),抡起来云山雾罩、天昏地暗,如入无人之境"。②女性作者身份造成的巨大反差,令徐坤小说的讽喻性获得强化,至于男性作者们的错愕与震惊,则源于她穿越男权藩篱的游戏"性"姿态。

玩世不恭通常被认为是男性特权,从人们对王朔的厚爱中即可见一斑。在八九十年代之交的社会语境中,王朔是一个标志性的文

---

① 章仲锷:《徐坤漫议》,《山花》1995年第8期。
② 王蒙:《后的以后是小说》,《读书》1995年第3期。

化符号,通过对宏大叙事的调侃与亵渎,王朔小说瓦解了启蒙知识者的现代中国想象,引导中国文化走向一个世俗化时代。[①]王朔小说虽然透露着"我是流氓我怕谁"的玩世姿态,但实际却是以玩世的精神做超越的想象,其思想轴心依然秉承于80年代。与王朔一样,徐坤小说也具有去精英、反中心的特征,然而其内在精神却完全是90年代的。于是,在徐坤那里,一切彻底颠倒。"先锋"是傻蛋变"撒旦","载入史册"的"空画框"被改造成"洗衣机的托架"(《先锋》);悲剧式的"诗人之死"是知识分子被历史与现实双重阉割的后果(《斯人》);学者捧女演员不过是"老房子着火"的情欲闹剧(《热狗》);走向民间的"思想者"雕塑被偷下水道箅子的民工阉割,只好"双腿并拢,将被阉过的裆处使劲夹紧"(《鸟粪》);知识分子的历史苦旅竟源自一个来历不明的臭屁(《屁主》)。历史变成屁事,爱情变成偷情,思想变成割礼,信仰变成金钱。利用戏谑、反讽、拟仿、拼贴等方式,徐坤让雅俗、真假、善恶、古今、官民颠倒并置,各种对立意象在彼此反衬中扭曲变形,在模糊并消解真实与谎言、崇高与卑琐、精英与盲众、精神与物欲、空洞与意义等界限的同时,亦产生一种张力紧绷的反讽效果。

对于"女王朔"的命名,徐坤未置可否,但有意味的是,她称自己是"女堂吉诃德"。狡黠的王朔,当然不是堂吉诃德,同样狡黠的徐坤,却堪称堂吉诃德,因为当一个女性作者开始"满不吝""胡闹台"的时候,必定需要堂吉诃德式的勇气。如前所说,玩世不恭一直是男性的特权,徐坤的话语反串与戏仿,就变成对男性话语特权的挑衅,这种话语层面的性别越界,体现出女性作家的语言本体论自觉。徐坤将自我的这种话语实践看成"是在男权话语中心的社会里,做着女性争取话语权利的突围表演,一次来历不明去路也不

[①] 关于王朔在当代中国文化转型和大众文化兴起中的意义,见韩琛:《中国电影新浪潮》,第181-195页,北京,中国社会科学出版社,2019。

明的狂妄冲杀"。①王侃因此将徐坤看成是一个有着自觉语言意识的作家,其超妙处在于对语言的性别政治的认识。②徐坤话语方式的性别反串,是以女性立场为基础重构了游戏话语的讽喻对象,其调侃嬉戏的是以男性面目出现的宏大叙事与精英神话,因而具有颠覆宏大叙事与男性特权的双重效用。③王朔的意义是将城市里的游手好闲者置于文本中心,以边缘来解构中心;徐坤呈现的则是特定阶层的社会地位在市场时代的结构性变动,并凸显出曾经置身社会中心的知识精英在消费社会降临后仓皇四顾的窘态。王朔在解构知识精英男性神话的同时,又建构起一种小市民形态的暖男神话,而徐坤勾勒的后现代儒林外史却"展露了碎镜中扭曲、怪诞、荒唐的儒林景观,粉碎了任何自恋、自怜的余地与可能"。④从女性主义视角来看,徐坤不仅不同于王朔,而且在反男权的意义上甚至是一个"反王朔"。

当然,"女堂吉诃德"的自我指认也体现出一个女性作者的无奈,意味着女性只能扮成男人才能进入历史的状况,而以"女+男名"而非"男+女名"式的单向度、词缀-词根的形式,来指认女性在历史与话语中的位置,则是对这种男权象征秩序的体现、确认与巩固。在《从此越来越明亮》这篇熔现实与历史、虚构与真实、小说体式与女权宣言为一炉的"新体验"小说中,徐坤在揭示"女+男名"命名的男权陷阱的同时,也道出女性不得不接受的身份困境与认同危机,"女人没有自己的坐标系。我们自己的坐标系还没有鲜明而完整地确立。我们似乎只能在铺天盖地的男性坐标系中来确立自己,那么用男性来确定比附我们的位置也就是自然而然顺理成章的了"。于是,她

---

① 徐坤:《从此越来越明亮》,《北京文学》1995年第11期。
② 王侃:《历史·语言·欲望——1990年代中国女性小说主题与叙事》,第78页,桂林,广西师范大学出版社,2008。
③ 关于男性特权的变化见蒋洪利:《从〈男性统治〉到〈男性的衰落〉》,《山东女子学院学报》2021年第6期。
④ 戴锦华:《徐坤:嬉戏诸神(代跋)》,徐坤:《遭遇爱情》,第315页,武汉,长江文艺出版社,2001。

也挪用了这种命名方式,"呼啦啦一道长风从天而落,雪地上开来一个女堂吉诃德"。其实,"女堂吉诃德"也并不比"女王朔"走得更远,堂吉诃德的疯狂壮举不过是对流浪骑士阿马迪斯的模仿,其欲望是模仿他者的欲望,而"女堂吉诃德"则只能是对模仿欲望的模仿,离自我本真欲望也许更为遥远。但徐坤自拟为"女堂吉诃德",戴锦华等女性主义批评家刻意区分徐坤与王朔,是否是因为堂吉诃德作为理想、浪漫与激情的象征,正符合徐坤所谓"茶已凉,血犹热"[①]的热切与躁动呢?女性作者的徐坤们,毕竟无法像王朔及其他"新生代"男性后继者们那样,彻底进入一个消解主体的"后"时代。

围绕着"女王朔"引发的指认与否认的辩论,其实是女性主义有意区别于后现代主义、"新生代"女性写作区别于男性写作的一种症候。与后现代主义肆意消解主体的倾向不同,女性主义者依然认为,具有自主反思能力的女性主体始终是其目标所在。通过在既定的话语网络内部寻找缝隙,颠覆性地调用既有的话语元素,就可以重构一个批判性的女性主体位置,巴特勒即格外强调话语戏仿的性别政治意义。[②]徐坤对精英话语的挪用与戏仿亦可作如是观。概言之,以戏仿姿态进入并批判现实的顽世现实主义精神、置身精英话语之内却消解精英话语光环的"后精英"姿态和揭示宏大叙事内在的男权本质的女性主义立场,是徐坤在90年代文坛迅速崛起的三个主要因素。

二、作为"顽世"先锋的"60后"

徐坤的知识分子小说具有明显的顽世现实主义特征。顽世现实主义源自"玩世现实主义"。"玩世现实主义"即以玩世精神应对无聊现实的艺术姿态,是栗宪庭对90年代初期出现的绘画新潮流的理论概

[①] 徐坤:《北京以北》,第67页,北京,昆仑出版社,2013。
[②] 见〔美〕朱迪斯·巴特勒:《性别麻烦——女性主义与身份的颠覆》,第186-194页,宋素凤译,上海,上海三联书店,2009。

括。栗宪庭将80年代以来的艺术群体分为三代:"知青群"是第一代,其"心态和艺术都依赖于淳朴的现实";第二代是"先锋群","以形而上的姿态关注人的生存意义";第三代是新出的"泼皮群",特点是"无聊感"与"无意义感"。"泼皮群""出生于60年代,80年代末大学毕业",从出生起"就被抛入一个观念不断变化的社会里,而他们学艺术的生涯,又是在看着干预生活的艺术在实际现实中的失效,看着西方思潮影响下的艺术潮流来去匆匆,无论是生活,还是艺术,现实留给泼皮群的只是些偶然的碎片。几乎没有任何一种社会事件、艺术样式与价值观,在他们心灵中产生过恒久或深刻的影响。因此,无聊便成为他们对当下生存状态最真实的感觉"。无聊的生活态度带来两个艺术表征方式,一是"直接选择'荒唐的''无意义的''平庸的'生活片段",一是"通过把本来'严肃'的'有意义'的事件滑稽化"。[①]

"玩世现实主义"思潮同样体现于文学创作中,大致对应于"新生代"作家群体的写作。韩东诗歌《有关大雁塔》《你见过大海》、邱华栋小说《把我捆住》《环境戏剧人》、朱文小说《我爱美元》《弯腰吃草》《两只兔子,一公一母》《吃了一个苍蝇》等,都充满无聊感和无意义感,明显具有"玩世现实主义"倾向。尤其是《我爱美元》,作为儿子的"我"无聊至极,竟怂恿来访的父亲嫖妓,将对父权价值系统的亵渎与嘲弄推向极致。朱文以"美元"与"性"来解构主流价值体系的道貌岸然,这种毫无顾忌、玩世不恭的写作姿态,在引起广泛争议的同时,也成为"新生代"小说的标签。如果说"新生代"接续并颠覆的是余华、格非、苏童等的先锋写作,徐坤则直接联系于包括王朔痞子文学、崔健摇滚乐、"泼皮群"画家在内的"玩世现实主义"艺术思潮。当然,将徐坤小说看成是"顽世"现实主义,既是强调与栗宪庭的"玩世现实主义"的共通性,也是为凸

---

① 栗宪庭:《当前中国艺术的"无聊感"——析玩世现实主义潮流》,《二十一世纪》1992年2月号。

显徐坤作为女性作者的独异之处。徐坤主要采用戏仿、挪用、拼贴等话语修辞方式，消解宏大叙事与男性神话的虚伪与矫饰，这种写作姿态与其说是痞子式的玩世不恭，不如说是以假面示人的话语嬉戏，其内在的女性的忧伤、恐惧、小心翼翼，与玩世不恭的泼皮并不相同，将"玩世"修正为"顽世"，更符合徐坤的女性主义气质：游戏反讽却非玩世不恭。

徐坤小说中的人物，基本上除了学者、诗人，就是画家、音乐人，或者歌诗一体的摇滚主唱，如《斯人》中的斯人既是诗人，又是艺名为"蚯蚓"的"学人"乐队主唱；《游行》中的伊克既是摄影记者、诗人，也是被林格成功包装的乐队主唱。徐坤在90年代发表的系列小说，基本可以看成是一部"玩世现实主义"文艺思潮的生成史，如果想了解90年代中国先锋艺术思潮的变迁，阅读徐坤小说应是一个不错的选择。徐坤在1994年发表的《先锋》，可算是一篇关于中国当代先锋艺术的"元小说"，它以虚构的形式、滑稽戏谑的喜剧结构与语言修辞，深刻呈现了先锋艺术从风光无限到坠落尘埃，再到改头换面重新出场的整个过程，"废墟"成就了"先锋"的"存在"，消费市场转眼就将"先锋"包装成"后卫"。废墟与高光、先锋与后卫、叛逆与怀旧、现代与后现代、前卫与国学，驴唇对马嘴般地混杂嫁接在一起，正如那群被命名或自命为撒旦、嬉痞、雅痞的傻蛋、鸡皮、鸭皮、屁特画家们。傻蛋/撒旦那个写着"我要以我断代的形式，撰写一部美术的编年史"的"四方形的巨大空框"，成为一个空白与实在、虚无与存在、确定与不确定彼此拆解撕裂的象征，其意义或许只能通过阐释来填充。但最终，"存在"的虚无也蜕变成"我与我的影子交媾"的"活着"，甚至被改造为一个实用的、灵活转动的托架。

《先锋》由此将表象与象征、真实与仿真反讽式地叠合在一起，以一种不无"先锋"的形式，表达出中国现代艺术的内在悖论：一个需要在无限自否中确立的先锋自我最终只能通往绝对的虚无。作为一种（男性）精神自恋的产物，先锋艺术即使没有消费时代的降临，也必然面临自身瓦解的危机。不过，当傻旦在"影子啊，快回到我的身体里来吧"的呻吟声中，以自我了结的方式告别这一（前）先锋/"后"艺术的闹剧时，那个"满怀着崇高艺术理想""站在1990年6月的麦地里孤独守望"的画家撒旦，一个痛苦的理想主义的"先锋"形象，反而由此得以历史性地浮现。所有先锋艺术，注定死于成功，完成于祭奠。看似"胡闹台"的徐坤小说，与其说是否定精英叙事、先锋艺术，不如说是讽刺虚伪、矫饰、自大、自恋的伪精英、伪先锋。实际上，徐坤从不嘲弄艺术与知识的脆弱、痛苦与真诚，正如王朔也从不嘲笑小市民与边缘人的渺小、懦弱与失败。作为一个学者型作家，徐坤固然嬉戏诸神、颠倒先锋，但对于真正的人生和艺术，却始终保持一颗赤子之心。在她的笔下，被鸟粪淹绿的思想者终"以金属凄艳冰冷的光辉，鲜明地昭示人类灵魂的亘古不休"；斯人/诗人唱罢"莲花一开放啊，咱就涅了一把槃"后，从这个世界上永远消失；曾经梦想成为作家的女记者林格，在献祭完诗人、实验过学者、包装好摇滚乐手之后，也永久地从这个世界消失。死亡、涅槃和消逝，即是真正先锋的命运，只有成为不可见者，才是无须证明的永恒存在。

　　徐坤的很多小说最后定格为艺术家之死。如此终极定格是否定之否定，曾经在讽喻中溃败的艺术先锋魂兮归来，成为伟大艺术剧场上的唯一主角。在最终走向"反解构"的叙事过程中，反讽与反思、解构与建构、戏拟与批判相互补充，构成复杂的矛盾体。顽世现实主义内里是批判现实主义，未来虚无主义的背后是乌托邦浪漫主义。徐坤小说是一种"后精英"写作，是"精英文化话语内部的一次地震或颠覆"，"一种反精英的精英文化，一幕反文学的文学突围，一个反先锋的先锋写作，一次文人、知识分子全面自弃中的自我确立"。[①]

[①] 戴锦华：《徐坤：嬉戏诸神（代跋）》，徐坤：《遭遇爱情》，第319页，武汉，长江文艺出版社，2001。

三、重建90年代的现实感

　　转折时期的特点往往是从一个极端走向另一个极端。如果说80年代曾建立起一个关于现代与启蒙、光荣与梦想的神话，那么90年代则始于对这一神话的告别与拆解。王安忆的《叔叔的故事》开启了反思启蒙神话的序幕。小说通过重述"叔叔"的故事，意在揭示80年代启蒙主义话语面临的精神危机。王安忆笔下"叔叔"的故事，不再是将个人经验整合于民族叙事的"民族寓言"，而是降格为"叔叔"的个体生命经验，那是一个仅仅关于饮食男女的世俗故事。压倒叔叔的最后一根稻草是儿子大宝，"叔叔忽然看见了昔日的自己"，"他人生中所有卑贱、下流、委琐、屈辱的场面，全集中于大宝身上了"。由此，苦难与启蒙神话的承载者，陷入到无以摆脱的个体性屈辱之中。王安忆解构父权话语与宏大叙述的方式，被徐坤和"新生代"发扬光大，成为90年代文学的重要特征。《游行》是对《叔叔的故事》的接续，小说拆解的不仅有"叔叔"的故事，也有"兄长"和"弟弟"的故事，三者以诗、散文、摇滚乐的形式出现在女记者林格的生命中。徐坤戏谑反讽的对象，不仅有革命历史神话，也有80年代的启蒙神话，更有连叛逆都被消费的市场神话。在徐坤看来，此一时代"知识分子繁复的精神困厄"[①]有其三个来源：革命的阴影、启蒙的溃败和市场的压抑。

　　实际上，徐坤90年代写作的意义，并不在于对革命与启蒙历史的重新解释，而在于对处于市场经济转型之中，前程茫然同时又充满无限机遇的90年代中国的描述与呈现。启蒙神话的瓦解表明知识分子作为社会文化主体的地位已经从中心转向边缘，这个群体被迫进行的自

---

① 徐坤：《从〈先锋〉到〈游行〉》，《北京以北》，第58页，北京，昆仑出版社，2013。

我调整与再确认,也表明市场社会结构的重组以及新的文化生产秩序的出现。在融入全球资本主义的市场时代,没有什么东西可以逃脱市场流通的法则,无论是大众文化还是先锋艺术,都将被置于生产、交换、流通与再生产的网络之中,都渴望成为被包装的商品在市场中流动。①徐坤小说中多次出现的艺术"包装"场景,正是市场时代文化商品化的重要方式。稚嫩的摇滚歌手伊克在林格的精心包装下,成为"蹿红疯长"的摇滚歌星(《游行》);"废墟画派"被包装成"解构主义的普遍原理与中国国情相结合的时代产物"(《先锋》);小剧场女演员小鹅儿在"社科院的后现代中青年专家"陈维高的吹捧下迅速蹿红(《热狗》);"高手"虽已作古,却仍被炒来炒去,连小保姆都可以冒用"高手"的名义写书领稿费(《一条名叫人剩的狗》)。徐坤小说比较早地再现了90年代中国文化市场得以有效运转的秘密:围绕文化符号展开的由权力、性欲和资本主导的象征性交易。资本市场、大众媒介对于艺术的"包装"与"炒作",代替了深度的语言"阐释",仿真的表象代替了内在的真实,文化神话成为待售的文化碎片,文化精英则"处心积虑冲向市场,殷勤渴望再度辉煌",辉煌的标志则是门票收入与作品价格。这是一个对知识和艺术进行商品化再生产的时代,一切都遵循市场交易的法则,包括性、身体与爱情。

因此,在调侃艺术精英激情投身商品大潮之外,徐坤还以喜剧化的方式再现了市场社会的情感交易。80年代的情场是文学女青年献身艺术家的"神圣祭坛",如此情形可见于小旦他娘与撒旦,林格与诗人、学者的故事。90年代的情场则是交易欲望的市场,性爱必须被理解为讨价还价的市场行为。陈维高"生平第一遭艳遇"在小鹅儿那儿只是一场身体交易。女强人枝子精心安排的浪漫生日晚餐,对画家松泽来说却标上了不能承受的情感价格,因为"以假对假的

---

① 关于先锋艺术在市场经济中命运的论述,见韩琛:《中国电影新浪潮》,第23—24页,北京,中国社会科学出版社,2019。

玩，玩得心情愉快，彼此没有负担，同时毫无顾忌。以真对假的玩，那就没法子玩了。以真对真就更不能玩了"（《厨房》）。在市场中谈爱情，谁动心谁先输。《遭遇爱情》《离爱远点》交叠情战与商战，其中的红男绿女旗鼓相当，如何在身体或情感上俘虏对方却又不损失经济利益，成为双方斗法的焦点。交易原则，毁灭爱情原则，以为谈的是爱情，其实谈的是生意，在爱情买卖中，只有市场是胜利者。于是徐坤感喟道："以单纯赢利为目的的商场上究竟有否爱情？人间是否还有真情在？真可谓假作真时真亦假，人们都互相渴望着又互相惧怕，在精心算计别人的同时也失去了自身。这就是残酷的物质利诱的实相。"①"物质利诱的实相"的确残酷，但吊诡的是，市场似乎也提供了更多选择的可能与开放的空间。相比于80年代的献祭式爱情，市场中的女性因明了现实的真相反可能有更多的协商与议价空间。当然，对徐坤这样的"后精英"写作者来说，她更关注的是"拎着情感垃圾上路"的"一般意思上的传统女人"，而非"让身体在表层操作"的小鹅儿式的"新新人类"。②

就此而言，徐坤置身其中的90年代，总体来说还是一个告而未别的过渡时代。启蒙神话的瓦解意味着80年代形成的新启蒙主义的统一性与共识性已不复存在，虽然统一性的丧失使"未完成的现代性焦虑"进一步加深，但从90年代的历史文化状况来看，统一性的破裂也有可能使那些被统一性精英话语所压抑的边缘和弱势力量得以出现。实际上，市民社会的出现与都市文学的兴起、思想界的"人文精神大讨论""新左派"与"新自由主义"论争等出现在90年代应该不是偶然的。"道术为天下裂"也许充满思想机遇，这既是一个礼崩乐坏混杂多元的时代，也是一个思想分化与新思想兴起的时

---

① 徐坤：《关于〈遭遇爱情〉》，《北京以北》，第63页，北京，昆仑出版社，2013。

② 徐坤：《关于〈厨房〉》，《北京以北》，第62页，北京，昆仑出版社，2013。

代,市场时代的降临并不就意味着思想的溃败。实际上,从徐坤以及女性写作在90年代的繁荣来看,恰恰是宏大叙述与启蒙神话的破灭,让女性得以窥破知识与性别、市场与性别之间的权力交易,从而为女性写作提供了一次难得的文化机遇。说到底,女性写作的崛起正是得益于一体化的父权社会体系的松动。当然,瓦解启蒙神话、颠覆精英叙述也并不意味着全面认同市场意识形态。从徐坤与"新生代"写作来看,他们总体上还是一种"后精英"写作,顽世现实主义只是外在批判姿态,理想主义激情则是被压抑的潜在立场,他们依然"是具有'反叛'色彩的接力者","关注的仍然是生存、文化、人的处境与精神趋向,只不过在接棒后没有在广场上奔跑,也没有按照既定规范的圆形跑道前进,而是跑向了四面八方和各个角落"。①

在《共产党宣言》中,马克思曾描绘过资本主义带来的世界性巨变:"一切固定的僵化的关系以及与之相适应的素被尊崇的观念和见解都被消除了,一切新形成的关系等不到固定下来就陈旧了。一切等级的和固定的东西都烟消云散了,一切神圣的东西都被亵渎了。人们终于不得不用冷静的眼光来看他们的生活地位、他们的相互关系。"②资本主义不但带来全球市场和新统治阶级,也生产出新的革命思想和革命阶级。徐坤笔下的90年代中国在某种程度上也面临着类似的历史状况,神圣的亵渎与统一性的瓦解,使人们不得不重新思考自我与他人、自我与世界的关系,而这种重新思考则意味着一种新的思想与文化可能性的出现。90年代的徐坤与"新生代"写作的意义或许就在于此。

本文原刊于《当代作家评论》2022年第1期

---

① 张清华:《精神接力与叙事蜕变——论"新生代"写作的意义》,《小说评论》1998年第4期。
② 〔德〕马克思、〔德〕恩格斯:《共产党宣言》,第30-31页,中共中央马克思恩格斯列宁斯大林著作编译局译,北京,人民出版社,1997。

中间地带的"瓯脱叙述"
——论《北纬四十度》的空间感觉、文明论与文史表述

刘大先

文史写作在中国有着源远流长的传统，官修正史之外，不乏稗官野史、杂录笔记，或记杂事秘辛以彰博闻多识，或考成败经验以明鉴古知今，或借前贤过往之酒杯浇自家郁积块垒。举凡种种，不一而足，以后世眼光看，王夫之《读通鉴论》、王鸣盛《十七史商榷》、赵翼《廿二史札记》属于史学，而诸多笔记杂感则属于文学，后者很多时候看上去不够端肃，多作为拾遗补阙的材料，很少提出某个新异出奇的观点，或者即便有些令人耳目一新的议论，也往往缺乏周密论述。但一般读者对此类真假难辨的文史作品反倒热情有加，未必如同常见的似是而非之论中所说的中国人有重史心态，而是它们确实不唯有增广见闻之效，更在裨补谈资上大有助益，是松下瓜棚、街谈巷议时候的绝妙素材。

当代散文随笔中有很大部分取材于历史。在20世纪90年代的散文热潮中，"文化大散文"就是其中最为强劲的一脉，像余秋雨《文化苦旅》、夏坚勇《湮没的辉煌》、鲍鹏山《寂寞圣哲》、王充闾《沧

桑无语》等作,或在行旅中追怀过往,或在典籍间感慨沧桑,或纵论世事沉浮,或抒发命运感伤,都名噪一时。21世纪以来伴随网络文学的兴起,当年明月、赫连勃勃大王都以通俗历史讲述暴得大名。传统的或者说看上去更为严肃的历史随笔,如王族《上帝之鞭:成吉思汗、耶律大石、阿提拉的征战帝国》《游牧者的归途》,赵柏田《岩中花树:十六至十八世纪的江南文人》《南华录:晚明南方士人生活史》等描述、归纳、总结的"重述历史"散文,也所在多有,受众甚夥。

  人们为什么会读此类"非虚构"作品,原因或如前所说,有娱乐八卦的欲求,但更多还是来自一种知识期待和美学愉悦。培根谓"读史使人明智,读诗使人灵透",[①]优秀的文史写作兼具文学与历史、认知和审美两种功能。陈福民的《北纬四十度》便是这样的一部作品。宋湖湘学派奠基人之一胡寅曾谓:"苟不知著书之意,徒耽玩词采,以资为文,以博闻记,则失先贤之旨,而无益于大用矣。"[②]虽然我倒并不一定完全认同他实用主义式的儒家历史观,但关于"著书之意"不能耽溺于丽辞华文、满足于广博见闻,而要有超越事与词之外的见识,倒是心有戚戚。《北纬四十度》之所以称得上优秀,乃在于它不仅撷拾故实、采编旧闻,然后以通达晓畅的笔法重新讲述出来,更主要的在于,它在统观史书记载的基础上提炼出贯通一气的线索,从而显示出卓然独创的见识。陈福民从身体经验的空间感受出发,引申出历史认识与判断,再通过文学方式表述出来,形成了一个个富于启示性的文本。

---

  ① 〔英〕弗兰西斯·培根:《谈读书》,《培根随笔集》,第164—165页,曹明伦译,北京,人民文学出版社,2006。
  ② 胡寅:《〈读史管见〉旧序》,《读史管见》,第3页,刘依平校点,长沙,岳麓书社,2011。

以地贯史

　　散文随笔写作最易流于琐碎散漫，对于一本文集而言尤为如此。很多前述的"文化大散文"就存在这样的问题，论单作不乏叙事件之首末、尽人物之遭际、发思古之幽情，但欠缺提纲挈领的统摄性主题，因而往往给人支离之感，无法形成一种令人印象深刻的见解（无论是洞见还是谬见），也就难以产生启发性的思考。与零碎信息式文史写作不同，《北纬四十度》有着明确的规划，用作者的话来说就是"以历史为经，以北纬40度地理带为纬，去展开和呈现出一幅'参与性'的千古江山图"。[1]北纬40度既是一个地理概念，也是一个文化历史概念，如同它本身内含的交错杂糅的气候、物产、人群、地缘政治、生产与生活方式一样，这是一个跨界的含混地带。这一个概念统贯全书各个章节，从而纲举目张，让从先秦到有清一代围绕长城两侧的游牧文明与定居文明的民族冲突与融合的故事眉眼清晰起来。

　　章学诚说："今日学者风气，征实太多，发挥太少，有如桑蚕食时，而不能抽丝。拙撰《文史通义》，中间议论开辟，实有不得已而发挥，为千古史学辟其蓁芜。"[2]"征实"的风气在历史叙述中由来已久，而被史实裹绕无法耸身立言也是积习难改，这一点无论在章学诚时代还是在当下都是相似的，陈福民却也有种章学诚那种大气包举、大刀阔斧的气派，从无量计的过往人事中"抽丝"萃取了10个片段，以那些时空中活跃着的人物为中心"议论开辟"，勾勒一幅北中国往事绵延长卷。这种整体观相当重要，如果没有这种"抽丝"，

---

　　[1] 陈福民：《北纬四十度》，上海，上海文艺出版社，2021。本文所引《北纬四十度》皆出自此版本，不另注。

　　[2] 章学诚：《与汪龙庄书》，《章学诚遗书》，第82页，北京，文物出版社，1985。

那么过去依然是散布于史籍中的材料与信息，没有构成叙事，而没有叙事就无由带来觉知。如果就《北纬四十度》摒弃任何"中心"因而也就不再有"边缘"或"边疆"的叙述立场而言，陈福民的这种整体视野观照下的地理历史书写可以称之为"瓯脱叙述"。

"瓯脱"一词，按照刘文性的考释，在《史记》《汉书》中凡六见，原为匈奴语，译成汉语就是"中间""当中"，被匈奴人称为"瓯脱"的"弃地"就是"中间地带""当中的土地""中隔地""中立地带"。因为匈奴语同突厥语有着密切关系，"瓯脱"与古突厥语里的 ortu 同源，该词是突厥部族葛逻禄下属的处月、执失等部落的语言，在成书于11世纪的《突厥语大词典》中注为"中、当中、中间"。直至今日 ortu 依然为操突厥语的许多民族使用，只是略有音转，维吾尔族、哈萨克族读作 orta，撒拉族读作 ota，西部裕固族读作 urda，但词意完全相同，就是"中间地带"。[1]白鸟库吉、弗拉基米尔佐夫、拉铁摩尔均有不同语种的考辨，与之相类。当然，也有学者认为"瓯脱"原意是边界上屯守处，引申为候望或斥候。因为边界上双方哨卡并非紧密相接，所以有处于中间地带的"弃地"。[2]蒙古族学者认为"瓯脱"是蒙语 otok，原是社会组织的行政单位，蒙古氏族游牧时代被用作游牧营地或狩猎时的辅助名词，后专指游牧营地或皇族围猎营地，元朝时成为商贾集团的名称，后成为替代千户的行政单位，清朝时被旗所替代，从而消失。[3]或者就是领地的意思。[4]但是这些蒙古族学者仅依靠单一语言的分析是立不住脚的，不唯近邻语言之间彼此互换、借用、演变，而且某种语言的能指与所

---

[1] 见刘文性：《"瓯脱"释》，《民族研究》1985年第2期；《"瓯脱"再认识——与张云、何星亮同志商榷》，《西北民族研究》1988年第2期。

[2] 见张云：《"瓯脱"考述》，《民族研究》1987年第3期。

[3] 见胡·阿拉腾乌拉：《简论"瓯脱"的起源与发展》，高玉虎译，《内蒙古民族师院学报》（哲学社会科学·汉文版）1990年第3期。

[4] 见胡和温都尔：《瓯脱义辨》，《内蒙古社会科学》1991年第6期。

指、词与物之间存在着由历时变迁而带来的差异,其内涵与外延亦会发生流转,从而使得我们理解某个概念时不能拘泥于词语本身,"瓯脱"亦复如是。

现在的基本共识是,在西汉和东汉时期,在部分史家笔下的"瓯脱"是专门用词,所指为东胡与匈奴之间,即大体从河套以东至辽河以西的广阔草原地区。这便是陈福民所谓北纬40度一带。从宋代开始,"瓯脱"在一些史家的笔下,已不再是专门用词了,而是将国内任意两个政区、两个民族聚居地之间的地方都称为"瓯脱"。它从一个专有名词逐渐演变成了通用词。另外,中国各地不论两个政区还是两个民族聚居地的交界地区,都曾存在犬牙交错式"插花"土地的地理现象;同时,还有一个地区的一片或数片土地,存在于另一地区的内部,面积有大有小,均是与本地区土地不相连接的"飞地"。这些地理现象也被古代和近代一些史家称为"瓯脱"。① 逯耀东提到拉铁摩尔的边疆(boundary)与边界(frontier)之分,有助于加深对"瓯脱"的了解:"彼谓边界,乃指长城边界而言,彼所谓之边疆,即长城外政治文化之过渡地带。此一地区既不服于汉,亦非属于匈奴,而徘徊二者之间,若此一地区之均势可维持,双方则能和平相处,若此一地区之均势打破,冲突即起。"②

陈福民正是在中间地带这个意义上进行了一种"瓯脱"书写:"以长城为标志,北纬40度地理带在历史演变进程中逐渐形成了不同的族群与生活方式,最终完成了不同文明类型的区隔、竞争与融合。在它的南方,定居民族修城筑寨掘土开渠,男耕女织安居乐业,却也将息得辛苦恣睢小富即安;而它的北方,游牧民族辽远开阔骏马驰骋,寒风劲凛雨雪交加,却也砥砺出坚忍豪强自由奔放。围绕北

---

① 见侯丕勋、尚季芳:《"瓯脱"及其相关问题再探讨》,《西夏研究》2015年第1期。

② 逯耀东:《从平城到洛阳——拓跋魏文化转变的历程》,第296页,北京,中华书局,2006。

纬40度，那些不同的族群相互打量着对方，也加入着对方。长河流淌，鸣镝尖啸，伤感吟成诗句，痛苦化为尘土，带走过生命也带来过生机。在长城内外他们隔墙相望，侧耳远听，深情凝视了几千年。虽然不能完全变成对方，最终却也难舍彼此。"在这一线"瓯脱"之地，中原民族农耕文明在时间的长河中，与不断涌现出来又不断嬗变的东胡、匈奴、鲜卑、羯、羌、氐、突厥、契丹、女真、蒙古等一系列北方族群的游牧与迁徙文明，或往来搏杀，或折冲樽俎，或结盟互市。若以中原文化的角度来看，北纬40度无疑是"边地"或"边疆"，但陈福民选择的叙述立场是居间，即以一种超越于具体站位的理性而客观的后见之眼，回望过往数千年的文明变迁。我曾经写过一篇文章论述作为方法的"边地"，[1]"瓯脱叙述"可以说是作为方法的居间地带，一种类似于霍米·巴巴所谓的in-between的混杂性处所，它是临界性的阈限空间，文化在其中得以协商与转化。[2]

从这个意义上来说，《北纬四十度》某种程度上是对"边疆研究"或者"边地书写"的推进与拓延，对于重新认知族群及其历史与文化也不无启示。以"瓯脱"作为横贯东北亚到中亚大陆的历史叙述立足地，不仅仅是一种历史地理的书写，它也构筑了一种世界观。先秦形成到西汉完成的"华夏中心"世界观是天下主义的，"中国"即为无远弗届、没有外部的"天下"。这种"中国—天下"的空间观来自"大一统"的时间观：《公羊传》解释《春秋》首书"元年春王正月"为"大一统"，何休注"统"就是开始，正月是一切的开始，在天人交感的比附中，"王正月"即意味着政教之始。董仲舒接续了何休的观念，"大一统"即"一统"为大——受命于天的王者布政施教的头等大事就是要建立正朔，重新确定正月初一，给天地、百姓、万物一个至正的开端，从而"时间开始了"。"大一统"的确

---

[1] 刘大先：《"边地"作为方法与问题》，《文学评论》2018年第2期。
[2] Homi K.Bhabha, Nation and Narration.London and New York: Routledge, 1990.p.4。

立是将天下政教号令同归于"王—天子",于是时间观念上的一统就顺理成章地导出了空间观念上的统一之义。①这就是所谓"以时统空"的来源,传统国画中的"散点透视",即将不同空间的人、景、物统摄到同一个画面当中,其背后的美学支撑就是这种时空观。

"以时统空"可以说是华夏文化为中心的世界观,一直延续到19世纪中叶,在西方近代文明的冲击下才有所松动。"焦点透视"的出现显示了被时间观统摄的平铺的空间观向物理意义上的立体空间观的转化。《北纬四十度》也可以是作为一种"焦点透视"式的叙述——以北纬40度作为焦点,围绕这个不变的地理空间展开纵深的历史时间的运行。北纬40度"瓯脱叙述"中南北力量的此消彼长印证了历史的变迁,经历区划沿革后的空间见证了地气的转移,时间摆脱了形而上的静态面目,具有了纵深之感。

文明论:重述中国之一种

《北纬四十度》以赵武灵王开篇,固然有从时间线条上来说"胡服骑射"的故事处于前端的原因,更主要的是赵武灵王所体现出的改革与进取的雄心,显示出来一种"文明的识见与境界"。这可以说是陈福民在写作此书时的无意识和基本语法:文明论。"文明"这个概念在近代以来由于从日本传来的文明论尤其是福泽谕吉言说的影响,②而使之带有价值判断的色彩,进而也被中国士人所接受。③陈福

---

① 见江湄:《正统论:中国文明的一个关键概念》,《开放时代》2021年第1期。
② 关于福泽谕吉的文明论思想的欧美文明等级论根源,见〔日〕子安宣邦:《福泽谕吉〈文明论概略〉精读》,陈玮芬译,北京,清华大学出版社,2010。此外,福泽谕吉对近现代日本思想的影响,见〔日〕丸山真男:《福泽谕吉与日本近代化》,区建英译,北京,北京师范大学出版社,2017。
③ 最为人所知的莫如梁启超1899年作的《文野三界之别》,直接挪用"泰西"的"文明—半开—蛮野"的文化进化序列论。见梁启超:《梁启超全集》第2卷,第340页,北京,北京出版社,1999。

民在《北纬四十度》中体现出来的文明观则走出了"文明VS野蛮"的现代二元论,恢复了它作为中性表述的客观性。具体就表现为对于带有华夏中心色彩的"天下观"的反思,走出长久以来"华夷之辩"的迷思,使得华夏与"蛮夷戎狄"复归为不同文明的载体,这更符合历史的原貌。

自从大秦帝国完成了中央集权统一国家的政治与行政架构之后,有关"天下"的范畴通过国家化的方式被清晰地确定了。然而这带来了一个始料不及的问题,它使"天下"与其他区域冲突的现实性与尖锐性愈加凸显出来。北纬40度一线的游牧民族的存在,以及他们不屈不挠的进取心,使以往中原文明那种"普天之下莫非王土"的含混自大的观念无法自圆其说,而不同文明之间的折冲博弈往往大于故步自封的"天下"理念。

在这种表述里,明显可见作者从未将某种文明进行固态化和静止化的想象,而是将其作为能动的历史主体与动力的合一。霍去病拒绝了皇帝亲授孙武兵法的含义,这个历史细节很容易被忽视,在历史人物霍去病那里可能是出于某种个人原因,但陈福民敏锐地分析道:"孙武兵法是上古时代农耕文明的产物,其针对性主要在于战车和步兵列阵攻防,而北纬40度一线的骑兵战法以及长途迂回奔袭等等,作为全新的文明元素,是这类神乎其神的古代兵法根本无从知道的。"这实际上一下子提振了事件本身,或者说赋予了历史事件以意义——"卫青霍去病的出现,为传统'天下'观与不同文明之间的交流融合奠定了基础"。

华夏礼乐文化中原初的理想型文明观是"同则相亲,异则相敬",[①]但在现实中很难实现,并且容易因为文明的对冲导致陷入退回保守或攻讦的境地。这当然有着合乎历史情境的理由,比如江统《徙戎论》、苏轼《王者不治夷狄论》、顾炎武的"亡国"与"亡天

---

① 王文锦译解:《礼记译解》,第531页,北京,中华书局,2001。

下"之别……都是发生在中原王朝弱势、文化自信退却的时代,站在中原/华夏/汉人/定居/农耕文明/天下主义的立场之上所做的议论。正史系统中却绝少从"外族""异族"角度进行表达,除非他们入主中原,成为正朔与正统的继任者。陈福民跃出了这种经典叙述,在流动与变迁中观察一个族群、一种文明体的走向,并且给予热情的肯定:"从嘎仙洞走到呼伦湖,再南进到蒙古高原;从拓跋力微定居大川,到他39年迁都盛乐,再从经营了140年的盛乐迁都到平城,拓跋鲜卑人的历史几乎就是一部迁徙史。与很多弱小国家因避强敌不得不迁徙、迁都不同,拓跋部的每一次动作都是积极主动目的明确的选择。从荒寒贫瘠走向温饱富庶,从蒙昧靠近文明,拓跋人证明自己是一个无与伦比的伟大民族。"鲜卑人的故事其实也是整个中国文化不断盈虚消长的缩影。

  陈福民的这种超然是建立在民众生活的立场之上的。当涉及历史上民族冲突和战争时,关于抵抗与议和的评价在主流史学思维中往往会不自觉地染上精英士人价值观下的道德色彩,陈福民则考虑到彼时彼地双方民众生活本身,而不是某种逼仄的文化与族群观念。比如,"和亲"作为一种政策,在他看来,以取得博弈平衡为佳:"文明的博弈从来都不仅仅是你情我愿互利互好的,它有自己非常真实的逻辑。关于这一点,现代文明以来的契约关系以及对契约的严格遵守,提示着一切文明的底线——在汉匈双方遵循'和亲'约束时,两大文明的和平共处对双方都是有利的。"又如谈到宋的重文轻武,他有自己的发现:"宋太宗是个有使命感的君主,也是个勇敢的人,他决定彻底解决历史遗留问题。现在总有人喜欢讲'杯酒释兵权'的故事,指责有宋一代为了皇权私利而不重武备,致使将才失落,国弱文雄。这种说法其实不懂一个道理,解决安史乱后的藩镇割据、强化中央集权乃是当时唯一的国家回归之路。离开这一点,一切都谈不上。那种从半路说起不懂装懂的舆论,总是表扬大宋物阜人丰文化昌明,以为'市列珠玑户盈罗绮'可以凭空出现,全然不看安史之乱到五代十国这两百年的'中国'是个什么样子。但是宋太宗知道。"盟誓上也一样,以伤害最小为宜:"燕云十六州从公元936年就丢了,到1004年澶渊之盟签约,契丹实际控制了70年,只有山南地区的涿、莫、瀛几个州在拉锯。情怀男子、理想皇帝宋太宗两次用兵均铩羽而归,形势如此,更多是像陆放翁那样,生出'早岁那知世事艰,中原北望气如山'的浩叹。现在能够止戈息武,休养生息,给国家和人民一个和平空间,是务实的。一个社会,如果它的人民被逼到了必须在太平犬与离乱人之间做出选择,那它绝不是一个好的社会。但是有些事情,譬如北纬40度问题,作为一种由来已久的文明压力,其特殊意义远远超越了一个封闭社会的内部治理范畴,需要用别的方式,倒是设立边境'榷场',开放双方互市生意,是于国计民生有益的举措。"这种观念当然不是"还原"历史的做法,并没有共情于当时的任何一方,而是将一种务实的对于历史的态度,糅进了对于底层、平民和大众的情感关切。

在这种态度里无形中有着对于"中国"的重新理解,如果囿于狭隘的单一民族主义立场——就像强调正统论的主流历史书写或欧洲式民族—国家论那样,那么"中国"及其文化就是残缺不全的。我们站在当下已经继承的中国的版图、人口与文化回望过去,并非为了一种纯粹知识目的,求真当然是题中应有之义,在这真之上应该有善之所在,也即弥合创伤的记忆,修补冲突的裂缝。中国的多样性就体现在它广阔的包容与不断的吸纳,进而吐故纳新,旧邦新命,能够一次一次历劫重生,凤凰涅槃。于此,我们也就可以理解为什么在写到兰亭雅集、新亭对泣之时,陈福民那么直接地表达出对西晋玄谈风气的厌恶,因为那些人缺乏现实感,也没有真正意义上的宏大关怀。

"瓯脱叙述"让游牧文明进入到中国故事之中,完整了中国的文化版图。它启迪着一种新的历史叙述,也即对处于边疆、边地、边缘的"中间地带"的关注,这区别于"从边疆看中国"之类边疆研究的常见站位，而是重整文化的山河。在这个山河中，还有东北亚三江流域的渔猎文明，比如赫哲文化，还有西南高原山间直到20世纪中叶尚存在的刀耕火种的佤族那样的后发文化，还有自先秦以迄从未断绝，却在近代以来的屈辱叙事中缺席的海洋文明（海水养殖、更路簿显示出的近海捕捞、达至东南亚乃至非洲的远航贸易）。这些多姿多彩的不同文明谱系在历史运转之中融汇在一起，构成了今日的中国及中国文化，使得我们很难套用"民族—国家"的范式进行阐释，因为它是超民族国家的、跨社会体系的文明体。

北纬40度一线放置于中国完整版图之中，只是其中的一块，围绕它进行的争夺与据有、经略与文教、贸易与流通几乎完整体现了正史系统叙述的王朝更迭的图谱。到最后一个前现代王朝清朝，它的战略意义已经消失，因为崛起于松花江、牡丹江及长白山的建州女真在统一女真各部，再联盟蒙古各部和辽东汉人集团，已经扫除了长城以北的问题，进而在入关后，使得长城内外皆成中国人的故乡。如果回眸中国长时段的演进，我们会发现由黄河沿线的华夏，扩展到两河（黄河、长江）上下，再到长城内外，经过平定大小金川和准噶尔部，四海之滨的地域、人群、文化全部纳入中国范围之内。只是遭遇了近代欧洲兴起的民族主义和殖民主义，才注定迎来北纬40度最后的故事：乌兰布统之战。

"这是中国历史上最后一次北纬40度意义上的战争。在这场战争中，双方都动用了火炮、滑膛枪等热兵器，现代工业文明显示了不可理喻的巨大威力。以此为标志，北方游牧民族永久性地告别了他们引以为自豪的骑射优势。请记住公元1690年，17世纪的尾声，在崭新的长射程、精确性与无情的速度面前，悠久漫长而剽悍坦率的旧世界，终于在乌兰布统结束了它的征战大戏，那些伟大的古典武士失掉了他们的舞台。而新世界将从海上、天空以及四面八方降临，变得更加文明也更加险恶并且深不可测。而右北平，命中注定要见证旧世界悲壮的落幕。贯穿中国两千年的北纬40度故事，始于右北平,又在这里结束,无论幸与不幸,这都是属于右北平的光荣。"当陈福民用既浸润冰冷理性又饱蘸深情厚谊地写下他故乡这段文字的时候,我们知道一段重述中国的旅程也便告一段落了。北纬40度这一广泛意义上的"瓯脱",从此将会被新的"瓯脱"所替代,因为作为整体意义上的中国文明遭遇到了新的文明秩序的冲击。这也正是周作人在《哀弦篇》起首所言:"华土物色之黯淡也久矣",近世国人"向实利而驰心玄旨者寡,灵明汩丧,气节消亡,心声寂矣",而在"东西瓯脱间"尚有"哀乐过人,而瞻望方来,复别怀大愿"者,这是周氏兄弟要引入域外弱小民族小说的原因所在。①新的"瓯脱"关联着新的全球权力关系,以及中国在这个世界体系中的位置和谋求建构新文化的愿景。

有情有识的文史

以时统空的时空论赋予了传统历史写作一种崇高色彩,也即它至少在信仰层面上意味着真理(传递天道的真实事实)与德性(鉴往知今的褒贬抑扬)的结合。这让它与文学写作发生了一定的偏离,如果说后者更倾向于美,前者则更倾向于真与善,其中的见与识就尤为重要。

以《史通》闻名的刘知几曾有一个精彩论断,分剖文与史之别:"郑惟忠尝问刘子元曰:自古文士多而史才少,何也?对曰:史才须有三长,谓才也、学也、识也。夫有学而无才,犹有良田百顷,黄金满籯,而使愚者营生,终不能致货殖矣。如有才而无学,犹思兼匠石,巧若公输,而家无楩柟斧斤,终不能成其宫室矣。犹须好是正直,善恶必书,使骄主贼臣所以知惧,此则为虎傅翼,善无可加,

---

① 周作人:《哀弦篇》,原载《河南》第9期,1908年12月20日,见钟书河编订:《周作人散文全集》(1),第128、131页,桂林,广西师范大学出版社,2009。

所向无敌矣。时以为知言。"①后来，章学诚在此基础上又强调了"史德"："才、学、识三者，得一不易，而兼三尤难。千古多文人而少良史，职是故也。史所贵者义也，而所具者事也，所凭者文也。……非识无以断其义，非才无以善其文，非学无以练其事。三者固各有所近也，其中固有似之而非者也。记诵以为学也，辞采以为才也，击断以为识也，非良史之才、学、识也。……古人史取成家，退处士而进奸雄，排死节而饰主阙，亦曰一家之道然也。此犹文士之识，非史识也。能具史识者，必知史德。德者何？谓著书者之心术也。"②后又在"文德"篇中论："临文主敬，一言以蔽之矣。主敬则心平，而气有所摄，自能变化从容以合度也。夫史有三长，才、学、识也。古文辞而不由史出，是饮食不本于稼穑也。夫识生于心也，才出于气也。学也者，凝心以养气，炼识而成其才者也。心虚难恃，气浮易弛。主敬者，随时检摄于心气之间，而谨防其一往不收之流弊也。"③

德性操守被放在了首位。

但前现代时期，文与史的关系并非判然有别，事实上它们紧密结合在一起，叶燮在《原诗》中便构建了以"才、胆、识、力"反映"理、事、情"的文论。"理、事、情"三者中"理"最为核心，"理者与道为体，事与情总贯乎其中"；而"才、胆、识、力"四者，"大凡人无才，则心思不出；无胆，则笔墨畏缩；无识，则不能取舍；无力，则不能自成一家"。④"四者交相为济。苟一有所歉，则不可登作者之坛。四者无缓急，而要在先之以识；使无识，则三者

---

① 王溥：《唐会要》卷六十三"史馆上"，第1101页，北京，中华书局，1955。《旧唐书·列传·第五十二刘子玄》和《新唐书·列传·第五十七刘子玄》的记载大同小异。

② 章学诚著、叶瑛校注：《文史通义校注》，第219页，北京，中华书局，1985。

③ 章学诚著、叶瑛校注：《文史通义校注》，第279页，北京，中华书局，1985。

④ 叶燮著、霍松林校注：《原诗》，《原诗·一瓢诗话·说诗晬语》，第16、29页，北京，人民文学出版社，1979。

俱无所托。无识而有胆,则为妄,为卤莽,为无知,其言背理、叛道,蔑如也。无识而有才,虽议论纵横,思致挥霍,而是非淆乱,黑白颠倒,才反为累矣。无识而有力,则坚僻、妄诞之辞,足以误人而惑世,为害甚烈。若在骚坛,均为风雅之罪人。惟有识,则能知所从、知所奋、知所决,而后才与胆力,皆确然有以自信;举世非之,举世誉之,而不为其所摇。"①这套理论与刘知几、章学诚侧重不同,但背后的世界观和方法论却是相通的,即政教文史未分的融合状态。

才、学、识、德,或者说才、胆、识、力,在陈福民那里并不成为问题,他对白登山之围的解读,解构了《史记》构建的神话,认为必定是皇帝屈辱地主动议和并许下极为丰厚的媾和条件,就很说明见识;而关于安史之乱鲜明的个人色彩的判断,也非有胆有力不能出之。但是,对于现代性分化之后,发生了从"四部"到"七科"之学的分化,②当陈福民意图用文学呈现历史的时候,他很难摆脱一种困惑。这种困惑来自"历史真实"与"文学虚构"之间的张力。

似乎在我们的文化习惯当中存在着某种把专门知识都文学化的倾向,就像上面的那些,我引述征用美丽的诗词时几乎是一种本能,至少是条件反射。令人感到不安的是,在过度修辞与迷恋辞藻之后,有很多更重要的内容被忽略了,并因此一直沉默着。类似《水经注》与《徐霞客游记》这样极为稀缺的地理学著作,在相当程度上是被我们当文学作品来读的。我不太确定这两部著作是不是都编入中学语文教材了,但有一点可以肯定,传授重点是强调传统文化的经典与优美。这样做的好处是显而易见的,能让中学生知道古人写有这

---

① 叶燮著、霍松林校注:《原诗》,《原诗·一瓢诗话·说诗晬语》,第16、29页,北京,人民文学出版社,1979。

② 左玉河:《从四部之学到七科之学——学术分科与近代中国知识系统之创建》,上海,上海书店出版社,2004。

么了不起的两部书,但在地理学的知识意义上,它们能被青年理解和接受多少,还是个问题。在我读大学时候,古代文学的选本一般会收入这两部著作的章节片段,可惜的是老师完全没有理解和处理历史地理问题的愿望,他们只是非常费力地从中挑选一些景物描写或别致的句子,力图用来向我证明隐藏和体现在它们中间的"文学性"是多么深奥。

北纬40度一线上,古往今来正不知还有多少令人肝肠寸断的"辞乡岭"。文明之间的冲撞交融与互利,被表述出来的时候往往是丰饶美丽一派祥和的画面,但翻开它以掠夺、杀戮与死亡为代价的内里,方知历史正义也好,人心善恶也罢,都是由国家力量及为诠释这种力量而牺牲的伟大英雄们予以兑现的。这,大概就是杨业被后世人们虚构演义为满门忠烈"杨家将"的原因吧。我一向担忧过度虚构的民间故事干扰了历史事实,以为这会让国民沉溺于想象而自欺自慰,或者如鲁迅所说的"瞒和骗的大泽"。然而行文至此,我忽然有了某种理解与不忍,不知道如何面对上述绝望与痛苦。

这种反思中肯而真诚,当它出自一位多年从事文学评论事业的学者之手时,尤为袒露出那种犹疑与自省。这在他浓墨重彩讨论的李广史学形象的时候体现得最为明显。在历史中"失败者"李广,某种意义上是诗学中的"成功者"——司马迁赋予其无限的同情,尽管未必符合事实。在这里,陈福民尽管对李广抱有无限同情,甚至崇拜,但依然以一种九曲回环式的细腻站在了理性的一边:"像李广这样,缺乏必要的军事操练,缺乏纪律约束,以将领个人道德感召力代替缜密的作战计划和战时动员,以个人勇力与胆识代替有效的集团军事行动,动辄'失道',亡陷千万士兵于万劫不复之险地,无论如何都与其'名将'的声誉相去甚远。他一生失败的悲剧性,根源正在于此。"接着他开始反思史学书写中的文学笔法问题:"文学往往被称作'向失败者的灵魂致敬'的艺术。李广'失败'的一生被叙写为一种人格上的胜利和荣誉,始终为那些不如意的人生所接纳，为那些不如意的人们所惦记。《李将军列传》也正是在这个意义上，成为一种精神慰藉和观测人性的切口，成为一首千古绝唱的失败者之歌。"这里又显示出他对于文学的温情体恤。司马迁毕竟是千古良史，不为尊者讳，尽管饱含着主观的认同态度，但在字里行间留下了让后人有更多诠释的可能。如果说陈福民在理性与情感之间选择了前者，却也同样认识到后者的合法性，因为那正是"思想自由与精神多样性的魅力所在。离开了一些不合时宜的事物，世界也许会显得更加单调"。这种矛盾纠葛的情感，透露的不仅是陈福民个体的问题，牵涉的更是如何认识"文学"与"历史"的问题。

　　陈福民数次表达过对文学虚构的不满和历史真相的吁求。但这其实是两个层面的问题，或者说历史叙述从来都是有着主观情感立场和价值观作为隐形支撑的存在。我之前曾经论述过，当重新书写历史之时，过往的资源就成为一个战场，对于传统的态度、历史的阐释、记忆的争夺，一再凸显出人们对现实处境的认知、立场、情感倾向和价值判断。中国悠久的书写传统是有情的文史。"孔子作《春秋》，微言大义。言微，谓简略也，义大，藏褒贬也。"关于"义"，王夫之讲到有"天下之大义"与"吾心之精义"，[1]在《四书训义》里解释说："孔子曰：吾之于《春秋》，笔则笔，削则削。有大义焉，正人道之昭垂而定于一者也；有精义焉，严人道之存亡而辨于微者也。"[2]这就是明确历史观与个人化书写之间的有机结合，从而使得中国的历史成为一种与文学相通的审美的历史、情感的历史与教化的历史，而不是纯理性与纯科学的历史，前者体现了"六经皆史"的普遍价值、道德、伦理准则性质，后者则是现代学科意义上的具体分科门类。[3]从这个意义上来说，保卫历史的真实性与保卫文学的情感、德性是一体两面。

---

[1] 王夫之：《读通鉴论》，第84页，长沙，岳麓书社，1996。
[2] 王夫之：《四书训义》（下），第519页，长沙，岳麓书社，1996。
[3] 刘大先：《必须保卫历史》，《文艺报》2017年4月5日。

我可以对这个问题略做引申。首先，"历史"不等于真实，"文学"并不等于虚构，至少在后现代史学那里，两种都不过是无法逃离主观性的叙述。虚构性文学只是非常晚近的文学观中的分支，当涉及"非虚构"色彩的文史写作时尤为如此。我理解陈福民意在强调真实作为历史写作的合法性来源，这就关乎第二点，"文学"的"反历史性"。尽管文学写作总是从个人出发，但意图通向沟通交流的广阔大海，在它理想化的向往中总是有着对抗时间与历史的隐秘经典化欲望。因此，尽管我前面说文史不分家，但在功能与效果上，文学与历史发生了分歧。"反历史性"并非导向于虚无主义，而是说文学的理性化企图，让它超越于现实的真实，通达意愿与想象的真实。第三，最根本的，对于"文学"这一概念的认知需要拓展。长期以来，文学学科囿于晚清以来自西徂东的现代文学观念系统与话语体系之中，从而造成了对于久远的中国文学传统的遗忘。文史浑融的写作某种程度上是对于本土传统的一种复归。

所以，在我看来，当文学书写历史之时，应该保有的态度是那种主体站立在现实与生活之上的自信与自觉的使用："历史，只要它服务于生活，就是服务于一个非历史的权力，因此它永远不会成为像数学一样的纯科学。生活在多大程度上需要这样一种服务，这是影响到一个人、一个民族和一个文化的健康的最严肃的问题之一。因为，由于过量的历史，生活会残损退化，而且历史也会紧随其后同样退化。"①就此而言，陈福民完全不必焦虑于"文学"与"历史"的抵牾，只需肝胆皆张，放开手脚，文史书写也会因此而呈现崭新的面目，正如我们已经在《北纬四十度》中所看到的。

本文原刊于《当代作家评论》2022年第2期

---

① 〔德〕弗里德里希·尼采：《历史的用途与滥用》，第10页，陈涛、周辉荣译，上海，上海人民出版社，2000。

有限生无限,回归即超越

——麦家与当代文学史互为视野

张光芒

一

以当代文学史为视野,麦家是"特情小说家""谍战小说之父",即使在麦家荣登茅奖榜之后,即使麦家小说在读书界、文学界获得毫不吝啬的赞誉之声,即使麦家作品在影视界引发一波波热潮,即使麦家系列在国外市场全面开花,似乎主要是证明了麦家笔下的"特情"书写比别人的同类书写更精彩更高明更经典,而"类型小说""新智力小说""通俗小说"的标签依然难脱。麦家曾自谓:"给我贴什么商标都是对我的肯定,也是否定,我觉得我写的就是小说,'特情'不过是题材而已,'智力'也不过是种方法,都是表面的。"而这些表面的东西如同一个人的身体外壳,本是无关紧要的,"关键是身体内部装的是什么"。①麦家这里所说的带有自谦同时也带有客气的成分,其中流露出的更多的是不满和无奈,或者是不服气和不认同。因为一旦贴了标签,那肯定只能是低层次的肯定,而否定才是高层次的否定。

实际上,评论界和研究界对于麦家颇多厚爱、肯定和赞誉,只是评价的方式仍然不脱当代文学史叙述视野下的话语模式。比如有学者注意到:"文艺界一直具有对于'俗'的忌惮,金庸武侠就曾引发雅俗之辩。在新世纪以来商业文化和网络文化的语境中,'俗'是我们文艺发展的破坏力量还是建设力量,'俗'与'雅'如何融合发展,野性的生命力如何贯注到我们的文艺新创造中去,这需要从学理的根上清理。而麦家的谍战特情小说,则以本土内生的身份贡献出观察雅俗之辩与雅俗融合的再次机遇。"②一方面,论者仍然以类型小说的概念指称麦家小说;另一方面,雅俗合体的说法也主要强调的是雅与俗两种类型相结合,产生出第三种类型小说。

我们不妨再看一下该文特意加上的"编者按":"类型小说能不能进入经典文学的殿堂,一直是文学界议论不休的话题。无论是雷蒙德·钱德勒还是约翰·勒卡雷,都被视作某种例外的存在。在中国当代文学界,以谍战小说获得茅盾文学奖的麦家,同属此类。在这个命题背后,实际上是文学创作的雅俗能否合体、野性生命力如何进入文艺新创造。"这里更是强化了当代文学史视野下的两个评价逻辑:其一,麦家小说即使进入了经典之列,它仍然是类型小说;其二,对于麦家小说雅俗合体的判断不啻是对麦家最大的褒扬。之所以引用这些评价,是因为它典型地流露了麦家在当代文学史话语结构体系中难以容身的困窘。一方面,文坛、研究界与广大读者似

---

① 麦家:《与蒋立波对话》,《人生中途》,第232页,杭州,浙江文艺出版社,2009。

② 白浩:《从麦家的作品看中国当代文学的雅俗合体》,《文汇报》2020年9月16日。

乎对麦家推崇有加；但另一方面，对于麦家的评价在标准、视角与观点上仍然颇多暧昧不清，常常犹疑于类型小说的边缘或交叉地带，也造成了麦家在文学史上的模糊定位，与其真实的文学贡献相比距离甚远。

应该说，在中国当代文学史上，麦家的确是个异数，但麦家更是一个绕不开的挑战——堪属另类，却比许多主流之作与当代经典更有力量。迄今为止，麦家创作依然被遮蔽、被误解、被低估。有学者有感于此，干脆把麦家的小说重新命名为"新小说"。"麦家的这一文学实践及其批评上的困境表明，对于这一文学创作上涌现的'新小说'，我们的文学批评界（主要是学院批评界）似乎还没有做好充分的准备，还在为使用什么样的理论批评武器而犹豫不决，王迅的这一命名带有文学批评的权宜色彩。"①其实，说麦家小说是不是"新"小说并不重要，当它出入于先锋与传统、雅与俗之间的时候，甚至颇多"旧"的意味与回归的色彩。还是麦家本人说得更加坦然，更加彻底。当别人问他怎样定位自己的小说时候，他宁愿拒绝任何标签，只愿承认自己写的就是叫"小说"的东西。

基于上述种种，本文将副标题题为"麦家与当代文学史互为视野"，意图强调的是我们虽然可以像以前那样把麦家置于当代文学史的视域中加以考察，但同时也应该反过来，以麦家为视角去反观当代文学史叙述的问题，去反思当代文学的某些内在症结与局限性。麦家是有着这种挑战的能力的。美国叙事学家詹姆斯·费伦说："我们正生活在'叙事转向'的时代中。在这样的一个时期，叙事凭借其普遍性和重要性赢得了广泛的口碑并成为人们研究对象。"②之所以如此，是因为人们深刻地认识到，叙事对事实及经验加以把握的方

---

① 徐勇：《以"麦家现象"作为方法——评〈极限叙事与黑暗写作——麦家小说论〉》，《光明日报》2016年4月4日。
② 〔美〕罗伯特·斯科尔斯、〔美〕詹姆斯·费伦、〔美〕罗伯特·凯洛格：《叙事的本质》，第298、354页，于雷译，南京，南京大学出版社，2015。

式恰恰是其他解释和分析模式所无法做到的。"叙事理论在其最佳状态下乃是各类研究中最不安定的一种；由于其自身不尽完美的品质，同时也是由于其研究对象的奇谲和变幻，叙事理论始终在不停地寻求一种无法实现的理想之境：对故事及其讲故事的普遍性和功效性进行全面的阐释，简言之，即是对叙事自身的本质加以阐释。正是得益于这一令人生畏，同时又让人振奋的挑战，叙事理论才成为当代智性探索活动中，一项最具活力和价值的事业。"[①]麦家的挑战能力正是来自这种"叙事转向"的实践对于叙事学理论话语与文学史叙述规则形成了内在改变的需求。当代文学史书写绕不过麦家是毫无疑问的，但这完全不重要，真正要做的是将麦家作为一个敞开的实践的窗口，作为一面独特性与杰出性并存的镜子，在二者互为视野的互动中，去折射出问题的真正核心。

二

鉴于上述原因，本文拟将麦家小说的核心价值从两个方面展开论述：其一，知有限方生无限；其二，彻底的回归恰恰意味着审美的整体超越。在这两个方面分别包含的两个层面的搏斗之间，麦家小说叙述首要关注的是有限与回归，无限与超越性则满满地隐藏其间，自然而然地流露出来。即是说，麦家小说极力聚集有限，同时又将回归走到极致，甚至也可以说，麦家小说首要的特色是回归有限。

当我们将麦家与当代文学史互为视野加以观照，必将会追问到具体的文学层面：麦家究竟为我们提供了久违的什么？麦家为当代文学提供了哪些缺席的东西？我想这答案中最基本的层面也往往是最容易让人们忽视的，甚至是不以为然的。那就是：最精彩的故事，

[①]〔美〕罗伯特·斯科尔斯、〔美〕詹姆斯·费伦、〔美〕罗伯特·凯洛格：《叙事的本质》，第298、354页，于雷译，南京，南京大学出版社，2015。

最丰满的人物，同时还顺带着抵抗反智主义倾向与智性写作的重启，并提供了一种信仰主义叙事。这正是麦家回归和回归有限性的集中体现。

作为一面镜子，麦家的回归映照出了当代文学与文学史叙述的两大误区，即对故事的鄙视和对人物敬畏感的缺失；而与此相对应的是对思想与主题的过度重视，对求新逐异的渴求。但是，史学叙述不应该直接向作家作品要思想。我们往往习惯于考察作家创作表达了怎样的思想，并以思想的高下优劣来判断作家作品的价值。其中隐含的批评路向和反思方式本身就成问题。可以说，我们太急于看到作家在作品中反映出的思想是什么，太想知道文学作品到底提出了怎样的思想和主题。当我们讨论当代文学的思想在哪里的时候，首先追问的应该是作家是怎样写生活的，它的故事好不好看，它的人物是不是活的。只有在它提供的天衣无缝的故事阅读中，只有在它提供的文学与生活的独特关系中，只有在过目难忘的人物心灵世界中，我们才能感悟到它隐藏了怎样的思想。因此，当我说不应该直接向作品要思想的时候，同时也就意味着，应该向作家要的首先是故事，是中国故事的中国讲法，是来自生活真实但又是达到更高境界的艺术真实的精巧严谨、扣人心弦的故事讲述。

从古代到现代，历来文学经典的标志一方面是脍炙人口的故事讲述，另一方面是鲜活丰满的人物形象。自从五四新文化运动以来，追求现代性思想并服膺于西方现代主义艺术的文学创作在这两个方面的热情均有所减少，但1949年之前毕竟有现代文学大师笔下精彩故事的讲述以及阿Q、祥林嫂、方鸿渐等杰出的经典形象。新时期以来，人们对于思想性优先以及现代派技术的追求远离了文学的本体与本质。当代文学史叙述本来就滞后于创作实践，而它的史学模式与评论范式进一步强化了故事与人物被漠视的程度。思想、主题、题材优先的评价原则，也必然伴随着类型化的分析方法。

而文学批评也有一种固执的倾向，即"制定规则、试图将艺术化约为科学,分级、归类,并最终评判孰是孰非"。"这种理论批评通常基于某些作家的创作实践,其作品之所以成为经典就在于它们迎合了'经典'之最为鄙俗的意义:循规蹈矩的正统文学实践范式。"①就中国文学来说,五四新文学所造就的启蒙主义文学范式以及40年代以后形成的政治—社会学范式,不仅以各种方式始终制约着当代文学史的叙述,而且也相当程度地影响着当代文学批评的解读范式。这无疑也是一种"人造的文学传统"。西方理论家注意到,文学发展有一个基本的特点,即"当代叙事文学会逐渐挣脱新近历史中的叙事文学",尤其是对于"现实主义宗旨、取向及其技法的剥离",但遗憾的是,从总体上看,"我们的评论者们对这种新文学尚带有敌意,我们的批评家们也未将其提上议事日程,毕竟文学批评也同样受到传统观念的影响"。②而"要想找到一种途径,使得叙事研究摆脱小说性方法的局限性,我们就必须打破那些常用于叙事讨论过程中,诸如时间、语言及狭隘文类划分的条条框框",③回到"事实与虚构"等这些最基本的要素中重新理解和整合。其实,评判不同时代文学成就的高低有一种极为简易的定性与定量相结合的显性指标,那就是看不同时代提供的深入人心的人物和故事有多少。这就像如果要把同时代其他著名作家与麦家论高低,那只需要看一下,哪个故事可以与《风声》裘庄里的故事等比好看、论精彩,哪个人物堪与李宁玉、上校、陈二湖等论丰满、较短长。正是在这样的语境下,麦家作为视角与文学史作为视角的互补性价值就凸显出来了。

麦家小说创作自觉地回归故事,也是一场自觉的和理性的叙事

---

① 〔美〕罗伯特·斯科尔斯、〔美〕詹姆斯·费伦、〔美〕罗伯特·凯洛格:《叙事的本质》,第2页,于雷译,南京,南京大学出版社,2015。
② 〔美〕罗伯特·斯科尔斯、〔美〕詹姆斯·费伦、〔美〕罗伯特·凯洛格:《叙事的本质》,第3页,于雷译,南京,南京大学出版社,2015。
③ 〔美〕罗伯特·斯科尔斯、〔美〕詹姆斯·费伦、〔美〕罗伯特·凯洛格:《叙事的本质》,第4页,于雷译,南京,南京大学出版社,2015。

革命,这构成了他既不俗气又十分高位的起点。正如他所说的:"我觉得小说可以革命,但是怎么革都不能把'故事'革掉。"①在当代文学史所存在的症结中,麦家掷地有声的反思可谓是真正抓住了要害,可以说是一种真正革命性的回归。新时期以来,文学创新的速度简直可以用日新月异来形容,但是,麦家对于文学创作之"创新"的看法却独具只眼:"创新也许不是一味地标新立异,有时候也许是'守旧',是回归,是后退。"他甚至觉得,"真正的创新,有时恰恰应是一种创旧,也就是说,你要敢于在一个日日新的时代里,做一个旧的人,敢于在一个以加速度前进的时代里,做一个慢的人。"②由此,关于文学创新的真正目标和最终目的,也就不需要躲躲闪闪加以声明了,那就是"要我们学习如何在人群中成为那个面目清晰、风格鲜明的'个人'""要在已有的现实之中,敞开一种新的写作可能性"。③好在,麦家通过一系列的创作实践将这种"新的写作可能性"化为了现实。

回归故事不惧怕守旧的鄙视,也敢于与数度中断了的传统接轨。虽然麦家小说不能归类为通俗文学,但麦家的小说叙述在很大程度上借鉴了传奇叙事因素,特别是以推理和想象为核心的情节设计。这种传奇性的引入一方面固然有利于作品的阅读和传播,但更为重要的动因却在于它对于人的存在进行深度勘探的助益。"如果说神话与历史属于过去,模仿属于当下,那么纯粹的传奇则真正属于未来,因为它完全摆脱了任何对事实之真或感知之真所可能进行的指涉。"这一叙事演化"由于是在相当晚近的时期才得以发生的,所以多少

---

① 麦家:《与黄长怡对话》,《人生中途》,第237页,杭州,浙江文艺出版社,2009。
② 麦家:《文学的创新》,《人生中途》,第109页,杭州,浙江文艺出版社,2009。
③ 麦家:《文学的创新》,《人生中途》,第109页,杭州,浙江文艺出版社,2009。

能让我们感受到叙事艺术所经历的那种伟大、持续且不可阻挡的演化进程"。"就传奇文学来说，只会存在构思者在思维上的局限，而不会存在历险变奏与思想表达方式上的局限。然而，文学批评是无法探知未来的，我们在此必须返回对传奇中所最为常用的一种情节模式加以考察。"①正视传统因素，也正是敢于面对未来而不是迁就当下的写作。

在麦家这里，不仅要回归小说叙述的故事本体，不仅要回归小说叙述的人物塑造，更重要的是故事与人物二者之间有着独特的互动关系。正如美国叙事学家所意识到的："人物塑造在19世纪伟大现实主义小说中所依赖的内心独白和叙事性分析方法，到了20世纪则已大体上遭到了摒弃，这一方面是由于作家们发现它们不足以去应对那一重要的亚语言性下层意识世界；另一方面也是因为作家们已经对现实主义的真实性失去了信任。大部分现代叙事均能够意识到可知世界与真实世界之间的鸿沟，这使得人物的现实主义呈现就其必要性来说，远不如它在前一个世纪中表现得那样强烈。"②麦家也正是基于对于流行的现实主义方法的怀疑，义无反顾地走上重新开辟叙事道路的艺术征程。他说："我们应当理直气壮地讲故事，应该充分相信故事在小说中的地位，某种意义上说你讲不好故事也就塑造不好人物。文学史上经典的小说都是有好故事的。"③有论者注意到，麦家的"特情"小说中有各种流行因素，很容易被误认为是传承传奇一脉，特别是对于"故事"的倚重。但是仔细辨析之下，我们会发现"这种故事的传统在传奇小说那里，是与日常生活俗世精神高

---

① 〔美〕罗伯特·斯科尔斯、〔美〕詹姆斯·费伦、〔美〕罗伯特·凯洛格：《叙事的本质》，第240页，于雷译，南京，南京大学出版社，2015。
② 〔美〕罗伯特·斯科尔斯、〔美〕詹姆斯·费伦、〔美〕罗伯特·凯洛格：《叙事的本质》，第215页，于雷译，南京，南京大学出版社，2015。
③ 麦家：《与季亚娅对话》，《人生中途》，第263页，杭州，浙江文艺出版社，2009。

度统一的,但你在吸引人的故事背后试图告诉我们的,恰恰不是故事的满足,也不是对日常生活的拥抱,而是命运、灵魂归宿这一类最先锋反世俗的命题"。①

麦家对于这种互动的关系也是有着充分自觉的意识的。在他看来,故事相当于人物的各个器官,人物要通过故事来完成,没有故事,这个人物就等于没有身体,"小说中的人物形象其实是从故事里生长出来的"。②也就是说,在故事和人物之间谁更重要的问题上,一般文学史叙述的解读逻辑是人物重于故事,但麦家对此并不认同,他追求的是故事先于人物的审美逻辑。但这并不应该误导我们将"特情"视为麦家小说的核心,从审美效果上看,人物一旦活起来,在读者接受的环节依然通往人物重于故事的境界。因此,在塑造人物上,麦家特别警惕现在的小说对于人物的漠视,"我们的小说已经变得越来越平庸、弱智,缺乏教养,我们很在乎写作速度,却不在乎笔下人物的长相、口音、身份,更不要说人事变迁的逻辑道德和心理坐标了"。③可以说,由于急于表达立场,传达意思,至于从人物口中如何说出来,是否符合一个活的人物的各方面的心理与语境,小说家们的确不是那么愿意费力费神了。

三

回归有限性是麦家小说回归故事并回归人物的特别策略,而通过回归有限从而通往超越无限的审美至境,则是麦家小说有待"解

---

① 麦家:《与季亚娅对话》,《人生中途》,第281页,杭州,浙江文艺出版社,2009。

② 麦家:《与季亚娅对话》,《人生中途》,第263页,杭州,浙江文艺出版社,2009。

③ 麦家:《与姜广平对话》,《人生中途》,第227页,杭州,浙江文艺出版社,2009。

密"的本相。早在30多年前的小说《四面楚歌》中，麦家就表现出对于一种社会空间的超常敏感的把握能力。小说把五个年纪、性格、身份、地位、容貌、思想、意志、情感、生活、名望不一的人物，安排在一个斗大的、拥挤的、嘈杂的、光线不足的办公室里头，让他们互相害怕、互相猜疑、互相提防、互相牵制。在一个完全局限的时空里，这一个人人害怕的故事建立起来了。彼此之间、两两之间的"怕"或明或暗，或深或浅，或大或小，或圆或方，或纵横交错或点面结合，或过去或现在。然而，小说最终还是明白无误地向读者表明了，这个以"怕"为核心的"他人即地狱式"的"密室"法则可以无限地扩展开去，其实是整个社会的法则。

麦家笔下，智慧的极致也产生于有限，也常常有两个前提。第一，空间的限制，无论是那个常常出现在不同文本里的神秘的"701"，还是《风声》里的裘庄，都是一个与外界隔离的封闭空间。这常常发生于读者对于麦家最熟悉的新智力小说领域。第二，人物形象始终挣扎于有限与无限之间，包括心理的有限与无限，还有精神的有限与无限。不仅受限于职业的阿炳、黄依依等人，即使在《人生海海》这部转型之作的上校身上，也都有一种精神—心理学上的有限、局限或缺陷。正是这些有限性与无限性的张力构成了小说叙述的第一推动力。

美的产生来自戴着镣铐的跳舞，极端的天马行空与极端的束缚都是与美相悖的，没有后者的有限性的严酷禁锢，便没有前者的自由之境。麦家小说叙述深得美的辩证法，总是在有限与无限之间，寻找到一种恰如其分的结合点，形成创造美的精巧而严谨的结构。《风声》封面上印着两行字：经历过大孤独、大绝望的人，会懂得《风声》给你的大坚韧和大智慧。如果说大孤独与大绝望产生于有限性的话，那么大坚韧和大智慧恰恰是有限生出的无限性。麦家小说常被称为"密室小说"，其特征尤以《风声》为最。"密室"的说法，也包含着小说叙述之特殊限定即有限性的问题。麦家小说叙述有两种鲜明的有限性设定,《风声》代表的是物理空间的有限性,而《人生海海》则代表了心理空间的有限性。麦家小说中,人的内在需要与外部世界的冲突,人的主体自由与社会人心文化的冲突,便是有限性与无限性之间美学张力的来源。

在麦家的审美世界中,有限与无限的辩证法是结构性的,也是系统性地贯穿其间的,这表现于从形象塑造到叙述结构的各种层面上。

我们先按叙事上有限生无限的方向加以展开。通过不同的有限性视角的多元互补实现对于真相的无限接近,这是麦家小说叙述有限生无限的一种方式。在麦家看来,"抗战那段历史有太多的误导,实际情况远比现有的主流叙述要复杂得多,我把一个故事由国共双方和'我'三个视角来讲述,其实有象征意味在里面"。[①]而小说之所以取名《风声》,里面就含有一些不确定性,风声本指从远处传来的消息,既然是消息便有可能真假掺杂。在这里,麦家自觉吸取新历史主义的哲学理念,认为"所谓历史就是一些不同的讲述,我们永远无法抵达它的真相"。[②]方其自觉认识到叙述的局限与视角的限制,才能在叙述效果上无限地接近真相。

当我这里强调麦家是回归故事的时候,绝不是指回归故事的传统讲法,回归的是文学叙述的故事本体,回归的是故事的趣味性、复杂性、悬疑性和细节性,是一个方向性的回归,至于在故事的讲法上却拒绝走老路,比如不少专家注意到《解密》的故事讲述至少有6个视角,这是十分罕见的。对此,麦家有一种清醒的自觉意识,回归故事不是为了省事,恰恰是为了追求故事的"难度"才甘于

---

① 麦家:《与季亚娅对话》,《人生中途》,第269页,杭州,浙江文艺出版社,2009。
② 麦家:《与季亚娅对话》,《人生中途》,第269页,杭州,浙江文艺出版社,2009。

"舍近求远,化简为繁"。①

麦家小说在故事叙述上还有一个显著的特点,即把虚构的弄得比真的还真,如讲述日常的或者老百姓的故事一样振振有词,煞有介事,甚至有人说这简直就是"仿真小说"。②而这也正是麦家在故事层面上体现出"回归即超越"的强大艺术创造力的第二个方面,那就是通过故事结构的营造来容纳超越性的审美内涵。比如麦家小说中的"我"常常在故事流程中自由出入,时而访谈,时而游逛,时而写作,时而旁观,时而怀揣好奇心追踪那些蛛丝马迹。这个故事结构的魅力是无穷的,在找到它之前,麦家几乎难以下笔,因为"结构比什么都重要"。③的确,唯有"把假的写成真的"才是一个小说家"最基本也是重要的禀赋"。④

这使得麦家小说在叙事视角上实现了真实与虚构的高明的辩证法。关于"叙事中的视角",当代西方叙事学家有着深入的研究:"叙事艺术在其发展过程中所衍生出来的新的视角操控方法能够迅速与旧的方法产生融合,并借此得到进一步完善。随着叙事艺术日趋复杂,艺术家们不断力求将不可能转化为可能——既抓住经验性叙事的'鱼',亦要兼得虚构性叙事的'熊掌'。"⑤麦家小说之所以"不滥用虚构的权利",正是因为他的创造力聚焦于将真实的精髓与虚构的真谛加以结合,力求鱼与熊掌兼得。"有一种观点认为,小说的真实性乃取决于读者的'信赖'。显然,这是站不住脚的。事实上,小

---

① 麦家:《与术术对话》,《人生中途》,第214页,杭州,浙江文艺出版社,2009。

② 麦家:《与术术对话》,《人生中途》,第214页,杭州,浙江文艺出版社,2009。

③ 麦家:《与术术对话》,《人生中途》,第214页,杭州,浙江文艺出版社,2009。

④ 麦家:《与姜广平对话》,《人生中途》,第221页,杭州,浙江文艺出版社,2009。

⑤〔美〕罗伯特·斯科尔斯、〔美〕詹姆斯·费伦、〔美〕罗伯特·凯洛格:《叙事的本质》,第258页,于雷译,南京,南京大学出版社,2015。

说的真实性更有可能依赖的是读者的半信与半疑之间所产生的复杂互动。在这个时代，没有人会相信一位魔术师能凭空变出鸡蛋或兔子。"不管这位魔术师如何"告白"他的表演的真假，"这种告白本身并非我们评判或欣赏它们的依据"。①

在这里，评判麦家的依据也不是那些叙事表层结构上的真假之辨，不是"告白"之类的"魔术师"惯用的手段，而是来自以逻辑形象思维为核心的麦家式写作。"我们经常说小说中的形象是通过感性的细节来塑造的，逻辑这个东西很多时候并不被文学认可，文学更强调形象思维。但我的小说逻辑性很强，逻辑也可以是一种形象，逻辑自有生动之处，这是为逻辑在文学中的地位正名。很多时候我用推理来说明一个事情，用智力与思辨构建写作难度。这种思维方式可能是反文学的，也可能是在构建一种新的文学形态。"②在这种既成事实的"新的文学形态"中，麦家从文学的思维层面和结构内部实现了革命性的改造。

《风声》上部《东风》的"前言"中，有潘教授与叙述者"我"的一番对话，潘教授告诉"我"："可以这么说，在你编织那个故事前，上帝已经编过一道。我曾以为你是根据史料改头换面编了你的故事，仔细想来也不会，因为你恰恰是把史料中那些最精华、最出彩的东西丢掉了。对不起，请容我说一句冒犯你的话，我个人以为，你的手艺比上帝差多了。"作为《捕风者》原型后代的潘教授将他认为"绝对真实"的故事讲了一遍，果然比"我"在小说中讲的故事精彩"十倍""百倍"。随着李宁玉、顾晓梦等的身份与命运剥笋般层层显现，"我"不得不承认，与"我"虚构的故事相比，这个故事显然"更复杂，更离奇而又更真实"。麦家在这里巧设叙事机关，将

---

① 〔美〕罗伯特·斯科尔斯、〔美〕詹姆斯·费伦、〔美〕罗伯特·凯洛格：《叙事的本质》，第281页，于雷译，南京，南京大学出版社，2015。

② 麦家：《与季亚娅对话》，《人生中途》，第273页，杭州，浙江文艺出版社，2009。

元小说的元叙述与现实主义的写实原则加以融合,以后者牵引前者,既为小说提供源源不断的叙述动因,也为读者设下不忍释手的层层悬疑。其实,在麦家笔下,不管是"我"的虚构故事,还是别人讲述的历史记忆或者真实经历,在本质上都是虚构的。小说的"前言部分"其实也应该视为正文的有机部分,不能把这个"前言"与一般社科书籍的说明性"前言"相提并论。另一方面,作为叙述者的麦家,即"我"也成为小说的一个人物和一个视角。此麦家非彼麦家,并非作家本人。

小说的这种叙述设计,真正用意在于通过虚虚假假真真实实的交错,把故事讲活,把人物写活。据"我"坦率的表白,《暗算》的第一部《听风者》和第二部《看风者》的故事,尚有一定原型。比如前者中的瞎子阿炳,源于他家乡的一个叫林海的傻子,四十岁还不会叫爹妈,生活不能自理,但他目力惊人,有特异禀赋,方圆几公里内几千上万人的个性和家史,他都能通过目测而知晓,朗朗成诵。到了小说中,"我所做的工作不过是刺瞎了他灵异的眼睛,让他的耳朵变得无比神奇"。小说出版以及电视剧电影发行后,不断有人对号入座,找麦家感谢的、质疑的、补充的、责难的,皆有之,以致麦家不得不躲起来。

我们再回到《捕风者》,潘教授告诉"我"他父亲正是在看我稿子的过程中突发心脏病,撒手人寰。他以一贯的口吻,文质彬彬又带着思辨的色彩对"我"这样说:"毋庸置疑,你的书稿是直接导致我父亲去世的诱因,但不见得一定是被气死的,父亲在医院里躺了七天,其间多次想开口说话,终是一语未破,所以我们难以确定他到底是因何而死的。这也符合他的身份,带着秘密离开我们。"而"我"感到无地自容,像害死了一个婴儿,"不知该如何谢罪"。在这里,麦家的叙事结构极其符合米兰·昆德拉所强调的那种小说的"延续性"精神,"每部作品都是对它之前作品的回应,每部作品都包含着小说以往的一切经验"。但是"我们时代的精神只盯着时下的事情,这些事情那么有扩张力,占据那么广的空间,以至于将过去挤出了我们的视线,将时间简化为仅仅是现时的那一秒钟",^①而小说"一旦被包容到了这样一个体系之中,小说就不再是作品,而是现时的事件,跟别的事件一样,是一个没有明天的手势"。昆德拉这里所谓的"作品"系指真正的小说,即"一种注定要持续、要将过去与将来相连的东西"。[②]麦家与米兰·昆德拉一样,并不知道在这样的前提下小说会不会消失,但他们都确信小说已无法与"我们时代的精神和平相处:假如它还想继续去发现尚未发现的,假如作为小说它还想'进步',那它只能逆着世界的进步而上"。[③]这也正与麦家相通,后者试图通过叙述的"结构性"变革从而以"新的文学形态"重新定位我们的艺术与这个世界的关系。

四

麦家通过回归故事达到回到人物的目的。对于麦家来说,在没有找到最符合人物塑造要求的小说叙述结构、叙述方式、叙述视角、叙述语调等之前,故事最重要,叙述最重要;但是一旦这个结构找到并建立起来了,那么人物就比叙述更重要,甚至是唯一核心的审美重心了。

麦家笔下充满了英雄形象与小人物塑造的审美辩证法。麦家早期小说多以普通人与小人物为主人公,后来便致力于天才与英雄形象的塑造,因此他的代表作也常常被称为英雄主义书写或者直接冠

---

① 〔捷克〕米兰·昆德拉:《小说的艺术》,第24页,董强译,上海,上海译文出版社,2004。
② 〔捷克〕米兰·昆德拉:《小说的艺术》,第24-25页,董强译,上海,上海译文出版社,2004。
③ 〔捷克〕米兰·昆德拉:《小说的艺术》,第25页,董强译,上海,上海译文出版社,2004。

之以"麦家式的英雄主义",然而,这大大背离了麦家的初衷。他之所以描写天才、英雄,"其实就是想告诉今天的人们,我们身边还有另外一群人,他们凭理想和信念而活,他们肉身艰辛,但并不沉重"。[①]正如米兰·昆德拉所说,这并不是要"将小说转化为哲学,而是要在叙述故事的基础上,运用所有手段,不管是理性的还是非理性的,叙述性的还是思考性的,只要它能够照亮人的存在,只要它能够使小说成为一种最高的智慧综合"。[②]回归人物的时候,麦家回归的是人的肉身与灵魂同在的人物,而这也正是人的存在的有限肉身与无限灵魂同在。从《人生海海》的上校身上,我们就看到无处不在的个体的肉体印记与精神挣扎,它属于人,但只属于"这一个"。

麦家之所以对英雄形象情有独钟,还有着更为特别的理由。他发现一种"人的劣根性"无处不在,即"人都想当英雄,人都想超越自己,人都崇拜英雄"。那么根据这一"劣根性",麦家由此想到的是,英雄正可以成为"连通作家和读者的一条比较短的暗道"。[③]但是麦家的高明之处在于他并不满足于此,在利用了人们的英雄情结之后,他又在写作中去解构英雄的传统内涵。写英雄的最终目的还是写人,"写人因国家机器而改变的命运,这个人作为英雄在国家这个大舞台上被承认了,但作为个体最终却难逃悲剧命运"。[④]悲剧命运既源于大的国家机器,也源于琐碎的日常生活逻辑。"说到底,我笔下的那些天才、英雄最终都毁灭于'日常'。日常就像时间一样遮天蔽日,天衣无缝,无坚不摧,无所不包,包括人世间最深渊的罪恶和最永恒的

[①]〔捷克〕米兰·昆德拉:《小说的艺术》,第234页,董强译,上海,上海译文出版社,2004。

[②]〔捷克〕米兰·昆德拉:《小说的艺术》,第21页,董强译,上海,上海译文出版社,2004。

[③]麦家:《与季亚娅对话》,《人生中途》,第259页,杭州,浙江文艺出版社,2009。

[④]麦家:《与季亚娅对话》,《人生中途》,第261页,杭州,浙江文艺出版社,2009。

杀伤力，正如水滴石穿，其实是一种残忍。"①二者的结合赋予小说巨大的优势，这种"小说的巨大优势在于找到了一种办法，将围绕个体人物所进行的悲剧性关注和围绕社会所进行的喜剧性关注结合起来。尽管小说家们将这种趋向称为'现实主义'，并以为自己得到了对'现实'加以再现的终极手段，但我们切不可信以为真。他们所获得的仅仅是一种新的规范"。②这种新的规范"会随着各种针对个体人物及社会的新构思方法的出现而发生变化"。③从《风声》到《人生海海》，从阿炳到上校，麦家笔下人物塑造的变化无一不显示出从"日常"通往社会的新途径与从有限通往无限的新规范的努力。

因此，麦家笔下的英雄形象其实很难进行归类，也难以用"典型形象"的美学规则加以典型化分析。虽然对于典型这一概念有诸多种理解，但有一个基本的共同点不会失去，那就是"它的全部意指功能乃是表明某种外在于人物自身的东西"。④"不管是在哪一种情形之下，只要我们将人物当作典型，我们便不再把他看成是一个个体形象，而是将其视为某种宏观构架中的组成部分。""当我们将人物看作恶棍、纯情少女、狡猾之徒、合唱式人物及送信者之际，我们实际上并未把他们视为人物本身，而不过是将其看作服务于整体的元素、情节或意义的组成部分"。⑤在这种创作模式与阐释机制的影响下，我们虽然也可以从个体化特征的角度去关注一个典型，但对其品性的理解也难免会取决于这一典型在"读者记忆中所唤起

---

① 麦家：《与季亚娅对话》，《人生中途》，第250页，杭州，浙江文艺出版社，2009。
② 〔美〕罗伯特·斯科尔斯、〔美〕詹姆斯·费伦、〔美〕罗伯特·凯洛格：《叙事的本质》，第242页，于雷译，南京，南京大学出版社，2015。
③ 〔美〕罗伯特·斯科尔斯、〔美〕詹姆斯·费伦、〔美〕罗伯特·凯洛格：《叙事的本质》，第242-243页，于雷译，南京，南京大学出版社，2015。
④ 〔美〕罗伯特·斯科尔斯、〔美〕詹姆斯·费伦、〔美〕罗伯特·凯洛格：《叙事的本质》，第215页，于雷译，南京，南京大学出版社，2015。
⑤ 〔美〕罗伯特·斯科尔斯、〔美〕詹姆斯·费伦、〔美〕罗伯特·凯洛格：《叙事的本质》，第216页，于雷译，南京，南京大学出版社，2015。

的各种相关典型形象"。①可以说,麦家正是在这样的意义上聚焦于个体并完全拒绝"典型化"的塑造方法的。

比如,《风声》中的瞎子阿炳的脆弱与他的天才一样出众,一样无与伦比。他尽管成了701的大英雄,但他真正关心的只有两样东西,一是母亲的柴火问题,二是他耳朵的权威问题,任何人在任何情况下都不能对他质疑。阿炳通过录音机告诉我:他老婆是个坏人,儿子是个野种,所以他自杀了。实际情况则是阿炳没有生育能力,但又非要让自己的娘做成奶奶。林小芳不想犯忌指出他的问题,只好借种生子,以图保全所有。米兰·昆德拉曾指出,在科学与技术领域实现了许多奇迹之后,笛卡尔所高扬的作为"大自然的主人和所有者"的人突然意识到"他并不拥有任何东西,而且既非大自然的主人,也非他自己的主人"。②阿炳的性格与命运表明,当一个无与伦比的天才深深陷于自身存在的残缺中而不知,当一个可以有力量推动历史进程的英雄命定地无力把握自身的命运,那么,普通人的前途之渺茫、存在之深渊便可想而知。

再如《解密》的主人公容金珍对于数字极度敏感,富有天才般的洞察力,但对于人情世故却又极度愚钝。《风语》中的"黑室英雄"陈家鹄在执行任务时,无论面对多么大的困难都能够表现出强大的必胜信念与力量,举重若轻地完成别人难以想象的任务,但除此之外,应对另外一切关系时,其精神却又异常脆弱,无力周旋。一个人在一个方面越表现出天赋异禀和超强的能力,那么他必定在其他方面极其匮乏,前后几乎是反比的关系。一个人越近乎天才,那么他往往也越接近疯子。从这个意义上说,所谓的庸人,恰恰是那种能力比较平衡的人,同时也是缺点与弱点也相对较少的人。

---

① 〔美〕罗伯特·斯科尔斯、〔美〕詹姆斯·费伦、〔美〕罗伯特·凯洛格:《叙事的本质》,第216页,于雷译,南京,南京大学出版社,2015。
② 〔捷克〕米兰·昆德拉:《小说的艺术》,第52页,董强译,上海,上海译文出版社,2004。

《人生海海》是麦家的又一部厚重之作，就我个人的判断而言，这部作品在整体思想艺术成就上是超越了他此前所有文本的。从某种意义上，《人生海海》是麦家小说艺术有限生无限、回归即超越的绝佳标本。回到生命精神的肉体维度，肉体的最污浊与精神的最高贵之间直接贯通起来，这两者本是人的存在的两个维度。对于上校来说，被极端污浊化的肉体，当然不是他的初衷，并不应该构成他被污名化的理由，并不降低他精神的高贵，但在人生海海的"人心文化"面前，它却成了最隐私最残忍最恶毒也最可怕的污名。

小说完美地体现了人性话语的有限性与人心文化无限性的结合。无论是麦家本人还是评论家，在谈到麦家小说破译密码的时候往往将破译人性的密码与破译人心的密码放在一起笼统言之，大多时候破译人性与破译人心就是同一个意思。但要真正深入理解麦家小说的内在肌理，真正破译麦家叙事本身的密码规则，却不能不将二者区分开来，而且要认真严格地区分开来。人性与人性的密码总是与人类身心相关的一定规律，但人心与人心的密码，却常常是出自个体的难以预料的独特性和唯一性。对福尔斯电码一窍不通的瞎子阿炳竟然神奇地破译了福尔斯电码，这一过程就精彩地演绎了这一层道理。其实，无论多么高深难解的密码系统，它总是暗含着一种规则，破解的难度只是取决于它复杂的程度。这就如同人性的密码，人性复杂程度无论多高也总有人性的某种规则隐含其间。但是阿炳凭借的不是数字规则，而是发报者的个人化印记，那是非科学的和无规则的。就凭这唯一性，他将敌台79个报务员的"手迹"特征一一做了"注册"。"你们听，这人老是把'0'字的'哒'音发得特别重，这是33号报务员。不会错的，就是他（她）。"瞎子阿炳的缺陷是不能知人知面，而成就他的是他知"人心"。"人心"永远属于个体，无规则可循但有个体性可探，破解个体人心的密码才是作家真正的难题，也是作家写作的深度所在。如同阿炳的"天眼"以反规则破解了规则，麦家是以破解人心密码的理想去超越人性密码的拘囿。从这个意义上说，尽管麦家想用《人生海海》来证明自己从聚焦天才向山野人生的转型，但作家审美心理的密码依然在起着关键的作用。

上校作为一个传奇般的人物，正直爱国，坦荡无私，勇敢坚强，侠骨柔肠，甚至拥有近乎使人起死回生的高超医术，救人无数，即使被女汉奸以占有者和所有权的姿态在隐私处刺上了自己的名字，那也不过是他作为锄奸特工的代价。他配得上最耀眼的荣誉，也禁得住常人不能忍的折辱，比如大家叫他太监、狗东西、狗特务、纸老虎、死老虎等，当然还有鸡奸犯的说法，总之都很难听。上校对此的忍耐程度与平静态度都像他的英雄事迹一样令人难以相信。然而上校却有一个致命的脆弱之处，那就是拼死也要保住自己隐私处的秘密，唯独关于这个秘密的折辱是上校绝对不可忍受的。小说描写上校在批斗会上真的面临被扒掉裤子的时候，被折磨得瘦弱不堪的上校本来"似乎连站都站不住，这下却爆出天大的力量，像手榴弹开了爆，把后面两个公安和前面四个混蛋，一下全炸散，掀的掀翻，踢的踢倒，撞的撞开，任他逃"。上校的有限性就集中体现在对这一秘密无比的羞耻感之上，但人心汇成的人心文化从所有的方向都指向对他这一秘密的揭露。上校最在乎什么，人心文化偏偏不给你什么；上校最怕什么，人心文化就去触犯什么。上校的这一有限性也正是《人生海海》一系列故事冲突的叙事动因之所在。有一个著名的"拉古迪亚的拷问"：一个人为钱犯罪，这个人有罪；一个人为面包犯罪，这个社会有罪；一个人为尊严犯罪，世人都有罪。上校为唯一的尊严而发疯"犯罪"，恰恰说明是整体的人心文化是多么的罪恶斑斑。

五

麦家小说在人物形象塑造上给当代文学史带来的挑战不只表现在艺术形式、塑造技法等方面，更体现在应该如何让笔下的形象"安身立命"，应该在怎样的方向上去阐释形象带来的精神内涵。对于麦家小说来说,通过有限性与无限性的审美辩证法,去发现人的社会存在真相与文化真相,仍然不是最终目标。真正赋予故事以深度结构的是人的存在的道德真相,而这一真相足以打破人们的习以为常的道德感与伦理思维定式,足以从审美的方向上颠覆这个世界得以运行的道德规律与伦理秩序。《暗算》主人公黄依依这一形象就体现得淋漓尽致。

起初所长向"我"吐槽黄依依,他"从抽屉里翻出一些信件,乱糟糟的,一大堆。我一看,发现都是告状信,有匿名的,也有署名的,说的都是一个内容:黄依依思想腐化,乱搞男女关系。有的还指名道姓的,跟某某某,什么时候,在哪里"。黄依依自谓"生性自由,生活浪漫,最害怕受纪律约束,最喜欢无拘无束",更敢于承认自己"白天是博士,晚上不是",因为"博士也是人,到了晚上,照样要寻欢作乐"。甚至,黄依依参加选拔破译密码人才的考试,也不是因为她喜欢这个工作,亦非是想借机换一个更好的工作谋一个更好的前途,而仅仅是因为她听说考官是个帅哥,想见识一下。虽然黄依依也被不断地骂为"破鞋",但她不以为然。对于这样的问题女人,安在天也是颇为头疼,但他们太需要这个数学天才了,甚至组织上还可以通过权宜之计为她的某些行为提供方便,提出交换条件。

黄依依这一人物形象不仅是鲜活、丰富、立体的,也是当代文学史上少见的"这一个"。研究界对于这一人物形象特点的分析方法,往往是从性格的复杂性、矛盾性与悖论性去透视人物,从二分法即善恶并存、优劣一身的角度去解读人物。这也是前面所说的麦家务要抛弃的"典型人物"的生产流程。文学史上这种惯常的人物分析方法对于黄依依来说就有很大的问题。按照上述方法一般会如此分析黄依依:她一方面具有超常的英雄本领与天才;另一方面又有些放浪,甚至离不开男人。前者是优点,后者是缺陷,前者是善,后者是恶。这种"一分为二"的分析判断似乎左右逢源,客观辩证,但并非总是具有针对性,并不适合所有生命存在的真理。这一分析同时隐含着这样的潜在逻辑：既然黄依依是优点与缺点并存的，性格具有分裂性，那么假如她克服掉缺点，她身上表现出的悲剧性格就没那么强了，其分裂性也就不存在了。人们更愿意看到的是缺点没这么多也没这么突出的黄依依。如果那样，黄依依的悲剧结局或许可以避免，神圣的701也不会痛失屡建奇功的英雄。但这些终究是对于黄依依形象的误读和误解，对她来说，那些可能是不存在的，也是没有意义的。而对于麦家来说，他也从未想让人们如此肢解这个人物。

在她身上既不存在善与恶的二元性，也不宜以英雄与软弱的复合体加以理解。她内心单纯，从未想害人害己；她动机单纯，爱与性是她作为个体存在的人的本能需要与欲望。她之所以很快就出人意料地成了破译乌密的大英雄，也不过是为了立功赎罪，帮助她主动勾引的王主任摆脱组织处分。后来，黄依依与张国庆又好上后，反而向领导提出把张国庆的妻子刘丽华和孩子调回来。本来刘丽华犯了大错远离了701，这是黄依依与张国庆相好的极大便利，可她偏偏善良地让他们团聚。她的善良之举让刘丽华有机会对黄依依公开辱骂，甚至大打出手，并最后造成了黄依依的死。黄依依对于刘丽华的辱骂一言不发，也说明了她的软弱，尽管这软弱在骨子里是一种高傲。因为对这一切，黄依依都不在乎。对于701所有的人都孜孜以求的解密立功，她也只是为了组织上能够答应她提出的特殊要求。那么，她在乎什么呢？安在天在与徐院长的对话中一言以蔽之："不是风动，不是幡动，这回是她自己心动了。"昆德拉在《不能承受的生命之轻》中以"眩晕"作为解读特蕾莎的生命密码的一把钥匙。"眩晕是为沉醉于自身的软弱之中。意识到自己的软弱，却并不去抗争，反而自暴自弃。人一旦迷醉于自身的软弱，便会一味软弱下去，会在众人的目光下倒在街头，倒在比地面更低的地方。"[①]这把钥匙

[①]〔捷克〕米兰·昆德拉：《小说的艺术》，第40页，董强译，上海，上海译文出版社，2004。

只针对特蕾莎，而不是理解任何他人的钥匙。作为作家，只能在"实验性的自我"这样一种层面上去理解这种"存在的可能性"。正如同昆德拉笔下的"眩晕"，"心动"才是解开黄依依"这一个"的唯一的一把密钥——哪怕伴随"心动"带来的是"无法遏止的坠落的欲望"。

她活得热烈、洒脱、单纯、无畏，本着内心的需要在世间独立，为道德所不容但从不向世俗低头。在某种程度上，黄依依也是女性主义发展到当代以后的产物，她超越了女权主义在社会、性别、政治、经济以及文化等层面上的诉求，而带有个人主义及自由意志女性主义的色彩。什么是爱？黄依依自有自己的观点："爱没有理由，更没有目的，爱就是爱，存在的就是合理的……""可我首先想做的不是一个完人，而是一个女人，一个有男人爱的女人。"说着，又是火热的眼神盯着安在天，安在天自然是回避了。针对安在天的躲闪，黄依依说："你不要把我想得太坏，你别听那些王八蛋的胡说八道，我不是婊子，人人都可以爱的；当然，我也不是圣女，我不愿意立贞节牌坊。我有血有肉，我敢爱敢恨。我其实很简单，就是喜欢你，就是爱你，在这个寂寞的世界上，我终于遇见了让我一见钟情的男人，我不想就此错过，悄悄地擦干泪水，继续此去人生后的孤独前行……"

经由故事的回归，麦家小说回到人物，而回到人物后，麦家不再试图通过人物塑造去反映其他的什么，如果人们通过麦家的人物与故事看到了社会意义、思想价值等，那也与麦家无关。麦家小说以人物至上，叙事到人物止。

麦家小说以塑造人物形象为核心，但并没有为了通往这个核心命题调动大家习惯使用的艺术方法，比如内心独白式的心理描写，比如通过哲学思考开掘艺术的深度。小说中的黄依依就很少有心理活动，上校的内心世界也都是各种视角下的猜测与推理。那么有什么办法可以不通过心理而去把握自我？昆德拉回答得十分明确："把握自我，在我的小说中，就是意味着，抓住自我存在问题的本质，把握自我的存在密码。"① 人物的密码往往是由几个关键词组成的，比如昆德拉在《不能承受的生命之轻》之《不解之词》一章中，就特意探讨了弗兰茨和萨比娜的存在密码，即：女人，忠诚，背叛，音乐，黑暗，光明，流行，美丽，祖国，墓地，力量。作者特别指出：这里作为密码的"每一个词在另一个人的存在密码中都有不同的意义"。尤其重要的是，这一密码"不是抽象地研究的，而是在行动中、在处境中渐渐显示出来的"。之所以引用昆德拉的自我解读和追求，正是因为麦家追求的就是通过在具体的场景中破解战争密码而通往对于存在密码的破解。对于黄依依的存在密码，在安在天的眼中也出现了一系列的关键词：

很显然，她是个天生丽质的漂亮女人，同时她的知识和身份、地位与其漂亮的容貌一样过人，一样耀眼。这种女人是尤物，亦梦亦幻，可遇不可求。然而，我又觉得她身上有一种妖精的气质，热艳，妖冶，痴迷，大胆，辛辣，放浪，自私，无忌，无法无天，无羞无耻，像个多情的魔女。尤物——魔女——漂亮——多情——智慧——放浪——哐当——哐当——火车越驶近701，我心里越发担心，我带回去不是一个破译乌密的数学家，而是一棵饱受西方资产阶级思想侵害的大毒草！

显然，随着故事的推进和具体处境的转换，上述关键词在黄依依身上失去了通常的内涵，而成为她所独有的自我密码。当安在天破解了这些密码后，他对于黄依依的认识、评价甚至是感情终于发生了彻底的变化。

黄依依与安在天令人唏嘘的爱情关系也是小说叙述中的一大暗线，一个狂热追求，并不在乎对方是否有妻子；一个躲躲闪闪，终究不能也不愿接受。但二人的命运仍然紧紧联系在了一起，黄依依

---

① 〔捷克〕米兰·昆德拉：《小说的艺术》，第37页，董强译，上海，上海译文出版社，2004。

成为植物人后，安在天悉心照料；黄依依死后，安在天在死亡鉴定书上亲属一栏坦然地签上了自己的名字。这些细节与其说是出自安在天拒绝黄依依的愧疚、遗憾、救赎和悔恨，不如说是前者对于后者深深的欣赏与无比的爱怜。

以麦家为视野，当代文学的评价方式理应有所改变。黄依依有时候表达情感的猛烈方式，甚至是有点自暴自弃投身于身边男人的选择，与她天才般的思维能力、对于密码极度敏感的心性，其实都是她作为一个矛盾统一的生命体的不同侧面。如果没有她的天才能力与英雄业绩，就没有黄依依；而如果没有她对于不同男性的悖于伦理的依赖，同样也就没有黄依依。麦家自己就坚信："必须发现自己、尊重内心，而迎合别人是可笑的。别人有一千种一万种喜好，究竟要迎合哪一个哪一种才是对的呢？"[①]如果人们喜欢麦家笔下的人物，那正是因为作家没有迎合别人，让人物形象自身建立起了个体形象的独立性。"事实上，自然科学、社会科学，以及步其后尘的哲学和神学，均已引导我们将真、善、美看作相对之物而非绝对真理。（真、善、美这些字眼本身恰恰通过其所宣称的普世性而表现出陈腐守旧的一面。）而小说作为一种重要的文学性认识来源则在整个运动中起到了不可或缺的作用，尤其是它对社会试图强加于个人道德行为之上的绝对命令提出了质疑。"[②]以麦家为视野，这样的质疑也是革命性和值得期待的。

本文原刊于《当代作家评论》2022年第4期

[①] 李晓晨：《麦家：作家终归要破译人心和人性的密码》，《文艺报》2018年1月29日。

[②]〔美〕罗伯特·斯科尔斯、〔美〕詹姆斯·费伦、〔美〕罗伯特·凯洛格：《叙事的本质》，第288-289页，于雷译，南京，南京大学出版社，2015。

围墙的推倒与再造：
社会转型与知识分子蜕变
——论张者"大学三部曲"

丛治辰

一

几乎所有谈及"大学三部曲"的论者，都会注意到《桃李》的开头。那的确是相当耐人寻味的一笔，张者花费了不少笔墨讨论一个称呼的变化："知识经济时代，把导师称为老板是高校研究生的独创，很普遍的。老板这称呼在同学们嘴里既经济了一回，也增加了知识的成分，很具有时代感。"① 尽管张者为"老板"又增添了"大师、大家"的可能性，并将之与"老总"区分开来，但显然，"导师"变"老板"，使其作为知识分子的代表，工作职能、生存状态、文化面貌乃至于道德伦理都发生了本质变化。学生心态自然也随之

---

① 张者：《桃李》，第1页，北京，人民文学出版社，2002。

改变，他们尊重导师，不仅出于对知识的渴望与对人格的景慕，更因其"有钱有势"。由此，《桃李》写出的何止是"老板"邵景文的蜕变，更是包括教师、学生在内的整个大学校园，或者说知识界生态的蜕变。正如同样被很多论者关注的一个细节所呈现出的：当蓝教授为女儿蓝娜的丑闻找到法学院院长，对邵景文忙于赚钱而疏于学术研究和教育学生表示不满时，法学院院长解释说，"他每年给院里是要上交利润的"，并对蓝教授的迂阔不无腹诽，"院长心里说，你是不当家不知柴米贵，不帮人家打官司哪来的钱发奖金"。①可见知识分子的变化何尝是孤立的？那是一种系统性的变化，和知识分子一起改头换面的，还有整个学院机制，乃至于学院之外的时代。

那么对于这样的变化，究竟应该如何理解？或许考察知识分子变化的具体契机，更能明白张者的态度。如果将邵景文的转变时刻理解为他在飞机上和宋总的邂逅，那么这位知识分子似乎确是因金钱诱惑而"下海"。尤其是联系到邵景文第一次收到五十万委托费时，将窗帘拉上，房门锁死，一边叫喊一边在房间里抛撒钞票的丑态，知识分子真可谓斯文扫地了。但不应忘记的是，其实早在那之前的80年代，邵景文便已改弦更张，转投法学院，放弃了人文知识分子的道路。

邵景文弃文从法有着相当具体的动因，那就是父亲之死，以及为父报仇的决心。彼时的邵景文是一个文艺青年，他写诗、吹箫，和美丽的文艺女青年恋爱，在校园里风光无两，但他的那支箫早已为他埋下人生变故的伏笔。当恋人曲霞在校广播台的访谈节目里问他世代习箫是否因祖上富贵时，他的回答不免令人尴尬："我家祖祖辈辈都是要饭的，一直到我父亲这一辈。就是靠吹箫要饭，不会吹箫就没有饭吃。"②80年代大学校园里那一曲诗意的箫声有着令人沮丧

---

① 张者：《桃李》，第142页，北京，人民文学出版社，2002。
② 张者：《桃李》，第25页，北京，人民文学出版社，2002。

的历史，它与风花雪月的文人雅趣无关，而是意味着贫穷与乞讨。家境富足的曲霞显然并不能真正理解她的男友，她之所以可以不切实际地想象文学，并指责邵景文放弃理想，不过因父辈完美的庇护。事实上，邵景文何尝不是如此？在父亲惨死之前，这位浪漫的校园诗人同样对围墙之外的世界毫无了解。返乡奔丧让邵景文终于走出80年代的人文幻象，深切认识到自己的限度。因此邵景文才会在与曲霞争执时一再追问："诗人，诗人能为俺爹报仇吗?!"和不少论者的判断或有不同的是，邵景文之所以质疑人文知识分子的价值，转型为一名技术专家，并不是为了攫取什么现实利益，只是痛感于知识分子在现实世界面前的无能与无奈。

就此而言，将"大学三部曲"尤其是《桃李》理解为对社会转型期知识分子精神失落、道德沦丧的嘲讽与批判，指责书中那些高校知识分子"多有欲望放纵，少有立场坚守，了无理想主义"，[1]显然过分简单，乃是一厢情愿的怀旧心态使然。更等而下之的，是将社会新闻拿来一一对照，把小说指为对某一具体高校的影射。[2]其实，不惮于谈论自己的负面新闻，甚至乐此不疲，素来是北大的传统，也是北大之为北大的关键。自曝其短当然不是以此为荣，更不会沦落到黑幕小说的地步，而恰恰是要以批判的眼光进行痛切的自我反思。曾在北大求学的张者显然深谙这一传统，"大学三部曲"无意控诉什么人，也并不急于对知识分子的面目变换横加评判。在多次访谈中，面对记者多少别有用心的提问，张者一再表达自己对知识分子的同情："中国是一个转型期，从计划经济转向市场经济，转向一种交换关系，现在的社会单纯的学术是不能反映出价值的，必须把

---

[1] 徐德明：《〈桃李〉："当下本体"的暧昧特征》，《小说评论》2003年第4期。
[2] 见刘育英：《〈桃李〉：校园小说 影射北大?》，《新闻周刊》2002年第19期；姜广平：《每一部作品都有自己的命运——与张者对话》，《文学教育》（中）2010年第12期。

学术转换为经济。校园知识分子只能拿知识来交换金钱,金钱本身又反衬了一个人的社会价值,强大的经济利益使他一下子就迷失了,知识分子的选择太难了。……这种追求是对的,关键在于适可而止,把握住。"[1]"现代知识分子和过去的知识分子最大的不同就是更实际了,更务实了,也可能更真实了。这无法用'好'和'坏'来判断,也许会失去一些传统知识分子身上固有的东西,同时可能也会使知识分子身上增加一些东西。这会使现代知识分子的人格更加丰盈。"[2]——不难看出,张者甚至不想发出那种"世风日下"的廉价感慨。社会转型当然并不必然导致堕落,它只是将知识分子逼出了那堵自命清高的围墙,让他们像邵景文一样不得不进行己身究有何用的自我拷问,并因此去选择,去行动。转型尚未完成,未来暧昧未知,选择就难免举棋未定,乱入歧途,对此谁又有资格超越具体历史境遇去加以责难呢?这大概就是为什么,尽管在小说中张者的确浓墨重彩地渲染了90年代大学内外欲望丛生的变局乱象,却始终避免表明自己的立场。

由此我们可以对所谓"零距离"叙事有更加深刻的理解。王干曾谈及《桃李》的"零距离"叙事:"在《桃李》中的那个'我'却是一个奇怪的'我',他虽是第一人称,但没有身份、没有性别、没有姓名、没有语言,他只是所有时间的一个亲历者和旁观者,他可以出现在所有场所里,他能够看到、听到、感受到小说中所有人物的言行……由于具有了这样大的自由空间,小说叙述总是'贴'着人物进行的,可以说是一种零距离。"[3]张者自己也表示:"这种'零距离'其实是一种距离,是一种'无我'的距离。所以小说中的那

---

[1] 刘育英:《〈桃李〉:校园小说 影射北大?》,《新闻周刊》2002年第19期。
[2] 姜广平:《每一部作品都有自己的命运——与张者对话》,《文学教育》(中)2010年第12期。
[3] 王干:《人文的呼喊与悲鸣——评张者的长篇小说〈桃李〉》,《南方文坛》2002年第4期。

些故事既亲切又生疏。"①评论家和作者将这一叙事学问题讲得玄乎其玄,其实真相可能非常简单:所谓"零距离"叙事不过是因为张者本就在故事当中。张者出生在1967年,1996年至1999年在北大攻读法学硕士,他和他笔下的那些人物几乎同一时期在同一专业求学,身处同样的大时代,因此与小说叙述者"我"有高度的相似性。王干说《桃李》中的"我""没有身份、没有性别、没有姓名、没有语言"是不准确的,张者将"我"安排在法律系宿舍里,他和师兄弟们一起上课,一起参加"老板"召集的见面会,在欧福酒吧里,他就坐在白领丽人姚旋身边,兴致勃勃地与刚结识的姑娘聊天,大家共同将荷尔蒙播洒到光线暧昧的空间当中。他之所以容易被人忽略,实因为他就藏在小说人物当中,分享着他们的欲望,承担着他们的痛苦,和他们一样在懵懂中做出未必理性的选择。他和张者一样,内在于他所讲述的社会转型时代。作为读者,我们难免期待张者可以站在文本外部,对那些人与事进行更加深入的理性反思。正如作为知识分子,小说里的"我"似乎也该对时代和生活保持必要的警醒。其实,只要愿意投靠那些人云亦云的庸俗观念,对自己人生最重要的一段时光进行嘲讽、挖苦、影射、批判并不困难,但或许张者谨慎的叙述姿态更为真诚:他坐在人群当中,有时也会对那些活色生香的情爱纠葛津津乐道,有时也不免流露出隐约的痛心疾首,但更多时候只是充满好奇和悲悯地注视着世纪之交的生动现场,不去贸然地否定或肯定,或者说,不去武断地取消那些本应自在生长的无限可能。

关于"大学三部曲"对社会转型期的"新"与"旧"到底如何认识,对于其中的知识分子(也包括他自己)如何看待,《桃李》中的一个人物和三个案件或许可以提供别样的参照。"一个人物"是蓝

---

① 姜广平:《每一部作品都有自己的命运——与张者对话》,《文学教育》(中)2010年第12期。

教授，这位对弟子邵景文沉迷商海颇为不满的法学权威，堪称传统知识分子的代表，但他因此就值得尊敬吗？不少论者业已指出，在90年代，蓝教授还坚守着本科生不许谈恋爱的清规戒律，未免迂腐和虚伪。①这当然只是个人的道德标准，本与旁人无关，无须苛责，但蓝教授在得知女儿丑闻之后，仅仅为了出口恶气，让自己"心情舒畅"，便利用教授权威将校园里谈恋爱的无辜男女棒打鸳鸯，且语带恐吓，②就未免令人愕然。小说此处对蓝教授的揶揄显然与倡导个体尊严与自由的社会转型期无关，倒指向某种陈旧甚至腐朽的校园权力结构。而蓝教授对蓝娜和李雨的恋爱，从最初的坚决反对，到后来的强求促成，又何尝是因为要守护什么道德底线？——"老爸的一世清誉都毁在了你的手里……老爸一直在赌这口气，心中暗暗下定决心，有朝一日我要证明给你们看，老蓝女儿不是在胡搞。"③这样一位为了面子可以罔顾女儿真实意愿的父亲，蓝娜最后的悲剧难道与他无关，难道只是象征着欲望社会的宋总一人造成的？

"三个案件"当然包括邵景文父亲的那桩命案。造成邵景文命运转折的这一重要事件其实和社会转型也没有太大关系，村支书在谋取私利激起众怒时，运作权力的方式同样相当陈旧，而村民们之所以"怕了"，是因为"听支书那口气又要搞运动了"。④倒是村民们盗卖高压电线以弥补经济损失和反抗支书敛财的行动，尽管出于亘古不变的民间逻辑，却多少有了些社会转型的味道。而另外两个案件，邵景文老家的"楼梯案"和令邵景文一夜暴富的"天元公司诉杨甲天28%股份投资无效纠纷案"，一个因权力而终结，一个因权力而肇始，亦同样都和某种"旧"物深刻地纠缠在一起。当然可以将其中

---

① 见刘育英：《〈桃李〉：校园小说 影射北大？》，《新闻周刊》2002年第19期。
② 张者：《桃李》，第149页，北京，人民文学出版社，2002。
③ 张者：《桃李》，第228页，北京，人民文学出版社，2002。
④ 张者：《桃李》，第41页，北京，人民文学出版社，2002。

的种种曲折,归结为社会转型期难免出现的无序,但那"旧"物仍是理不清的乱麻中至为重要的一根线。张者在这部书写当代大学校园和知识分子的小说中,不惜篇幅详尽地讲述了这三个案件,将案件所涉及的不同利益方、不同观念及不同时代充分呈现出来,当然不会是无的放矢。叙及案件时,张者其实对邵景文的作用所谈甚少,而更多渲染了案件内外的社会情境,强调原本边界明晰的法律问题在规则剧烈变动的时刻,如何与行政权力、民间道德纠缠在一起。就此而言,张者致力于书写的,到底是社会转型期的知识分子,还是社会转型期本身呢?

二

这并不是说张者的"大学三部曲"不写知识分子,而是说他绝不是只写了知识分子,更不是以一种单一、简单、粗暴的方式写知识分子。在小说看似透明流畅,甚至不乏戏谑的语言之下,包藏着张者更大的宏图。在大学校园的围墙拆除之后,知识分子已置身在复杂的社会网络之中,张者的目的是要从围墙里面看出去,又从围墙外面看进来,立体地书写知识分子和他们所伫立的时代。

"大学三部曲"正面谈及大学校园的围墙,是在《桃花》当中。大学为顺应改革开放而拆除的北墙要修复回去,这大概会让那些对高校和知识分子怀有古典怀旧式想象的人们拍手称快。承担这项工程的是黄总的雄杰公司,该公司为此拟定了一个显然赔钱的合同。黄总赔钱修复学校北墙,并非出于公益热心,而是为了借此结识经济法权威方正教授;结识方正也并非因仰慕他的学问人品,而是希望在股票发行审核委员会挂衔的他能够在雄杰公司股票上市时投一张赞成票。如此一来,大学围墙的失而复得就变得相当暧昧,围墙恢复之后墙里那一方净土是否还是净土,也因此深可怀疑。小说将这项工程与北大恢复南墙相提并论,显然意在突显其象征意味。在引述北大校长许智宏有关北大围墙的发言之后，小说评价道："北大校长许智宏的言外之意好像是：拆围墙是'更新观念'，重修南墙是'观念回归'。"①这里的"好像"一词，暗藏着张者不甚信任的坏笑，而参照许智宏的发言内容不难认识到，将大学校园恢复围墙视为"观念回归"，的确未免想当然了。许智宏表示："近些年北大的校办企业发展很快，从某种意义上说，北大产学研一体化的发展已经走向了一个更为成熟的阶段，小打小闹不仅没有太大意义而且浪费资源，所以北大对南墙地带也有了新的规划。"②这番发言丝毫没有让北大回到过去的意思，相反，绘制了一张大学布局发展的路线图。拆除小商铺意味着产业升级，意味着大学要以更加高端的方式参与经济发展，而绝非缩回那座摇摇欲坠的象牙塔。大学校园的围墙既经拆除，便无法"恢复"，只能"再造"，而由"再造"的围墙重新确立边界的大学已旧貌换新颜，大学和大学里的知识分子们永远不会再远离围墙外的繁华世界，因为那世界已进入校园之内，和校园结构性地融为一体。

这样一种内在转变，在《桃花》里的导师方正身上集中表现出来。方正人如其名，似乎代表了一种典范的知识分子形象。他是在邵景文事件之后，学生们吸取教训，综合各方因素考察确定的理想导师。③但这样一位在学生看来近乎完美的知识分子，真的没有欲望吗？面对雄杰公司的拉拢，方正的确表现出足够的理性和克制，但拿到投资顾问的聘书时他却勃然变色，表示"我这样身份的人不可

---

① 张者：《桃花》，第64页，北京，人民文学出版社，2018。
② 张者：《桃花》，第64页，北京，人民文学出版社，2018。
③ 学生们有四条标准：其一是"要有真才实学"，但又补充说，"在政府的某些部门要有点职务……这能在上面说上话"；其二是"要找一个导师，而不是老板"；其三是"年龄要在55岁左右"，不能太年轻，以免被诱惑，也不能太老，否则知识结构陈旧，"对我们未来的发展没好处"；其四是"要有点人文精神，也就是有中国传统知识分子的美德"。见张者《桃花》，第15—16页，北京，人民文学出版社，2018。

能也不允许接收任何一个企业的聘任"。①我们由此知道他其实另有所图。股票发行审核委员会的职务虽是暂时的，却被方正无比看重，甚至在遭雄杰公司牵连，被委员会革除之后，方正一度陷入抑郁，而后性情大变。类似股票发行审核委员会这样的职务或头衔，是一种相当有趣的存在。它不是官职，却是由官方授予，代表了官方认可，"意味着其学术水平不仅被圈内承认，也被当局承认了"；②它不是学术身份，却以学术水平和学术地位为基础，是知识分子转换象征资本，实现世俗权力的新方式；它不会提供多少报酬，却与巨大的利益相关，尽管这种利益的取得要冒极大的风险。但方正一句耐人寻味的表态，足以暗示它和利益之间更为隐秘的兑换关系："我现在不会给任何公司当顾问，将来会不会给公司当顾问那将来再说。"③这样的职务将学术、权力和资本全都整合在了一起，较之邵景文"下海"诉讼实在体面太多，当然会对方正这样的高校知识分子构成巨大吸引力。如果说在《桃李》讲述的90年代末，处在社会转型期的校园外世界给予知识分子的诱惑还是直接而粗糙的；那么在《桃花》讲述的2004年，诱惑已变得立体而精致。对知识分子来说，那甚至是一种内在于职业生涯的合理诉求，是校园内的学术与校园外的事功耦合之后形成的结构性存在。由此我们或许更可以理解方正那场题为"做多中国"的演讲，何以与他忠实弟子的炒股经验形成吊诡的反差，而在与小说之外的现实对照时，又显得格外反讽。我们也可以据此更加正确地理解小说的结尾。有论者以为方正是"为救弟子姚从新而甘愿背负论文抄袭的恶名"，④这未免过于善良。以方正之精明，怎会对自己弟子愚忠的本性缺乏了解？怎会揣测不出，

---

① 张者：《桃花》，第59页，北京，人民文学出版社，2018。
② 张者：《桃花》，第15页，北京，人民文学出版社，2018。
③ 张者：《桃花》，第60页，北京，人民文学出版社，2018。
④ 王海涛：《知识精英的失落与自救——评张者的长篇新作〈桃花〉》，《作家》2008年第8期。

一旦姚从新知道了自己顶罪的义举，定会挺身而出，澄清事实？经过这一番精心算计的操作，方正不仅成功将姚从新送出国，扫除了自己"爱情"道路上的阴影，学术成果也不至于落入他人之手；不仅赢得了舍身保护弟子的美名，又不至于真正遭到处分。这堪称当代文学作品中最典型的一个"精致的利己主义者"形象，因而他在落选股票发行审核委员会成员之后的欲望迸发实在是意料之中，那正是他压抑与掩饰已久的本性。相比之下，邵景文则未免道行太浅，他所追逐的利益是那么简单，很多时候倒显得有些可爱。连张者自己都说："其实他是一个值得同情的人物，首先他在学术上是立得住的，其次他对他的学生很好，对家庭也很负责。"①

因此，有论者以为《桃李》讲的是人文精神之溃败，而《桃花》则反其道而行之，谈知识分子的坚守，就当然是一种误解。②即便《桃花》当中有坚守，坚守者也绝非方正。《桃花》中的知识分子之所以显得更体面一些，不过因为知识分子已充分理解并参与改造了社会转型后的世俗逻辑，从而将自己深深扭进这一逻辑。事实上，方正那些弟子选择导师的几条标准，看似义正词严，不同样出于斤斤计较的功利考量？而既然老少两辈知识分子都已经如鱼得水地游出围墙之外，那么张者的"大学三部曲"尽管仍聚焦知识分子，又何尝不是在直面时代？

《桃花》中特别耐人寻味的，是张者不无突兀地在校园故事中大段插入对中国股票市场的分析，宏观如方正的那次演讲，微观如姚从新在股市中的屡败屡战。小说甚至特意杜撰了一段姚从新家族的致富史，以便通俗解释股票市场运作的真相。那些金融市场的风云诡谲，以及背后隐秘的权力关系，并不仅仅是小说人物行动的背景

---

① 刘育英：《〈桃李〉：校园小说 影射北大?》，《新闻周刊》2002年第19期。
② 见王海涛：《知识精英的失落与自救——评张者的长篇新作〈桃花〉》，《作家》2008年第8期；叶云：《我们无处安放的青春——读张者新作〈桃花〉有感》，《出版参考》2007年第30期。

或动因。那张金融网络笼罩着改革开放之后的整个中国社会,透过透明的网丝,我们能够看到的不只是无数企业的起死回生甚至一夜暴富,也不只是无数股民的喜怒哀乐,更是那一时代整个社会的深层结构。而《桃李》当中的法律案件不同样如此?张者精心选择法律与金融两个领域作为小说人物活动的舞台,显然不完全出于个人经验。既然90年代以后,社会科学领域的技术专家日益深刻地介入到社会变革当中,那么也唯有通过对法律界和金融界的书写,才能写出波澜壮阔的时代——这才是张者写作"大学三部曲"的真正目的。

三

多年之后,校园内外的两个世界更加如胶似漆地长在了一起。邵景文与方正的那些学生们星散各地,在各个岗位成为中坚力量。当年那个巨变的时代裹挟着他们,改造了他们,现在则是他们在建构和决定时代的面貌。某种意义而言,他们构成了世界本身。

当然不再需要强调他们"知识分子"的出身。其实我们已很难将他们视为知识分子,尽管他们都是身怀专业技能的知识者。在此意义上,李敬泽评论《桃李》时作出的判断极富预见性:"别提什么'知识分子'。《桃李》这群人我看和知识分子没什么关系,他们是法学院的硕士、博士,是未来的法官检察官律师法学家,他们可没打算蹲在台下冷着眼看戏,他们雄心勃勃要上到台子中央,你说他们是知识分子等于说耶鲁大学法学院的毕业生克林顿先生也是知识分子。"[①]在"大学三部曲"的最后一部《桃夭》中,未来已经到来,那些曾经法学院的硕士、博士,如今的法官、检察官、律师、法学家们步入中年,世纪之交那个"我"默默观察的变化与应对,有了阶

---

① 李敬泽:《快乐与罪与罚》,《文汇读书周报》2002年7月19日。

段性的结果。这个结果令人满意吗？容颜老去的他们似乎不无疲惫的神色，出轨的出轨，离婚的离婚，昔日同窗也曾大打出手，恨不得将彼此送进监牢。做律师的，感觉自己在法官面前永远是孙子，但就连深谙利禄之道的法官赖武，也同样满腹牢骚："法官也不是爷，真正的爷是法官的上级领导。"①当然，可能每个时代的中年人都难免身陷如此破碎的生活，但至少说明，这个由他们亲手缔造的世界，并没有变得更好一些。以至于那个尽管沉默少言却总是兴味盎然的"我"，也从那些大腹便便的中年人当中悄悄溜出了小说叙述。大概正因为现实不能尽如人意，他们才早早开始了怀旧，并对时隔30年的同学聚会如此踊跃。他们想要逆向穿越社会转型的30年，回到最初进入校园的记忆或幻觉，重温一次80年代知识分子的人文大梦。然而他们却忘记了，既然这世界已经被他们重建再造，大学校园又怎可能一如往昔？他们只能看到一个面目全非的故园，姑娘们不再羞涩，爱情也不复纯真，就连男女宿舍都发生了乾坤挪移，曾经的浪漫胜地香樟树早已无人问津，倒是"上树"这一风光旖旎的暗语代代相传，终于变成性交易的代称。事实上，这些社会精英们又何尝不知道怀旧之虚妄？老同学久别重逢的激动与沉痛不已的追怀，很快便滑向了庸俗和无聊，最终在倦怠的打牌声中结束。这期间有人得偿所愿，抱得美人归；也有人一箭三雕，将师兄弟之间的握手言和变成洗脱罪名的利益算计。

所有人中，大概只有邓冰一人是怀着赤诚的深情前来怀旧，可惜，他渴望重温的旧梦却是一个令人沮丧的误会。魂牵梦萦的往日红颜从来不是想象中的模样，如今心满意足挽上了"大款"的臂膀；真正的爱人早在30年前便已死去，借尸还魂后虽也不乏浪漫与温情，却是出于利益的驱动，以胁迫的手段，要逼他再次进入婚姻的牢笼。这极富象征意味的死亡与"复活"，为《桃夭》带来一种哀伤的挽歌

---

① 张者：《桃夭》，第275页，北京，人民文学出版社，2015。

气息。"之子于归，宜其室家"，由美满的抒情变成滑稽的讽刺，而"夭"之绝望与伤悼反而凸显出来，令本就遭逢中年危机的邓冰彻底破釜沉舟，返璞归真，回归到孤勇的理想主义。尽管在小说结尾那场模拟的法庭审判上，煞有介事的邓冰始终被视为一名世俗眼中的丑角，甚至濒于崩溃的疯子，但究竟是邓冰疯了，还是围观他的那些昔日同窗们早已疯癫而不自知呢？邓冰在法庭上的慷慨陈词成为"大学三部曲"最激动人心的宣言："我们是法治国家，任何人都不能逍遥法外，特别是一个法律工作者，一个律师，更应该维护法律的尊严。"①在此法律其实已被提升到了道德的高度。就法律的层次来说，邓冰早已脱罪；而就道德的层次而言，邓冰以及他的同代人始终带着原罪的烙印。只有洗去罪恶感，邓冰才能获得他所追求的那种精神上的真正解脱，心灵上的真正"自由"。相比之下，方正一边大胆预测"牛市"一边宣扬的抽象自由，和梁石秋由华屋美姜构成的田园牧歌般虚假的自由，就未免等而下之。

张者于此再次表现出对过去年代，及传统知识分子的不信任，而尽管小说里他的同时代人也并不足以叫人佩服，张者仍会在其中安插少数纯真憨直之徒：《桃夭》中的邓冰、喻言，《桃李》里的老孟，《桃花》里的姚从新……我们由此或许更能理解张者写作"大学三部曲"的心情。那个坐在师兄弟们之间和女孩子觥筹交错油腔滑调的"我"，身处在社会转型的时代，一方面和同代人一样怀着蓬勃欲望，不可遏止地想要攫取这时代富有魅惑力的一切；一方面又同样茫然、困惑，因而尽量缄默不语。而之所以茫然和困惑，正因他毕竟还保存着社会转型之前的记忆，毕竟从80年代的幻梦中走来，残存的纯真、浪漫、理想主义在他心底埋了根，不时折磨着他，并会在未来不可预知的某一刻突然发作……这或许正是张者这一代人的特征，也是他们，及他们的文学富有魅力之处。他们并不相信过

---

① 张者：《桃夭》，第326页，北京，人民文学出版社，2015。

去，对现在也无把握，关于未来其实一知半解，甚至不曾信任自己，但他们的确有旺盛的生命活力和强大的行动力，并且，他们还能够忧伤。忧伤当然是一种无用的禀赋，但那不正是知识分子对抗强大世界的最后一件武器吗？——就此而言，那些从感伤怀旧视角理解"大学三部曲"的论者其实也无可厚非，他们同样是在勉力操持着知识分子的最后一件武器，向飞速轮转的世界发出一点微弱的声音。

或许值得一提的是，尽管很多论者都认为，《桃李》写出的是一派沦落颓丧的大学景象，但多年之后重读这部小说，我居然心生几分怀念。世纪之交的北大周边，还零星卧着几家冷清的酒吧，而今连餐馆都养不起几个。"00后"的学生们似乎更愿意猫在宿舍里对着手机、电脑打发闲暇时光，呼朋引伴吃肉喝酒的大学生活已成前尘往事，缺少了醉汉的大学校园显得无比寂寞。邵景文的品行诚然值得商榷，但他和学生们亲如兄弟的平等交流还是颇有圣人遗风。而今学生们越发拘谨，老师们大概也日益庄严，一起面目可憎了起来。《桃李》出版已经20年了，20年来校园之外越来越繁荣，也越来越安定，一切秩序都趋于稳固，而那些尽管毛糙幼稚却十足有趣的（准）知识分子也因此风流云散。当名校骄子们纷纷内卷，从进入大学校门的那刻起便致力于考研与考编，似乎张者笔下那个新旧交杂的校园反而显得浪漫了起来。好的文学作品的确就像一坛美酒，时间会赋予它意想不到的醇香，只是《桃李》这一缕意外的醇香，闻来多少令人伤怀。

本文原刊于《当代作家评论》2022年第5期

李敬泽话语

李 洱

2022年8月25日，封闭了两周之后，我搭乘朋友的车从怀柔山谷返京。第八届鲁迅文学奖刚刚评出，于半个小时之前向媒体公布，各种喧闹已应声而至。李敬泽暂时留在山谷，有些棘手的事情还等着他应对，正所谓"怀柔百神，及河乔岳"。而且，评奖这一古老的游戏，除了接受苍老的历史幽灵的追问，还要接受现实的审视。李敬泽是罕见的想得开也放得下的人，尽管如此，那个似乎是与生俱来的责任感仍然会作用于他。算下来，他具体操办国家级文学奖评选已有12年之久，他总是期望从中选出真正的人才和作品——凿开冰面，等待鱼儿跃出，似乎已经成为他的日常工作。只是这一次，他是高兴还是失望，还是喜忧参半？我不知道。车窗之外，一边是苍翠的群山，一边是起伏的农田。尘土飞扬之际，看得见杂花生树，也看得见砖石和瓦砾。我脑子里突然冒出两句话来：每个清晨，你必须重新掀开废弃的砖石，触碰到生机盎然的种子；文化变成了一堆瓦砾，尔后归为尘土，但精神将萦绕尘土。此时是午后，一个暧昧的时刻，一个依照惯性滑行的时刻，我在手机上找到了这两句话的出处，它们来自维特根斯坦，一个强调过"凡不可言说之物，需保持沉默"的人。恍惚之间，我觉得这两句话与李敬泽的个人修为之间，似乎有着某种隐秘的联系。

李敬泽最早是一位小说编辑，他在最好的年代进入《小说选刊》，在"重放的鲜花"李国文先生手下开始编辑生涯。虽然他很少谈起在《小说选刊》的工作，在我的印象中他对自己的职业生涯也从不做出某种规划，但那段时间的工作对他显然有过很深的影响。一个突出的例子是，他从一开始就习惯于观察文学现场的动态，并且具备一种整体性视野，对不同风格、不同代际、不同地域的作家及其套路有充分的感知。对于80年代中期以后的中国小说史，李敬泽可能是最有写作资格的人。一部小说史，应该作为小说、小说家自身运动的历史性过程，与社会形态、民众心态、读者情感状态的变化构成了复杂的关系，最终以一种混杂的修辞形式呈现出来。李敬泽对此的认知程度之深之细，在中国文学界恐怕罕有匹敌。不过，李敬泽似乎从未产生过将这个过程进行某种知识化处理的念头，尽管他少数的回顾性文字常常被当成经典性言论加以引用。坦率地说，我自己就曾劝说他不妨再写些类似的文字，甚至不需要他本人回顾，只需他将手中保留的部分书信拿出来即可。对于前者他是完全提不起兴致，对于后者他则是断然拒绝。除了为尊者讳、为友人讳的美德之外，我想还有一个重要原因：他似乎更愿意将那些嘈杂的、紧张的、私密性的现场经验保留于记忆，使它们依然处于某种对话状态，只是让它们暗中作用于自己隐喻性的写作。

熟知李敬泽的人都会承认，李敬泽从来不屑于建造所谓的"文学帝国"，而是有意维系一个"文学共和国"。在任何一个帝国，都是只有崇拜者，没有朋友；只有发号施令者，没有对话。在李敬泽维系的"文学共和国"，人们性格各异，禀赋各异，文本各异，嘈嘈切切错杂弹。离开《小说选刊》之后，李敬泽曾写过一篇关于李国文《垃圾的故事》的评论文章，联系小说的故事情节，他有过这样的议论:"不管你是什么立场,你都应该懂得欣赏真正的性格和生活。"李敬泽进而认为,李国文小说中的人物形象和语调表现了一种耐人寻味的文化姿态:"这些老人没有什么末世情怀,或许是因为任何末世神话都已经唬不住他们,这些人世故而超脱,刻薄而宽厚,乐观而悲观。尽管在当下的理论语境中,你不能说他们有人文精神,但是我觉得,他们更接近于十八世纪的老式人文主义者,虽然很难把世界摆平,但仍在这个世界无比纷繁的差异中,维持着微妙的平衡感。"在文章的末尾,李敬泽又借评析人物发出感慨:"垃圾仍在蔓延,我们必须从容面对一个极为复杂的时代,面对一个有可能被众多垃圾挑战的时代。我们必须做出抉择。我想,这个抉择是有关我们和我们共同社群的前途的。"李敬泽经常自嘲只是个"做事的人",这些看法是否预示着他后来做事的基本立场?

在李敬泽早期的文章中单独提到这一篇,只是因为他提到了"垃圾"。李敬泽的众多文章都有"博物"倾向,"博物"而且"物哀",现在,他的"物哀"甚至延伸到了"垃圾",一种真正的剩余。李敬泽喜爱日本文学,尤其是远藤周作,多年前他就曾向我推荐此人。我想,或许是远藤周作小说中隐含的坚贞与背德、隐忍与超脱的主题,包括其中的"物哀"倾向,引起了他的兴趣。不过,与日本文学中的"物哀"有所不同,李敬泽的"物哀"不仅停留在感知的层面,而且躬行践履。城春草木深,他不仅感时花溅泪,而且莳花弄草;不仅恨别鸟惊心,还要提笼架鸟。他看到了"垃圾",看到了拾垃圾者,而且看到了它们和他们的意义。没错,我甚至有一种强烈的冲动,将90年代以后的李敬泽,看成本雅明意义上众多"拾垃圾者"的守夜人。本雅明从波德莱尔那里提炼出的"拾垃圾者"形象,与"讲故事的人"和"驼背小人"一起,穿行于他所创造的星丛、灵韵、机械复制、历史天使等概念和意象之间,使它就像"拾穗者"成为劳动者的形象一样,让它成为一个时代文人的形象。对于本雅明的描述,李敬泽一定心有戚戚焉,这当然与他对中国语境的深刻体认有关：90年代以降，经过一系列激烈的变革，我们在相当大的程度上进入了本雅明曾经描述的那个语境，当初那些兴致勃勃游荡于"拱廊街"上的文人，此时迅疾变得失魂落魄，只能捡起历史碎片，在想象中展示自己的整体性视野。而李敬泽，则在众人游荡的时刻，充当了一个守夜者。

第一次阅读李敬泽文章的情景，我至今还清晰记得。1995年暑假的一天，关于拙作《缝隙》的讨论结束后，李敬泽拿出一沓打印好的文字。他慵懒地靠在沙发上，神态有点像鲁迅先生谈到《孔乙己》时说出的那句话："这一篇很拙的小说，还是去年冬天做成的。请读者看看，并没有别的深意。"文章题目叫《乔治·钦纳里之逃奔》，这是后来结集为《青鸟故事集》中的一篇。初读此文，我一时分不清是博尔赫斯式的小说，还是毛姆式的随笔。乔治·钦纳里，历史上实有其人，他是伦敦一个东印度商人的儿子，曾师从雷诺兹学画，1802年从英国来到印度，时年28岁。他在印度住了23年，后又在澳门、香港、广州游历了27年。他用数千幅油画和速写，描绘了他眼中东方的民俗风情。乔治的视线经常集中于普通的街市、港口、乡村，集中于那些游走的渔民、小贩、苦力、赌徒、郎中和病人身上。如果说郎世宁居庙堂之高，向北京的宫廷画师传授了西洋画技法，那么乔治则是处江湖之远，影响了珠江通商港埠一带的民间画师。郎世宁死后，葬于阜成门外，即如今北京市委党校院内，也算得享其所，而乔治死后则是寂寂无闻，需要李敬泽们苦寻其蛛丝马迹。乔治来到东方，是要把他乡做故乡吗？不，他跑动，他产生风，他就活在风中，风中的烛台就是他的故乡。李敬泽开篇就提到，乔治死后，澳门医生出示的尸体解剖证书说明，死者的胃"惊人的健康"，也就是说，在饿死人的年代，他不是饿死的。他的奔逃似乎只是受到了那副健康的、狂乱虚荣的毛肚的支配，他只是在奔逃中猝死罢了，是个人命运的戛然而止。死了一个乔治·钦纳里，必定还有无数后来人。

但是，在那无数后来人当中，不会有李敬泽。依我对李敬泽的了解，他在任何时候都不会奔逃。这不仅是因为他的耐心、耐烦远超常人，最主要的是他不需要奔逃，就可以领略到奔逃的乔治看到的风景。在某些时刻，他也并不是没有体会到沉闷与压抑、晦暗与凝重，但他会在日常生活中给予化解。这当然不是阿Q心态，因为他该做什么他还会做。多年前，我们有过一次聊天，他说一个人如果不能活得有价值，至少要活得充实，充实本身就是一种价值。这使我想起了孟子的教导："可欲之谓善，有诸己之谓信；充实之谓美，充实而有光辉之谓大。"但是，这不影响李敬泽对奔逃的"理解之同情"。仅就那篇文章而言，当李敬泽从乔治异乎寻常的胃开始讲述，当乔治带着他的胃开始奔逃，关于土豆对中国人的意义，乔治与夫人的关系，乔治在印度和中国南方的游历和画师生涯，就被一点点连缀起来。在文章结尾部分，李敬泽引述了毛姆有关逃离的小说《梅布尔》，而毛姆本人正是另一个永远奔逃的人，至死方休。对于乔治与毛姆来说，人生就是现实与梦想的相互追逐、彼此逃离，似乎只有沉坠其中方能感到瞬间的充实，虽然余下的只能是更大的虚无。这让人想起马尔克斯的《迷宫中的将军》中，玻利瓦尔在最后的旅行中，那逆境与梦想的疯狂追逐终于到达终点，余下的只是黑暗。

奔逃的故事可谓多矣，而李敬泽对乔治的奔逃有如此大的兴趣，自然还跟乔治奔逃的东方背景有关。我看到李敬泽借此重返了形形色色的历史现场。当乔治携带着那副毛肚，也携带着那些早已散佚的历史细节，奔逃在西方与东方之际，他随手画下的那些贩夫走卒，那些美国工厂外的中国理发师，那些留着辫子头的商人，以及仿佛长着白人面孔的中国妓女，都笼罩于帝国斜阳，即将进入天朝崩溃的前夜。它们是即兴的素描式的现场记录，也是生动的档案式的历史文献。至少对我而言，这是我理解这篇文章的一个角度。我感兴趣的地方还在于，作者是否探讨了这样一个问题：乔治在奔逃中所面对的那个变动不居的世界，与我们置身其中的这个急剧变化的世界，是否有着某种同一性？

不久之后我就在刊物上看到了更多类似的文字。愚笨如我，也渐渐悟出一点门道。李敬泽果真如同青鸟，更殷勤也更深入地探看到历史与知识的细节，包括小说家虚构出来的知识细节。它们从未进入当代文学视野，虽然它们有可能曾被小说家所化用。换句话说，它们早已失去了自己，失去了"物"的意义，它们在"词"与"物"的呼应中，并不构成另外一极，仿佛是垃圾之中的垃圾，剩余之外的剩余。这些细节来自《博物志》《太平广记》《太平御览》《中国之欧洲》《中国基督教史》《旧中国杂记》，来自"不列《春秋》于学官"之"断烂朝报"，它们曾经湮灭于旧时的长安与东京，沉眠于昔日的渔村珠港澳，或者酣睡于浩大蓝夜中的圆明园。现在，李敬泽将它们搜捡起来，轻轻唤醒了它们，并赋予它们灵性。我们接着就看到，在纷繁的尘世布景上，那些细节重新聚拢，于是高楼重起，明月初升，筵席新开，宾客依旧。在李敬泽的文字中，那些细节越是具象化，就越具有隐喻性，如同本雅明所说的，一片叶子上再纤细的叶脉也能成为植物王国的隐喻，一滴海水也会隐含着大海的所有秘密。李敬泽身临其境，或与众大人举杯邀月，或与众小童逗趣取乐，顺便品评一下菜式，品评一下女客们的玉簪凤钗，并向我们暗示人物的钗钏金命。

曾经常常，或者说几乎是，在每一个隐喻化的细节上，李敬泽都会稍做逗留。这是叙述过程中的一个间歇，是小说家习惯的描摹时刻。他的耐心是惊人的，仿佛巨细靡遗，伤人乎？伤马乎？但与小说家不同，李敬泽还要深入细节的肌理，如同寻找词语的词根，如同剥开植物的块茎。他不仅要让它坦露本色，还要让它流出汁液，并且让其汇成语言的激流，流向作者赋予它的意义的世界。有意味的是，这一切不仅没让他的文字流于滞涩，相反却使它们具有了轻盈的质地。这是因为李敬泽接下来会从这个细节上迅速离开，或顺流而下，或逆流而上，转向另一个细节，另一段引语。显然，在李敬泽这里，有关过去、现在、未来的普通观念其实是陈腐的，时间的每时每刻都包含着过去和未来。现在只是一个瞬间，未来会在其中回溯到过去。在这种观念中，他感受的不是傲慢，而是谦逊；不是怨愤，而是善意。在叙述当中，李敬泽突出了聚光灯下的行动和细节，其余暂时模糊成为背景。伤人乎？不问马。李敬泽将这些文字形容为"飞鸟的踪迹"，或许就是因为他感受到了这种轻盈，或许是因为他本来就把这些文字看成对"飞鸟的谱系"的梳理。

如何将李敬泽的文章进行归类，的确是一件让人犯难的事。这是思想性散文、知识考古、小说，还是文学批评？他本人是散文家、知识考古学家、小说家，还是批评家？在我们所熟知的文化场域之内，李敬泽的确具有多重身份，多到他自己可以在身体内部随时开个party。这倒再次让我想起本雅明的写作：把本雅明看作一个批评家，就像把卡夫卡仅仅看作一个小说家一样言不及义。首先要说明的是，李敬泽的写作可能与他的编辑身份密切相关。持续了30多年的编辑工作，使他对80年代中期以后的各种写作范式耳熟能详，这些范式的形成甚至有赖于他的参与和塑造。但是，也就在这个过程中，他一定深刻地体会到，那些已经规范化的、知识化的各种范式，那些中规中矩的文章，其现实感是多么稀薄，其问题意识是多么欠缺，其写作的必要性是多么可疑，偏偏他本人又知道太多的现实，有着太多的问题意识。我们完全可以想象到，此种情形下的李敬泽，一定会有一种自我要求，即用一种相对自由的文体来表达自己丰富的感受，至于它究竟属于何种文体，他其实没有必要细加考虑。

我的阅读经验告诉我，在一些时刻，李敬泽的写作类似思想史或者说批评史的写作，那些边缘的历史，那些不完整的、非严格的、未学科化的知识，被他做了连续化的处理，以一种线性的方式向前滚动，其中包含着各式各样的过渡、衔接和转换，充溢着繁复、精妙的暗喻和转喻。某一个或某一组观念，被他灵敏地包扎了起来，就像给螃蟹系上了绳子;而在另一些时刻,他的写作令人想起福柯式的知识考古,那里涌动着异样的历史,闪烁着异质性的残片,呈现着话语之间的断裂与差异,依据的是话语内部的法则和规律,有如放任一群螃蟹挥螯爬行。所以,李敬泽的文本往往具有双重性质,既有注重连续性、整体性的一面,又有尊重非连续性、断裂性的一面;既划定一个意义空间,同时又敞开着一个可以不断扩散的空间。最终,他把一个空洞的时间,塑造成了充满意味的隐喻空间,具有隐蔽的寓言性质。所以,我的强烈感受是,李敬泽的写作既是从"道"到"器"、从"体"到"用"、从"本"到"末",同时又对"器""用""末"给予充分尊重,让它们开口说话,让它们和"道""体""本"这些固定的话语处于相互投射的、相互对话的状态,令人想起中国古典诗学的"言、象、意"之辩。毫无疑问,这样一种写作在任何时候都是一种高难度动作,是叙事中的微妙平衡。需要强调一句,虽然李敬泽向来对批评家称号有些不以为然,但这样的文本确实是具有研究倾向的批评性的叙事文本,是一种批评性的话语实践。至于他本人是否由此体验到学者、作家和批评家的分裂感,我就不知道了。如果有,我觉得那其实也是一种微妙的带有某种刺激感的分裂,有如平衡木体操中的后空翻、交叉踢腿和劈叉动作。

关注不同知识、不同话语体系之间的差异,意识到它们之间的关联性,并且饶有兴趣地描述和分析这些差异和关联,这是本雅明和福柯的工作,李敬泽其实又与他们有所不同。李敬泽更愿意把它们看成一个纵深,就像他更愿意将档案材料看成一个纵深的载体,而不仅仅是一个话语事件。也就是说,除了关注它们为什么在某时某地出现,比如土豆为何在某时出现于东方宫廷,自鸣钟为何撞响于东方的某个深夜,还试图解释它们对我们的意义。只是在这里,"意义"不是一个固化的概念,它有着充分的弹性,非常活泼,或者滑向沉重,或者趋向滑稽;或者是带泪的笑,或者是含笑的泪;或者是一种缅怀,或者是一种畅想。这可能是因为李敬泽其实仍然植根于文以载道的传统，充满快感的书写在文以载道的压力之下方能充分释放。顺便说一句，人们之所以把他的文章看成向先秦、唐宋文章遥致敬意，可能就是这个道理。虽然在我见过的人当中，"事了拂衣去"式的洒脱用到李敬泽身上可能是最合适的，但他的悲悯和仁慈就像高度年份酒一样会出现"挂杯"现象，飞觞献斝之际依然会长挂杯中。正如李敬泽在《〈黍离〉——它的作者，这伟大的正典诗人》中所说："喝下去的酒，仰天的笑，其实都有一个根，都是因为想不开、放不下，因为失去、痛惜、悔恨和悲怆，这文明的、历史的、人世的悲情在汉语中追根溯源，发端于一个词：黍离麦秀。"他继而发出穿越时空的感慨："黍离麦秀，这是华夏文明最低沉的声部，是深渊里的回响，铭记着这古老文明一次次的至暗时刻。悲怆、苍凉、沉郁、隐忍，它执着于失去的一切，令人追怀追悔的一切。"这句话表明，对于《黍离》的作者周大夫，李敬泽显然属于知音之列。此时的李敬泽，仿佛已经化身为周大夫，穿过禾黍与荒野，穿行于高山与流水，表述着自己的文学身份。

在一篇讲述与阿列克谢耶维奇分享《二手时间》的文章中，李敬泽提到了他2008年的俄罗斯之行，当时他曾带着曼德里斯塔姆的《时代的喧嚣》。时隔多年，他又翻箱倒柜，终于在《阿拉伯帝国》《伯林传》《明季四洋传入之医学》《做门徒的代价》下面找到了它。他要寻找的是曼德里斯塔姆关于俄罗斯语言的一段论述："俄国的语言自身就是历史的，因为它就其总和而言就是一个汹涌的、事件的海洋，是一个理智的、呼吸着的肉体不间断的体现和行动，没有任何一种语言比俄国的语言更有力地抵抗指称、使用的使命。"这段文字出自曼德里斯塔姆的《词的天性》，写于整整一百年前的1922年。李敬泽说，这段文字一直在他脑子的某个海沟里暗自漂荡，直到他看到阿列克谢耶维奇的《二手时间》才突然冒了出来，还魂附体，影响到他此时此刻以特殊的方式用汉语发出声音，完成与阿列克谢耶维奇的对话。而与此同时，李敬泽脑子里又涌动着另一套话语，那是他对《二手时间》更本真的感悟:"他们的心多么高贵辽阔,那些俄罗斯人,那些武士、艺术家和诗人,他们的心里绵延着原野、战争、集中营、人类的前途,他们真是太庞大了。但是,他们容不下世俗生活。在俄罗斯人看来,眼前的时间是二手的,是伪造的,是贬值的,是荒废的,是谬误,是噩梦。这个民族无法在此时此地安顿自己,无法在世俗生活中安顿自己。这里所有的伤痛怨愤都是源于一种宿命的、不可救药的委屈:从战场、广场到菜市场的委屈。"

如此精妙的感悟和分析,只是因为出自李敬泽,我才不至于感到过分惊讶。我感到惊讶的只是,当我引述这些文字的时候,普京总统正好基于那"不可救药的委屈",发布了震惊世界的"部分动员令",准确地将李敬泽的话语变成了实践。普京总统可能不会想到,李敬泽在文章中会派一位老旦上场,念出我们元杂剧中的《当家诗》:教你当家不当家,及至当家乱如麻;早晨起来七件事,柴米油盐酱醋茶。然后呢,我看到李敬泽移步台前,整理好围巾,走出了剧院,与我们一起走进了明灭可见的人间烟火,回家写下了关于那场对话的文章,题目是《杂剧》。

本文原刊于《当代作家评论》2022年第6期